ET PLUS SI AFFINITÉS

DES MÊMES AUTEURS
CHEZ POCKET

ET PLUS SI AFFINITÉS
VIVE LA FAMILLE !

JOSIE LLOYD & EMLYN REES

ET PLUS SI AFFINITÉS

Traduit de l'anglais par Christophe Claro

PLON

Titre original
COME AGAIN

Le papier de cet ouvrage est composé de fibres naturelles, renouvelables, recyclables et fabriquées à partir de bois provenant de forêts plantées et cultivées durablement pour la fabrication du papier.

ISBN : 978-2-266-21420-9

A notre faiseur de shidduch et le wunderkind,
(Vivienne Schuster et Jonny Geller),
avec notre amour et nos remerciements.

PREMIÈRE PARTIE

H

Dimanche, 13 h 15

N'ayez aucun ami. C'est la solution la plus simple. Ou, si vous avez des amis, changez-en tous les six mois environ. Arrachez les pages de votre Filofax, effacez la mémoire de votre agenda électronique, brûlez votre carnet d'adresses et recommencez à zéro. Sinon, ça devient vite trop compliqué.

Parce que, admettons que vous deveniez la meilleure amie de quelqu'un, viendra un jour (comme aujourd'hui) où vous vous apercevrez que vous êtes debout depuis 9 heures du matin, avec la gueule de bois, un dimanche, sous la pluie, à transbahuter des cartons dans votre voiture jusqu'à l'autre bout de la ville.

Et en dépit du fait que, la dernière fois que vous les avez aidé à déménager, ils ont juré dur comme fer que ça serait leur adresse définitive, vous voilà en train de suer sang et eau en haut d'une nouvelle volée de marches, transformée en femme-tronc, et de vous dire : comment en suis-je arrivée là ? Ce n'est pas ma maison.

Mais c'est mon amie, ma meilleure amie. Même si je passe mon temps à dire à Amy qu'elle n'est qu'une vieille pouffe gluante. Jack est là pour lui faire tous les compliments qu'elle veut. Moi, mon boulot, c'est de faire en sorte qu'elle garde les pieds sur terre, ce qui n'est pas du gâteau vu qu'elle est si heureuse. Comme en ce moment.

— J'en ai ma claque, dis-je en coinçant le carton sous mon menton.

— Cesse de gémir, me dit-elle en souriant par-dessus son épaule tandis que Jack s'escrime avec la serrure de la porte d'entrée.

— Dépêche-toi, Jack, dis-je d'une voix suppliante, en relevant mon genou sous le pesant carton tout en essayant de garder mon équilibre sur les marches.

— Nous y voilà ! crie-t-il, en poussant enfin grande ouverte la porte de leur nouvel appartement.

Amy pousse un petit cri et bat des mains.

— C'est si excitant ! glapit-elle.

— Un instant, annonce Jack.

Il prend le fourre-tout des mains d'Amy et le balance dans l'entrée.

— La tradition, m'explique-t-il en la prenant dans ses bras à la façon d'un pompier pour lui faire franchir le seuil.

— Un peu prématuré, non ? dis-je en montant d'un pas chancelant les dernières marches menant à l'appartement. Pour faire ça, on est censé être mariés.

Mais Jack ne m'écoute pas, il est trop occupé à valser avec sa promise dans leur nouvelle entrée pendant qu'Amy rit et proteste, pliée en deux sur ses épaules.

— Où est-ce que je pose ça ?

A peine ai-je posé la question que le carton s'ouvre et qu'un flot de papiers et de livres se répand par terre.

— N'importe où. N'hésite pas à semer la pagaille, dit Jack en posant Amy.

— Ben voyons, lui dis-je en marmonnant.

Et je lui lance un livre tandis qu'Amy me rejoint et s'accroupit.

Je commence à tout rassembler. J'empile les revues et m'apprête à ramasser la dernière quand je m'aperçois qu'il s'agit du magazine *Mariages*.

— Tiens tiens, dis-je en haussant un sourcil.

Amy me prend la revue des mains et la presse contre ses seins.

— C'est quelqu'un au boulot qui me l'a donnée, dit-elle en rougissant.

Mais je la connais par cœur. Elle ment.

Gênée, elle repose *Mariages* sur la pile, puis se lève rapidement et s'essuie les paumes sur son vieux jean. Elle sait et je sais qu'elle est démasquée.

Ces derniers mois, elle n'a pas arrêté de me répéter sur tous les tons que l'industrie du mariage était scandaleuse, qu'elle ne voulait pas être une nouvelle victime de l'arnaque nuptiale. J'étais totalement de son côté. J'ai admiré et encouragé son attitude saine, discrète et sans chichis concernant son mariage avec Jack. Mais à trois semaines du jour J, voilà qu'elle lit la presse maritale et marche à fond dans la combine.

— Faisons le tour du propriétaire, dis-je en la suivant dans le salon.

— Ça va être génial, soupire Jack en embrassant du regard l'espace vide. Plein de lumière pour que je puisse travailler... On mettra des étagères là, dans l'alcôve, une banquette sous la fenêtre...

Je le taquine :

— Est-ce que par hasard ça voudrait dire que tu comptes bricoler toi-même ?

— Tu verras, dit-il en me jetant un regard de biais. Bon, allons chercher le reste.

Je ronchonne :

— Tu es un esclavagiste, Jack Rossiter.

Il passe un bras autour de moi et m'escorte vers la porte. Je laisse pendre mes bras comme un babouin, avec déjà l'impression que mes jointures raclent le sol à force d'avoir porté trop de cartons.

— Plus tôt on aura fini, plus tôt on pourra aller au pub, dit-il platement.

Mais ça prend des plombes pour décharger les affaires de cuisine d'Amy de ma voiture et il y a encore un camion de location bourré à craquer des affaires de Jack. Y compris quelques toiles très délicates.

Amy est dans la cuisine, à déballer, quand je monte la dernière toile.

— Elle n'est pas un peu trop... jaune ? je demande en l'examinant.

— Chose étrange, elle s'intitule *Etude en jaune*, mais je ne m'attends pas que des pontes de la télé comme toi en apprécient les subtilités, se moque Jack en la prenant.

Je m'y cramponne pour mieux la regarder. Je n'ai jamais été une fanatique des œuvres de Jack.

Comme Amy, j'ai une prédilection pour les nus – des nus magnifiques, en plus. Mais là c'est différent.

— Je ne sais pas. Ça me plaît assez.

— Ce n'est pas l'avis de mon père. Il l'a achetée, mais il l'a trouvée trop lumineuse pour son bureau et il me l'a rendue.

— Je trouve qu'elle serait idéale dans un bureau. Je la verrais bien dans le mien. Le jaune est censé être une couleur relaxante.

— Prends-la, dans ce cas, dit soudain Jack.

— Je ne peux pas... je...

— Non, sincèrement. Prends-la, H. Un de ces jours, je vais peut-être cartonner et ça vaudra une fortune.

— Tu es sûr ?

Amy sourit, s'approche de Jack et passe un bras autour de sa taille.

— C'est le moins que nous puissions faire pour te remercier, dit-elle en inclinant la tête contre la poitrine de Jack.

Hein quoi comment ?

Nous ? Ça fait quatre heures et dix-neuf minutes qu'elle vit avec Jack et elle se comporte déjà comme une de ces épouses béates dans une pub pour emprunt immobilier. Mais Jack passe un bras autour d'elle, ils sont tout sourire, et je comprends qu'il est sur la même longueur d'ondes. Tout d'un coup, je me sens déstabilisée, avec l'impression d'être une intruse dans leur espace.

— Et maintenant... on va au pub ? demande Jack en se dégageant.

— Pas moi, dis-je, bougonne.

— Allez, H, dit Amy. Il faut fêter ça.

— Non, non. (Je file vers la porte.) Je vous laisse marquer votre territoire – pissez sur les murs, baisez dans chaque pièce, enfin faites tout ce que vous voudrez...

L'*Etude en jaune* n'a rien de relaxant. A peine l'ai-je accrochée au mur de mon bureau le lendemain matin que je me sens stressée. J'ai envie de lancer des avis de recherche avec comme nom de disparu mon sens de l'humour.

Je n'ai jamais pensé que je ferais un jour partie des personnes qui stressent. Je croyais que le stress c'était bon pour les gens qui passent leur temps à jongler avec des millions à la Bourse ou à risquer leur vie. Les gens importants, en somme. Les gens plus âgés. Pas les gens qui produisent ce qui se fait sans doute de pire (et, oui, ça inclut *Deux Flics à Miami*) à la télé. Moi, en somme.

Je n'ai jamais été comme ça. Avant, je me pointais au bureau (assez tard), passais en revue une ou deux idées de programmation, appelais tous mes potes puis filais au pub vers les 6 heures. En gros, le cocktail idéal, deux tiers de glande et un tiers de travail.

Mais la journée d'aujourd'hui est typique du nouveau régime auquel je m'astreins. Je suis arrivée à l'aube, j'ai passé la moitié de la matinée à envoyer des e-mails râleurs et je n'ai même pas eu le temps d'aller aux toilettes.

Comme si ça ne suffisait pas, Brat, mon assistant pré-pubère, s'est montré quasi inutile toute la matinée. J'essaie de faire preuve de patience, mais tout à l'heure j'ai dû l'envoyer pour la cinquième fois corriger l'ordre de déroulement de l'épisode de demain, *Sœurs rivales* (c'est l'épisode où Allan, un laitier de Sheffield, accuse sa sœur Jean, une ménagère de Grimsby, d'aider des extraterrestres à kidnapper son enfant), et Brat était à deux doigts de pleurer. A présent, je viens de demander à Olive, la standardiste, comment s'en sortait Brat (son vrai nom c'est Ben, mais Brat lui est resté), et elle m'a dit qu'il me trouvait dure.

Moi ? Dure ? Je croyais que j'étais adorable.

Amy appelle à l'heure du déjeuner pour me remercier de les avoir aidés hier, et elle me confie qu'après mon départ elle a effectivement baisé avec Jack dans toutes les pièces.

— Trop d'infos, merci bien, dis-je en grimaçant.

— Je suis aux anges. Ça va être génial de vivre avec Jack, dit-elle dans un soupir.

— Ravie de l'apprendre. Parce que c'est censé durer très très longtemps.

— Tu en parles comme d'une peine de prison à perpétuité.

— Hmm. Tu verras bien. Tu vas vite raser les murs. Il se tient peut-être bien pour l'instant, mais je parie qu'il va acheter du papier toilette vert et autres horreurs masculines.

— H, tu n'es qu'une vieille sorcière cynique.

— L'expérience. Rien à voir avec le cynisme.

— Oui, eh bien, vous aurez tout le week-end pour me mettre en garde contre les hommes. Tout est déjà arrangé, au moins ? (Elle pouffe.) Qu'est-ce que je raconte ? Bien sûr que oui. Je m'adresse à la personne la mieux organisée de la planète.

— Tu l'as dit. Je t'enverrai un e-mail.

Je raccroche en me sentant mesquine et coupable. Je sais que ce n'est pas très joli, mais je ne me suis pas rendu compte quand Amy m'a demandé d'être sa demoiselle d'honneur que ça serait si compliqué. Je croyais que tout ce que j'aurais à faire, ça serait de tenir un bouquet de fleurs le jour J, de faire attention à ne pas marcher sur sa traîne puis de bécoter le premier venu. Grosse erreur. Aider Amy à franchir ce pas se révèle plus coûteux et plus accaparant qu'organiser les jeux Olympiques.

Le gros problème de ce week-end entre filles (pas une nuit, remarquez bien, pas une après-midi, ou un déjeuner, mais un week-end entier), c'est qu'Amy ne veut pas se contenter d'une virée dans un pub.

Non, non, non. Loin de là. Si Amy avait les moyens, elle se ferait un plaisir de rameuter toutes ses copines pour partir avec elles une semaine entière. Elle proposerait même dix jours à Ibiza, « juste en souvenir du bon vieux temps ».

De quel bon vieux temps elle veut parler, je n'en ai aucune idée. Nous n'avons certainement jamais été à Ibiza, et la dernière fois qu'elle est partie en vacances, c'était avec Jack, aussi je ne comprends pas pourquoi elle veut « jeter sa gourme » d'une façon aussi solennelle. Elle n'a rien d'une séduisante héroïne du XIXe siècle (malgré tous ses efforts) qu'on traîne de force dans le monde des hommes. Elle y vit déjà. Je comprendrais si elle devait du jour au lendemain devenir l'esclave attitrée d'un sérail sado-masochiste, mais là, franchement, je ne suis pas.

Je fais venir Brat dans mon bureau et, après lui avoir donné du courrier à taper et tenté de me faire pardonner mes engueulades du matin, je change de sujet de façon aussi naturelle que possible et adopte un ton tout ce qu'il y a de plus amical.

— Bon, où en es-tu dans ces réservations que je t'avais demandé de faire ?

Brat allume une cigarette et croise les jambes.

— Quelles réservations ? demande-t-il bêtement.

Je déteste quand il réagit ainsi. Il sait très bien de quoi je veux parler.

— Tu sais bien. Le week-end entre filles. Je t'ai demandé de me réserver un endroit pour sept personnes, il y a de ça des lustres !

Je le regarde recracher sa fumée et s'agiter sur sa chaise, mal à l'aise. Ça m'embête qu'il fume ici, mais vu que je suis la seule à avoir un bureau fumeur, ça serait assez hypocrite de mettre mon veto.

— Oh, ça. J'ai pas pu trouver un seul endroit comme tu voulais, commence-t-il.

Je pose les coudes sur le bureau et me frotte les yeux, avant de le regarder.

— Mais tu as bien réservé quelque chose, n'est-ce pas ?

Il acquiesce et lance sa cendre en direction du cendrier qu'Amy a volé pour moi dans un restaurant snob de Piccadilly. La cendre rate sa cible et s'éparpille sur mon bureau.

— Eh bien... oui, dit-il en balayant de la main les cendres avec un résultat médiocre. Je t'ai trouvé un super plan.

— Quoi donc ?

— Euh... Leisure Heaven.

— Leisure Heaven ! Cet horrible endroit qu'ils vantent à la télé ?

— C'est super chouette, je t'assure, dit Brat. Tu voulais des saunas et tous ces trucs de nana, eh bien, ils ont ça. Il y a des tas de toboggans aquatiques, et ils organisent même une soirée disco le samedi...

Je tire en arrière mes cheveux.

— Tu plaisantes ?

Il hausse les épaules.

— C'est le seul endroit que j'aie pu trouver.

Je ferme les yeux, et dans mon cerveau défilent des visions de sales mioches qui hurlent et pissent dans l'eau. Et ce n'est qu'un début. Imaginez des vacances style Club Med au milieu d'ados bourrés d'Ecstasy. La panique s'empare de moi.

— Et tous ces gîtes dont je t'ai parlé ? On doit sûrement pouvoir en trouver un de libre ?

— Tous complets. De toute façon, c'est trop tard. J'ai la brochure, si tu veux.

J'opine avec lassitude.

Pourquoi lui ai-je confié cette mission ? Pourquoi ne m'en suis-je pas acquittée moi-même ? C'est le cauchemar absolu. Ça m'apprendra à être la personne la mieux organisée de la planète.

Quelques minutes plus tard, Brat dépose la brochure sur mon bureau, ainsi que quelques messages.

— Merci, dis-je entre mes dents.

Je fais pivoter mon fauteuil pour faire face à l'*Etude en jaune*. Dans la vitre, je regarde le reflet de Brat qui s'éloigne. Est-ce mon imagination, ou a-t-il une expression béate sur le visage ?

Ça ne s'arrange pas dans l'après-midi. Eddie passe le plus clair de son temps à revoir la programmation et, à ma grande contrariété, je dois justifier chaque décision que j'ai mise au point avec lui ce mois-ci. Pour finir, il ferme la porte derrière lui et prend un ton dramatique pour me parler de l'imminent remaniement des programmes en haut lieu. C'est exactement ce qu'il me fallait : les puissants qui jouent à la roulette russe avec mon dur labeur. J'ai passé des mois à mettre tout ça au point. Fais-moi plaisir, Eddie, dégaine, ai-je envie de dire quand il s'en va, en clignant de l'œil et en se tapotant la narine. Vas-y, crétin. Fais-moi plaisir.

Ce n'est que quand tout le monde est rentré chez soi et que je me retrouve seule dans mon bureau que j'ai une occasion de jeter un œil à ma pile de messages. Il y en a un de Gav. Je le roule en boule et vise la corbeille. Panier ! Je n'étais pas avant-centre dans une équipe de basket scolaire pour rien.

Je consulte mes e-mails et souris :

A : Helen Marchmont
De : Laurent Chaptal

Salut, Helen. Tu es prête pour moi ? J'aurai besoin de toi d'ici une semaine le lundi. Appelle-moi – Laurent.

Je touche l'écran.

Laurent. Ah. Je crois l'entendre dire son nom avec son accent français. Je sais que c'est ridicule d'en pincer pour Laurent, vu que toutes les célibataires qui l'ont jamais approché à plus d'un mètre craquent pour lui, mais c'est plus fort que moi. De plus, à la différence de ces filles, moi j'ai droit à des e-mails personnels, et cela quotidiennement. Et elles n'ont pas une semaine de tournage avec lui.

Je meurs d'impatience.

Je dois reconnaître que j'ai eu un éclair de génie en proposant cette visite au sein de notre société sœur à Paris. J'ai justifié les frais en expliquant à Eddie qu'il était important que nous soyons plus proches de l'Europe. Et puisque parler à Laurent, qui dirige le réseau à Paris, est le seul privilège dans mon travail, ce serait dommage de ne pas en profiter pour me rapprocher un peu plus de lui.

Je m'aveugle, je sais. Mais son charme pétillant de Français me fait de l'effet. Même s'il est hors de question de me jeter dans ses bras, ça ne serait pas très professionnel. Mais bon, Paris en automne...

Je me dégage des draps froissés de mon fantasme et essaie de me reprendre. C'est ridicule. Laurent est probablement déjà marié, ou une horreur dans ce genre.

J'ai besoin de me faire sauter. C'est tout.

Il est 21 h 30 quand j'éteins enfin mon ordinateur. J'ai la tête sur le point d'exploser et j'avale quelques analgésiques dénichés au fond de mon tiroir. Je ferme mon bureau à clé, dis bonsoir aux femmes de ménage et attends l'ascenseur.

Je fredonne vaguement « Cry Me A River » quand l'ascenseur s'arrête au troisième étage. Lianne, une des présentatrices, monte avec moi.

Lianne n'est pas franchement la personne que je préfère au monde. Elle a la cinquantaine, même si elle prétend n'en avoir que quarante, et c'est une de ces femmes maniérées qui se prétendent dans le « métier » depuis l'invention de la télévision.

Ben voyons.

— Ah, Helen. Tout est au point pour demain ? demande-t-elle en secouant sa gigantesque permanente blonde.

Je mens pour la cinquantième fois de la journée :

— Bien sûr.

Comme si j'avais eu le temps ! Aujourd'hui, j'ai rattrapé mon retard d'hier. Ce soir je vais m'occuper de demain. Tout le monde connaît ça.

— Je jetterai un œil aux corrections de scénarios à la première heure, alors, dit-elle.

A la première heure ? Pourquoi est-ce que je m'embête à rentrer chez moi ? Je vais travailler toute la nuit à ce compte-là. Au fond, c'est aussi bien que je n'aie pas d'amoureux. Je ne vaudrais pas grand-chose.

— Tu es sûre que ça va aller ? demande-t-elle.

— Ne t'inquiète pas, dis-je en hissant mon sac sur mon épaule et en affichant un sourire tout sauf convaincant.

Mais Lianne me sourit. Elle m'a crue ! Je me demande ce qui se passerait si je desserrais les dents et laissais sortir le flot de paroles suivant : *Va gonfler quelqu'un d'autre, grosse vache. Fais-les toi-même tes révisions de scripts. Tu m'entends, pathétique produit avarié des années 80 ? Je m'en tape. J'ai ma vie.*

Sauf que j'en ai pas vraiment. De vie.

— Passe une bonne soirée, me dit-elle quand les portes s'ouvrent au rez-de-chaussée.

Mon appartement est un vrai bordel, et je suis tentée de tourner les talons et d'aller passer la nuit à l'hôtel. J'ai envisagé d'embaucher une femme de ménage, mais je n'arrive pas à faire le pas. Ça me paraît trop extravagant vu que ce désordre a été complètement généré par moi et par moi seule.

J'ôte mes chaussures et ouvre le frigo. Dedans, il y a des lasagnes précuites, un feuilleté poulet-jambon et un chili familial avec du riz, le tout venant de chez Marks & Spencer et périmé depuis cinq jours. De surcroît, il y a une salade italienne pour cinq personnes qui est devenue toute marron et gluante, une soupe qui a commencé à fermenter et une demi-barquette d'houmous.

Génial.

C'est comme ça toutes les semaines. Chaque fois je décide de prendre les choses en main et, en rentrant du travail, je fais d'énormes courses très chères en me promettant que cette semaine je mangerai sainement tous les soirs, et que non, je ne survivrai pas uniquement de sandwiches gras ou de plats indiens à emporter achetés au coin de la rue. Mais ça ne se passe jamais comme ça, parce que chaque fois je dois jeter toute la nourriture qui moisit dans mon frigo.

Cela fait environ six mois que je vis seule, mais je n'ai toujours pas appris les bases de la cuisine célibataire. C'est vraiment délicat. Au lieu de ça, j'achète tout pour six personnes, en entretenant le petit fantasme que quelqu'un – qui, je l'ignore – va se pointer un soir à l'improviste et que j'ouvrirai mon frigo, étudierai soigneusement son contenu et concocterai un repas de gourmet en une nanoseconde. Je ne sais pas d'où je sors ça, vu que personne ne déboule jamais au dernier moment. En fait, ma vie sociale est complètement programmée, en général plusieurs semaines à l'avance. Rien ne s'improvise plus dans ma vie, et même si c'était le cas, ça ne se passerait sûrement pas dans mon appartement ; j'aurais trop honte du désordre.

Je verse des céréales dans un bol et regarde mon courrier. Il n'y a rien d'intéressant, juste des relevés bancaires et des publicités sans intérêt. Je dois avoir changé de tranche d'âge, ce qui est assez effrayant, parce que maintenant je reçois tout un tas d'offres dégradantes : séjours touristiques, concours gagnants bidon, catalogues vestimentaires hideux. Je balance tout ça sur le canapé et écoute les messages sur le répondeur. Il y en a un de mon frère qui se plaint que je ne lui ai pas donné de nouvelles depuis des lustres, et un autre de Gav, mon ex-petit ami.

Je m'assois sur le canapé et je l'écoute parler dans le vide, contrariée que le son de sa voix me noue encore l'estomac et que je puisse encore me rappeler comment c'était quand il habitait ici.

« Salut, c'est moi. Tu sais, j'ai essayé de te joindre au boulot, mais tu ne m'as pas rappelé. Il faut vraiment que je te parle, H. Tu me rappelles ? Je vais rentrer tard, mais tu peux essayer de me joindre au bureau demain. A plus. »

« A plus », je répète en regardant le téléphone.

Non mais quelle arrogance ! Qu'est-ce qu'il s'imagine ? Qu'il lui suffit d'appeler pour que je le reprenne immédiatement ? A-t-il l'audace de croire que je suis aussi seule sans lui qu'il l'est manifestement sans moi ? Quel culot ! C'est lui qui a eu peur de s'engager. C'est lui qui, après deux années de bonheur, a calmement et grossièrement manigancé pour que les choses se dégradent au point que j'ai dû y mettre un terme. C'est lui qui s'est barré en ne disant même pas « je suis navré ».

S'il veut me récupérer, il a intérêt à se lever de bonne heure et à ne pas lésiner sur les moyens.

Mais au fond de moi, ça me plaît. Parce que je savais qu'il faisait une erreur, et peut-être s'en est-il lui aussi rendu compte. Pourquoi m'appellerait-il sinon ?

Le soir où il est parti, je l'ai regardé faire ses bagages, prendre des livres sur mes étagères, des caleçons dans ma penderie, du shampooing et des rasoirs dans l'armoire à pharmacie qu'on avait installée ensemble, et je l'ai regardé sans rien dire, le cœur brisé. Parce que je ne voulais pas que ça se termine. Je ne voulais pas qu'il parte. Tout ce que je voulais, c'était comprendre. Simplement comprendre pourquoi il avait laissé nos précieuses relations se déliter.

Peine perdue. Une semaine plus tôt, je l'avais supplié de me dire s'il avait une liaison. Une autre femme : ça semblait la seule explication logique à son comportement. Mais Gav a joué les indignés et s'est mis dans tous ses états. On aurait dit que tous nos problèmes étaient ma faute, et ça, franchement, c'était le bouquet. Comment pouvais-je espérer qu'il m'aime alors que j'étais tout le temps méfiante ? Comment pouvait-il être bien dans sa peau si je passais mon temps à le rabaisser et à l'étouffer ? Comment pouvait-il y avoir de la confiance entre nous alors que je passais mon temps à l'accuser d'infidélité ? Ça a duré comme ça jusqu'à ce qu'il n'ait plus de munitions. Puis il s'est muré dans le silence. Et ce pendant une semaine.

J'ai essayé de lui faire voir les choses de mon point de vue, je l'ai supplié de communiquer avec moi, mais pour finir j'ai compris que j'avais échoué. La seule option qui restait, sans sacrifier mon dernier lambeau de dignité, était de le laisser partir.

Ce qu'il a fait.

Il était minuit quand j'ai réussi à me calmer. La seule personne à qui je voulais parler, c'était Amy. Elle seule, je le savais, pouvait m'aider à surmonter ce sentiment de défaite que je ressentais.

Je savais qu'elle était sortie dîner avec Jack et je savais qu'il était tard, mais j'ai croisé les doigts tandis que son téléphone sonnait, en priant pour qu'elle soit rentrée. Finalement, elle a décroché et je me suis recroquevillée sur mon pouf, prête à déverser toute ma colère et ma peine.

— Amy, c'est moi.

— J'allais t'appeler. Tu sais quoi ?

— Un instant. Ecoute, je...

— Jack et moi on va se marier ! C'est pas super ?

Stringer

Jeudi, 19 h 02

Je sors d'une partie de squash avec Martin et consulte le chronomètre de ma montre. A en croire le guide *Londres de A à Z*, il y a plus de quatre kilomètres entre le club de sport de Martin et la maison de ma mère à Chelsea, aussi, en m'apercevant que j'ai battu d'une minute mon record personnel de la semaine dernière, je souris. Il y a deux ans, courir trois cents mètres m'aurait certainement achevé. Bien que l'air de septembre soit mordant, je transpire comme un cheval, et je fais une pause de quelques minutes, en fixant les fissures familières du trottoir devant la maison de Maman. Je me revois, enfant, jouer ici à la marelle avec ma sœur.

Maman et Papa ont acheté cette maison – briques rouges, trois étages, style victorien – il y a vingt-cinq ans. En 1974, l'année de ma naissance. C'était la raison pour laquelle ma mère, mon père et ma grande sœur, Alexandra, ont emménagé ici. Leur ancien appartement de Putney n'aurait pas été assez grand pour tous les quatre, et grâce à la somme qu'ils venaient d'hériter de mon grand-père, c'était la chose à faire. Maman a gardé la maison après son divorce en 1993. Xandra et moi avions alors quitté le domicile familial (Xandra pour emménager avec son petit ami et moi pour aller à la fac), aussi Maman s'est-elle installée avec ses affaires à l'étage. Et elle a converti l'entresol et le rez-de-chaussée en deux appartements distincts avec entrées séparées, qu'elle a loués.

Je pose mon sac de sport et sors mes clefs, puis descends les marches menant à l'entresol que je loue désormais à Maman. Une fois chez moi, je regarde mon courrier. Il y a deux factures : téléphone et électricité. C'est presque la somme qu'il me faudrait comme salaire. Il y a une lettre de David, le type qui s'occupe de mon suivi après ma cure de désinto. Il propose de passer me voir un de ces quatre le mois prochain. Il y a une enveloppe rose avec une invitation à une fête déguisée que Roger organise pour fêter son divorce avec Camilla. Le revivalisme des années 80 ne finira-t-il jamais ? Je me le demande. Il y a aussi une carte postale de Pete, mon meilleur pote à la fac, qui donne des cours de tennis en Californie. Enfin, il y a un formulaire du Ken's Gym pour le prochain Aerobathon en faveur des Enfants en détresse. J'imagine déjà les courbatures.

— Salut, beau gosse, lance gaiement Karen quand j'entre dans le salon.

Elle a un léger accent du Cheshire qui me flingue. Elle est assise sur le canapé. Sa casquette Reebok favorite est abaissée sur son front et dissimule ses cheveux coupés court et cuivrés. Logée entre ses mains se trouve une console de Play-station Sony sur laquelle ses doigts pianotent follement. Ses yeux sont scotchés sur l'écran de télévision, où Lara Croft se débat dans la dernière version de *Tomb Raider*.

— Qui c'est qui a gagné ? demande-t-elle.

Je traverse la cuisine et vais me prendre du jus de fruits dans le frigo. Il y a un parfum de cuisine épicée. Une poêle et un saladier dépassent de l'évier.

— Martin, je réponds en retournant dans le salon et en m'affalant à côté d'elle. Il m'a laminé. 9-4. 9-2. 9-4.

Depuis le temps que je joue avec Martin, je n'ai jamais gagné une seule manche. Il était à l'internat avec moi, puis on est tous les deux allés étudier l'économie à l'université d'Exeter. Tandis que je me spécialisais dans les sorties en boîte et la glandouille, lui apprenait les subtilités de la macro- et microéconomie. Résultat : il a été reçu premier et ça marche pour lui. Il est banquier dans la City.

— T'as essayé ce service que je t'ai montré dimanche ? demande Karen.

En plus d'être ma colocataire, et l'amour secret de ma vie, Karen est mon alliée dans la guerre clandestine qui se déroule contre Martin sur les terrains de squash londoniens. Karen faisait du squash au niveau régional quand elle était plus jeune, et elle m'a appris quelques astuces.

— Oui.

— Et ?

— J'ai tout gâché. Je me suis trop énervé. Il me

battait à plate couture. Tu sais comment je suis quand la pression monte...

— Te bile pas, dit-elle en collant ses genoux contre moi pour me rassurer. On retravaillera tout ça la semaine prochaine.

Je regarde Karen se défouler virtuellement tout en buvant mon jus de fruits et en décompressant. Elle est unique. Il n'y a pas deux façons de le dire. C'est le pire garçon manqué que je connaisse. Son accoutrement ordinaire se résume à une salopette en jean et des Reeboks usées. Il y a un skate-board recouvert d'autocollants près de ses pieds. Sa chambre est éloquente : posters du Manchester United et de skaters sur les murs, souvenirs footballistiques sur les étagères, fringues partout par terre. (Ma mère lui a dit que ça ressemblait à ma chambre quand j'avais neuf ans, une remarque typique de Maman, vu que c'était précisément ma chambre quand j'avais neuf ans.) Que Karen soit bordélique ne me gêne pas. Le fait est que ça m'éclate qu'elle se sente autant chez elle. C'est vraiment notre chez-nous, même si cette illusion se voit détruite chaque fois que son petit ami Chris vient dormir ici.

Je suis tombé horriblement amoureux de Karen les premiers mois où elle était là, et ça n'a pas l'air de vouloir se calmer. Mon estomac se noue chaque fois que j'entends ses clefs dans la porte, et parfois, au travail, je me surprends à rêver d'elle, je me demande où elle est et avec qui. Il ne s'est jamais rien passé entre nous, et je ne pense pas que ça changera un jour. Elle sort avec Chris depuis que je la connais et je ne lui ai jamais fait d'avances. Autant que je sache, elle ne se doute absolument pas de mes sentiments à son égard. Hormis le léger parfum de tension sexuelle entre nous, je pense qu'elle considère notre amitié comme un fait établi et immuable. C'est sans doute dû à mon attitude : tomber amoureux de quelqu'un mais rater le coche ; écouter mon cœur, mais ne pas agir en fonction de ce qu'il dit. Mais bon, je mentirais si je prétendais que tout espoir est mort. Il y a des jours – surtout quand nous sommes seuls tous les deux, ou quand elle râle après Chris – où je sens son regard sur moi : je me demande alors si son cœur s'emballe autant que le mien.

Chris est un drôle d'oiseau. C'est difficile à dire, mais je crois que je le penserais même s'il n'avait pas cette mauvaise haleine chronique et même si je ne trouvais pas sa copine adorable ni ne jalousais chaque seconde qu'il passe avec elle. Leur relation dure depuis leur première année de collège. Ils n'ont jamais vécu ensemble et Chris a esquivé les quelques allusions à une vie commune que Karen lui a faites au cours des ans. Il estime que la cohabitation n'est pas envisageable tant que leurs carrières ne sont pas irrévocablement établies. Il a été infidèle à Karen par deux fois avec des femmes qui, selon lui, ne comptaient pas. La première fois, cela a brisé le cœur de Karen, la seconde ça l'a endurci. Il a reçu un dernier avertissement. Je sais tout ça parce que Karen m'en a parlé. Je sais quant à moi que, si je sortais avec Karen, ma carrière et ma vie sociale seraient le moindre de mes soucis.

Cela fait six mois à présent que Karen habite ici, depuis que j'ai décidé d'augmenter mes revenus en plaçant une annonce dans *Loot* pour trouver un colocataire. Le message que j'ai rédigé était plutôt vague : « H. 25 ans cherche coloc même âge pour partager grd appt. Chelsea. H/F. Prof. ou pas. » Tout de même, j'ai été étonné par le nombre de réponses. Karen a été la dernière personne que j'aie vue. Elle était heureuse dans son travail (journaliste free-lance). Chris venait juste de débuter à Newcastle dans une boîte d'ingénierie. Elle le voyait tous les week-ends et ça se passait en général plutôt bien. Elle n'était pas du tout branchée symbiose. Elle ne me rabaissait pas, ni ne se laissait rabaisser par moi. Elle était parfaite. Elle emménagea la semaine qui suivit notre entrevue. Je tombai amoureux d'elle, puis devins son ami, et voilà toute l'histoire.

— Tu fais quelque chose ce soir ? demande-t-elle.

— J'ai rendez-vous avec Jack pour boire un verre.

— Comment va-t-il ? Toujours amoureux ?

— Complètement. Ça te dit de venir ?

Elle fait signe que non.

— Je crois que je vais me coucher tôt. Merde ! (Elle s'énerve contre l'écran et jette les commandes à l'autre bout de la pièce tandis que Lara mord une fois de plus la poussière.) Ces petits salopards me font chaque fois planter. (Elle me prend le jus de fruits des mains et en avale bruyamment une gorgée.) Alice est passée il y a une demi-heure.

C'est ma mère. Il y a quelque chose dans le ton de Karen qui me met sur mes gardes.

— Pour fureter ?

— Mouais.

— Qu'est-ce qu'elle voulait cette fois-ci ?

Karen a un sourire embarrassé.

— Comme d'habitude.

— Bon sang...

C'est le genre de choses qui me fait regretter d'être revenu m'installer ici. Je ne le dis pas méchamment. J'adore ma mère. Sincèrement. C'est juste que parfois j'aimerais qu'elle me laisse un peu tranquille. Je sais ce par quoi elle est passée, mais j'aimerais bien qu'elle m'accorde le bénéfice du doute. Il faut dire que je suis typiquement le type des photos titrées « après » dans les magazines. Je faisais peine à voir au début de l'an dernier – vraiment peine –, et ça n'a fait que dégénérer depuis la mort de mon père en 1996.

Il est mort d'une crise cardiaque, foudroyé au sortir d'une réunion du conseil d'administration de Sang, dont il était le directeur commercial au niveau européen pour la branche électronique. Il avait cinquante-neuf ans et devait prendre sa retraite six mois plus tard. Je l'aimais, et quand son cœur a lâché, le mien aussi, à sa façon. Au lieu de me tourner vers l'avenir, comme il me l'avait toujours conseillé, je me suis enfermé dans le présent. Papa était si jeune. Une semaine avant de mourir, il m'avait emmené dîner et tout chez lui avait l'air normal. Il m'avait sermonné pour que je cherche un emploi après les examens, et conseillé de mettre mon intelligence au service d'autre chose que le métier de DJ. Je dis sermonner, mais Papa n'a jamais été un enquiquineur, pas au sens traditionnel du terme. Simplement, il était ambitieux pour moi, et j'étais un peu trop jeune pour comprendre.

J'ai hérité un paquet de fric de lui et me suis offert une Porsche 911 d'occasion, j'ai loué une maison à Notting Hill, me suis équipé d'une chaîne dernier cri, et j'ai commencé à m'enfiler le reste du blé dans la narine. Rien ne semblait avoir d'importance. Tout claquer me suffisait, tant que je n'avais pas à trop réfléchir.

Fort heureusement, l'argent s'est tari au début de l'an dernier, et avec lui s'en est allé mon train de vie. J'ai dû renoncer à ma Porsche. Je l'ai échangée contre la vieille Renault 5 qui est garée devant la maison. Puis j'ai quitté mon appart à Notting Hill et, sur l'insistance de Maman, je me suis installé ici. Elle a dit que c'était parce que je ne pouvais pas me loger ailleurs (vrai), mais je pense aussi que c'était parce qu'elle voulait être en mesure de me surveiller. L'aspect le plus douloureux de ma vie d'avant, c'est la coke. Je suis rentré dans un centre de désintoxication le jour même de mes vingt-quatre ans, le 15 mars 1998. Ça remonte à plus d'un an. C'est le meilleur cadeau d'anniversaire que j'aie jamais eu. Je me suis également tenu à l'écart des tentations en arrêtant de faire le DJ et en évitant les clubs. Et j'ai dit adieu à la dépendance de la drogue pour une autre dépendance : la salle de gym tous les jours. J'ai même fini par y trouver un emploi à temps partiel.

Quand je repense à tout ça aujourd'hui, les boîtes de nuit ne me manquent pas vraiment. Enlevez les drogues et qu'est-ce qu'il reste ? Pas grand-chose. Je repense à cette époque et tout me paraît flou : un long voyage sans intérêt avec quelqu'un d'autre aux commandes.

Le « comme d'habitude » auquel fait allusion Karen n'est pas simplement la peur qu'a Maman que je replonge à nouveau. Ça va plus loin que ça. Ce qui l'inquiète, c'est qu'à vingt-cinq ans je ne lui aie pas encore présenté de petite amie. Elle voudrait bien savoir pourquoi, alors que j'ai tous les atouts – le physique, l'intelligence, la santé florissante –, je me démène à l'arrière du peloton humain quand, à ses yeux, son fils chéri aurait dû depuis longtemps se qualifier bon premier ?

Il y a, bien sûr, des réponses que je peux apporter à ces questions. La plus évidente – et c'est un argument que j'ai exposé à Maman en de nombreuses occasions –, c'est que ne pas avoir de petite amie régulière est parfaitement normal pour un garçon de mon âge et ne signifie pas, comme elle le suppose, que je suis dangereusement sur le point de devenir un de ces hommes que ma tante Sarah décrirait comme « bizarre et à éviter ». Enfin, il y a cette histoire de coke. En cela, au moins, on peut dire que j'ai accompli des progrès formidables. Au lieu d'attendre, comme pas mal de gens que je connais, d'avoir vingt-cinq ans pour m'y mettre (soi-disant, souvent pour des raisons financières plus que par choix), j'ai déjà, comme on dit, donné. Bien trop jeune, certainement, mais ça fait un écueil de moins à éviter, j'espère.

J'interroge Karen :

— Qu'est-ce que tu lui as dit ?

— Qu'elle n'avait pas à s'en faire. Je lui ai dit que les gens évoluent à des vitesses différentes, et que ce n'était pas parce que tu habitais encore dans la même maison que ta mère, sans petite amie, et vivais au jour le jour avec un boulot mal payé et hyper stressant que ça faisait de toi un loser.

Les facultés analytiques de Karen ne cessent de m'étonner.

— Et qu'est-ce qu'elle a répondu ?

— Que quand elle avait ton âge elle était mariée

et avait déjà accouché de Xandra et toi, et qu'elle vivait une histoire d'amour, et que ce que tu faisais n'était pas normal.

— Normal ? Mais qu'est-ce que ça veut dire, « normal », bon sang ? Elle regarde pourtant la télé ? Elle devrait savoir alors que « normal » ça ne veut plus rien dire. (Une pensée me vient.) Ou peut-être bien qu'elle regarde trop la télé. Peut-être est-ce le fait que je ne sois pas un transsexuel qui couche avec la belle-mère de la fille divorcée du mari de mon meilleur ami qui la gêne. Peut-être est-ce pour ça qu'elle me trouve bizarre.

Karen ignore calmement cette tirade.

— Elle n'a pas précisé. Elle m'a juste demandé si je pouvais fournir une explication à l'état actuel de ta vie sentimentale.

— Et tu en as une ?

Karen me rend le jus de fruits, traverse la pièce et récupère la console. Elle me jette un coup d'œil et fait la moue.

— Je lui ai dit que tu envisageais de te faire moine.

Je m'étrangle à moitié avec la gorgée de jus que je viens d'avaler. Karen revient sur le canapé et m'assène une claque dans le dos.

— Pourquoi est-ce que tu lui as dit ça ?

— Je me suis dit que ça lui clouerait le bec.

Je me prends la tête à deux mains.

— Tu t'es dit quoi ?

— Franchement, Stringer, elle se pointe ici disons trois, quatre fois par semaine. Pas de problème pour toi, vu qu'en général t'es au boulot, ou à la salle de gym, ou je ne sais où. Mais sérieusement, il fallait que je lui dise quelque chose. Elle me tape sur le système. Et j'ai pensé qu'en lui sortant ça elle la bouclerait. Enfin quoi, on ne peut pas discuter avec Dieu et l'Eglise, non ? Et ça colle : pas de petite amie ; manque de succès dans une société qui tourne autour de l'argent...

Il me faut quelques secondes pour digérer tout ça. Finalement, je demande :

— T'as réussi ?

— Réussi à quoi ?

— A lui clouer le bec.

— Ouais.

Je me lève et m'en vais prendre une douche.

— Ben chapeau, dis donc.

Une heure et deux bières plus tard, je me suis remis du choc. Ma mère croit à présent que son unique fils va se faire tonsurer et se retirer dans un monastère sur une lointaine île écossaise. Bravo.

Je suis au *Zack*, le bar d'élection de Jack. Je suis assis à notre table habituelle, et Jack, en jean et tee-shirt gris, est au bar à bavarder de tout et de rien avec Janet, la proprio. C'est elle qui sert les boissons. Elle approche la quarantaine et elle est très séduisante. La fausse bouteille de bière peinte avec laquelle Jack a réglé son ardoise à la fin de l'an dernier est fièrement suspendue au mur, derrière Janet. Ça me plaît pas trop, mais l'art moderne n'a jamais été vraiment ma tasse de thé.

J'aime beaucoup Janet. Il en a toujours été ainsi. Elle a presque quinze ans de plus que moi, mais on s'entend bien. Comme pour les trois ans d'écart entre Jack et moi, ça ne compte guère. Un soir, l'an dernier, je suis resté avec Janet jusqu'à 5 heures du matin, à discuter au bar. Jack a traîné jusqu'à

3 heures, avant de partir avec son fameux regard qui disait : « Ne fais rien que je ne ferais pas. » Il n'avait aucune raison de s'inquiéter. Coucher avec Janet n'était pas dans mes priorités. Nous étions deux personnes qui avions envie de simplement passer du temps ensemble. C'est le genre de nuit que j'aimerais vivre plus souvent.

Je me rappelle que le téléphone a sonné le lendemain matin. Je bossais uniquement à la gym à l'époque, et je ne quittais en général l'appartement qu'après le déjeuner.

— Alors tu l'as sautée ? a demandé une voix masculine que je n'ai pas immédiatement reconnue.

« Sauter » ? Charmant.

— Sauté qui ?

— A ton avis ? Janet.

— Ah, ai-je fait, identifiant mon interlocuteur. Mr Jack Rossiter, I presume ?

— Qui d'autre irait fouiner dans ta vie sexuelle à cette heure-ci du matin ? demanda-t-il, non sans perspicacité, vu que Jack est le seul de mes amis à croire qu'il a le droit de se comporter en confesseur sexuel.

— Je n'ai sauté personne, Jack. Sauter, c'est ce que font les fillettes qui jouent à l'élastique. Si tu veux savoir si j'ai baisé Janet, la réponse est non. Autant que je le sache, elle est sûrement en train d'ouvrir le *Zack* à l'heure qu'il est, aussi fringante qu'au jour de sa naissance.

— On ne dit plus baiser, m'interrompit Jack, mais tirer son coup. As-tu défoncé son sillon, secoué son buisson, arrosé sa motte, ramoné son terrier, inondé sa prairie ?

vous présente Jack Rossiter, le champion de iétaphore rurale.

— Ai-je eu des rapports sexuels avec elle, Jack ? C'est ça que tu me demandes ?

— Oui.

— Ça serait rapporter.

— Eh bien, rapporte...

— Non.

— Et moi je parie que si.

Je n'ai pas contredit Jack. Je ne le contredis jamais. Je le connais trop pour le faire. Une dénégation répétée de ma part n'aurait fait que confirmer ses soupçons. Bien que lui laisser croire que j'ai couché avec Janet ne fût pas particulièrement sympa pour cette dernière, je n'ai pas réellement menti. A cet égard, le problème était vraiment du côté de Jack, pas du mien.

Tout vient du regard que Jack pose sur moi. C'est un de ces types qui analysent tout et trop. Il aime que tout soit logique et bien à sa place. Telle vis pour telle cheville, si on veut. Plus crûment, la cheville qui me correspond, selon lui, est celle que j'imagine entre les jambes d'une femme. Jack pense que je devrais être ainsi et suppose donc que je suis ainsi.

Un exemple : les surnoms que me donne Jack. La plupart de mes amis, assez judicieusement, m'appellent soit par mon prénom soit par mon nom : Greg, ou Stringer. Pour Jack, toutefois, neuf fois sur dix, je suis M. Etalon. Avant de tomber amoureux fou d'Amy l'an dernier, il m'appelait également l'Appât. Les gens normaux ont tendance à associer ce terme à des vers, des asticots ou de la mie de pain – tout ce qu'un poisson prédateur peut trouver à son goût. Venant de Jack, toutefois, c'est de l'ordre du compliment. Ça veut dire pour lui que je suis beau. Que je suis le genre de type qu'il est bon d'avoir avec soi quand on essaie de lever des nanas.

Jack m'a dit un jour :

— Tu sais ce que pensent les femmes quand elles te voient ? Elles pensent grand, sombre, beau. Un beau mec. Elles pensent : Mon Dieu, faites qu'il soit à moi cette nuit. Mais tu sais le meilleur ?

— Non, Jack. Eclaire ma lanterne.

— Le meilleur c'est que tu ne les déçois jamais.

Comme pour l'incident avec Janet, je ne l'ai pas détrompé non plus.

Je ne suis pas complètement innocent quant à la perception que Jack a de moi. Je n'ai jamais hésité à cultiver une image publique de moi-même. Aujourd'hui, c'est Etalon, mais avant ça c'était Bête de Fête. C'est comme ça qu'on s'est rencontrés avec Jack : à une fête. C'était il y a trois ans, en 1996. Je dis *une* fête, bien qu'en réalité ce fût *ma* fête. Je dis *une* fête, parce que alors – avant que l'argent s'épuise – j'en organisais tellement qu'elles n'avaient rien de personnel.

— Bref, dit-il en retournant à notre table avec deux Bud fraîches et en s'asseyant en face de moi, assez parlé d'Amy et de moi. Et toi ? (Il passe distraitement ses mains dans ses cheveux châtains.) Tu sors avec quelqu'un en ce moment ? Rappelle-moi comment c'est d'avoir vingt-cinq ans et d'être célibataire. Ça me semble si lointain.

— C'est très calme pour le moment, l'Ancien, dis-je.

Je garde un œil sur la porte des toilettes pour

hommes qu'a franchie tout à l'heure un type en cuir de motard. Je me tortille sur ma chaise, avec une sacrée envie de pisser.

Jack me regarde d'un air sceptique.

— Quoi, tu ne vois personne ?

— Rien de sérieux.

— Ah, dit-il. Je préfère ça. Laisse-moi deviner : l'étudiante que t'as draguée au *Lupo* ? demande-t-il, une étincelle dans ses yeux marron.

L'étudiante en question s'appelle Mandy. Je l'aimais bien, mais malheureusement il ne s'est pas passé grand-chose. La dernière fois que Jack l'a vue, c'était il y a deux semaines, alors qu'elle grimpait à l'arrière d'un taxi avec moi devant le bar à vin *Le Lupo,* à Soho – de là son intérêt.

— Du passé, lui dis-je fermement.

— Trop jeune pour toi, de toute façon, marmonne-t-il en comprenant que je ne suis pas disposé à en dire plus sur la question.

— Non, l'Ancien, trop jeune pour toi.

Avant qu'il ait le temps de protester, je change de sujet :

— Le repas-témoin. Amy et toi, vous êtes prêts pour mercredi prochain ?

Le repas-témoin. J'ai dit ça l'air de rien, mais en vérité c'est une super affaire pour moi. Deux mois plus tôt, j'ai reçu un appel de Freddie DeRoth. Un revenant. La dernière fois que je l'ai vu, c'était en 97, à un anniversaire où j'officiais comme DJ. Freddie était présent et s'occupait de la nourriture. Il possède une boîte branchée spécialisée dans l'organisation des fêtes du nom de « Chichi », et qui est le traiteur de la jet-set. Bref, le téléphone sonne. Il se trouvait que son bras droit avait décidé de prendre le large et d'émigrer en Australie, et mon nom avait été proposé comme remplaçant possible par un ami commun – ma mère, en fait. Bourré de coke comme je l'étais la première fois que je l'avais rencontré, je m'étais bien entendu avec lui, aussi je me suis dit : pourquoi pas ?

J'ai quitté mon boulot à la salle de gym, et ça fait maintenant plus de six semaines que je bosse pour Chichi. Je n'étais pas très sûr au début d'être fait pour ça. Les horaires sont longs, le salaire bas, la pression constante, et entretenir la réputation de la boîte est une tâche infernale. En fait, tout s'est super bien passé. Freddie a l'étoffe d'un mentor, il m'en fait baver, mais c'est un bon prof. Pour la première fois depuis que j'ai passé mes examens, je me retrouve dans un endroit où j'ai vraiment envie d'être et j'ai le sentiment de progresser.

C'est pourquoi ce repas-témoin est si important. Il s'agit d'assurer pour le mariage de Jack et Amy. C'est mon premier boulot en solo et Freddie s'est montré vraiment chouette, me laissant les coudées franches dès le début. C'est quelque chose que j'ai envie de faire bien, pour montrer à Freddie qu'il a embauché la bonne personne et pour me prouver que le népotisme n'est pas la seule raison pour laquelle j'ai décroché ce travail. Et puis, bien sûr, il y a Jack. Je veux que son mariage soit la meilleure fête à laquelle il ait jamais assisté – un jour à marquer d'une pierre blanche.

— Ouais, impec, dit Jack. Amy a pris sa journée.

— Et toi ? Comment ça se passe avec le *Zira* ?

Il soupire. Le *Zira* est un restaurant de Notting Hill. C'est hyper branché, à en croire Freddie qui est au courant de ces choses-là. Ça fait trois semaines qu'ils ont passé contrat avec Jack pour qu'il leur fasse une fresque murale.

— Toujours la même chose, dit-il. Ils n'arrivent pas à choisir une date de fermeture pour que je puisse me mettre au travail. (Il hausse les épaules.) Mais bon, s'ils veulent continuer à me filer de l'argent chaque semaine pour rien, ça me va.

— Un boulot sympa si tu peux l'avoir, dis-je en chassant de mon visage la fumée de cigarette de Jack et en reprenant une gorgée de bière.

— Ça t'embête si deux autres personnes prennent part à ce repas ?

— Aucun problème, je réponds automatiquement, tout en pensant à KC, le chef quelque peu versatile de Chichi, qui pourrait bien être contre. Qui ça ? De la famille ?

— Mes parents ? demande Jack en riant. Pas question. Je veux que ça soit drôle, pas une rediffusion de *Kramer contre Kramer*. Je pensais plus à Matt et H. Oh, et à Susie, une autre copine d'Amy. Et toi, bien sûr – tu comptes manger avec nous, n'est-ce pas ?

— Absolument, mais nous avons beaucoup de travail en ce moment, aussi je serai sûrement en train d'aller et venir.

— Bon, comme tu veux. Mais *grosso modo* on sera six, comme ça on pourra alterner fille/garçon.

Environ six. J'imagine la tête de KC. Ça ne va pas être joli à voir. Mais c'est Jack le client, et le client a toujours raison, non ? KC devra s'y faire.

— Qui est Susie ? je demande en chassant KC de mon esprit.

Jack me donne toutes les infos :

— Susie. Célibataire. Mignonne. Sympa. Le genre de fille que tu adores rencontrer.

Je roule des yeux.

— Tu dis ça de toutes les femmes.

Jack sourit.

— Je dis toujours ça, parce que c'est toujours vrai.

Je le mets au défi :

— Un exemple.

— Un exemple de quoi ?

— D'une seule fois depuis que je te connais où tu m'as présenté une fille avec succès.

— Oooh, dit Jack, l'air vexé. T'es dur, là.

— Pff.

Il hausse les sourcils.

— Vraiment dur, tu sais.

— Tu trouves que je suis dur ? Alors réponds-moi. (Il fait la moue, ne dit rien, et moi, du coup, je savoure ma victoire.) Tu ne peux pas, hein ? Tu ne peux pas me citer une seule fois, pas une.

Ses yeux s'éclairent soudain.

— Et Julie Noll ? demande-t-il.

— Qui ?

— Julie. La fille que je t'ai refilée au barbecue de Chloé l'an dernier. Un mètre soixante-dix, un joli sourire, des jambes superbes...

Je termine pour lui :

— Un cerveau gros comme une planète, un petit ami qui joue au rugby à Bath ? Ah oui, je me souviens d'elle. Elle avait un sacré succès, hein ? « Connard de snobinard londonien. » C'est comme ça qu'elle m'a décrit. Devant moi.

— Ce n'est pas ma faute.

— C'est vrai, tout comme le soir où il a fallu

expulser *manu militari* ce cinglé en pantalon de cuir qui a essayé de te tuer parce que t'avais sauté sa copine...

— Jons, dit-il avec un geste de la main. Un malentendu.

— Et ce n'était pas ta faute, je suppose, si j'ai dû passer le reste de ma soirée aux urgences avec un sac de glaçons sur l'œil, après que le susmentionné cinglé eut décidé de me tabasser alors que je rentrais chez moi...

— Qu'est-ce que tu essaies de me dire, là ? demande Jack. Que tu ne sais pas draguer, ou que je ne sais pas rabattre ? Parce que, très franchement, Etalon, je ne peux prendre aucune de ces théories très au sérieux. Peut-être que la faute en revient à Julie Noll. Peut-être que Julie Noll était en fait Julie Nulle.

— Non, Jack. Ce n'était pas la faute de Julie Noll. Julie Noll m'a pris en grippe dès qu'elle m'a vu – et c'était son droit. Tu es fautif parce que tu n'as pas deviné qu'elle réagirait ainsi et parce que tu as essayé de nous mettre dans les pattes l'un de l'autre.

— D'accord, d'accord, concède finalement Jack. Les choses ne se sont pas passées comme prévu.

— Non, en effet, et tu veux savoir pourquoi ?

— Non, mais je pense que de toute façon tu vas me le dire...

— Parce que tu n'es pas la reine des entremetteuses, voilà pourquoi. Tu es Jack Rossiter. Si tu étais un super héros, tes super pouvoirs se résumeraient à des reparties médiocres, une haleine qui sent le tabac et des techniques masturbatoires anormales. Tu n'aurais ni capacités extraordinaires d'appariement, ni cheveux roux, ni petit thème musical dès que tu te pointes.

Jack glisse une nouvelle pastille de chewing-gum à la menthe dans sa bouche. Ses yeux pétillent.

— Je ne vois pas ce qu'a d'anormal le fait de...

— Entendu, dis-je, mais à part ça, tu admets que j'ai raison.

— Susie est différente, insiste-t-il. Je suis sérieux. Elle habite au bout de ta rue.

Au bout de ma rue, bien sûr. Pour ce qui est des femmes, je doute que Jack sache même dans quel pays j'habite.

— Six en tout, alors, dis-je. A déjeuner.

Je remarque que le motard est revenu s'asseoir au bar et sirote sa bière. Ma vessie paraît sur le point d'exploser.

— Bien, dis-je à Jack. On commencera à 13 h 30. Maintenant si tu veux bien m'excuser...

Je prends une gorgée de bière, me lève et désigne de la tête les toilettes.

— Tu vas siphonner le python ?

— Exactement, dis-je en traversant la pièce.

Deux filles – une blonde et une brune – qui sont au bar me dévisagent quand je passe. La blonde sourit, et je lui rends son sourire. Je la reconnais vaguement mais n'arrive pas à me rappeler son nom. J'ai dû la croiser dans le métro, dans un bus, ou dans n'importe quel bar.

Je ne m'arrête pas.

Des urinoirs immaculés occupent tout un mur des toilettes. Face à eux, campés sur le sol carrelé, deux hommes. Je suis surpris. J'ai vaguement surveillé les allées et venues aux toilettes et croyais qu'elles étaient vides. Je fixe le dos des types. Ils ont adopté l'attitude universelle – épaules baissées et bassin fier – du mâle qui prend plaisir à pisser. Le bruit de leur urine qui rugit dans la rigole d'acier les fait ressembler à deux chameaux qui font le plein après la pause-oasis. Ils parlent football, et l'un d'eux se tourne vers moi et me regarde, indifférent, avant de se pousser de côté pour me faire de la place et de reporter son attention sur les affaires en cours.

Je contemple brièvement l'espace entre eux, mais en vain. Je sais exactement ce qui va se passer si je franchis ces deux pas et me pointe là : rien. Je vais déboutonner mon jean, sortir ma bite et puis me figer. Le bruit des deux chameaux va emplir mes oreilles et je vais contempler mon engin rabougri, en priant pour que ne serait-ce qu'une gouttelette de pipi montre sa triste mine. Ça ne se produira pas, toutefois, parce que ça ne se produit jamais. Je souffre d'un trouble nerveux de la vessie, et il m'est impossible de faire pipi à moins de trois mètres d'un autre homme. Puis viendra la honte. Les types qui m'encadrent vont finir leur petite affaire, mon silence va s'imposer, et il ne servira à rien de dire : « J'ai horreur quand rien ne sort, pas vous ? » parce que ce n'est pas à eux que ça arrive, mais toujours à moi. Ils voudront savoir pourquoi, aussi ils regarderont, et alors ils sauront. Et ils comprendront la sordide vérité.

Or la sordide vérité est la suivante : j'ai une toute petite bite.

J'ai une toute petite bite et, qui plus est, une bite pleutre, qui préférerait m'humilier en public en se cachant dans mes poils plutôt que d'accomplir la simple tâche d'agir comme canal pour mon urine.

Je vais dans la cabine au fond des toilettes, ferme la porte et abaisse le verrou, relève le siège, baisse mon pantalon et m'assois, le tout en faisant le plus de bruit possible. Ma façon de dire : *Je suis ici pour faire caca et non parce que j'ai honte de la taille de ma bite*. Le besoin pressant d'uriner se fait à nouveau sentir et je reste là, à me soulager, sans la moindre contrepartie spirituelle. Je contemple mon nid pubien et ses deux œufs poilus.

J'ai une toute petite bite de rien du tout.

Inutile de tourner autour du pot, si je puis dire. Elle est là, incontournable, et pend (si une chose d'un poids aussi insignifiant peut être sujette aux lois de la gravité) misérablement entre mes cuisses. Là où d'autres hommes ont des serpents, je n'ai qu'un asticot. Là où d'autres hommes sont montés comme des ânes, je suis monté comme un moucheron. Les autres hommes peuvent se vanter d'une troisième jambe, moi je suis un amputé. Je ne suis pas le python dont parle Jack, et encore moins son Etalon – sauf s'il pense à des poneys shetlands, bien sûr.

Dire que j'éprouve des sentiments mitigés quant à cette partie de mon anatomie serait mentir. Mes sentiments sont clairs et, à défaut d'expression plus adéquate, complètement pertinents : je déteste ma bite. Je la déteste avec la même passion que les autres types de mon âge réservent aux impôts, aux dictatures militaires ou, disons, aux talents musicaux d'Abba.

A l'école, que j'ai fréquentée jusqu'à ce que je passe mon brevet à l'âge de treize ans, ce n'était pas trop un problème. J'ai connu la puberté assez tôt, et, dans les douches communes chaque matin, non seulement je dominais les autres enfants par ma taille, mais j'avais également les lauriers supplémentaires d'une région inférieure proprement chaumée. Que ma bite n'ait pas connu une croissance proportionnelle à celle du reste de mon corps, personne alors ne s'en apercevait. Cela vint plus tard, au lycée. Là, les corps des autres garçons m'ont vite rattrapé, *idem* pour leurs bites, et c'est à ce moment-là que la honte m'a vraiment frappé de plein fouet.

La triste vérité, toutefois, demeure que ce qui est à moi est à moi et, hormis une intervention chirurgicale radicale, le restera. Non que la pensée d'une intervention chirurgicale n'ait pas déjà traversé mon esprit. Lors d'une descente de coke après une fête particulièrement agitée, je suis même allé jusqu'à découper dans le journal une de ces publicités vantant l'amélioration de la virilité, et j'ai même composé le numéro de la clinique. Une femme m'a répondu, mais je me suis dégonflé. Il y a eu aussi la publicité pour la Penipompe XXL au dos d'un magazine porno alors que j'étais à l'Université. 19, 99 livres et deux heures de pompage plus tard, toutefois, je n'avais à exhiber qu'un asticot plein d'ecchymoses et une crampe au coude.

J'ai essayé de voir le bon côté des choses. J'ai médité sur Dieu qui donne et qui reprend. Je me suis dit que si, dans mon cas, Dieu m'avait donné beauté, santé et forme physique, et en retour pris quelques centimètres vitaux de muscles amoureux, alors c'est qu'il devait en être ainsi. J'ai essayé de me dire tout ça, mais ça n'a pas marché. Si j'avais la possibilité de modifier quoi que ce soit, j'en serais réduit à changer de nom et à prendre celui de Quasimodo.

J'entends le bruit d'une braguette qu'on remonte, de pas qui s'éloignent et de la porte des toilettes pour hommes qui s'ouvre et se referme quand les deux types s'en vont. Seul résonne le bruit de ma pisse.

— Tu es repéré, dit Jack quand je reviens m'asseoir. Les deux nanas au bar. Elles t'ont maté tout à l'heure, quand t'es allé aux gogues. Elles te zyeutent maintenant.

— J'ai déjà vu la blonde quelque part, lui dis-je.

Je suis tenté de me retourner pour la dévisager, mais je n'en fais rien. Ça ne serait pas très discret.

— Je ne peux pas franchement vérifier la chose depuis ma place.

— Alors tu comptes faire quoi ?

— Comment ça ?

— Ben, tu vas pas rester le cul posé ici, non ?

J'éclate de rire.

— Et pourquoi pas ?

— Parce qu'elle se dirige droit vers toi...

— Stringer, c'est ça ? demande la blonde.

J'ignore Jack et son air hilare.

— Oui.

Elle sourit, avant d'annoncer :

— Je t'ai vu à une soirée au début de l'an dernier.

Je ne me souviens pas d'elle. Guère surprenant, toutefois, vu comment je devais être pété à l'époque. Je continue d'examiner son visage et, plus particulièrement, sa bouche. Je décide qu'on s'est peut-être roulé une pelle. Sûrement pas plus. Une vague liaison buccale qui n'a duré qu'un soir.

— Oh oui ? dis-je d'un ton peu engageant. Et c'était où ?

— Chez un snobinard de Notting Hill. Tu faisais le DJ.

— Ça devait être ton ancien appart, dit Jack, sympa. Il organisait des super soirées, hein ?

Elle acquiesce et me dit :

— Moi c'est Samantha, tu te rappelles ? Et ma copine là-bas, c'est Lou. On peut se joindre à vous ?

Je finis mon verre.

— On doit partir, dis-je.

Jack hausse les épaules avant de prendre son verre et de m'imiter.

— Ouais. On doit retrouver des copains.

Sur le trottoir, quelques minutes plus tard, quand Jack me demande pourquoi j'ai bousillé une occasion de draguer aussi chouette, je lui dis que Samantha n'est pas mon genre. Je lui dis ça parce qu'il m'est impossibe de lui expliquer – de lui dire, surtout à lui – que ce n'est pas uniquement devant les hommes que j'ai peur de sortir ma bite.

Susie

Samedi, 6 h 50

Et zut. Je suis au lit et j'essaie de me concentrer sur le plafond, ce que je fais d'ordinaire quand je me réveille, sauf que là il ne s'agit ni de mon lit ni de mon plafond.

Zut, zut et zut : miss Morgan s'est encore comportée n'importe comment.

Je remue doucement, essaie de m'extirper de sous l'avant-bras poilu et pesant de... de... hum... voyons voir... Dave. Non, pas Dave. Dave c'était le chauve.

Bon sang ! Comment il s'appelle ?

Il grogne et se tourne, et l'odeur âcre du sexe rance jaillit de sous la couette. Je regarde son dos et essaie de recoller ensemble les événements qui ont conduit au fait que, une fois de plus j'ai échoué, à me réveiller un samedi matin dans mon lit. Je peux toujours courir pour tenir à jour mon journal intime.

Bon, voyons voir. Je me rappelle avoir pris un verre avec les copines au pub, et on a fait les folles, comme d'habitude. Puis après je me rappelle avoir bavardé avec une bande de musiciens, être allée avec eux dans un club branché de Soho, et j'ai dû rentrer avec celui-là, le chanteur, je pense. Je suis vraiment fortiche pour me coltiner des artistes.

Il a chanté plusieurs de ses chansons, je suis devenue l'esclave gnangnan de mes hormones, et je lui ai alors proposé un massage. Ma façon de lui rendre de l'énergie positive, de lui montrer mes talents spéciaux, lui ai-je assuré, en murmurant de mon mieux. En fait, je voulais juste arrêter la parlotte et mettre les mains sur son corps.

C'est comment, déjà, son nom ? Allons, un petit effort.

Ed. Ah c'est ça.

Je suis presque sûre que c'est Ed.

Je me redresse sur les coudes et accommode ma vision aux ombres inconnues. Il y a une pendule sur le mur du fond et j'essaie de lire l'heure. C'est un peu flou sans mes lunettes, mais je pense qu'il doit être 7 heures moins dix.

Allez, ma fille, il est temps de filer.

Je sors de sous la couette et descends du lit. J'ai l'habitude d'être aussi silencieuse qu'une souris dans ces situations. Notez bien, je suis très forte pour piquer des fous rires quand j'essaie de rester silencieuse, mais, ce matin, j'ai décidé de fermer ma grande gueule pour une fois, et de ne pas réveiller Ed. J'ai horreur de ces matins embarrassants avec un quasi-inconnu, surtout quand je ne me suis pas lavé les dents la veille au soir. J'ai l'haleine d'un berger allemand, à tous les coups.

Je progresse à quatre pattes sur le tapis, récupère mes vêtements dans l'ordre inverse où je les ai ôtés et me retrouve devant la porte. Il me faut un certain temps pour localiser mon soutien-gorge, vu qu'il est pris dans la housse de couette au pied du futon. Sans mes gros nichons dedans, il paraît énorme. Bien trop compliqué pour que je le mette. Je le fourre dans mon sac et sors mes lunettes pour voir ce que je fabrique et évaluer les dégâts. Ma jupe en velours pue le pub et mon haut en laine a une brûlure de clope sur le col, mais *grosso modo* je suis entière. Pas si grave, tout bien pesé.

Après une lutte silencieuse pour enfiler mes collants en me débattant sur le tapis comme un scarabée retourné, je suis finalement habillée. Je jette un œil à Ed avant de partir. Il est très mignon dans le genre boys-band au torse lisse, mais je ne vais pas lui laisser mon numéro de téléphone. Le menu est déjà complet, pas besoin de hors-d'œuvre supplémentaire.

Et puis, pas la peine d'être sentimentale, non ? Je sais déjà que j'ai tout gâché. Ed ne sera guère différent des autres coups d'une nuit. (Et on ne peut pas m'accuser de donner dans le cliché, car mes statistiques personnelles en la matière formeraient une base saine pour un sondage gouvernemental.) Le principe, c'est que si vous couchez le premier soir, vous tombez automatiquement dans la catégorie des rapports sexuels occasionnels. Un fait sociologique.

D'accord, je sais, les hommes sont censés avoir grandi et renoncé à leurs vieilles manières sexistes, mais nous savons toutes que les vieilles habitudes ont la vie dure. C'est la vie. Tout va bien pour vous si vous êtes une vierge effarouchée et frigide avec un niveau de libido zéro et pas mal de patience. Si, d'un autre côté, comme moi vous avez l'appétit sexuel d'une lapine normale et le self-control d'une auto-tamponneuse en vadrouille, alors se trouver un petit ami est plus difficile.

Non que je veuille devenir la petite amie de Ed, notez bien. C'est tout juste si je le connais. En outre, j'ai du mal à croire qu'il soit célibataire vu le corps qu'il a. Mais ce serait agréable d'être prise au sérieux de temps en temps, au lieu d'être ce que ma grand-mère appelait « une de ces filles ».

L'ennui, voyez-vous, c'est que je suis une de ces filles. Je l'ai toujours été. Depuis que je suis toute petite, bien avant que je commence à coucher, j'ai toujours eu des ennuis avec les garçons. Je crois que j'avais sept ans la première fois que j'ai montré mes fesses en échange de deux chewing-gums.

Je regarde de nouveau la pendule, avant d'envoyer un baiser avec la main en direction de Ed et de sortir de la chambre sur la pointe des pieds. Je descends l'escalier sans faire de bruit, m'arrête et retiens mon souffle chaque fois qu'une planche grince, mais finalement je parviens à sortir de la maison sans me faire prendre. Je jette les clefs de Ed dans la boîte aux lettres (un vieux truc) et m'ébroue mentalement.

Autrefois, j'aurais été tout excitée à l'idée de raconter ma conquête nocturne, mais ce matin je ne peux m'empêcher de vouloir garder ça pour moi. Je franchis la grille et me retrouve sur le trottoir. Je contemple la peinture écaillée de la porte de Ed, et me sens un peu miteuse.

Mais bon, il ne sert à rien de se flageller. Ce qui

est fait est fait. Et, de toute façon, je n'ai aucune raison de me sentir mal. C'est moi qui ai choisi de rester et qui ai choisi de partir. Si c'était le contraire et si c'était Ed qui se faufile hors de mon appartement comme un cambrioleur à 7 heures du matin, je parie qu'il aurait la démarche virile du baiseur. Alors pourquoi pas moi ?

Quoi qu'il en soit, j'ai d'autres soucis en tête. Du genre, mais où est-ce que je me trouve ? Je me tiens sous un lampadaire et consulte mon plan pendant cinq bonnes minutes, avant de réaliser que le nom de la rue ne figure pas dans l'index. Crotte. Ça ne peut que signifier que je suis hors zone et donc hors des limites de ma carte de transport. Je regarde autour de moi, dans l'espoir d'apercevoir quelque chose de familier, mais ce ne sont que rues londoniennes et impersonnelles – des maisons agglutinées les unes aux autres avec des porches décatis et des fenêtres froides. J'entends des voitures qui passent au loin, alors je pique, je pique, je colégram, et décide de prendre à gauche.

Deux carrefours plus loin, je trouve une station-service et me renseigne auprès de l'employé derrière sa caisse. Il s'appelle Raj et m'assure que son frère a un taxiph et qu'il me ramènera en ville. Pendant que j'attends, je prends un café au distributeur et parcours furtivement les gros titres des journaux à scandales. Quand on replace mes exploits de la veille dans leur contexte, je ne m'en sors pas trop mal.

Raj continue de jacasser, comme s'il me connaissait depuis des années, mais ça ne me dérange pas. C'est toujours comme ça. Je crois que j'ai un visage engageant, parce que les gens me confient toujours leurs secrets. Raj me raconte que le vendredi soir a été terrible. « Beaucoup de mauvais éléments. Terrible pour mon équipe de nuit. » Il gesticule.

Je me garde bien de lui dire qu'un des « mauvais éléments » en question n'était autre que moi, venue acheter du Rizlas et du Pepsi Max en pleine nuit. Je pense que c'est quand Ed et moi rivalisions dans une belle version de « Le Strict Nécessaire ». Il jouait du bongo sur mes fesses et faisait des propositions obscènes avec barre chocolatée.

— Terrible, dis-je. Terrible.

Quand je rentre chez moi, Maud, la fille qui habite avec moi, et Zip, sa copine, ne se sont toujours pas couchées. Elles sont assises sur le canapé, sous un sac de couchage, et sirotent une bière devant une cassette vidéo. C'est le genre de couple à la fois élégant et grunge, si vous aimez les pubs Calvin Klein, mais selon moi, une bonne douche ne leur ferait pas de mal.

— Il est quelle heure ? bâille Zip.

— Vers les 8 heures. Dis donc, Maud, tu ne devais pas m'aider aujourd'hui ?

Maud pose une main sur ses yeux et grogne.

— J'ai oublié. Désolée. On est sorties en boîte avec Dillon et les autres.

J'ébouriffe ses cheveux rouge-violet et elle me regarde à travers ses doigts écartés.

— Je le savais ! Samedi prochain, alors.

— On passera te voir pour le déjeuner, promis.

C'est le troisième appartement que je partage avec Maud et je la connais depuis toujours. Elle va partir en voyage avec Zip, qui a plus ou moins emménagé ici avant leur départ. Elles étaient censées partir en Amérique il y a de ça deux semaines, mais apparemment elles ont des problèmes avec leur visa.

Je n'ai pas envie qu'elles partent. Nous avons un immense appartement que j'ai obtenu par une association de copropriétaires, un coup de veine extraordinaire, et c'est marrant d'habiter toutes ensemble. Ce n'est pas l'appartement le plus chaleureux ni le plus élégant du monde, mais il est très chouette – rien que des hauts plafonds et plein de lumière –, et je n'ai vraiment pas envie de le perdre quand Maud partira. Elle a payé deux mois de loyer d'avance pour me dépanner et pour que je n'aie pas à me dégoter une nouvelle coloc dans l'urgence, mais quand même ça va être horrible sans elle. Je l'adore.

Je nourris Steffi et Graf, mes poissons rouges, avant de fourrer mes affaires dans mon sac à linge et de le descendre. Le temps que je récupère la Mini Metro à l'autre bout de la rue, je suis en retard. Je n'aurais pas dû faire des bêtises hier soir. Je devrais savoir depuis le temps que c'est l'horreur de faire le marché avec la gueule de bois.

Dexter, comme il fallait s'y attendre, m'a gardé une place à côté de lui et a déjà installé un toit en plastique au-dessus de mon emplacement dans Portobello Market. A en croire Capitol Radio, il va pleuvoir des cordes, et je lui en suis reconnaissante. Etre à côté de Dexter est idéal pour les affaires, vu qu'il y a toujours la queue devant son éventaire pour acheter ses fripes. Il refuse de l'admettre, et prétend qu'il s'installe à côté de moi parce que c'est moi qui attire les clients. Ce genre de compliments dure depuis des mois entre nous, mais nous savons tous deux qu'il me rend un service.

Il en est déjà à son deuxième sandwich au bacon quand je déballe mes affaires et dispose mes chapeaux. Cette semaine, j'ai un nouveau velours pour recouvrir mon stand en contreplaqué.

— T'en penses quoi, alors ? je demande après avoir tout installé.

Dexter se fend d'un sifflement.

— Très classieux, dit-il en me tendant un gobelet de café brûlant. Ça va se jouer sur du velours...

Je ris et le regarde en roulant des yeux. Dexter est le type le plus sexiste et le plus arrogant que j'aie jamais rencontré, mais malgré moi je dois admettre qu'il est très baisable, surtout dans ce 501.

— T'as des trucs chouettes, cette semaine, Dex ? je demande en détournant les yeux de ses fesses et en sirotant mon café.

Dexter est spécialisé dans la récupération sauvage, et consacre le plus clair de son temps à fouiner dans le bric-à-brac des autres pour trouver toutes les cassettes et tous les disques qu'il peut. Il possède une collection époustouflante des musiques les plus nulles qui soient. Bert Bacharach et toutes sortes d'hommages ringards. Ça marche très bien avec les snobs du coin, et il est un peu une légende dans le marché depuis qu'il gagne une fortune. Enfin, je dis fortune, mais personne ne va s'enrichir rapidement en restant dans le froid glacial d'un marché londonien. (Ça m'a pris une semaine pour découvrir ça, ce qui est navrant vu que c'était au départ un plan pour s'enrichir rapidement.) Mais ce n'est pas grave. Un jour mon tour viendra : je décrocherai le gros lot.

— J'ai une surprise pour toi, annonce Dex.

Il ouvre son électrophone des années 70, fait glisser un disque de sa pochette, le pose puis m'adresse un clin d'œil et pose le saphir sur le sillon.

— Vu que t'es galloise...

Un horrible enregistrement de Shirley Bassey chantant « Big Spender » grésille. Dexter me sourit effrontément et hausse les sourcils dans l'attente d'une réaction.

— Fabuleux, dis-je en me retournant pour planter des épingles à chapeau dans un coussin.

Cette obsession galloise commence à déraper. La semaine dernière Dexter n'arrêtait pas de chanter « Land of my fathers », après avoir vu le rugby, et moi je chantais « And they can keep it », comme l'a dit Dylan Thomas. Enfin quoi, si Swansea est si merveilleux, qu'est-ce que je fais à Londres ? Répondez-moi.

Mais je ne peux pas dire ça à Dexter. Je ne peux pas être vache avec lui, car je l'aime bien. Et de toute façon, c'est un copain. Voilà pourquoi, quand j'ai une visite surprise à l'heure du déjeuner, il peut garder mon stand.

La surprise, c'est Amy.

— Cette vieille Susie ! s'écrie-t-elle en me prenant dans ses bras.

Vu que j'ai mis mes grosses chaussures de sport, je suis plus grande qu'elle, et je la soulève en la serrant dans mes bras avant de lui donner un gros baiser.

Je suis ravie de la voir.

— Youpi, chérie ! Qu'est-ce que tu fabriques ici ?

Elle fait la grimace et agite la tête.

— Prépa mariage.

La magnifique chevelure châtaine d'Amy est peignée en arrière, tressée et moulinée en un impressionnant nid d'oiseau. Je me risque à le toucher.

— Où tu es allée pour te faire faire ça ?

— Dans cet endroit que tu m'as recommandé à Westbourne Park, espèce de chienne. Je ne me suis jamais sentie aussi bête de ma vie.

— Ils sont très bons, en général. (Je regarde sa nuque.) Un peu inhabituel, non ?

Amy éclate de rire.

— Inhabituel ? C'est épouvantable ! J'ai hâte de pouvoir tout défaire. Mais d'abord je vais faire peur à Jack.

— Et où est ton chéri ? je demande en regardant autour de moi.

— Il travaille pour entretenir le train de vie auquel je veux m'habituer.

— Quel dommage, dis-je, sincère.

Jack est super.

— Pas touche, me taquine Amy. T'es occupée ? Je pensais qu'on pouvait déjeuner ensemble.

— Je suis partante. Saucisses-purée, ça te dit ?

J'adore Amy. C'est ma meilleure copine depuis les Beaux-Arts. Elle était du genre fainéant, jamais un boulot stable, mais elle a retourné sa veste et elle est devenue très carriériste avec sa maison de mode Friers, et elle m'impressionne un peu ces temps-ci. Mais la perspective de papoter entre filles au chaud dans mon café préféré est parfaite pour un samedi.

C'est une de mes copines, Sarah, qui a ouvert cet endroit l'an dernier et ça marche vraiment bien. Quand je la présente à Amy, elle nous trouve une table dans le fond et prend nos commandes. Je me sens un peu flagada, vu que je n'ai pas beaucoup dormi cette nuit, mais une bonne plâtrée de purée devrait me remettre d'aplomb.

— Trois semaines aujourd'hui ! Comment tu te sens ? je demande à Amy, en me penchant vers elle et en prenant sa main dans la mienne.

Je n'arrive pas à m'habituer à sa bague de fiançailles. Ça fait tellement adulte. J'examine de près le diamant au centre et fais tourner sa main pour qu'il attrape la lumière.

— Bien, dit-elle en haussant les épaules.

— Bien, c'est tout ? Si j'étais à ta place, j'aurais pris feu tellement je serais excitée.

Je lève les yeux et lui souris, et quand elle me rend mon sourire, je ris, car je sais qu'elle est excitée. Je peux le voir dans ses yeux. Elle a l'air plus en forme que jamais, ses yeux pétillent et sa peau est claire. En beauté.

Chaque fois que je vois Amy ces jours-ci, je deviens toute chose comme une princesse dans un Walt Disney. C'est juste que ce qui lui arrive en ce moment est si romantique. Elle a trouvé Jack, il est merveilleux, et son mariage va être un véritable conte de fées. Je vais être sa demoiselle d'honneur et je meurs d'impatience – les parures, les voitures classes, les bouquets magnifiques, les chants émouvants, les discours, la danse. Tout tout tout.

Amy fait tourner sa bague et me regarde avec fierté, avant de prendre une gorgée de Diet Coke.

— Je n'arrive pas à croire que c'est bientôt, murmure-t-elle, songeuse.

— Bon, écoute un peu, tu vas me lancer ton bouquet, hein ? Je ne te le pardonnerai pas sinon.

— T'es vraiment fleur bleue, Soose, ricane-t-elle.

Je fronce le nez et pose le menton dans ma paume.

— Je sais.

Nous discutons un moment puis Sarah arrive avec nos deux assiettes pleines.

— Excusez-moi, dit-elle en défaisant le bouton du haut de son pantalon.

— Tu commences à payer toutes ces saucisses, hein ? dis-je en riant.

Je remarque qu'elle a pris du poids.

— Je suis enceinte, murmure-t-elle.

— Non ! ?

Je suis sur le cul. Je viens ici presque toutes les semaines et je n'ai rien deviné. D'habitude, je repère les bébés à des kilomètres à la ronde.

— Trois mois aujourd'hui, sourit-elle, radieuse.

— C'est génial. (Je l'embrasse, puis lui tapote affectueusement le ventre.) Tu te sens bien ?

— Pas trop mal, dit-elle. Le seul problème c'est d'arrêter les clopes.

On bavarde un moment avec Sarah, et Amy pose des tas de questions.

Je soupire en regardant Sarah.

— C'est-y pas merveilleux ? J'aimerais tant avoir un bébé.

— Toi ? Avec un bébé ? s'étrangle Amy.

— Où est le problème ?

— Tu serais incompétente.

— Non.

— Remets les pieds sur terre, Soose ! Qu'est-ce que tu ferais avec un bébé ? T'as trop la bougeotte. T'es toujours à droite et à gauche, et t'es bien trop étourdie pour être responsable d'un autre être humain. T'entendrais parler d'une fête, et tu le planterais là pour aller danser.

— Non, c'est pas vrai, dis-je. Je suis pas aussi nulle, quand même.

Amy écarquille les yeux.

— De toute façon, tu ne crois pas que tu oublies un détail ?

— Et c'est quoi ?

Je prends la bouteille de ketchup et l'agite.

— Un homme, dit-elle avec un regard appuyé. Faut être deux, apparemment.

— Oh ça, dis-je en aspergeant mon assiette de ketchup. Je pensais faire un saut dans une banque du sperme.

Amy se marre.

— Donc c'est vraiment fini avec lui ?

« Lui », c'est Simon. Simon le Mollusque. C'était mon amant attitré il y a encore un mois. Et ça depuis des années.

Non qu'il ait jamais été à moi. Ce plaisir revenait à Ilka, son épouse suédoise. Belle, mince, pure, blonde à souhait, Ilka élève des petits Simon et Ilkette et consacre apparemment son temps à mener une vie infernale à Simon. Mais quand est venu le moment crucial, il s'est avéré qu'il ne pouvait vivre sans cette sorcière qu'il débine depuis des années. Marrant, ça. Il avait juré-craché qu'il ne pouvait pas vivre sans moi. Résultat ? Il est toujours en vie.

— Oui. J'ai finalement dû le laisser partir, dis-je avec dédain. Il a fait le forcing, mais j'ai mis le holà. « Simon, je lui ai dit, qu'est-ce qui te pose un problème dans la phrase suivante : "Je ne veux plus te voir, t'entendre ou te toucher." ? »

— Bien vu, dit Amy.

Elle a toujours répété que Simon ne quitterait jamais sa femme, et même si j'en parle aujourd'hui en rigolant, Amy est assez bonne copine pour ne pas me dire : je t'avais prévenue.

— Mais il a quand même rappelé, dis-je. Il voulait que je vienne m'installer avec lui et Ilka, « comme gouvernante », pour faciliter les choses. Tu te rends compte !

Amy en reste bouche bée, avant de pointer sa fourchette vers moi.

— J'imagine mal comment ça pourrait marcher.

— Bon débarras, je conclus.

Je frissonne rien qu'en pensant à la façon dont je me suis laissé embobiner par ce type. Je me suis volontairement érigée en maîtresse officielle de Simon, alors pourquoi est-ce que je m'attendais à ce qu'il me considère autrement ? C'était parfait au début quand moi aussi je couchais avec d'autres types. Je me disais que c'était sympa de sortir avec Simon, j'aimais les attentions qu'il avait pour moi, surtout vu que j'étais fauchée. Grâce à lui je me sentais spéciale, il m'emmenait faire l'amour dans des hôtels de luxe l'après-midi et m'achetait des sous-vêtements à des prix exorbitants. Le côté interdit m'excitait et moi je marchais à fond. Avoir un amant plus âgé qui vous fait vous sentir exceptionnelle, génial non ?

— Comment trouves-tu la vie maintenant que tu es officiellement célibataire ? demande Amy.

Je me mords les joues et plante ma fourchette dans ma saucisse. Je l'examine un long moment.

— Je n'ai pas à me plaindre.

Amy sourit et roule les yeux.

— Et qu'est-ce que tu as fabriqué ?

Un instant, je suis tentée de ne pas lui parler de la nuit dernière. De ne pas lui donner de détails intimes ni broder sur les exploits au lit de Ed, comme je l'ai fait pour les autres types.

C'est marrant, ces derniers temps. Depuis qu'Amy a emménagé avec Jack, les choses ont changé. Elle n'est plus la commère qu'elle était. Soit parce que les choses entre Jack et elle ne méritent pas qu'on en parle, soit parce que c'est devenu trop intime. Je penche plutôt pour la dernière hypothèse, mais de toute façon, elle ne compare plus ses prouesses avec moi comme elle le faisait autrefois.

— Allez ! C'est moi ! dit-elle en interrompant mes réflexions.

Je m'éclaircis la voix, joue les timides, mais finalement elle m'arrache toute l'histoire, et je saupoudre allégrement ma description des événements de la nuit d'une tonne de détails salaces, le final consistant en une reconstruction de l'anatomie de Ed à l'aide des saucisses dans mon assiette. Je me sens un peu nulle d'exposer ainsi Ed, mais je doute de le revoir jamais et, pour être sincère, je me montre plutôt généreuse.

— Tu peux dire à Jack de remettre à jour mon taux de promiscuité, si tu veux, dis-je en raclant le restant de purée avec ma fourchette.

— A ce rythme, tu vas exploser les quotas en vigueur, dit-elle en riant.

Jack a mis au point une équation démente pour calculer votre coefficient sexuel. On a passé une super soirée à la mettre au point dans un pub. Selon Jack, j'ai le plus haut taux qu'il ait jamais vu. Je ne sais pas trop s'il est impressionné ou jaloux.

Amy repousse sa fourchette et son couteau.

— Tu ne changes pas, hein ? dit-elle en secouant la tête et en posant une main sur son estomac.

J'adore faire rire Amy, mais je ne peux m'empêcher de penser que, ces derniers jours, c'est à mes dépens. Non qu'Amy ait fait quoi que ce soit de mal, ou se paie ma tête. C'est juste qu'elle n'est plus complice. Et tandis que je déballe à Amy de nouveaux épisodes, comme dans un feuilleton télé, c'est bel et bien de ma vie qu'on parle. Des choses qui m'arrivent. A moi et pas à elle. Elle ne risque rien et elle est amoureuse. Et je sens que je me suis trop exposée.

— Bon, parle-moi de ce fameux week-end ? je demande en changeant de sujet et en remettant mon chapeau.

— H ne t'a pas appelée ?

— Nan.

— C'est bizarre. Elle a dit qu'elle allait le faire. De toute façon, ça sera à Leisure Heaven.

— Tu plaisantes ? C'est génial !

— Tu trouves ? H avait pas l'air aussi enthousiaste.

— Ne sois pas stupide, tu vas t'éclater.

Je plante une aiguille à l'arrière de ma chevelure pour maintenir en place ma queue-de-cheval tout en boucles rebelles.

H est championne pour jouer les rabat-joie. Je ne la connais pas très bien, mais chaque fois que je l'ai vue, je l'ai toujours trouvée un peu en retrait. Elle a besoin de s'amuser, si vous voulez mon avis. Elle a un poste important et accumule les téléphones mobiles et les fringues de luxe, mais c'est quelqu'un de franchement stressé. Quand j'ai appris que c'était elle qui organisait le week-end entre filles, je me suis dit qu'on aurait droit à un banquet snob, un truc de ce genre. Je savais que ce qu'elle choisirait pour Amy nous coûterait la peau des fesses. Elle est comme ça : faut que ça en jette. J'ai dit à Amy qu'on n'avait pas besoin de dépenser des tonnes de fric pour passer un bon moment et je lui ai proposé de faire une fête chez moi, mais Amy a dit que H s'occupait de tout. Je n'ai pas fait de vagues.

Mais je dois reconnaître que H a dû pas mal cogiter sur la question, parce que Leisure Heaven c'est vraiment une idée merveilleuse.

— Comment va ? je demande tandis que nous retournons à pied à mon stand.

C'est de la pure politesse de ma part. Je me fiche pas mal de savoir comment elle va. Pour être franche, je n'arrive pas à comprendre pourquoi Amy s'entend aussi bien avec elle.

— Elle va bien. Tu la verras la semaine prochaine, je pense. Nous déjeunons le mercredi, pour goûter les plats de la réception. Jack a mis ce truc au point avec Stringer. Tu seras là, hein ?

— Un déjeuner gratos ? (Je réfléchis avant de jeter un œil à Amy et de lui prendre le bras.) Bien sûr que je viendrai, idiote. C'est qui ce Stringer ?

— Il travaille pour le traiteur à qui on a fait appel, et c'est un vieux pote de Jack. Crois-moi, Soose, il est absolument divin.

Amy hausse les sourcils, d'un air entendu.

Je me marre.

— Tu ne pourras pas te servir, me prévient-elle.

— Ben, c'est ce qu'on verra.

Quand je reviens au stand, Dexter a l'air content de lui. Il a vendu deux de mes chapeaux, mais vu qu'aucun d'eux ne portait de prix, il les a vendus pour cinquante livres.

— T'as pas fait ça ? je lâche.

Il doit se moquer de moi, vu qu'ils partent en général à quinze livres pièce.

— Tu ne devrais pas casser les prix, ma fille, me conseille-t-il en extirpant un rouleau de billets et en en enlevant un de cinquante. Tu as du talent. Ne l'oublie pas.

J'empoche l'argent, et passe sur le fait qu'il me mate les seins.

— Alors ? On prend un verre plus tard ? demande-t-il en se frottant les mains.

Tiens tiens. Cinquante livres pour deux chapeaux ? Ben voyons ! Il me chauffe, oui.

— Dex ! j'éclate de rire en me tournant vers lui. T'es horrible ! (Je sors l'argent de ma poche et le lui tends.) Tu n'as pas à me payer pour me demander de sortir avec toi.

— Oh. (Il paraît déconfit, mais refuse quand même l'argent.) Ça veut dire que tu... veux... ou que tu... veux pas ?

— Ça veut dire que je vais y réfléchir.

Je lui souris et me tourne vers un client qui attend.

Bon, d'accord, je pourrais sortir avec Dexter, mais, pour être franche, j'en suis incapable après la nuit que je viens de passer. Si je n'avais pas couché avec Ed, alors peut-être que je sortirais avec Dexter ce soir, mais là c'est comme reprendre du pudding à la crème après avoir mangé de la glace. Tentant, mais trop. J'aime bien Dexter, cela dit, mais je ne suis pas certaine qu'il ait davantage la carrure de l'homme idéal. Et il ne sert à rien de faire comme si Dexter voulait juste prendre un verre avec moi parce qu'il a soif ou envie de papoter. Non. Ça fait des semaines qu'on flirte et qu'il veut me sauter. C'est pas sorcier à deviner. Bon, d'accord, il pourrait se contenter de me baratiner et de me draguer, mais on finirait par en venir au sexe, un jour ou l'autre. Et franchement je vois mal comment il pourrait en être autrement. J'imagine mal Dexter me préparer une bouillotte, par exemple, ou m'accompagner au supermarché, ou encore passer Noël avec ma mère et moi. Et je ne m'imagine surtout pas en train de laver ses pantalons sales ou de l'attendre pendant qu'il vend sa camelote.

Aussi, tout ce qu'il pourrait y avoir entre nous ne serait pas sérieux. Or le pas sérieux, c'est mon rayon. Ma spécialité numéro un. Sauf que j'en ai marre de tout ce laisser-aller dans ma vie. Je veux du réel, du solide. Amy a raison. Je suis une bohème. Je papillonne d'un appart à l'autre, d'un job à l'autre, d'un type à l'autre, et ça ne me dérangeait pas avant, mais maintenant que j'y réfléchis, ce qu'il me faut vraiment, c'est du permanent. N'importe quoi. Pas nécessairement un bonhomme. Un compte créditeur fera l'affaire.

— Alors ? demande Dexter en piétinant sur place tandis que nous remballons.

— Pas ce soir, Dexter, dis-je en fourrant mes chapeaux invendus dans mon sac à linge.

— Allez, insiste-t-il.

— Impossible. Désolée.

— Tu sors avec ton petit ami ?

Il renifle en me souriant d'un air penaud.

Je regarde Dexter droit dans les yeux et je vois bien qu'il est gêné par ma franchise.

— Non. Je n'ai pas de petit ami, juste d'autres trucs prévus. Peut-être une prochaine fois ?

— Ouais. Bien sûr, dit-il avec enthousiasme.

Ses joues sont roses, il claque des doigts et tape dans sa main avec son poing.

— La semaine prochaine, alors ? demande-t-il, le regard brillant comme un chien qui a trouvé un nouveau pied de chaise à entreprendre.

— Peut-être.

Inutile de le rayer définitivement de la liste d'attente, non ?

Dans la voiture, je chante sur la compile que Zip m'a faite la semaine dernière.

Adorable Zip.

Je me rappelle m'être sentie bizarre quand Maud m'a appris qu'elle était gay il y a de ça quelques mois, et m'a présentée Zephone, ou Zip, comme tout le monde l'appelle. Ça semblait tellement adulte de sa part d'avoir fait un tel choix. J'ai passé un bout de temps à me demander d'où ça venait, si Maud avait toujours eu un penchant pour les femmes. Ou même, si elle en avait pincé pour moi tout le temps qu'on avait habité ensemble, mais ça ne sert à rien d'essayer d'y voir clair. Ces choses arrivent, c'est tout, et tant qu'elle est heureuse et comblée, alors ça me va.

— T'étais où à l'heure du déjeuner ? me demande Maud quand je rentre. On est passées.

Je me donne une claque sur le front.

— Désolée. Amy s'est pointée et...

— C'est pas grave, dit-elle en riant. Je savais que tu oublierais.

— Regarde, dit Zip en mettant un de mes chapeaux. J'ai acheté ça.

— Combien Dexter te l'a-t-il vendu ? je demande, inquiète.

— Dix livres l'un, dit Maud.

— L'enfoiré, dis-je en riant.

— Hein ? demande Zip en ôtant son chapeau.

— Rien, ma belle. Juste Dexter qui tente sa chance. Pourquoi êtes-vous si guillerettes toutes les deux ?

— On vient de recevoir nos visas, annonce Maud. On part lundi pour Los Angeles.

Je proteste aussitôt :

— Lundi ? Vous ne pouvez pas partir lundi ! Ça ne nous laisse pas assez de temps.

— Mais ça fait des lustres qu'on attend, dit-elle en me pinçant la joue. Et pense à toute la place que t'auras quand on sera parties.

Zip ne jure que par l'Amérique et elle passe la soirée à être de plus en plus excitée au fur et à mesure qu'elle surfe d'un site web touristique à l'autre sur son ordinateur portable. Maud et moi ouvrons la dernière bouteille de vin qui languit sur le rack depuis Noël, et Zip lâche des oh et des ah en téléchargeant de nouvelles images, mais je ne peux partager leur goût de l'aventure. Je me sens triste, c'est tout.

Le lundi, je me lève tôt, et suis aux petits soins pour Maud. Je me mêle de tout. Je fourre leurs sacs à dos à l'arrière de la Metro et prie pour que cette dernière nous conduise jusqu'à l'aéroport. Elles sont toutes deux survoltées, elles ont tellement hâte de partir, mais moi je ne me sens pas trop bien. Je les accompagne jusqu'à la salle d'embarquement et sens ma gorge qui se serre.

— Mais tu pleures ! s'esclaffe Maud en séchant gentiment mes larmes.

— Je ne veux pas qu'il t'arrive quelque chose, je bredouille en m'accrochant à elle.

— Shh, me réconforte-t-elle en déposant un baiser dans mes cheveux.

Elle paraît infiniment sûre d'elle, tellement plus mûre que moi, bien que j'aie quasiment un an de plus qu'elle.

— Tout ira bien.

— Vous me manquerez toutes les deux.

Je renifle bruyamment et mon menton tremble.

— Viens ici, idiote, dit Maud en me prenant dans ses bras.

Zip se joint à elle et je me retrouve enveloppée dans leur chaleur.

— Et si tu venais nous retrouver à LA ? fait Zip, soudain, en se dégageant. On te trouvera un boulot.

— Allez-y, partez. C'est votre voyage. Il y a du monde...

— On serait ravies que tu viennes, dit Zip. (Maud hoche la tête.) Allez, Soose, ça serait génial. Ma mère habite là-bas. Elle te trouvera quelque chose.

— C'est toi qui le dis.

Quoi qu'il en soit, cette pensée me réjouit énormément, comme si une petite partie de leur courage avait déteint sur moi.

« Je t'appellerai », articule Maud en plaçant son petit doigt près de la bouche et son pouce près de l'oreille tout en hissant son sac sur l'épaule. Elle prend Zip par le bras et franchit les portes de la salle d'embarquement. La seconde d'après, elles ont disparu, et il ne me reste plus que mon sourire qui s'estompe et ma main qui s'agite encore dans le vide.

De retour dans le parking, je pousse un grand cri thérapeutique pour me décharger le système. Tout le monde semble me fuir : Maud pour une aventure en Amérique, Amy pour se marier, Sarah pour devenir mère.

Où est-ce que je vais ?

Je tourne la clef de contact et emprunte la rampe glissante en béton qui mène à la sortie. Ce n'est qu'alors que je mets en marche l'essuie-glace et qu'il reste coincé, parce que quelqu'un a glissé un prospectus sur le pare-brise. Je jure et sors de la voiture pour l'enlever. Je suis sur le point de le déchirer quand je remarque l'accroche suivante, en gros caractères :

CHANGEZ DE VIE

Allez savoir pourquoi, je le glisse dans ma poche.

Matt

Mardi, 20 h 45

Je retire une feuille du dossier, m'empare de mon dictaphone, me dirige vers la fenêtre de mon bureau, et tombe sur mon reflet qui me fixe : cheveux noirs et courts, complet gris ardoise. Mon visage ne dément aucune de ses vingt-huit années, et mes yeux sont cernés et fatigués. Il fait nuit dehors. Il n'y a pas d'étoiles, rien que le rougeoiement des lumières de la ville que renvoient les nuages gorgés de pollution. D'ici, depuis le huitième étage de l'immeuble Robards & Lake à Piccadilly, je peux voir l'autre bout de Haymarket, jusqu'à Trafalgar Square et même au-delà.

La pièce sent le vernis industriel, et je vais pour ouvrir la fenêtre quand je me ravise, me rappelant qu'on n'a plus le droit de le faire parce que ça bousille la climatisation. Je me contente donc de m'asseoir sur le rebord de la fenêtre et appuie sur le bouton PLAY de mon dictaphone. Ma voix bourdonne « Sincèrement vôtre, etc. » à la fin de la dernière lettre que j'ai dictée. J'appuie alors sur ENREGISTREMENT. Et commence :

« Courrier à l'intention de William Davey, de Mathers, Walter et Peacock, s'il vous plaît Mrs Lewis. Cher monsieur... »

Sauf que ce n'est pas tant un commencement qu'une fin, vu que le premier mot qui franchit mes lèvres ensuite n'a rien à voir avec Davey, Mathers, Walter, ou Peacock. Et ne concerne pas non plus Mrs Lewis, dont je partage les talents de dactylo avec Peter de l'Immobilier et Joan du Personnel. En fait, la seule personne au monde concernée par le mot que je prononce n'est autre que moi-même, car ce mot est : « Pizza. »

Trois ans de fac, une année de droit, deux années de stage et quatre ans au service d'un des meilleurs cabinets juridiques de Londres, et qu'ai-je à dire pour ma défense ? « Pizza. »

Pas quel genre de pizza. Pas quel supplément de garniture. Pas si je veux des frites, de l'oignon ou du pain à l'ail. Pas si je préfère une pâte fine ou au fromage. Pas même quelle boisson non alcoolisée pour faire descendre tout ça.

Juste « pizza ».

Parce que ma vie, visiblement, en est restée au stade pizza.

J'éteins le dictaphone et continue de regarder par la fenêtre. Je sens la feuille de papier glisser de mes doigts et je la regarde voleter jusque sur la moquette.

C'est le quatrième soir de suite – samedi et dimanche compris – où je me retrouve coincé dans ce bureau, à préparer un dossier pour un client propriétaire d'une boîte à Soho, Tia Maria Tel (celui-qui-sort-toujours-à-la-tombée-de-la-nuit), en cherchant un moyen de démontrer avec succès devant un tribunal qu'il n'est pas, comme l'a récemment déclaré un journaliste, « un salopard malhonnête, hypocrite et flatulent, qui a connu plus de prostituées ces dix dernières années que tous les marins de la Royal Navy réunis ». Au vu des frais déboursés par mon client, depuis que j'ai pris en main son dossier il y a de cela sept semaines, j'ai ingurgité pas moins de vingt-six pizzas à son service. Ce qui, comme je l'ai expliqué à Amy quand je suis allé la retrouver pour prendre un verre avec elle à l'heure du déjeuner aujourd'hui, est inquiétant.

— Oh, Matt, a-t-elle soupiré en me pressant le bras avec compassion par-dessus la table du pub. Ce n'est que de la pizza. Ce n'est pas comme s'il s'agissait de Dieu, ou du sens de la vie, ou de quoi que ce soit de profond. L'obsession de la pizza est tout à fait normale chez quelqu'un de ton âge.

Amy est quelqu'un dont l'opinion compte beaucoup pour moi, aussi étais-je prêt à accepter cette généralisation.

— Tu le penses vraiment ? ai-je demandé.

Elle a acquiescé avec enthousiasme.

— Oh oui. Jack est pareil avec le curry. Je l'ai vu quasi tétanisé devant un menu de plats à emporter. Epicer ou ne pas épicer, c'est bien là la question ? C'est un dilemme consumériste masculin basique... trop de choix, tu vois ?

— Tu envisages la chose d'un point de vue commercial, lui ai-je fait remarquer. Ce n'est pas aussi simple pour moi.

— Ah bon ?

— Non.

Amy a haussé les sourcils et attendu que je continue. Je l'ai fixée bêtement un moment. Parler de ses démons psychologiques (même de ceux à base de pâte) à quelqu'un est plutôt personnel. Mais Amy, grâce à Jack, en sait sûrement plus sur moi que quiconque d'autre. Ils n'ont pas de secrets l'un pour l'autre, tout comme Jack et moi n'en avions aucun.

— C'est lié au fait que ma vie n'a pas toujours été centrée autour d'une pizza, dis-je. C'est lié au fait que ma vie tournait avant autour de problèmes plus importants. Tu te rappelles la fois où Jack et toi vous êtes passés à mon bureau ? (Elle acquiesça.) Tu te rappelles la vue qu'on a de ma fenêtre ? (De nouveau, elle fit oui de la tête.) Eh bien, quand j'ai commencé à travailler à Londres, cette vue m'inspirait. Et pas seulement cette vue, d'ailleurs, mais toute la ville. Wall Street à l'état pur. J'étais là, fraîchement débarqué en ville, prêt à prendre le train en marche, à me trouver un mentor et à me faire déniaiser. A l'époque, je prenais vraiment mon pied, rien qu'à me poster là, devant cette fenêtre, en me disant que je faisais partie de tout ça. Un potentiel. Je suppose que c'est ça que ça signifiait pour moi. Londres était un espace vierge et immense, et je pouvais m'insérer où je voulais. (J'ai repris un peu de Coca et me suis laissé aller en arrière.) J'avais même un fantasme, tu sais. Rien de malsain, ajoutai-je aussitôt. Rien qui nécessite des animaux de ferme, des nonnes barbues ou de longs bâtons pointus.

Amy a eu un petit sourire coquin.

— Ce n'est pas ce que Jack m'a dit...

Je l'ai regardée en roulant des yeux.

— Sérieusement, Amy, j'imaginais que, parvenu à cet âge-ci, j'en serais arrivé là où je voulais être dans ma carrière. Je me serais trouvé une maison, j'aurais...

— Mais tu as tout cela, m'a-t-elle interrompu.

— Je sais, ai-je fait en soupirant. Mais je pensais que tout ça aurait un sens. Je pensais que je serais... (Je lui ai décoché un regard menaçant.) Je sais que ça semble bizarre : heureux...

— Et tu ne l'es pas... ?

— Non, ai-je répondu, en ressentant soudain une énorme vague de soulagement me submerger du fait de déballer tout ça à quelqu'un. Non, je ne suis pas heureux. Rien de tout cela ne semble avoir de sens. Et c'était facile avant, tu sais, quand Jack habitait avec moi, quand on était tous les deux dans le même bateau. Tout paraissait parfait. Il ne se plaignait pas, alors pourquoi l'aurais-je fait ? Sauf que maintenant qu'il est parti... Je ne sais pas...

Amy a fait la grimace.

— Je suis désolée de t'avoir volé ton meilleur ami, a-t-elle dit.

— Non, ai-je répondu très vite, ce n'est pas ça. Bon sang, c'est la dernière chose que je pense. Que vous soyez heureux et viviez ensemble est très important pour moi.

Et c'est ce que je pense vraiment.

— Tant mieux, a-t-elle dit en riant, parce que je n'ai pas l'intention de te rendre Jack.

Nous nous sommes dévisagés un très court instant, et je me suis senti sourire moi aussi. C'est marrant de voir son meilleur ami tomber amoureux. Ça change tellement de choses dans les relations qu'on peut avoir avec lui. Je me souviens de Jack l'an dernier, quand il a fait la connaissance d'Amy. Ce n'était que confidences entre nous deux alors. Est-ce que je trouvais ça bien ? Est-ce que ça devenait trop sérieux ? Etait-elle vraiment l'élue de son cœur ? Et c'était également le pied pour moi, de voir ces deux personnes arriver à la conclusion qu'elles étaient faites à cent pour cent l'une pour l'autre. Puis j'ai compris que mes relations avec Jack allaient changer, sans doute à jamais. Il aurait beau prétendre le contraire, je n'étais plus son meilleur ami. C'était Amy qui comptait le plus pour lui désormais.

— C'est juste que je ne sais pas où en j'en suis maintenant que Jack est parti, ai-je avoué à Amy.

— Tu te retrouves célibataire.

— Mais ça fait un bail que je suis célibataire. Le fait que Jack s'en aille ne devrait rien chan...

— Bien sûr que si. Je veux dire, oui, tu étais déjà célibataire, sexuellement... mais émotionnellement et tout, tu avais Jack, pas vrai ? Vous étiez comme deux complices. Je vous ai rencontrés en même temps, tu te rappelles ? Je me souviens exactement comment tu étais. C'était la même chose avec moi et mes amies proches. Quand on a des amis, à quoi bon avoir une liaison ?

— Donc tu reconnais que le problème c'est la petite amie ? ai-je demandé sans sentir le sarcasme dans ma voix. C'est aussi simple que ça.

— Je ne sais pas trop, Matt, mais penser à quelqu'un ou quelque chose d'autre pourrait mettre un terme à ton obsession des pizzas.

Je regarde par la fenêtre de mon bureau et consulte ma montre. Il est 21 h 01, et le moment de prendre une décision est venu. Les pizzas sont aux frais des clients à partir de 21 heures, gargouille mon estomac. Je peux encore suivre le conseil d'Amy et me trouver une autre obsession, mais me voiler la face ne fera qu'aggraver les choses. Avec cette information à ma disposition, ce n'est pas une décision difficile. Je m'apprête à décrocher le téléphone pour commander une pizza. Mais c'est alors que le téléphone fait ce que les téléphones ont l'habitude de faire dans les bureaux quand vous vaquez tranquillement à vos petites affaires : il sonne. Je le fixe, une expression légèrement outrée s'installant sans aucun doute pour un temps sur mon visage. Puis je décroche.

— Allô, Matthew Davies à l'appareil, dis-je en priant pour que ce ne soit pas Tia Maria Tel, qui a déjà appelé trois fois aujourd'hui.

— Salut, Matt, dit Jack à l'autre bout de la ligne. Quoi de neuf ?

Je souris. La voix de Jack me fait systématiquement sourire. Je m'assois dans mon fauteuil et pose les pieds sur mon bureau, me détendant, je crois, pour la première fois aujourd'hui.

— Que de l'ancien. Et toi ?

— Pas grand-chose. Je meurs de faim. Je sors juste d'un rendez-vous chez un coiffeur branché en bas de chez toi. Il voulait pas la fermer et m'a retenu pendant des heures. Il arrêtait pas de me répéter qu'il voulait un chef-d'œuvre industriel pour mettre dans sa vitrine... Peut-être que je devrais défoncer sa vitrine en voiture, et la laisser là. J'appellerais ça *Autocrash*. Tu penses que ça serait assez industriel pour lui ?

— C'est à l'avocat ou à l'ami que tu poses la question ?
— A l'ami.
— En ce cas, je dirais que c'est une éventualité.
— Tu me prêterais ta Spitfire ?
— N'y pense même pas.
— Je m'en doutais, soupire-t-il. Industriel, non mais je te jure, où va le monde ?
— Le monde va à sa perte. Au cours du prochain millénaire, les cinglés et les fanatiques descendront dans la rue, annonçant le début de mille ans de ténèbres, au cours desquels ce sera une cacophonie de gémissements et de grincements de dents.
— Mmm... (Jack réfléchit à ma réponse un moment avant de déduire :) Ce n'est pas ton jour, hein ?
— J'ai connu mieux.
— Tu veux raconter à tonton Jack ce que...
— Hawaïenne ou Quatre-Saisons ?
— Hein ?
— Hawaïenne ou Quatre-Saisons ?
— Quoi ?
— Il est 21 h 01, Jack, dis-je avec lassitude. Tu meurs de faim et tu es juste au coin de la rue. Tu sais que je travaille tard cette semaine et tu sais que je peux commander des pizzas gratuitement après 21 heures. Alors ça sera quoi ? Hawaïenne ou Quatre-Saisons ?
Jack finit par reconnaître qu'il a été démasqué.
— Hawaïenne. Le paquet sur l'ananas, d'accord ?
— Entendu.
— D'ici une demi-heure ?
— Impec. Demande à la Sécurité de m'appeler et je descendrai te chercher.

Sacré Jack. Jack Rossiter, mon meilleur ami au monde. Jack Rossiter, le garçonnet crasseux qui se battait avec moi dans la cour de récréation à l'heure du déjeuner pour savoir qui serait Batman et qui Robin. Le même garçonnet crasseux qui me volait systématiquement mes disques, mes cigarettes et mon gel pour cheveux dans les années 80. Le même Jack Rossiter qui a repris contact avec moi dans les années 90 à Londres après la fac, devenant mon locataire, empruntant ma voiture, mes vêtements, mon argent et, de temps en temps, mes petites amies. Le même Jack Rossiter qui est capable de me faire rire aux larmes. Le même Jack Rossiter pour lequel je franchirais les portes de l'enfer s'il fallait aller le sauver. Et le même Jack Rossiter dont la vie vient de prendre un nouveau tournant, jetant du coup une ombre sur la mienne.

Je repense à ma conversation avec Amy au déjeuner, toute cette histoire sur le fait d'avoir besoin d'autre chose que d'une pizza dans la vie, et soudain je m'aperçois que je suis en train de fusiller du regard le combiné. J'ai beau savoir que c'est puéril et pathétique, inutile de nier : je me sens jaloux de Jack, jaloux à en crever.

Je m'empare du dictaphone et appuie sur la touche ENREGISTREMENT.

« Courrier à l'intention de Dieu, Mrs Lewis, dis-je nerveusement. Cher Dieu. Ici Matt Davies. Vous ne vous souvenez sans doute pas de moi, mais je suis l'âme qui a eu la chance d'être téléportée dans un corps humain à 3 h 13 GMT le 4 avril 1971. Mère : Gina. Père : Mike.

« Mais passons aux choses sérieuses. Je n'ai jamais été très pratiquant, mais je connais mes droits statutaires, et bien que je n'aie jamais remarqué de clause spécifique relative à des garanties divines, je pars du principe que de telles choses existent.

« Le problème de base est qu'il m'est récemment apparu que ma vie ne suit pas le cours que j'avais espéré. C'est une question de justice, je suppose. Faut qu'on parle de ce type. Il s'appelle Jack. Jack Rossiter. C'est mon ami depuis toujours. N'allez pas vous méprendre, Dieu, Jack est un type super et je ne lui souhaite aucun mal. Pas de foudres, de pluie de sauterelles ou de contrôle fiscal. Je ne me plains pas de sa situation, juste de la mienne.

« Ce que je voudrais savoir, Dieu, c'est comment il a pu quitter tranquillement son boulot l'an dernier et glander pendant des mois et des mois, pour finir par connaître du jour au lendemain le succès artistique ? Et tomber amoureux au même moment ? Et se retrouver soudain heureux au-delà de ses rêves les plus fous ? Est-ce une façon de me dire que c'était écrit dans le Grand Livre ?

« Si tel est le cas, que diriez-vous de me filer un petit coup de pouce, à moi aussi ? Ce que vous voudrez. Je ne suis pas exigeant. Un tiercé gagnant. Une promotion dans ma boîte. Jennifer Lopez qui pousse la porte de mon bureau à l'instant même, et me demande si je sais comment faire passer un bon moment à une fille. Quelque chose de simple dans ce genre. Juste une pincée de cette jolie poudre que vous avez cru bon de répandre sur la route de Jack. Histoire d'équilibrer la balance et de me rendre la foi.

« J'attends avec impatience votre réponse sur ce sujet urgent dans un futur, un présent ou un passé proches, ou toute autre dimension temporelle qui vous conviendra.

« Sincèrement vôtre, etc.

« Merci, Mrs Lewis. »

Je repose le dictaphone sur le bureau, puis scrute le ciel : rien. Pas de refus de Dieu. Pas d'inscription céleste laissant entendre qu'une erreur a été commise et sera bientôt corrigée. Donc c'est clair. La vie de Jack – du fait d'un décret divin – est meilleure que la mienne.

C'était prévisible, je suppose. Je ne pouvais pas côtoyer quelqu'un pendant vingt-huit ans et me retrouver toujours avec une longueur d'avance, non ? Ça ne serait pas juste. Et pour être honnête, j'en ai eu plutôt pour mon argent jusqu'à présent. Hormis la fois où Jack a perdu son pucelage avant moi, les atouts ont toujours été de mon côté. J'ai eu de meilleurs résultats que lui à l'école, décroché un meilleur diplôme et un meilleur boulot. J'ai eu droit à une super maison et une super carrière. Et Jack a dû me payer un loyer.

Sauf qu'il a rencontré Amy et que tout a changé.

Et moi je n'ai pas changé. C'est là qu'est le problème. Je suis resté le même. Et tout ce que je prisais jusqu'à présent me paraît désormais insignifiant. Je veux dire, à quoi sert d'avoir une aussi belle maison si je n'ai personne à inviter pour dîner ? A quoi sert de travailler tard au bureau tous les soirs si personne ne m'attend chez moi ? Et à quoi sert de gagner tout ce fric si je n'ai personne avec qui le dépenser ?

Amy a raison : il faut que je me trouve quelqu'un.

Mais où ?

Où est-ce qu'on cherche quand on a besoin d'amour ?

La seule réponse qui me saute aux yeux est négative : pas ici. Pas ici dans ce bureau et pas maintenant. Me sentant coupable, je jette un œil au dictaphone. Je rembobine la cassette et efface mes plaintes à Dieu, puis me signe pour la forme. Et j'appelle le livreur de pizzas. Une pizza suffira pour l'instant.

A 21 h 30, je suis en haut de l'escalier en colimaçon qui s'enfonce entre les plantes suspendues et les arbres d'appartement de l'atrium de chez Robards & Lake. Je me penche par-dessus la rambarde et aperçois Jack, quatre étages plus bas, vautré sur un des canapés de la réception, avec ce qui ressemble à une boîte à pizza ouverte sur les genoux.

— Elle refroidissait, bafouille-t-il en s'essuyant le dos de la main sur la bouche.

Il me regarde fixer d'un œil sévère le dernier morceau d'ananas dans la boîte désormais vide.

— Te bile pas, mon pote, dit-il en poussant de côté l'emballage, révélant une autre boîte, fermée celle-ci. La tienne est là-dedans.

Son front se ride. Comme pour toutes les expressions de Jack, le temps m'a donné la faculté d'y lire comme dans un livre. Et cette page-ci transpire la culpabilité.

— Enfin, presque en totalité. Tu sais, j'ai dû la goûter pour m'assurer que ce n'était pas ma Hawaïenne...

J'accepte la boîte que me tend sa main et soulève le couvercle, ce qui dissipe mes bonnes vibrations. Un tiers de ma Fermière Triple Epices manque à l'appel. Mais il y a pire. Le restant de pâte porte la marque indubitable de l'empreinte dentaire de Jack. Je referme brutalement le couvercle, puis mon regard va de Jack à la boîte et de la boîte à Jack. J'inspire profondément, parce que ce n'est pas tous les jours qu'un homme doit faire un choix entre une pizza et son meilleur ami. Jack n'est pas un ennemi, me dis-je. C'est peut-être une saleté d'égoïste avec l'appétit d'un cochon affamé, mais ce n'est pas un ennemi. L'ennemi, c'est la jalousie. La jalousie face à la plénitude de son existence. Et maintenant, la jalousie devant la plénitude de son estomac. Je respire une fois de plus à fond, et me souviens que je suis au-dessus de tout ça, et que je peux et vais surmonter ces sentiments négatifs. Exerçant un contrôle extrême, je referme lentement le couvercle et balance l'emballage dans une poubelle.

— Laisse tomber, dis-je. Allons plutôt boire un verre.

Nous nous réfugions dans un bar au coin de la rue. Le temps de prendre nos verres et de nous installer à un coin de table, et j'ai retrouvé mon calme.

— Tu t'es occupé des réservations ? demande-t-il.

— Quoi ?

— Pour notre week-end entre mecs. T'as trouvé un endroit ?

— Euh, bien sûr.

Je mens. Avec tout ce qui s'est passé au travail, je n'ai pas eu le temps. J'ai intérêt à étudier assez vite la question, sinon on va se retrouver dans un pub de troisième zone au fin fond de Londres.

— Je me suis occupé de tout.

— Et t'as mis tout le monde au courant ?

— J'ai envoyé des fax le mois dernier. J'ai donné les dates. Tout le monde a répondu sauf Carl, et c'est le salopard le moins fiable quand on a vraiment besoin de lui. Gete est à Ibizza avec Tim et Mark, donc ils ne viennent pas. (Je compte sur mes doigts.) Donc, il y aura toi, moi, Stringer, Damien, Jimmy et Ug, peut-être Carl, et ton frère. Sept, sûr, donc, peut-être huit. Tu es sûr pour Jimmy et Ug ?

Il acquiesce.

— Ouais. Je peux pas leur faire ça. Ils seraient écœurés.

Je le regarde avec scepticisme. Amy n'est pas la seule à s'inquiéter au sujet de ces deux Néandertaliens.

— T'inquiète pas, me rassure-t-il. Je garderai l'œil sur eux. (Il sourit et trinque avec moi.) Si j'arrive à en garder un ouvert.

— Comment ça se passe dans votre nouvel appart ?

— C'est sympa. (Il me regarde bizarrement.) Bien sûr, je regrette l'époque où on habitait ensemble, ajoute-t-il aussitôt, et je me suis dit que ça serait un truc décisif, la fin de mon indépendance... ce genre de chose. Il n'en est rien. C'est génial d'être avec elle à plein temps. C'est une progression naturelle.

— Grandir et aller de l'avant...

— Ouais. Tu vas te chercher un nouveau locataire ?

— J'ai rien décidé.

— Tu vas être déçu, affirme-t-il en secouant la tête avec tristesse, et en sifflotant entre ses dents.

Je le regarde, troublé.

— Pardon ?

— Te dégoter quelqu'un d'aussi grave que moi, ça me semble impossible. Mais bon, peu importe qui tu trouveras, il se révélera toujours une énorme déception. Bonjour la succession. Je plains le pauvre gars.

— Ouais, ça signifie une enquête à l'échelle mondiale. Une campagne de publicité nationale. On recherche le successeur de Jack Rossiter. Les candidats doivent être impérativement munis d'un diplôme en Glandologie de l'université de Flemme.

Jack passe pensivement la langue sur ses lèvres avant de dire :

— Ouais, ça devrait faire l'affaire. (Il me regarde, dans l'expectative.) T'as déjà passé l'annonce ?

— Non, j'en passerai une entre notre week-end et le mariage. J'ai eu trop de travail. Je demanderai à Chloé de m'aider à interviewer les postulants. On va bien se marrer.

Il hoche la tête.

— Comment va-t-elle ? Ça fait un moment que je ne l'ai pas vue.

Chloé est une de nos vieilles copines de Bristol. Nous sommes de vrais complices depuis des années.

— Elle a un nouveau petit copain. (Je trace des guillemets en l'air avec les doigts en disant « producteur », parce que, manifestement, comme la plupart des jeunes soi-disant producteurs à Londres, il n'a encore jamais rien produit d'autre qu'une réplique dans un hypothétique navet.)

— Tu l'as rencontré ?

— La semaine dernière. Chez elle.

— Mais encore ?

Je lui raconte exactement ce qui s'est passé quand je suis allé chez Chloé la semaine dernière.

Jeudi après-midi, j'ai reçu un appel de Chloé alors que j'étais au boulot.

Chloé : Ta secrétaire avait l'air ivre.

Moi : Mrs Lewis est une abstinente. Une goutte d'alcool n'a pas franchi ses lèvres depuis que son mari, George, est parti avec la propriétaire de leur pub il y a cinq ans. Elle a un défaut de prononciation dû à une grave lacération qu'elle a subie à la langue quand elle était bébé, après que son frère, qui s'était fait une idée abusive de la rivalité entre frère et sœur, eut poussé son landau jusqu'en haut d'une colline puis desserré le frein.

Chloé : Aussi fascinant que soit ton récit, je ne t'appelais pas pour connaître la bio de ta secrétaire.

Moi : Alors pourquoi appelais-tu ?

Chloé : Parce que j'ai besoin de ton aide.

Moi : Qu'est-ce que tu veux que je fasse ?

Chloé : Passe chez moi ce soir.

Moi : Pour dîner ?

Chloé : Pas exactement, même si je peux bidouiller un en-cas pour toi.

Moi : Pour boire un verre et papoter, alors ?

Chloé : Non, mais on aura le temps de parler un peu...

Moi : Quoi, alors ?

Chloé : Je veux que tu sois mon petit ami.

Moi (soupçonnant qu'il y a anguille sous roche) : Entendu. 8 heures, ça ira ?

Chloé : Disons plutôt 7 heures. Il faut quand

même que j'aie le temps de t'expliquer de quoi il s'agit.

Moi : Très bien. Va pour 7 heures.

Vers les 19 h 30 ce jeudi-là, j'étais donc assis près de la fenêtre dans le salon du grand appartement de Chloé. Il n'y a pas de jardin devant, aussi les passants peuvent-ils voir parfaitement ce qui se passe dans la pièce principale. Or voici ce qui se passait dans la pièce principale de Chloé : Chloé était assise, le dos pressé contre moi, ses beaux cheveux mi-longs contre ma joue, tandis que je lui massais sensuellement les épaules en lui murmurant des douceurs à l'oreille.

Ou plutôt c'est ce qu'on aurait pu croire. En réalité, il n'y avait rien de sensuel dans les mouvements de mes doigts et les petites douceurs qu'on se murmurait ressemblaient à ça :

— Ecoute, on peut pas faire une petite pause d'une minute ? Je commence à avoir mal aux bras.

Elle pencha la tête en arrière et me dévisagea sévèrement pendant une seconde.

— Ne fais pas ta mauviette, Matt, dit-elle enfin en se retournant. Il ne va plus tarder.

— Et s'il le prend mal ? demandai-je. Il n'est pas du genre violent, hein ?

— Non, il est adorable. Il a seulement besoin qu'on le secoue un peu.

— Vers toi, tu veux dire...

— Exactement. Il est plus âgé que nous, plus posé à sa façon. Je veux juste que tu le rendes assez jaloux pour qu'il se rende compte qu'il n'est pas le seul mâle sur terre, et qu'il ne peut pas me faire lambiner éternellement sans s'engager d'une façon ou d'une autre. Comment se passent les préparatifs pour le mariage, au fait ? enchaîna-t-elle sans marquer de pause. As-tu écrit ton discours de garçon d'honneur ?

— J'y travaille.

— Et Jack et Amy ? Ils vont bien ?

— Super bien. Ils ont emménagé dans leur nouvel appartement. Et on va bientôt partir en week-end chacun de notre côté.

— Je sais, et je n'ai pas été conviée...

— Ben, tu t'attendais à quoi ? Amy et toi vous pouvez pas vous sacquer.

— Non, me reprit-elle d'un ton impérieux. C'est Amy qui ne peut pas me sacquer. Je n'ai rien contre elle, moi. Je la trouve absolument adorable. Elle est simplement jalouse parce que je suis proche de Jack. Ou l'étais... Mais bon, au moins je vais assister au mariage... non que ça m'aurait surprise si j'avais été MAP là aussi.

MAP, comme me l'a expliqué Chloé un peu plus tôt, est un acronyme pour Mise Au Placard.

— Ouais, ben peut-être qu'il est grand temps qu'Amy et toi vous fassiez la paix. Qui sait, vous finirez peut-être par devenir les...

— Chuuut, siffla-t-elle en se tendant. Le voilà.

Je me suis remis à masser les épaules de Chloé, et j'ai entrepris de murmurer l'alphabet à son oreille sur un ton sexy, tout en jetant un coup d'œil à la dérobée en direction de la fenêtre. Le nouveau copain de Chloé, Andy, sortait juste de son Alfa Romeo Spyder rouge rubis. Il était beau gosse, environ trente-cinq ans, et habillé comme un figurant de l'opération Tempête du Désert : pantalons de combat larges, tee-shirt kaki acheté à Portobello

Market, bottes militaires et gilet de photographe. Ses cheveux dénoués tombaient en mèches décolorées sur ses épaules.

— Tu es sûr qu'il n'est pas violent ? demandai-je à Chloé. Rien que cet attirail belliqueux...

— Ne sois pas mauvaise langue. Il est chou.

Là-dessus, j'observai Andy le chou se figer sur place en nous voyant tous les deux. Je comptai les secondes rythmées par les battements de mon cœur – un, deux, trois – puis le vis se remettre en mouvement, et adopter une attitude masculine on ne peut plus agressive : le poitrail bombé, les lunettes de soleil Wayfarer rabattues brutalement sur les yeux, les doigts qui passaient lentement dans sa chevelure.

— J'arrive pas à croire que j'ai accepté de faire ça, marmonnai-je en continuant de masser Chloé et en sentant le regard d'Andy s'enfoncer comme une perceuse dans mon profil. Tu veux bien me rafraîchir la mémoire ? Pourquoi je fais tout ça ?

— Parce que tu es un ami et que tu sais que je te dépannerais si tu étais dans la même situation.

— Entendu, dis-je, mais s'il m'attaque, je compte sur toi pour me défendre. Jusqu'à la mort, si nécessaire...

— Ne t'inquiète pas, me rassura-t-elle en se levant pour aller ouvrir à la sonnerie. On n'en arrivera pas là. (Elle s'arrêta sur le seuil.) Mets-le un peu mal à l'aise. Mais ne sois pas ouvertement agressif. Si les choses se passent bien entre nous, tu seras appelé à le revoir...

A la fac, j'étais copain avec un type qui s'appelait Paddy. Comme moi, il était venu étudier le droit. Mais à la différence de moi, il avait une rare capacité à ne jamais se retrouver dans des situations qui ne lui convenaient pas. Il était d'une franchise absolue, sans compromis. Il disait toujours ce qu'il pensait, et s'il n'avait pas envie de faire quelque chose, il le faisait savoir. Après l'avoir observé plusieurs fois à l'action, j'ai fini par en dégager une constante. Ce n'était pas l'intransigeante honnêteté de Paddy qui l'empêchait de se retrouver victime de terribles situations, c'était sa façon de dire non. Quand Paddy disait non, il était clair pour tous qu'il le pensait. Tout en demeurant dans les limites de la civilité, c'était une attitude foncièrement antisociale, susceptible de tuer tout débat dans l'œuf. Personne ne s'est jamais aventuré à insister pour qu'il change d'avis.

Chloé a fait entrer Andy dans le salon et il s'est retrouvé face à moi – ses lunettes dans une main, le regard soupçonneux. Je décidai que mon arme de prédilection dans le duel à venir serait le fameux « non » de Paddy. D'après ce que Chloé m'avait dit de lui, Andy avait l'habitude de mener sa barque comme il l'entendait. Il n'avait jamais dû essuyer un « non » décent de toute sa vie.

Chloé, qui se tenait entre nous, tout sourire, paraissait imperméable à la décharge de testostérone qui emplissait à présent le pantalon d'Andy.

— Andy, voici Matt, un vieil ami à moi. Matt, Andy.

Andy a grommelé quelque chose et j'ai agi de même.

— Une bière, les gars ? a demandé Chloé.

Nous avons opiné tous deux, tels des boxeurs professionnels qui ne se quittent pas des yeux. Chloé est allée chercher les bières et, en son absence, nous avons continué à nous dévisager froidement. Ce fut une joute serrée, mais je suis content de pouvoir annoncer qu'Andy craqua le premier.

Il soupesa ses lunettes dans sa main.

— T'es dans quelle branche ? a-t-il fini par demander.

— Juridique.

Il a réfléchi un moment, avant de comprendre que sa question n'allait pas lui être retournée.

— Je suis producteur de films, a-t-il affirmé en guettant ma réaction.

— Vraiment ? Et qu'est-ce que tu as... produit ?

Il a allumé une cigarette.

— Je travaille sur un court en ce moment.

— Un cours de quoi ?

— Un court-métrage.

— Et de quoi ça parle, tes cours du soir ?

— Court-métrage, pas cours du soir.

— Si tu veux.

— C'est une histoire d'amour.

— Sympa.

— Tu aimes les films ? demanda-t-il.

— Non.

— Mais tu vas au cinéma ?

— Non.

— Tu regardes la télé ?

— Non.

Il m'a observé, attendant que je développe. Je n'en ai rien fait.

— Bon, a-t-il dit enfin en cherchant une explication à ma présence. Tu habites dans le coin ?

— Non.

Une fois de plus, il a attendu que je poursuive. Une fois de plus je m'en suis abstenu.

— T'es de Londres, quand même, hein ?

— Ouais, j'ai une petite garçonnière sympa.

Il a mordu à l'hameçon.

— T'es célibataire ?

— Je ne dirais pas exactement cela, est intervenue Chloé, en revenant avec trois bouteilles de bière décapsulées et en les distribuant avant de s'asseoir stratégiquement dans le *no man's land* entre Andy et moi.

— Matt est un prédateur, pas vrai, chéri ? a-t-elle repris en m'adressant un sourire charmeur. Des ex partout dans Londres avec lesquelles il aime... rester en contact ?

J'ai souri.

— Quelque chose comme ça.

Andy a regardé entre nous.

— Comment vous vous êtes rencontrés ?

— Nous ? ai-je fait rêveusement. Oh, on se connaît depuis le bahut. Nous sommes – comment dire ? – très proches...

— Je vois.

Je lui ai laissé deux secondes pour qu'il ait le temps de se faire des idées, avant d'ajouter :

— Et toi ?

Il a jeté un coup d'œil à Chloé et s'est éclairci la voix.

— Chloé et moi on sort ensemble.

Bingo. Si Chloé voulait de l'engagement, c'était fait.

— Vraiment ? ai-je dit en la regardant. T'es une cachottière, hein, tu m'en avais pas parlé de celui-là...

— On ne se connaît que depuis quelques semaines, s'est empressé d'ajouter Andy.

— Mais vous sortez ensemble ? Tu es son petit ami ?

Il a regardé Chloé avec gêne un quart de seconde, avant de répondre :

— Absolument.

— Toutes mes félicitations, Andy. Chloé n'est pas du genre facile. Elle est très exigeante en ce qui concerne les hommes, tu sais. Très, ai-je répété. Elle ne se contente pas du premier venu. Tu peux en croire quelqu'un qui a essayé...

Une expression de trouble et de soulagement s'est emparée des traits d'Andy.

— Vous êtes des ex tous les deux ? a-t-il demandé.

Je lui ai souri pour la première fois depuis son arrivée, puis j'ai adressé un clin d'œil à Chloé.

— Seulement si tu prends en compte un patin de dix secondes à l'âge de quatorze ans dans le bus scolaire qui nous emmenait voir *Macbeth*.

— Ouais, s'exclama Chloé, et tu l'as raconté à tout le monde, petit salopard !

— Tu vois ce que je veux dire quand je parle de ses exigences, ai-je dit à Andy en ignorant Chloé. Tu te la mets à dos et t'es foutu. Elle ne m'a pas parlé pendant une année entière. Je te conseille de faire gaffe et de prendre soin d'elle. Sinon, tu peux me croire, elle disparaîtra de ta vie aussitôt.

Andy s'est approché de Chloé et a passé un bras autour de ses épaules.

— J'essaierai de pas l'oublier. (Il a levé sa bouteille.) Merci pour le conseil.

J'ai regardé ma montre.

— Merde, ai-je dit en me levant. C'est la bonne

heure ? Faut que je file. (Chloé s'est levée elle aussi.) T'inquiète pas, je connais le chemin. J'ai un peu l'impression de tenir la chandelle, de toute façon, pour tout vous dire... Les deux tourtereaux... (J'ai serré la main d'Andy.) Heureux de t'avoir rencontré. Et bonne chance pour tes cours du soir.

En entendant ce récit, Jack sourit et secoue la tête d'un air amusé.

— Bien vu. Comment ça marche entre eux maintenant ?

— Il file doux. Chloé est aux anges. Il l'emmène même à Bruges à la fin de la semaine.

Jack éclate de rire.

— Mince, ça sera sûrement son tour après.

— Son tour de quoi ?

— De se marier, bien sûr.

Je secoue la tête.

— Sûrement pas.

— Comment ça ?

— Ne va pas croire que, parce que tu as décidé de te mettre un fil à la patte, ce n'est plus qu'une question de temps avant que moi, Chloé et tous les autres nous fassions la même chose. Chloé n'est pas un domino, Jack. C'est pas parce que tu viens de basculer qu'elle va en faire autant.

— Je n'ai jamais dit ça.

— Tu l'as laissé entendre.

— Non, Matt, c'est toi qui as déduit ça.

— C'est la même chose. Tu ferais un excellent avocat, dis donc.

Il prend une gorgée de vin et tire sur sa cigarette.

— Tu n'as rien contre le mariage, non ?

— Non, non, rien du tout. Je n'ai aucune objection contre le mariage en soi. Je suis, par exemple, comme tu le sais très bien, ravi qu'Amy et toi vous vous mariiez. En ce qui me concerne, c'est une tout autre histoire.

— Mais enfin, regarde-toi. Tu viens d'une famille heureuse. Tu t'entends bien avec ta sœur. Ton papa et ta maman sont heureux.

— J'ai du mal à comprendre ce que ma famille vient faire là-de...

— Mais tout est lié.

— Tout ? Comment ça ?

— Tout, car si quelqu'un comme moi, dont les parents se détestent, peut tomber amoureux et avoir envie de se poser, alors quelqu'un dans ta situation devrait même pas hésiter.

— Ben dis donc.

Je lève les mains. Je sais que Jack ne pense pas à mal, mais très franchement je peux me passer de son analyse des ramifications sociales à long terme de la désintégration de la cellule familiale. Trouver le célibat précaire est une chose, mais se sentir coupable de n'être pas marié en est une autre.

— Tu ne l'as peut-être pas remarqué, Jack, mais vouloir et faire sont deux choses distinctes. Et trouver est encore une troisième chose.

— Ce qui veut dire ?

— Ce qui veut dire que ça ne sert pas à grand-chose de discuter de la compatibilité hypothétique de Matt Davies avec l'institution du mariage, s'il n'y a aucune chance pour que cette hypothèse passe du royaume de l'imaginaire à celui de la réalité dans un futur proche.

— Ce qui en langage clair signifie...

— ... que je n'ai pas de petite amie, Jack, et

encore moins une petite amie que j'aime, et encore moins une petite amie qui m'aime elle aussi suffisamment pour passer le restant de ses jours avec moi.

Jack étudie la question un moment, puis croise les bras.

— Alors trouves-en une, propose-t-il finalement.

— Une quoi ?

— Une petite amie dont tu puisses tomber amoureux.

Je le regarde d'un air soupçonneux. L'écho dans sa voix est trop prononcé pour que je l'ignore.

— Est-ce que tu as parlé à Amy depuis que j'ai déjeuné avec elle ?

Jack se fend d'un sourire innocent.

— Ça se pourrait, chantonne-t-il, mais là n'est pas la question. Pourquoi pas ? C'est ça qui compte. Pourquoi tu ne te trouves pas une petite amie ? Ça a plein d'avantages... tu ne trouves pas ? Pense aux économies que tu ferais en mouchoirs et en revues cochonnes...

Je le fusille du regard, incrédule, avant de répliquer :

— Tu veux savoir ce que je pense ? Je pense que t'as complètement perdu la boule, voilà ce que je pense. Je ne peux pas sortir dans la rue et me trouver quelqu'un dont je vais tomber amoureux uniquement parce que j'en ai envie.

— Pourquoi pas ?

Il me regarde comme si j'étais stupide.

— Parce que ce n'est pas comme ça que ça se passe, voilà pourquoi. Les chances que ça se produise ainsi sont de...

Il balaie mon objection de la main.

— Non, dit-il, tu ne vas pas commencer à croire à ces âneries.

— Quelles âneries, je te prie ?

— Toutes ces âneries comme quoi il n'existe qu'une seule personne qui t'attend quelque part. (Il allume une autre cigarette.) Je veux dire, regarde Amy et moi. Toutes ces conneries sur l'Uberchérie que je ressassais l'an dernier. Et que je voulais trouver la femme parfaite, alors qu'Amy était là, en face de moi. Je n'avais qu'à regarder. Laisse faire un peu les choses. (Il regarde autour de lui d'un air nerveux, puis se penche en avant et me chuchote :) C'est comme dans *X-Files*. Elles sont là quelque part. Il suffit juste de deviner où.

— Entendu, gros malin. Et par où proposes-tu que je commence ?

— Facile, dit-il sans broncher. H.

J'expose à Jack un problème complexe qui trouble l'humanité depuis l'aube des temps, et lui, en retour, me sort une lettre de l'alphabet. Génial.

— De quoi tu parles ?

— Pas de quoi, me reprend-il. De qui.

Je viens de comprendre. La meilleure amie de sa future épouse.

— Tu sais, la fille avec laquelle elle est venue au *Zanzibar* ce soir-là. Helen. Petite, cheveux noirs. Le genre Winona Ryder. Une vraie perle. Facile et tout. Vous avez eu le déclic ensemble.

Ah oui, je me rappelle. Je me souviens très bien qu'elle m'a dit, en des termes dénués de toute ambiguïté, d'aller me faire foutre quand j'ai voulu lui rouler un patin à la fin de la soirée. Je me sens rougir en me rappelant ma tentative ratée et affreusement embarrassante. Je me demande si Jack a deviné que, depuis, j'ai évité toute situation où j'aurais pu rencontrer à nouveau cette Helen.

— H. Ah oui. Très malin, Jack, dis-je avec un sourire sinistre. Laisse tomber. Elle m'a envoyé paître, tu te rappelles ? Elle m'a dit qu'elle avait un petit ami attitré.

Jack hoche la tête avec enthousiasme.

— Bien sûr, mais les choses changent. Elle est célibataire à présent. Quoi ? fait-il en voyant mon expression. Je ne te l'avais pas dit ?

— Non, mais peu importe. Les choses changent, mais pas les goûts. Elle m'a envoyé paître hier, et elle m'enverra paître demain.

— Certaines personnes ont une éthique, Matt. Envisage la possibilité – aussi excentrique puisse-t-elle paraître à première vue – que la raison pour laquelle elle t'a envoyé paître c'était parce qu'elle était impliquée à l'époque dans une relation monogame, et non parce que tu ne la branchais pas.

Deux arguments judicieux en faveur de Jack Rossiter en une seule soirée. Ça ne lui ressemble pas d'épuiser son stock comme ça. Je suis intrigué. Peut-être est-il sur une nouvelle lancée. Peut-être va-t-il être en mesure de me donner un conseil avisé.

— Elle t'a parlé ?

En posant cette question, je ne peux m'empêcher de ressentir une bouffée puérile d'excitation et d'espoir.

— Pas exactement, dit Jack.

La bouffée retombe.

— Oh. (Il me faut quelques secondes pour me

ressaisir.) Donc, quand tu disais qu'elle pouvait être dingue de moi, c'était comme ça, en l'air.

— Non, c'était une intuition.

Je réfléchis un moment. H était super ce soir-là au *Zanzibar*. Vraiment. Mais à quoi bon ? Petit ami ou pas, question coup de foudre, la chimie n'a pas marché.

— Laisse tomber, dis-je à Jack. Matt échaudé craint l'H froide. Restons-en là. Epargnons-nous à tous deux cette gêne.

Il me dévisage calmement, avec ce genre de regard dont vous gratifie un prof quand vous lui déclarez pour la cinquième fois d'affilée qu'un chien a mangé la copie que vous deviez lui rendre.

— N'y pense plus, Jack. Pense aux détails pratiques...

— Quels détails pratiques ?

— Eh bien, le *Zanzibar*, c'était il y a un an, non ? Ça paraîtrait plutôt bizarre que je l'appelle maintenant pour lui demander de sortir avec moi. (Un poing contre l'oreille, je mime la conversation téléphonique.) Salut, H. C'est Matt. Non, non. Le Matt que t'as rencontré au *Zanzibar* l'an dernier. Non, pas l'île dans l'océan Indien. La boîte. C'est moi le type qui t'a abordée comme un gamin de douze ans sur la piste de danse. Ouais, le connard. Ha ha. Oui, ce Matt-là. Hein ? De quel matelas je veux parler ? Très drôle. Bon, ben je voulais savoir si ça te disait de dîner avec moi un de ces quatre. Je comptais t'appeler l'an dernier, mais j'ai été assez pris. Oui. Oui, c'est plutôt dingue, non ? Comment ? L'aide d'un psychiatre ? Eh bien, je n'y ai pas vraiment pensé. Allô ? Allô ? (Je baisse le poing et grimace.) T'arrives à croire ça ? Elle a raccroché.

Jack hausse un sourcil, guère impressionné.

— Tu n'as pas besoin de l'inviter à dîner.

— Comment ça ?

— Elle sera là au déjeuner, demain.

— Quel déjeuner ?

— Le repas-test en vue du mariage, explique-t-il. Celui que Stringer a organisé pour qu'on puisse tous goûter les plats et choisir ce qu'on mangera le jour J. Le plantureux et goûteux déjeuner dont je comptais te parler la semaine dernière sauf que j'ai oublié, ce qui fait que je t'en parle à présent...

Je le regarde, incrédule.

— Tu ne parles pas sérieusement ?

— Si. Et c'est vraiment important que tu sois là. Le garçon d'honneur, tout ça...

— Laisse tomber. J'ai du travail jusque-là. Tu aurais dû m'en parler plus tôt, et...

— Je t'en prie.

Je suis sur le point de lui dire d'aller se faire voir, mais quelque chose m'en empêche. Peut-être le fait d'avoir appris que H est libre. Peut-être à cause de l'expression adorable de chien battu qu'affiche Jack dans sa tentative pour m'avoir au chantage sentimental. Plus vraisemblablement, le facteur décisif est que Jack a mangé ma pizza.

— Quand tu parles de déjeuner plantureux, tu es sérieux ?

Stringer

Mercredi, 11 h 10

— Et toi, Stringer ? lance KC.

Je suis coincé dans l'Epicentre du Vortex du Chaos, connu sous le nom d'Unité 3, zone industrielle de Sark, la base de Chichi dans l'ouest de Londres : un dédale de bureaux, de salles à manger, de cuisines, de salles réfrigérantes.

De l'extérieur, ça ressemble à n'importe quel préfabriqué à loyer modéré sur trois étages. Un passant innocent pourrait penser qu'ici des gens normaux mènent à bien des tâches ordinaires relevant d'une existence professionnelle ordinaire. Un passant innocent, toutefois, se tromperait – se tromperait profondément –, parce qu'un passant innocent ne connaîtrait pas Freddie DeRoth, propriétaire de l'Unité 3 et maître de tout ce qu'il y a dedans, et un passant innocent ne connaîtrait pas Greg Stringer, propriétaire de très très peu en fait, et Chargé de Maintenir la Galère à Flot.

Bon, je ne voudrais pas débiner Freddie. Loin de là. C'est une légende dans son milieu. Un organisateur de fêtes au carré, si l'on veut. Un génie, pas moins, quand il s'agit de montrer aux autres comment passer un bon moment. Il a quasiment introduit le concept de fête à thème en Angleterre. Donnez-lui le budget adéquat et il exaucera vos moindres désirs, depuis l'orgie à la romaine pour quatre cents personnes, complète avec esclaves enchaînés et en toge portant un daim rôti entier, jusqu'au simple pique-nique dans un parc pour dix.

C'est juste que Freddie est un homme d'idées, et que les idées de Freddie ne vont pas jusqu'à s'abaisser aux détails pratiques. Il aime concevoir des événements et être présent, en vitrine, sous les feux de la rampe. C'est parfaitement compréhensible. Le côté chiant du métier, toutefois – la logistique du personnel, du transport, des locaux et des marchandises –, il me le laisse. Parfois, c'est un vrai défi. D'autres fois, c'est comme si on vous lançait une grenade à main ; vous n'avez qu'une envie, la relancer, vous recroqueviller en boule, et attendre que ça explose.

Aujourd'hui, c'est un jour comme ça.

Je suis assis à mon bureau dans la minuscule pièce réservée à l'administration, près des cuisines, depuis 7 h 30 du matin, avec le téléphone quasiment collé à mon oreille. Jack et Amy doivent venir déjeuner à 13 h 30. Tamara s'occupe d'une remise de prix télévisuels pour deux cents personnes ce soir au Museum d'Histoire naturelle, et Freddie et Tiff sont dans le Wiltshire, pour le cinquantième anniversaire d'une héritière du diamant. Les déplacements et états d'âme d'un personnel de quatre-vingts personnes, quatre camions réfrigérants, soixante caisses de champagne et un bouc savant du nom de Gerald, dont la spécialité est de bêler en se tenant sur ses pattes de derrière, ne sont qu'un échantillon des merdes qu'aujourd'hui m'a réservées.

Jusqu'à présent, c'est SNTM (Situation Normale : Tout Merde). Il me manque carrément une douzaine de serveurs/euses pour ce soir. Freddie, Tiff et leurs convois respectifs de véhicules (traiteurs et personnels) ont deux heures de retard car ils sont bloqués dans un embouteillage de huit kilomètres sur la M4. Dave Donovan, de chez « One Man and His Fish », m'a gentiment informé que si je voulais cinquante homards pour la fête du MHN ce soir, j'avais intérêt à « savoir super bien nager ». Entre deux larmes et trois sanglots, Tamara m'a avoué que Gerald avait brisé sa longe une heure auparavant et qu'on l'avait vu pour la dernière fois en train de galoper comme un dément près de Hyde Park, terrorisant les pigeons et les caniches.

— Yo, Stringer, lance de nouveau KC. Et toi ?

J'ai eu vaguement conscience d'un rire intermittent en provenance de la cuisine ça fait au moins vingt minutes, et je ne peux que supposer que KC, une fois de plus, s'est lancé dans un débat vulgaire et lascif avec le personnel des cuisines. Ma foi, toute distraction est la bienvenue. Je me dirige vers la porte ouverte.

Je croise les bras et le regarde en demandant :

— Qu'est-ce qu'il y a ?

Les cheveux longs, les yeux injectés de sang, l'air incroyablement miteux, KC est à la fois un cuisinier accompli et un grand consommateur de haschisch. Ça fait maintenant trois ans qu'il travaille pour Freddie – depuis qu'il est rentré d'Australie le jour de ses trente ans. Il cesse de contempler la table recouverte de canapés qu'il a préparés pour la remise des prix télévisuels de ce soir. Il porte un pantalon large, un tee-shirt, et un tablier bleu et blanc est noué autour de sa taille. Sur son tee-shirt, il y a une photo trafiquée du pape en train de fumer un joint, avec la légende : *J'aime le pape. Il fume des pètes.*

Je l'aime bien (KC, je veux dire – je n'ai jamais rencontré le pape), mais je doute qu'il pense encore quoi que ce soit à mon sujet. Je doute aussi que lui demander de cuisiner un déjeuner-test aujourd'hui pour moi et mes cinq potes ait beaucoup aidé à améliorer la situation. Toutefois, nous n'en sommes encore jamais venus aux coups – il mesure un bon mètre quatre-vingt-dix –, et j'espère que ça ne se produira jamais.

— Le pucelage, mec, dit-il avec un fort accent.

Il s'essuie la main sur son tablier.

— On vient de se raconter comment on avait perdu le nôtre. Jodie, dit-il en désignant de la tête une jolie diplômée qui travaille pour Chichi depuis quelques mois dans l'espoir d'éponger quelques dettes, s'est fait décapsuler quand elle avait seize ans par son prof de guitare à l'école.

Il agite un couteau en direction de ses deux autres acolytes, deux ados envoyés par l'agence de recrutement ce matin.

— Et Mickey et Alison se sont entre-dépucelés l'avant-dernier week-end. L'avant-dernier week-end, dit-il avec un sourire triste, en regardant les deux jeunots échanger des regards gênés. Non mais franchement, t'as l'impression d'avoir quel âge quand t'entends ça ?

— Cent dix, cent quinze, dis-je en retournant à mon bureau.

— Un instant. Et toi ?

— Quoi, moi ?

— Ben ouais, joue le jeu, quoi. Tu peux pas écouter les histoires intimes des autres sans y aller de ta petite confidence, non ?

— Je n'ai rien écouté du tout, KC, fais-je remarquer. Tu m'as appelé et t'as tout déballé, tu te souviens ? Si jamais c'est au tour de quelqu'un de vider son sac, c'est sûrement toi.

Grave erreur. Plutôt que de détourner l'attention de KC de la conversation en cours, ma remarque ne fait que renforcer son intérêt. A peine ai-je lancé ce défi qu'il le relève avec une délectation sans doute inégalée depuis qu'il a découvert que le tabac et le hasch, fumés ensemble en quantités suffisantes, étaient capables de faire planer longtemps de façon bénéfique.

— Eh, Stringer, dit-il environ dix minutes plus tard d'une voix traînante, après le final d'un récit passionnant, complet avec étalage chorégraphique dont le département des reconstitutions dramatiques de la BBC serait fier, parle-nous un peu de la pétasse qui a été assez stupide pour se faire ramoner par ton chibre la première fois.

A cet instant, il y a un silence. C'est un silence d'ignorance, et un silence de honte. C'est le silence d'un écolier auquel on a posé la question la plus facile au monde mais qui en ignore la réponse.

Je ne me sens pas bien et ce malaise ne me surprend nullement. Ce n'est pas la première fois que je ressens ça. C'est comme ça depuis que j'ai quatorze ans, depuis que Richard Lewis est revenu dans notre internat le premier soir des vacances d'été avec une paire de petites culottes en coton dans la poche de son blouson. Je me revois avec lui et environ dix autres ados dans la cour du pensionnat avant l'extinction des lumières. On était là, à fumer des cigarettes et à faire circuler entre nous les culottes, en se donnant des coups de coude dans les côtes et en ricanant, quand Dave Tagg s'est fait prendre en train de se faire un petit sniff en pressant l'une des culottes contre son visage. Je me souviens également du visage de Richard quand il nous a raconté sa soirée du mercredi. Une fille de son quartier, Emma Roberts, avait accepté de se rendre dans la caravane au fond du jardin de ses parents, chez eux à Berkshire. Il nous a raconté comment il s'était couché avec elle sur le lit pliant puis s'était lentement déshabillé et – c'était ce que nous avions envie d'entendre – l'avait sautée. Puis il nous a montré une nouvelle fois les petites culottes, parce qu'elles étaient sa preuve, et parce que sans elles et sans le nom d'Emma Roberts inscrit sur une étiquette cousue dessus, nous n'aurions pas cru un mot de ce qu'il racontait.

Mais je ne suis pas Richard Lewis. Je suis Greg Stringer. Je n'ai aucune preuve. Je n'ai que des mensonges.

— La toute première fois ? je demande.

— Ouais, insiste KC.

Je m'avance vers la table, prends une chaise et m'assois.

— Elle s'appelait Emily.

Elle s'appelait Mrs Emily Warberg.

— Vous aviez quel âge ? demande Mickey.

— Elle avait vingt et un ans, et moi dix-sept. Elle était étudiante à l'université de Manchester. J'étais en dernière année de lycée.

Elle avait quarante-neuf ans, c'était la mère d'Alan Warberg, un copain de quartier avec lequel je traînais pendant les vacances scolaires. Je les connaissais tous les deux depuis qu'ils avaient emménagé dans ma rue, l'année de mes douze ans. Son mari s'appelait Rob et il travaillait pour une agence de pub.

— Une nana plus âgée que toi, hein ? s'exclame KC. Petit veinard. Elle était comment ?

— Emily était belle. Cheveux blonds, yeux bleus. Un mètre soixante-dix. Une vraie bombe.

Mrs Warberg était la fiancée de Frankenstein, une accro des régimes, maigrichonne au point d'être émaciée. Ses jambes ressemblaient à des manches à balai et ses épaules saillaient comme des pales de ventilo. Elle fumait quarante Rothmans par jour et je ne l'avais jamais vue faire d'exercice depuis que je la connaissais. Ses cheveux étaient d'un blond pisseux et ses racines d'un gris toile d'araignée. Elle portait des soutiens-gorge à bonnets renforcés et buvait de la vodka directement au goulot – elle gardait une bouteille en permanence en haut du frigo.

KC repose son couteau et s'assoit sur le bord de la table, captivé.

— D'enfer, marmonne-t-il. Où est-ce que tu te l'es faite ?

— Je l'ai appelée chez elle un samedi soir. Emily habitait en bas de ma rue. C'étaient les vacances de Pâques et je révisais chez moi. Elle était revenue de Manchester pour les congés. Je l'avais vue à une fête le week-end précédent, on avait papoté et on s'était un peu bécotés. Rien de plus, cela dit. Quoi qu'il en soit, ce samedi soir... Sa mère était prof d'économie au lycée, et j'avais besoin d'aide pour un prétendu devoir, aussi je me suis pointé...

Un samedi soir pendant les vacances de Pâques, je suis allé fumer un joint chez Alan.

KC s'esclaffe bruyamment et remonte un genou sous son menton.

— T'aider à faire tes devoirs. Putain, mec, t'es vraiment gonflé.

Jodie le fusille du regard et il se tait.

— J'ai frappé à la porte. Ce n'est pas son père ou sa mère qui a répondu. C'est Emily. Elle m'a détaillé attentivement et souri, puis elle a rougi et demandé comment j'allais. Elle a bafouillé quelque chose comme quoi elle était ivre à la soirée, alors j'ai rougi moi aussi et je lui ai demandé si sa mère était là et elle a dit non. J'étais sur le point de partir, quand elle a dit qu'elle avait suivi des cours d'économie et se rappelait sûrement quelques trucs, alors pourquoi est-ce que je n'entrerais pas pour prendre un verre, on verrait bien si à deux on pouvait y arriver.

La mère d'Alan ouvrit la porte environ cinq minutes après que j'eus sonné une première fois. Elle resta là, appuyée au chambranle, en robe de chambre et chaussons, me fixant avec difficulté. Je pouvais sentir l'alcool dans son haleine. « Oh c'est toi », me dit-elle, puis elle tira sur sa cigarette et m'invita à entrer. Je l'ai suivie dans le salon, elle s'est assise sur le canapé et nous a servi deux grands verres de vodka. Elle a tapoté la place à côté d'elle et m'a dit : « Alan est parti au foot avec son papa. Ils rentreront tard. » Elle m'a proposé une cigarette, je l'ai prise et me suis assis.

— Allez, dit KC. Va droit au but.

— C'était génial. C'était tout ce qu'on voulait que ça soit. On s'est assis dans la cuisine, on a bu une ou deux bières, on a ri en repensant à la soirée d'avant. Puis elle a roulé un joint et on l'a fumé. Puis...

C'était horrible. Je ne me suis jamais senti aussi mal à l'aise. J'étais assis à côté de Mrs Warberg, je fumais ses cigarettes et buvais sa vodka. Elle m'a parlé de sa vie, a critiqué son mari et s'est plainte de sa vie terne et sans sexe. Puis elle s'est resservi une vodka, l'a descendue et m'a regardé pendant ce qui m'a paru une éternité. Puis...

— Puis Emily m'a demandé si je voulais monter à l'étage avec elle, et j'ai dit oui. Elle m'a pris par la main et on est allés dans sa chambre. Je me suis allongé sur le lit, elle a mis un disque, allumé une bougie et éteint la lumière, et elle est venue me rejoindre. On s'est embrassés pendant on aurait dit des heures, puis on a fait l'amour, et même si ça te paraît ringard, KC, ça ne l'était pas. C'était parfait. C'était la personne la plus merveilleuse que j'aie jamais rencontrée. Elle était intelligente, douce, belle et gentille. J'avais toujours rêvé que ça se passe ainsi.

Mrs Warberg me prit la main, la glissa sous sa robe de chambre et la fourra brutalement entre ses jambes. Elle me dit que c'était agréable et que je n'avais pas à m'inquiéter de ce que diraient Alan et son mari, parce qu'il n'y avait aucune raison pour qu'ils l'apprennent. Puis elle défit sa robe de chambre et s'en débarrassa, s'agenouilla par terre à côté de moi, nue, et défit ma ceinture. Je restai là bêtement, me sentant ivre, nauséeux, incapable de la regarder. C'est alors que ça se produisit. C'est alors qu'elle sortit ma bite et se mit à rire.

— C'était vraiment spécial, soupira Jodie.

— Ouais, t'as eu de la veine, admit KC.

Ce n'était pas spécial. C'était éprouvant. Je me rappelle comment Mrs Warberg fit remuer ma bite avec son index. « Eh bien, mon chéri, dit-elle d'une voix pâteuse en remettant sa robe de chambre et en allumant une autre cigarette. Je ne vois pas ce que tu voudrais que je fasse avec ce petit machin. »

— Une belle histoire, dit KC.

— Oui, dis-je.

Il y a eu d'autres tentatives, d'autres tâtonnements au fil des ans avec des filles décharnées, avec la drogue pour compagnon. J'ai même dû réussir à la fourrer quelques fois, mais jamais au point de pouvoir en tirer fierté le matin venu. Je secoue la tête. Je n'ai toujours pas compris comment une chose aussi petite est parvenue à avoir des conséquences aussi grandes sur ma vie. Ça me laisse épuisé et seul.

— Est-ce que tout sera prêt pour servir les plats à 1 heure et demie ? je demande à KC.

Il se dirige vers la gazinière et s'empare d'un bout de papier.

— Crabe à l'américaine à la mousse d'épinard en apéritif. Champignons des bois pour les végétariens. Caille sauce moutarde en plat principal. Les végés ont des champignons et des lasagnes aux épinards. Et en dessert t'as dit une tarte à la figue, au miel et au mascarpone. Ça te va ?

— Parfait.

Il me regarde d'un air sceptique.

— Ouais, ben, tes potes ont intérêt à être à l'heure, parce que je compte pas m'attarder. J'ai promis à Freddie d'être au musée à 2 heures et demie pour l'aider à aménager un coin cuisine.

— Ne t'inquiète pas, dis-je en pensant au manque de ponctualité légendaire de Jack et ne me sentant guère optimiste sur ce sujet. Ils seront là. Et ce ne sont pas des potes, je lui rappelle, ce sont des clients qui paient.

— Conneries, lâche-t-il. J'ai vu le devis que tu leur as préparé. Moins cher on peut pas, alors ils ont intérêt à apprécier tout le mal que je me...

— Ils l'apprécieront, KC, je le rassure, et moi aussi.

Il grogne, peu convaincu, et retourne à son travail.

Treize heures sonnent et les choses s'améliorent. Moyennant divers chantages, pots-de-vin et supplications, j'ai pu réunir les serveurs et serveuses manquants pour la soirée au musée. L'embouteillage sur la M4 s'est résorbé et Freddie a vérifié que tout se passait correctement pour le repas d'anniversaire de Mme Diamant. Dans un remarquable revirement, « One Man and His Fish » a découvert un surplus de homards, et ils les ont envoyés par camion réfrigéré, avec deux truites en manière d'excuses. De toutes les infortunes de ce matin, seul Gerald, le bouc savant, demeure perdu en pleine nature. Après tout, les boucs eux aussi ont le droit de se la donner.

Jack et Amy arrivent les premiers, à 13 h 15. Dehors, il pleut des cordes, et je les conduis à l'étage dans la salle à manger où je me suis activé depuis une demi-heure avec Jodie. On a sorti le grand jeu pour eux : nappe, chandelles, cristal et porcelaine. Jodie vient prendre leurs manteaux et leur propose un verre. Jack et Amy sont gais comme des pinsons, et je file en bas pour voir avec KC si on est bien dans les temps.

— 13 h 30, t'avais dit, me rappelle-t-il d'un ton neutre. Alors ça sera 13 h 30. (Il me dévisage d'un air soupçonneux.) Tous tes potes sont déjà là ?

— Deux d'entre eux, je marmonne avant d'ajouter en espérant que ça le calmera un peu : les futurs mariés.

Ça ne le calme en rien.

— Les feuilletés au crabe auront plus le goût de feuilletés au crapaud s'ils les mangent pas pendant qu'ils sont chauds, lâche-t-il.

Il s'avère qu'un seul feuilleté au crabe connaît ce sort, et je n'ai donc qu'à endurer un sixième du courroux de KC. Le feuilleté en question est celui de H, et il connaît ce sort parce que H arrive en retard. Un retard d'une heure et demie, pour être exact. Les autres en sont au dessert, et KC, fort heureusement, est déjà en route pour le musée.

Les premières paroles que prononce H quand je lui ouvre sont :

— Ne dis rien.

Elle est trempée de la tête aux pieds, comme si elle avait plongé la tête dans la cuvette des W-C et avait tiré la chasse plusieurs fois de suite. Des traces noires de mascara dégoulinent de ses yeux jusque sur son menton et son cou, lui donnant l'air d'une goule qui s'est maquillée à la va-vite. Mais le plus inquiétant, c'est l'expression qu'affiche son visage. Ce n'est pas simplement un regard capable de tuer. C'est un regard qui prendrait un grand plaisir à vous torturer plusieurs jours d'affilée.

Je sens mon cœur s'emballer et, après m'être doucement éclairci la voix, je demande :

— Ne dis pas quoi ?

— Un mot, un seul putain de mot ! aboie-t-elle en passant devant moi et en frissonnant dans l'entrée.

La contrarier aurait sans aucun doute des conséquences néfastes et vraisemblablement irréversibles sur ma santé, aussi je préfère lui désigner l'escalier sans rien dire. Je la suis et, une fois en haut, la regarde traverser le couloir d'un pas décidé en direction de la pièce d'où montent les voix. Elle passe la tête par la porte et, comme les voix se taisent aussitôt, lance d'une voix d'un calme glacial :

— Amy. Viens. Tout de suite.

Amy se précipite aussitôt et jette un œil à H avant de la prendre par la main, de l'emmener dans une pièce à l'écart et de refermer la porte derrière elles. Je m'avance dans le couloir sur la pointe des pieds et presse l'oreille contre la porte pour écouter.

— Un problème ? murmure Matt qui m'a rejoint.

Je grimace.

— Si c'est toi qui conduis...

Il me regarde sans comprendre et je prête de nouveau l'oreille.

— Elle parle du bus en stationnement qu'elle a embouti en venant ici.

Il grimace et écoute également la conversation.

— Le bus en stationnement qu'elle a embouti en marche arrière en venant ici, corrige-t-il. Le bus en stationnement qu'elle a embouti en marche arrière en venant ici, et dont elle ne veut pas que nous soyons au courant, car si l'un d'entre nous ose ne serait-ce que ricaner, elle lui coupe la langue et lui arrache la tête.

— Lui coupe la langue et lui arrache la tête ? N'est-ce pas un peu excessif ?

Matt fait la moue et hoche la tête.

— Il vaut mieux ne pas se mêler de tout ça, dis-je.

— Ouais, ça vaut mieux, je crois.

C'est bizarre, mais ni l'expression diabolique de H ni son retard au déjeuner n'arrivent à me gâcher la journée comme j'aurais pu m'y attendre. Ce n'est pas parce que le repas a été un succès – Jack et Amy ont adoré les plats. Ni parce que tout un chacun était de bonne humeur (à l'exception évidente de H). Ni parce que KC, en bon hippie reconnaissant, aurait assaisonné nos plats de ses herbes les plus inhabituelles (ce qu'il n'a pas fait). C'est plus lié au fait d'avoir passé un moment agréable avec Susie. On était en phase dès qu'elle s'est assise et on n'a pas cessé de parler depuis le début du repas. Je n'ai pas ri autant depuis des mois. A croire qu'elle a une de ces énergies illimitées auxquelles il est impossible de résister.

— Qu'est-ce qui se passe ? demande Jack, quand Matt et moi revenons dans la salle.

— Elle a bousillé sa voiture, j'annonce.

— Comment ?

Avant que je puisse répondre, Matt lance :

— On sait pas. On n'a pas eu les détails. (Il quête mon approbation.) N'est-ce pas, Stringer ?

— Oui.

Il a raison. Il vaut mieux ne pas faire de vagues. Si H veut que ce qui s'est passé reste secret, ça ne me dérange pas.

Susie paraît choquée.

— Il y a eu des blessés ?

— Non. Il n'y a aucune raison de s'inquiéter.

— Il vaut mieux ne pas en parler quand elle reviendra, précise Matt en allant se rasseoir. Elle souffre d'un cas aigu de *tantrum maximum*.

Je me rassois à côté de Susie et le silence perdure quelques minutes alors que nous percevons des éclats de voix étouffées derrière la porte. Nous regardons tous nos chaussures, gênés. C'est vraiment dommage, parce que le reste du repas s'est très bien passé. Tout le monde s'est bien marré et, ce qui compte également pour moi, c'est un succès professionnel, les plats et le vin ayant rencontré un accueil formidable. Surtout de la part de Jack et Matt. Je ne me rappelle pas qu'ils m'aient jamais témoigné leur admiration. En particulier dans le cadre du travail. C'est presque un aboutissement. Susie me donne un petit coup entre les côtes et je lève les yeux.

— C'est quoi le truc au fromage ? demande-t-elle en désignant son assiette.

— Mascarpone, je l'informe.

— Mascarfabuleux, oui, dit-elle en reprenant une cuillère. (Elle se tourne vers la table et s'adresse à tout le monde.) Allez, les gars, dit-elle. (Ses yeux bleus s'attardent sur moi, Matt, puis Jack.) Parlez-nous un peu du lieu cochon que vous avez réservé pour votre week-end entre hommes.

Jack hausse les épaules et fait un signe à Matt.

— Je ne suis au courant de rien, dit-il. Matt nous tient dans l'ignorance totale.

— Eh bien, Matt ? demande Susie.

Il lui sourit.

— Tu connais les règles. Les nanas ne doivent rien savoir.

— Allez, quoi, dit-elle d'un ton dédaigneux. Ne sois pas si vieux jeu. Je dirai rien.

— Là n'est pas la question. Qui plus est, continue Matt, même eux ne savent rien. Pas même Jack. Il n'y a que moi. Et ça restera comme ça jusqu'à ce qu'on y soit. (Il se penche en avant en prenant un air de conspirateur.) Ce que je peux dire, toutefois, c'est que l'opération a reçu le Sceau Approbatif Officiel de Matt Davies et que, par conséquent, ce sera le meilleur week-end de nos vies. Garanti.

Susie hoche la tête d'un air approbateur.

— Un week-end sordide, oui, dit-elle.

— Et vous autres ? je lui demande. Vous avez trouvé un endroit ?

— H a tout mis au point.

— Où ça ? demande Matt.

Susie fait mine de fermer une fermeture Eclair en travers de sa bouche.

— Désolée, Matt. Top secret. Comme pour vous. Si je te le disais, je serais obligée de te tuer après.

— Un petit indice, alors ? demande-t-il.

— Du genre ?

— Du genre dans quelle ville ? (Il adresse un

clin d'œil à Jack, puis se tourne à nouveau vers Susie.) Histoire qu'on sache laquelle il faut éviter...

— Facile, dit-elle avec un sourire. C'est peut-être pas en ville.

— Quoi, lâche Jack, vous voulez dire que vous allez à la campagne ? Pas de boîtes de nuit ? Pas de bars ? Pas de mecs ? Vous allez devenir folles.

— Pour ton information, Jack Rossiter, dit-elle en souriant et en le désignant du doigt, sache qu'il y a d'autres choses dans la vie.

— Ah bon, et quoi ?

— L'air frais de la campagne, un paysage magnifique, et plein de temps à soi.

Jack paraît horrifié. Ça ne m'étonne pas. Son idée du grand air consiste à s'asseoir dans Hyde Park avec une caisse de Stella Artois et une cuisse de poulet grillée.

— Du temps à quoi ? demande-t-il.

— A soi, explique Susie. Du temps pour réfléchir à soi. Du temps pour se détendre sans se préoccuper de l'avenir – ou de quoi que ce soit d'autre, d'ailleurs...

Jack roule des yeux et porte la main à sa bouche en faisant mine de bâiller.

— Rasoir, dit-il. Vous ne tiendrez pas cinq minutes.

J'interviens en sentant qu'il est temps que quelqu'un prenne le parti de Susie :

— Allez, ça ne sera pas si terrible.

Elle passe un bras autour de moi et me serre l'épaule.

— Tu vois, dit-elle. Enfin un vrai homme. Pas une petite mauviette citadine comme toi.

J'ai une photo de Susie où elle est exactement

comme tout à l'heure quand je l'ai accueillie sur le seuil : cheveux blonds bouclés qui dépassent de sous son chapeau en velours excentrique, bien roulée, tout sourires. Et il y a son accent : à mourir, comme celui de Cerys, la chanteuse du groupe Catatonia. Les rares moments où nous ne nous sommes pas parlé directement, je me suis surpris à la surveiller du coin de l'œil, conscient qu'elle faisait de même. Ça m'a rendu tout chose.

— Désolée d'être en retard, dit H, interrompant le cours de mes pensées.

Elle se tient sur le seuil à côté d'Amy. Son visage a la fixité d'un masque mortuaire.

— Pas de problème, dis-je. Prends une chaise. Mais j'ai peur que ça soit froid. Le cuisinier a dû s'absenter.

Je me force à sourire, en espérant que la crise soit officiellement passée.

Ce n'est pas le cas. Elle hoche la tête comme si elle n'attendait rien d'autre, s'affale sur sa chaise et s'empare de la bouteille d'eau. Elle se remplit un verre et le vide. Puis c'est le silence. Matt me fixe dans l'espoir que je joue les maîtres de cérémonie. J'ai comme un passage à vide et je détourne le regard. J'attends que quelqu'un fasse remarquer que le repas est fini, ce qui est visiblement le cas.

Une demi-heure plus tard, nous sommes tous en bas à regarder la pluie tomber.

— Merci d'être venue, dis-je à H. Et, je le répète, désolé, que tu aies raté le repas.

— Laisse tomber, marmonne-t-elle en déposant une petite bise formelle sur ma joue avant de s'élancer sous la pluie.

Matt l'observe quelques secondes, avant de me murmurer à l'oreille :

— Magnifique, non ? (Puis, tout fort aux autres :) Faut que j'y aille, moi aussi.

Il embrasse Amy et Susie et serre ma main et celle de Jack.

— Je vous appelle lundi prochain pour vous dire où et quand on se retrouve pour notre week-end.

Il rattrape H au bout du parking et ils restent sous la pluie à parler.

— Tan tan-tan ! commente Jack d'une voix pleine d'insinuations en les regardant.

— Et toi, Susie ? demande Amy en l'ignorant. T'as besoin qu'on te dépose quelque part ?

— Ah, ça serait fantastique, ma chérie. J'ai laissé la Metro à la maison, alors si tu pouvais me laisser à la station ça serait impec. T'es sûre que ça te pose pas de problème ?

— Bien sûr que non. On n'a pas envie que tu te noies, hein ?

— Merci, dit Susie, puis elle râle en se tapotant le sommet du crâne. Zut, j'ai oublié mon chapeau à l'intérieur. (Elle me fourre son sac entre les mains et file.) J'en ai pour deux secondes. Je suis presque sûre que je l'ai laissé en haut.

— Attends-moi, lui lance Amy. Je t'accompagne.

A peine ont-elles disparu que Jack me donne un petit coup dans les côtes.

— On dirait que t'es bien placé, Etalon.

La poignée en cuir du sac de Susie a gardé la chaleur de ses paumes. Je sens ma propre main se resserrer autour.

— Entendu, Jack. Je l'admets. Pour la première fois de ta vie, tu as peut-être marqué un point.

Il me regarde d'un air bête et dit :

— Hein ?

— A propos de Susie. C'était sympa de faire sa connaissance...

— Ouais, s'emballe-t-il, et elle pense qu'à ça, comme toi.

L'attitude de Jack ne cessera jamais de m'étonner.

— Elle pense qu'à ça ? Tu ne penses pas que ce qui l'excite en privé la regarde ?

— Pas quand ça concerne tout le monde, dit-il sans prendre le temps de réfléchir. Je pense que ça tombe dans le domaine public.

Je le regarde en roulant des yeux.

— Ouais, eh bien, nous devrons tomber d'accord pour dire qu'on n'est pas d'accord sur ce point.

Amy et Susie reviennent avant que Jack puisse répondre quoi que ce soit. Susie agite son chapeau et me dit :

— Je l'avais oublié dans les toilettes.

Elle le remet sur sa tête et récupère son sac.

— Il est superbe, dis-je, mais il y a une platitude dans ma voix qui me surprend.

Je pense que ça doit être lié à ce que Jack vient de dire sur elle. Ça n'a rien à voir avec sa vie sexuelle. C'est ses oignons. Je pense que c'est à cause de ce qu'il a dit sur le fait que j'étais bien placé. Ça ne m'est encore jamais venu à l'esprit, pas tout à trac comme ça, du moins. Maintenant que Jack m'a mis ça dans la tête, ce qu'il a dit sur elle m'a déprimé. Mais à quoi est-ce que je m'attendais ? A ce qu'elle soit vierge ? Qu'on passe du bon temps au lit parce qu'elle ne connaîtrait pas mieux ? Je respire à fond et souris à Susie. A vrai dire, je ne crois pas que ça soit très important. Je l'aime bien et ça suffit. On va devenir amis, exactement comme avec Karen.

— Tu l'as trouvé où ? je lui demande en essayant d'injecter un peu d'enthousiasme dans ma voix et en me sentant mieux du coup.

— Oh, dans un endroit super...

— Et c'est où ça ?

— Sur mon stand. A Portobello Market. Le samedi matin. Tu devrais passer un de ces quatre. Je te paierai le café. (Elle penche la tête de côté et me regarde avec ses yeux pétillants.) Ou quelque chose de plus fort, si ça te dit.

— C'est très gentil, mais...

Elle me décoche un superbe sourire.

— Génial. Ce soir, ça te dit ? On pourrait passer un moment sympa. A quelle heure tu finis ?

— Ce soir je ne peux pas. J'ai du travail au Museum d'Histoire naturelle. Il faut que j'y sois dans une heure et je doute d'en avoir fini avant 3 heures du matin...

Elle me regarde comme si je la baratinais. C'est faux. C'est la vérité. Je me creuse les méninges, essayant de trouver un autre jour pour ce rendez-vous, mais en vain. Hormis le week-end entre hommes, je travaille tous les soirs à partir de maintenant jusqu'au mariage de Jack et Amy. Je hausse les épaules en signe d'excuse.

— Une autre fois, alors... dit-elle.

— Oui, dis-je en lui faisant la bise. Une autre fois.

H

Mercredi, 15 h 30

— Je te dépose ? demande Matt en faisant tinter ses clefs.

Je suis sur le parking, à chercher mon téléphone portable dans mon sac, complètement trempée. Matt désigne de la tête sa Spitfire verte.

J'aurais dû me douter qu'il avait ce genre de voiture.

— Ça ira. Je vais appeler un taxi, dis-je.

Ce n'est pas que je n'aie pas envie qu'on me dépose. Je suis prête à tout pour qu'on me sorte d'ici et qu'on m'emmène là où je veux être. C'est-à-dire chez moi.

Seule.

De préférence dans des vêtements secs.

— Allez, viens, dit-il. Le taxi va mettre des plombes à trouver cet endroit.

J'ouvre la portière à contrecœur et essaie de me glisser sur le siège du passager sans que ma jupe me remonte sur les oreilles. Il y a des clubs de golf à l'arrière, et Matt les pousse pour que je puisse reculer mon siège. Je pense que Matt veut m'impressionner. Il me regarde comme s'il attendait quelque chose et me sourit en démarrant, mais je ne lui rends pas son sourire. Je déteste le golf et je déteste les voitures de frimeur comme la sienne. Je ne suis pas sûre également de pouvoir supporter la moindre conversation.

J'en ai marre de me forcer à être sympa. Et à trouver tout sympa.

— Sympa la bouffe, dit Matt.

Aghhhhhhhhhhhhhh !

Je ne dirais pas exactement ça. Pour être honnête, tout ce qu'on mange à un mariage est plutôt dégoûtant. Je défie quiconque d'apprécier de tels plats, même si c'est le genre de bouffe qui selon Stringer mérite trois étoiles au Michelin. En ce qui me concerne, il perd son temps. Le jour J, tout le monde en aura plein les bottes après des heures de séance photos, et tout ce dont on aura envie, c'est d'un petit remontant, pas d'un vrai repas assis et mollasson avec une flopée d'inconnus, pendant que Jack et Amy présideront à leur table.

Mais je ne peux pas râler devant Matt. Hormis le fait qu'il aime bien Stringer, Jack et lui sont copains comme cochons et ça reviendrait vite aux oreilles d'Amy. Et si Amy vient à le savoir, elle changera probablement tout le menu et me fera une dépression nerveuse.

Matt passe un bras derrière mon siège, se retourne pour regarder derrière lui et fait marche arrière. La voiture émet un gémissement. Ma caisse n'a rien à lui envier.

N'avait, merde.

— Tu parais pas la même que la dernière fois où on s'est vus, fait remarquer Matt en passant une vitesse.

Je sens qu'il me dévisage, mais je préférerais qu'il se concentre sur la conduite. Un seul accident me suffit pour aujourd'hui. Qui plus est, je n'ai pas envie qu'on me regarde. Je ne suis pas maquillée.

— J'étais en rogne la dernière fois que tu m'as vue.

— Et maintenant tu es juste contrariée ?

— Disons que je n'ai pas passé une très bonne journée, dis-je en allumant une cigarette.

Matt tient le volant d'une seule main.

— Qu'est-ce qui s'est passé ?

— J'ai bousillé ma voiture.

— Quelle poisse.

J'abaisse la vitre d'un centimètre et recrache la fumée. Elle me revient en plein visage, ainsi qu'une giclée de pluie, alors que Matt file vers le Vauxhall Bridge. Je boude. Comment ose-t-il être aussi désinvolte ? Je n'ai pas la poisse, c'est bien pire que ça, même si je ne m'attends pas à ce que Matt comprenne.

Matt doit percevoir mon irritation, car, quand il s'arrête en douceur au feu, il se tourne vers moi et me demande gentiment :

— Comment c'est arrivé ?

A ma grande surprise, il paraît sincèrement intéressé. Son front est tout plissé. Je ne l'avais pas encore remarqué, mais il a des yeux verts, d'un vert foncé avec des éclats noisette dedans.

— Comment quoi est arrivé ?

Il est peut-être avocat mais je ne vais pas le laisser me faire subir un contre-interrogatoire, merci bien. Je ne gobe pas sa compassion bidon.

— La voiture. Enfin quoi, tu aurais pu être gravement blessée.

Je croise les bras et me tourne vers la fenêtre. La vitre est couverte de gouttes de pluie et je les regarde glisser et se fondre l'une dans l'autre, avant de surprendre le reflet de mes lèvres serrées.

— Je n'ai rien.

— Et les autres ?

— Quels autres ?

— Les passagers de la voiture qui t'a percutée, dit-il en redémarrant.

— Ils n'ont rien, dis-je.

— Tu as leurs coordonnées ?

Non mais pour qui se prend-il ? L'inspecteur Matt Davies ? Je tire sur ma cigarette et tape du pied.

— C'est compliqué, je marmonne, en espérant qu'il pigera.

Mais non.

— Raison de plus pour débrouiller au plus vite les histoires d'assurance.

— Je vais m'en occuper, dis-je en me tournant vers lui, les dents serrées.

— C'est préférable, acquiesce-t-il. Ces choses peuvent traîner, surtout quand on n'est pas en tort.

— Je sais.

Nous roulons sans rien dire un temps et je regarde les essuie-glaces balayer le pare-brise et chasser la pluie. Je balance mon mégot par la vitre, croise les bras et frissonne.

— Je peux t'aider à remplir le constat, si tu veux,

propose-t-il. J'ai un peu d'expérience dans ce domaine.

Mais il va la fermer, oui !

Je remue sur mon siège et me tourne vers lui.

— Ecoute, je contrôle très bien la situation. Il y a pas mal de gens et de véhicules impliqués, et c'est très compliqué...

— Une grosse collision, hein ?

— Oui, très grosse.

— Quoi ? Deux, trois voitures ?

— Quelque chose comme ça.

— Pauvre de toi. Venant de tous les côtés ?

— De derrière, principalement, si tu veux vraiment savoir.

— Donc, tu n'es pas rentrée dans un bus en faisant marche arrière ?

Je sursaute.

— Comment le sais-tu ?

Une lueur amusée brille dans les yeux de Matt.

— Stringer a surpris ta conversation avec Amy.

Stringer. J'aurais dû m'en douter.

— Génial !

— Du calme, dit-il en rigolant. Je n'en ai parlé à personne. Allez, c'est plutôt marrant.

— Moi je ne trouve pas ça marrant, dis-je, mais je sais que je dramatise.

Il m'a surprise en train de mentir comme une arracheuse de dents, tout ça parce que je suis trop fière pour avouer ma bêtise. Matt se marre encore, et malgré moi j'esquisse un sourire. Je lui donne un coup sur le bras.

— Arrête.

Il m'imite alors en s'efforçant de garder son sérieux :

— Pas mal de gens et de véhicules impliqués... Des Volvos, des poids lourds, la police, ils me sont tous rentrés dedans.

J'éclate de rire malgré moi.

— Je me sens un peu conne, j'avoue, surprise d'être aussi soulagée d'en parler. Surtout que je suis sortie de ma voiture pour lui flanquer des coups de pompe. Le bus que j'ai embouti était plein de gens et ils m'ont vue crier comme une folle.

Matt secoue la tête en riant.

— Oublie ça. Tout le monde fait des trucs comme ça de temps en temps.

— Vraiment ? Je croyais que j'étais la seule.

— Tu parles. Pense à la dernière fois où on s'est vus ! Je me suis conduit comme un parfait crétin. Je te bats sur ce coup-là.

Je revois Matt en train de m'attraper pour m'entraîner sur la piste de danse. On l'avait rencontré avec Jack dans une nouvelle boîte où j'avais emmené Amy pour qu'elle arrête de penser à Jack. Je n'avais jamais vu ni l'un ni l'autre avant, aussi je me suis complètement laissé berner par leur identité. Et quand Amy a surmonté le choc de revoir Jack et lui est tombée dans les bras dans un accès de romantisme précoce, je me suis retrouvée avec Matt qui empestait la suffisance après ce coup monté.

— Exact, dis-je. Tu as fait fort ce soir-là question ridicule.

— Bon, et qu'est-ce qui t'est arrivé, alors ?

— Après que t'as essayé de fourrer ta langue dans ma gorge ? je demande, ravie de le voir rougir légèrement. Je suis rentrée chez moi. Pour dégueuler.

— Merci beaucoup !

Ses joues sont encore plus roses.

— Bon, honnêtement, tu m'as bien eue et je me suis fait l'effet d'une idiote. Tu croyais quoi ? Que tu réunirais à nouveau Jack et Amy et que pour couronner le tout tu sortirais avec moi ? Histoire de faire d'une pierre deux coups ? Personnellement, je ne connais rien d'aussi nauséeux.

— D'accord, d'accord, dit-il en levant la main. J'ai reconnu que j'avais agi bêtement.

Il change de sujet et m'interroge sur le boulot, mais je suis épuisée et je m'aperçois que je décroche et lui sors les habituels « Je travaille à la télé... ça a l'air excitant... ça ne l'est pas ». Finalement, on arrive à Hammersmith Broadway et j'indique à Matt où se trouve ma rue. Il s'arrête devant mon immeuble.

— Bien, dit-il, tu fais quoi ce soir ?

— Je bosse. Faire une pause à midi n'a pas été très commode.

— Je connais ça, dit-il.

Il regarde la rue un moment puis se tourne vers moi.

— Je voulais te demander si t'avais envie de manger un truc. Avec moi.

Je suis sur le point de lâcher un commentaire désinvolte, quand je le regarde du coin de l'œil. Son expression ne laisse aucun doute.

Il me fait des avances.

Oh bon sang. Je ne crois pas pouvoir gérer ça.

— Une autre fois alors ? insiste-t-il.

J'arrive pas y croire. Je discute cinq minutes avec Matt, et il s'imagine qu'il peut me proposer la botte. Ah, les mecs ! Ils me prennent vraiment la tête. J'ai été très claire tout à l'heure en disant ce que je pensais de tout ça, et puis tac.

— Non, dis-je en bataillant avec ma ceinture de sécurité. Non, je ne peux pas, je...

— Un verre, alors ?

J'arrête de tripoter la ceinture, inspire à fond et me tourne vers lui.

— Matt, je n'ai pas envie de sortir avec qui que ce soit. Pas avec toi. Ni avec personne d'autre. D'accord ?

J'essaie d'ouvrir la portière, mais la serrure résiste.

— Je ne te demande pas de sortir avec moi, je te demande juste de sortir, virgule, avec moi, dit-il en se penchant pour abaisser la poignée. Pas la peine de me sauter à la gorge.

Il ouvre la portière et se rassoit, et je vois à quel point il est différent quand toute gentillesse a quitté son visage. Il paraît vraiment vexé et met le contact.

— Merci de m'avoir raccompagnée, je marmonne en sortant maladroitement.

Je monte chez moi d'un pas pesant. Je n'écoute pas les messages sur le répondeur car je n'ai qu'une envie, prendre une bonne douche et décompresser. Je me déshabille nerveusement et file dans la salle de bains. Ce n'est qu'une fois nue, avec l'eau glacée qui me fouette le corps, que je me souviens que, vu que je suis rentrée plus tôt que d'habitude, l'eau chaude ne marche pas encore.

Génial, vraiment.

L'art de mal finir une mauvaise journée.

Je m'enveloppe dans des serviettes et fonce sous ma couette que je rabats sur ma tête.

Comment je pouvais savoir pour Matt ? Je croyais qu'il me faisait des avances. Ça en avait tout l'air et on peut pas dire qu'il a un CV tout blanc.

Mais peut-être que c'était juste amical. Si c'est ça, j'ai tout fait rater.

Je gémis et me retourne. J'aurai beau essayer de me justifier autant que je veux, la vérité c'est que je suis une conne trop sensible, trop sur la défensive. Et je ne peux pas me permettre d'être salope avec Matt. Je vais être amenée à le voir souvent. Regardons les choses en face, je ne pourrai pas voir Amy sans Jack quand ils seront mariés. Et si Jack est là, il y a des chances pour que Matt soit aussi dans les parages. Et c'est tant mieux, je suppose. Matt a du charme, et même s'il ne me fait pas grimper aux rideaux, il est loin d'être Quasimodo.

Mais tout ça me rend malade.

Vraiment malade. Parce que ça sent trop le couple.

Or je déteste les couples. Même platoniques. Je n'ai pas envie de voir de couples et je n'ai sûrement pas envie d'être en couple.

Comment est-ce qu'on en est arrivés là ? Hier, tout le monde était heureux d'être célibataire, et aujourd'hui on dirait que tout le monde autour de moi crève d'envie de se trouver un compagnon. Et le plus inquiétant, c'est que ceux qui l'ont trouvé (même Amy, que je considère comme plutôt indépendante) ont commencé à se définir en fonction de leur autre « moitié ».

Je ne veux pas d'autre moitié. Je suis on ne peut plus entière comme je suis. Je ne veux même pas former un faux couple, histoire de paraître plus acceptable socialement. Je ne veux pas. Je m'en fiche. J'en ai marre des salades des autres. Je veux juste être seule. Dans les lointaines Hébrides. Où il n'y a personne avec qui s'accoupler hormis des phoques. Et ça me convient, parce que former un couple est voué à l'échec.

Surtout avec un mec.

J'enfonce ma tête dans l'oreiller et ferme les yeux, mais les larmes jaillissent quand même. Je retiens ma respiration, mais en vain : un étrange sanglot m'échappe. Je ne veux pas pleurer, mais je pleure. Parce que ce qui s'est passé aujourd'hui n'est pas juste. J'ai mal. Et je ne peux en parler à personne. Car je suis furieuse. Contre moi et contre Brat.

En fait, tout est la faute de Brat.

Il y avait énormément de boulot ce matin, et le docudrame qui passe demain a dû être remonté avant le déjeuner. J'avais expliqué à Brat que j'allais seule dans la salle de montage et que je ne voulais pas qu'on me dérange, sauf si c'était important.

Environ une heure plus tard, j'étais en train de boucler quand Eddie a ouvert la porte. « Des nouvelles des avocats ? » a-t-il demandé. Ça faisait des jours qu'on attendait une réponse à propos d'un procès en diffamation. Mais évidemment, les avocats faisaient traîner.

— J'arrive de suite, ai-je dit en lui faisant signe d'entrer.

J'étais contente de le voir, car je voulais son avis sur le dernier montage. Lianne était avec lui et se tenait près de la porte, en train de tripoter le revers de sa nouvelle veste, tandis que je montrais à Eddie ce que j'avais fait.

Distraitement, j'ai mis en marche le micro alors qu'on visionnait les rushes.

— On l'a reçu, ce fax ? ai-je demandé à Brat.

Je l'ai entendu qui feuilletait rapidement des papiers.

— Euh, il n'y en a qu'un seul, a-t-il répondu tout en mâchouillant son chewing-gum.

— Et ça dit quoi ?

— Euh... je crois que tu devrais le lire, ça a l'air, euh, plutôt, comment dire, important.

— Brat, je n'ai pas le temps. Lis-le-moi, d'accord ?

— Mais...

Eddie a fait un signe en direction des écrans et je me suis levée pour qu'il s'assoie à ma place.

— Je n'ai pas toute la journée.

Eddie a repoussé le micro pour pouvoir poser son bloc-notes et je me suis penchée pour monter le volume de l'interphone.

— Chère H, a commencé Brat. C'est ce qui est écrit, hein... J'ai essayé de te joindre... euh... mais tu es manifestement occupée...

— Continue, ai-je dit en grimaçant.

Eddie a souri.

— Euh... euh... Je voulais que ça soit toi qui me le dises, mais vu que tu ne me rappelles pas, c'est la seule façon que j'ai...

Eddie et moi avons regardé l'interphone d'un air inquiet.

— Tu avais raison, a repris Brat. Euh... j'ai eu... j'ai eu une liaison avec Lindsay... euh... au boulot, et nous... nous allons nous marier... j'ai pensé que tu devais le savoir...

Eddie s'éclaircit la voix bruyamment.

— Ça vient de Gav, a cru bon d'ajouter Brat. C'est tout ce qu'on a reçu.

— Rien de l'avocat, donc ? ai-je demandé aussi calmement que possible.

— C'était ton ex, non ? a demandé Brat.

J'ai bondi sur l'interphone pour couper net la communication.

— Pas de nouvelles, ai-je annoncé à Eddie, les joues en feu.

— Ça me paraît très bien, a-t-il dit en désignant l'écran. On se voit tout à l'heure.

Lianne m'a adressé une grimace compatissante en se faufilant derrière Eddie hors de la pièce et en refermant la porte.

Je me suis laissé tomber sur ma chaise, avec l'impression qu'on m'avait tiré dessus.

Quelques minutes plus tard, le téléphone a sonné.

— Quoi ? ai-je aboyé.

— Tu ne devais pas aller rejoindre des amis pour déjeuner ? a demandé Brat. Tu vas être en retard.

J'ai grogné et raccroché violemment.

Une fois dehors, j'ai foncé jusqu'au coin de la rue où était garée ma voiture, j'ai fait marche arrière en appuyant à fond sur la pédale d'accélérateur. Bien sûr, je n'ai pas regardé dans le rétro. Je doute que ça aurait changé grand-chose. Il était impossible de le rater.

Le bus 38.

Le lendemain matin, je me lève tard. Je n'ai pas vraiment dormi. Du moins je ne crois pas. J'ai pleuré longtemps et fort, mais pleurer longtemps quand on est seule ce n'est pas évident. Je me suis vite sentie puérile et ridicule, et j'ai arrêté. Depuis, je flotte dans une étrange zone floue.

Je reste un moment dans mon bureau à fumer cigarette sur cigarette, faisant défiler divers psychodrames dans ma tête. Tous sont liés à Gav, mais je n'arrive pas à les mener à terme. Ils disparaissent chaque fois que je vois son visage.

A 10 heures, Brat frappe à mon bureau et m'apporte une tasse de café.

— J'ignorais, dit-il bêtement, que Eddie et cette...

Il n'achève pas, pose le café sur mon bureau, comme s'il glissait quelque chose entre les barreaux de la cage d'un lion grincheux.

Ça a dû faire le tour de la boîte. Je parie que Lianne n'a pas pu se retenir.

Salope.

— Tu ignorais quoi, Brat ? Qu'il était indiscret de lire à haute voix un fax de mon ex, devant la moitié de la boîte, un fax détaillant non seulement ses projets de mariage, mais ses infidélités ?

Brat renifle et esquisse un sourire.

— C'est pas très joli, je reconnais... t'envoyer comme ça un fax. Qu'est-ce que tu comptes faire ?

Je le regarde un long moment et me mordille la lèvre en cherchant une réponse.

— Assieds-toi, lui dis-je en désignant la chaise de l'autre côté de mon bureau. (J'arrache la liste de mon bloc et lui lance papier et stylo.) Je veux que tu notes ça.

Brat s'assoit, le bloc perché sur le genou, l'air d'un secrétaire très maladroit.

— Fax, dis-je. A Mr Gavin Wheeler, de la part de Helen Marchmont.

Je pose mes pieds sur le bureau, me laisse aller en arrière et allume une cigarette.

— Tu peux mettre la date et le reste, j'ajoute en regardant Brat qui écrit, la langue coincée entre les dents. Félicitations pour ton futur mariage. Quelle délicieuse façon de me l'apprendre. Bonne chance à cette mochetée de Lindsay et toutes mes condoléances pour sa bague de fiançailles bon marché.

Brat me regarde, mais je lui fais signe de tout noter.

— Je te donne un an, maxi, avant qu'elle demande le divorce.

Je fais une pause, pour laisser à Brat le temps de tout écrire.

— Divorce, ça s'écrit avec un « c » ou un « s » ? demande-t-il d'une voix hésitante.

— Un c.

— Tu en es sûre ?

— Je n'ai pas encore fini. (Je tire longuement sur ma cigarette.) Mais ne va pas croire que je t'en veuille. Je suis archiravie d'être libérée de...

— Moins vite ! dit Brat qui gribouille.

Mais je suis lancée.

— Tes mensonges et ton pathétique... (Je m'interromps, et cherche l'inspiration dans la contemplation de ma cigarette.) ... et minable pénis. Je suis sûre que Lindsay elle non plus ne sent rien.

— Hé ! s'écrie Brat, affolé.

— Quoi ?

— Tu n'y vas pas un peu trop fort ?

— Je trouve que c'est très raisonnable. Et honnête. (J'ôte mes pieds du bureau et éteins ma cigarette. Je feuillette mon agenda.) Envoie-le au numéro général du bureau, dis-je en notant le numéro de Gav sur un Post-it. Oh, et deux copies à son service, aussi. S'il répond, ou s'il téléphone, je ne veux pas le savoir.

Brat reste immobile sur sa chaise, la bouche grande ouverte.

— Allez, envoie-le, dis-je en tapotant le message qui est collé au bout de mon doigt.

Brat émet un bruit désapprobateur en s'emparant du Post-it.

— Tueuse, marmonne-t-il en sortant de mon bureau.

— T'as encore rien vu, dis-je en souriant.

Le vendredi soir, j'accepte (de bonne grâce pour une fois) d'aller retrouver Amy et Jack au *Blue Rose* après le travail. Je m'en veux un peu d'avoir été aussi odieuse mercredi dernier, et je dois faire un effort. Je suis super heureuse à l'idée d'aller à Paris dimanche pour retrouver Laurent, alors autant commencer tout de suite.

J'aime bien le *Blue Rose*. Ça se trouve près du fleuve, et Amy et moi on y a passé pas mal de soirées, en terrasse ou à l'intérieur, sur notre canapé favori près du feu, où je la trouve d'ailleurs en arrivant. Elle a les yeux fermés et affiche le sourire d'un gros chat pendant que Jack lui tripote l'oreille en murmurant quelque chose. Amy soupire et se tourne pour l'embrasser.

Je les observe un moment depuis le seuil. C'est vraiment bizarre de voir des gens se rouler des patins. Une fois, j'ai arrêté de fumer pendant six mois, et je me rappelle ma perplexité quand je regardais les gens allumer leurs cigarettes. J'avais beau avoir été accro à l'herbe maléfique, je n'arrivais pas à comprendre pourquoi les gens suçotaient un truc incandescent. Et aujourd'hui, moi qui n'ai embrassé personne depuis des lustres, je ressens la même chose en observant Jack et Amy. Pourquoi est-ce qu'ils font ça ? Est-ce qu'ils trouvent ça agréable ? Amy aime-t-elle vraiment ça ? Jack n'a pas l'air très adroit. Rien de pire qu'un type qui embrasse mal. Au moins, Gav se débrouillait bien dans ce domaine.

Mais je ne dois pas penser à lui.

Connard.

— Allez, allez, on ferme, dis-je en approchant un tabouret jusqu'à la table et en m'asseyant.

— T'es verte de jalousie, pas vrai ? demande Jack.

— Je n'ai aucune envie de tenir la chandelle, Jack. Ça m'écœure.

— T'es jalouse, oui, gazouille Amy en se penchant pour m'embrasser sur la joue.

Je fais la grimace en regardant Jack.

— Pitié.

Jack me saute dessus et m'embrasse goulûment. Je m'essuie la joue.

— Tu sais bien que H a horreur des démonstrations en public, dit Amy à Jack.

— Franchement, si vous avez envie de baiser, pourquoi est-ce que vous ne rentrez pas chez vous ou allez faire ça dans une allée derrière ? Vous gênez pas pour moi.

— Impossible, dit Jack. (Amy et lui échangent un sourire plein de compréhension frustrée.) Jour rouge.

Pas ça. Amy a eu tellement de jours rouges, jaunes et verts que j'ai fini par la considérer comme un feu de signalisation. Le nombre de fois où j'ai vu un test de grossesse traîner dans ses toilettes, bien en évidence... J'aimerais bien savoir ce qui se passerait si je plongeais l'un de ses tests dans de la pisse de chien.

— J'ovule, explique Amy.

Elle est quoi, gynéco ?

— Ça féconde sec, lance Jack en se levant.

Je suis contente qu'il ne prenne pas au sérieux le fait qu'Amy ovule.

— Un verre ? me demande-t-il.

— Vodka tonic, s'il te plaît.

— Je peux t'emprunter ton portable ? me demande-t-il, tout en jetant un coup d'œil à Amy.

Je ne sais pas ce que signifie ce regard, mais Jack manigance quelque chose.

— Bien sûr, dis-je en sortant mon téléphone de la poche arrière de mon jeans et en le lui tendant.

Il se dirige vers le bar.

— Tu te sens mieux ? demande Amy en se penchant et en me touchant le genou. Tu n'étais pas très en forme mercredi dernier.

— Désolée, je marmonne. C'était pas le bon jour.

— Pourquoi tu ne m'as rien dit ? demande-t-elle.

— T'étais occupée... le repas de noce, et je...

— H ! Tu es ma meilleure amie. Je te dis tout. Je suis toujours là pour toi, idiote.

J'acquiesce et regarde mes mains.

— Il m'a envoyé un fax.

— Il a fait quoi ?

— Il me l'a dit par fax.

Amy me prend par le bras et m'attire sur le canapé, à côté d'elle.

— Ma pauvre, dit-elle en me prenant dans ses bras. Je suis vraiment désolée.

— Ce n'est pas grave, dis-je en me dégageant. J'étais hors de moi, mais maintenant ça va.

Je lui parle du fax que j'ai envoyé à Gav et elle se marre.

— Ne me cache plus jamais rien, dit-elle enfin. Viens ici.

Elle pose son front contre le mien.

— Grrr, dis-je en lui souriant.

— Ça c'est une gentille fille.

Elle m'embrasse.

— Par-fait. *Filles entre elles*, moteur ! interrompt Jack en prenant un accent ridicule et en déposant un grand verre de vodka et une petite bouteille de tonic sur la table.

— Crétin, dit Amy.

Jack repose mon portable sur la table.

— Santé ! dis-je en me penchant pour verser du tonic dans mon verre. Torchons-nous la gueule.

Je finis juste ma deuxième vodka quand Matt débarque. Jack l'accueille à bras ouverts, mais il est visiblement surpris de me voir.

Je regarde Amy bizarrement, mais elle hausse les épaules, surprise.

— Je vais chercher un verre, marmonne Matt en évitant de croiser mon regard.

— Je t'accompagne, dis-je en fusillant Jack du regard et en me levant pour suivre Matt jusqu'au bar.

Il est encore en complet-cravate et paraît fatigué.

Ses joues et son menton sont légèrement ombrés par une barbe naissante. Il commande nos boissons et s'accoude au comptoir.

— Matt, dis-je, pour l'autre jour...

Il me regarde froidement.

— Laisse tomber. Si t'as pas envie qu'on soit amis, pas de problème. Vraiment.

Il paie son verre et je tripote un sous-bock pendant qu'il range la monnaie dans sa poche.

— J'ai vraiment envie qu'on soit amis, dis-je en me sentant soudain nerveuse. J'étais pas dans mon assiette, j'étais mal lunée, je m'excuse. (Je me prépare au pire. Je n'ai pas l'habitude d'être aussi humble.) Je n'aurais pas dû t'accuser de... eh bien, tu sais. C'était hors de propos et je ne veux plus qu'il y ait de malaise entre nous, surtout avec le mariage qui se prépare.

J'attends qu'il dise quelque chose et croise les bras sur ma poitrine. Matt me regarde avec intensité, mais il semble avoir quelque chose de coincé dans la gorge, et pendant un moment je crois qu'il va éternuer.

Il sort quelque chose d'incompréhensible et détourne le regard. Je me penche vers lui.

— Pardon ?

— Je suis content que les choses soient claires, finit-il par dire.

— Moi aussi, dis-je, mais le ton de sa voix m'a déstabilisée.

— Pour tout te dire, c'était gênant également pour moi. Parce que, comme tu seras sans aucun doute soulagée de l'apprendre, tu n'es pas mon genre. Je ne dis pas ça méchamment, H. C'est juste que tu n'es pas mon genre.

Il prend sa pinte et en renverse quelques gouttes sur sa main qu'il porte à ses lèvres.

— Désolé, dit-il avec un haussement d'épaules.

Je regarde bêtement sa main mouillée puis le regarde retourner auprès de Jack et Amy.

Quoi ?

Ça veut dire quoi, je ne suis pas son genre ?

Et pourquoi ça ?

Qu'est-ce qui ne lui plaît pas chez moi ?

Je lui emboîte le pas, me sentant à la fois embarrassée, humiliée et indignée. J'ai vraiment cru qu'il me faisait des avances dans la voiture, et je me suis dit que lui présenter des excuses arrangerait tout. Je croyais faire preuve de courage, mais maintenant que je sais que je ne suis pas son genre...

Oh mon Dieu. C'est grave. Non seulement je suis incurablement célibataire, mais en plus je suis devenue incapable de déchiffrer les attitudes masculines. D'abord j'ai cru que Gav me contactait parce qu'il voulait qu'on se remette ensemble, et maintenant ça.

Et alors ? Je me croyais psychologue. Ce n'est visiblement pas le cas.

Amy et Jack occupent tout le canapé, aussi je m'assois près de Matt. Le pied de mon tabouret est pris dans le tapis, et je suis obligée de rester tout près de lui. Et alors ? Matt s'en fiche bien.

— Vous êtes mignons tous les deux, dit Jack en trinquant avec Matt.

Amy sourit et j'ai l'impression qu'elle va nous adresser un petit salut princier. *Mon mari et moi-même sommes très heureux de former un aussi joli couple, et j'aimerais donner ma bénédiction à tous les couples qui ont autant de bonheur que nous.*

A ma grande surprise, Matt réagit au quart de tour :

— Ça suffit tous les deux, avertit-il.

Ils reçoivent le message cinq sur cinq, et Matt se comporte ensuite comme si on se connaissait depuis des années, rivalisant de mauvais goût au juke-box et descendant verre sur verre entre chaque morceau. L'alcool doit rendre plus perspicace, car je me mets à remarquer des tas de détails chez Matt : ses ongles rose et blanc, les motifs que dessine sa barbe naissante sur son menton, le grain de beauté sur le lobe de son oreille, la touffe de poils noirs que j'aperçois quand il défait le bouton du haut de sa chemise et desserre sa cravate, la façon dont son visage s'illumine quand il rit. Mais je suppose que ce sont des détails qu'on remarque quand quelqu'un est disponible.

Finalement, la cloche sonne, annonçant la dernière tournée.

— Allez, au dodo, dit Amy en tirant Jack par la manche.

— Ouais, déjà, dit Jack en finissant lentement son verre.

— Je fais les essayages demain matin. Je dois me lever tôt. Et toi aussi, me prévient-elle. (Elle est horriblement sobre.) Tu as tous les détails pour le week-end ?

— Oh ouais, dis-je d'une voix traînante en sortant deux enveloppes A4 de mon sac. Une pour toi et une pour Susie.

— Tu lui donneras demain, dit Amy en en prenant une et en remettant l'autre dans mon sac. (Elle aide Jack à se lever.) A demain matin, alors, dit Amy en faisant la bise à Matt.

Jack nous fait un petit signe et donne une claque dans le dos de Matt.

Quand ils sont partis, Matt se tourne vers moi.

— La petite demoiselle reprendra-t-elle un verre pour la route ?

— Que oui, dis-je en riant et en m'écroulant sur le canapé. Avec plaisir.

Le coussin est encore chaud après le départ d'Amy. En fait, je crois que j'ai mon compte, mais l'idée de partir déjà m'est insupportable. Matt me rejoint quelques minutes plus tard et nous restons avachis côte à côte sur les coussins.

— On dirait déjà un vieux couple, dit-il en désignant la porte par laquelle Amy vient de pousser Jack.

— Pas vraiment. Tu aurais dû les voir quand je suis arrivée. De vrais ados ! Ils s'entre-dévoraient quasiment.

— Berk. Quelle horreur ! grimace Jack en trinquant avec moi.

Je ris.

— C'est vraiment bizarre, de regarder les autres se bécoter. Toutes ces langues !

J'agite ma langue, complètement ivre.

Matt se marre.

— Ils ne s'y prennent pas comme on le faisait de mon temps.

— C'était quand, ça ?

— Peux pas me rappeler. Je regarde des vieux films en noir et blanc et je prends modèle.

— Ah, mais ils se bécotent pas comme il faut dans les films. Ils se touchent juste les lèvres, comme ça.

Et avant de savoir ce que je fais, je me penche

et presse mes lèvres contre celles de Matt. Je me rassois, et nous ricanons tous les deux, mais je sens que je rougis.

— Tu vois, ça n'a rien d'un baiser, j'ajoute en regardant Matt, mais mon cœur s'est mis à battre très vite.

Soit je suis archibourrée... soit...

— Nan nan nan nan, dit-il. Ils s'embrassaient vraiment, mais ils ouvraient pas la bouche.

Il se penche vers moi et appuie lentement ses lèvres contre les miennes, avant de les entrouvrir délicatement avec la langue.

C'est un baiser très doux et je me sens m'y abandonner complètement, comme si j'atterrissais sur un coussin moelleux.

— Voilà, dit-il en se dégageant comme s'il ne s'était rien passé.

— C'était nul, dis-je. C'est plutôt comme ça.

Je m'empare de la tête de Matt et l'attire contre moi et l'embrasse plus fort. Cette fois ça s'éternise et je me presse contre lui, m'échauffant alors que les pensées suivantes traversent mon esprit :

J'embrasse. Je sais encore le faire.

J'embrasse Matt. Lui aussi sait encore le faire.

Mais dites donc, il s'y prend bien, très bien même...

Matt se dégage légèrement et sourit. Je lui souris à mon tour, en pensant : qu'est-ce qu'on se marre ! Et je m'en fiche. Je me fiche des conséquences. Parce que je me sens délicieusement ivre et que tout ce qui compte pour l'instant c'est maintenant, là. Je me fiche de tout le reste.

— On pourrait pas tourner dans le même film,

finit par dire Matt en me prenant par la main et en m'aidant à me lever.

— Je sais, dis-je en prenant ma veste.

— Il faut qu'il y ait une chimie pour que ça fonctionne correctement, dit-il en me regardant droit dans les yeux.

Je sais ce que veut dire ce regard. Je sais ce qu'il propose. Nous nous embrassons à nouveau en nous dirigeant vers la sortie. Je ne sais pas qui mène le bal, mais peu importe, parce que j'ai décidé que c'était sûrement ça dont j'avais besoin.

— Heureusement qu'on ne se plaît pas, dis-je entre deux baisers.

— Toi non plus tu ne me trouves pas à ton goût ? demande Matt tandis que ses mains se referment sur ma nuque.

— Non, tu me dégoûtes, dis-je en lui serrant les fesses.

— Le sentiment est réciproque, dit-il en glissant la main sous mon chemisier.

— Bien, dis-je alors qu'il me soulève quasiment. On va chez toi.

Susie

Samedi, 8 h 30

Depuis la semaine dernière, j'ai pris quelques décisions vitales. La plus importante était la suivante :

1. Changer tout.

Voilà. Je me lance. Je veux être différente. Et pour que ça marche, je dois d'abord arrêter de faire n'importe quoi.

J'ai décidé de ne pas aller au marché aujourd'hui car je dois rejoindre Amy pour les derniers essayages. Je bâille langoureusement : je peux consacrer les deux heures qui suivent à ma petite personne, au lieu d'aller crapahuter avec des tonnes de chapeaux stupides et de flirter avec Dexter.

Ça, c'était l'ancienne Susie.

La nouvelle vient de débarquer.

Je m'empare de mes lunettes et ouvre mon carnet à une page vierge. Ça fait maintenant une semaine que je réussis à noter mes rêves et je suis super contente de moi. Cela dit, je ne sais pas trop quoi en faire, mais peut-être qu'avec le temps tout finira par prendre un sens. C'est encore un peu confus, n'est-ce pas. Ça serait parfait si je ne rêvais que d'une seule chose, ou si mes rêves avaient un seul thème, mais ils sont toujours fragmentés. Parfois, j'ai l'impression d'avoir passé la nuit à zapper, sans jamais avoir eu la satisfaction de regarder un programme en entier.

Je prends mon feutre rose mais ma main n'est pas encore très réveillée, et voilà ce que ça donne :

Suis cachée derrière des paquets de couches lors d'une fusillade dans un Woolworths. (Ai sauvé trois enfants et Jack Russell.) J'apaise une mère sous le choc tandis que grand-mère (87 ans) installe un jacuzzi à miroir dans son bungalow de Mumbles. Maman m'invite à rester avec un homme mystérieux – ? Des extraterrestres verts et gluants se lancent de la nourriture dans la salle à manger du collège (rêve récurrent). Mme Jones, la cantinière, tuée cette fois-ci. Maud (moitié femme, moitié Richard Branson) et moi dans une régate autour du monde (très humide). Se change en... je compte des boutons dans une usine. Sirène hurlante du déjeuner, je n'ai pas le droit de partir (déprimant).

Grossièrement, donc, et en faisant abstraction du dernier rêve, qui est manifestement lié à l'argent, vu que je suis de nouveau au chômage, je crois que mes préoccupations sont les suivantes : me battre contre des démons et me trouver un amant socialement acceptable. Je mâchouille l'embout en plastique de mon feutre et examine à nouveau ma liste. Pas mal. Je m'attribue un sept sur dix. Je consulte les autres pages. Mon score, qui est assez arbitraire, ne cesse d'augmenter, ce qui signifie que le programme « Changer Votre Vie » fonctionne bel et bien.

Presque une semaine, et j'ai déjà changé de façon radicale.

Tout a commencé mardi dernier. Je faisais du rangement dans l'appartement en pensant à Maud et Zip, quand je suis tombée sur une enveloppe à côté de leur lit. « On pense pas que les types de la douane auraient apprécié ! Bonne dégustation ! » était-il écrit dessus. L'enveloppe contenait toute leur herbe.

J'ai failli tout jeter, puis j'ai pensé à Maud et je me suis dit pourquoi pas ? J'ai éteint l'aspirateur, je me suis fait du thé puis je me suis vautrée devant la télé.

Me saouler n'est pas mon fort, mais j'adore être stoned quand je suis seule. Très vite, je me suis mise à donner des conseils aux invités du débat qui passait à la télé, en m'épatant de ma propre sagacité. C'est toujours comme ça quand je fume : je déborde d'idées lumineuses et j'ai l'impression de pouvoir résoudre les problèmes les plus traumatiques. Dommage que je sois toujours trop cassée pour me rappeler quoi que ce soit.

Deux heures plus tard, je ne ressemblais plus à grand-chose et étais en train de communier stupidement avec les Teletubbies. On aurait dit qu'ils me parlaient. Rien qu'à moi. Et je comprenais ce qu'ils me disaient. La-la expliquait que Dipsy était un protofasciste qui avait l'intention de s'emparer de la ville de Tunbridge Wells, de faire subir un lavage de cerveau à la population et de la parachuter sur Parliament Square le 31 décembre 1999 pour faire sauter Big Ben avant le douzième coup de minuit, arrêtant du coup le temps et mettant un terme abrupt à la marche inexorable de la démocratie.

Armée de cette information cruciale, j'étais sur le point de me rouler un nouveau joint et cherchais distraitement un bout de papier quand je suis tombée sur le prospectus (Changer Votre Vie !) qu'on avait glissé sous mon essuie-glace la veille au soir à l'aéroport. J'en avais déjà arraché un coin avant de décoller mes yeux de l'écran et de voir de quoi il s'agissait.

Cinq minutes plus tard, l'épisode des *Teletubbies* était terminé. J'ai éteint la télévision. Maud et Zip devaient certainement être à Los Angeles à l'heure qu'il était. Et qu'est-ce que je faisais, moi ? J'étais vautrée dans le salon un lundi après-midi et me comportais comme une étudiante.

« Agissez sans tarder », intimait la pub.

Je décidai de prendre le bus.

J'adore les bus. Je les trouve magnifiques. Grâce à eux, vivre à Londres est un vrai plaisir. J'ai mis mon walkman en marche, me suis assise à l'avant sur l'impériale, et j'ai laissé mes yeux errer sur le paysage urbain jusqu'à ce que le chauffeur du bus me tapote l'épaule.

— Tout le monde descend, ma belle. South Kensington. Vous êtes la dernière.

Les bureaux du programme « Changer Votre Vie » se trouvaient au rez-de-chaussée d'une bâtisse de style géorgien plutôt délabrée, près du musée des Sciences. Quand je suis entrée dans la pièce, six personnes attendaient nerveusement sur des fauteuils miteux. Tous arboraient des badges, avec leur nom écrit dessus d'une écriture scolaire.

— Je suis... euh... euh... me voilà, ai-je dit en souriant bêtement alors que tous se tournaient vers moi.

— Bienvenue à CVV. Vous êtes pile à l'heure, déclara une femme en se levant brusquement de son fauteuil près de la fenêtre. (J'examinai son badge collé sur son pull en mohair.) Je m'appelle Claire. Votre chef de groupe.

Les cheveux châtain clair de Claire étaient retenus en arrière par un chouchou. Elle avait les oreilles décollées et portait des lunettes à monture métallique. On se serait davantage attendu à la trouver à la tête du département Poésie d'une obscure bibliothèque que chef d'un cours de motivation personnelle.

— En franchissant cette porte, vous avez accompli le premier et le plus important pas en vue d'obtenir ce que vous voulez vraiment, ânonna-t-elle d'une voix de gamine en clignant des yeux comme un campagnol surpris par le soleil.

— Bien, acquiesçai-je en m'affalant dans un fauteuil poussiéreux et en comprenant que j'étais complètement à côté de mes pompes.

Claire me tendit un badge et s'éclaircit la voix.

— Avant que nous commencions, dit-elle en nous souriant à tous l'un après l'autre, réglons la question de l'argent, d'accord ? Histoire de ne plus avoir à y penser et de pouvoir penser à Changer Votre Vie.

J'étais tellement cassée et tellement ravie d'être assise dans un fauteuil confortable que j'ai sorti mon chéquier en un rien de temps.

— Vous verrez, dit Claire en croisant les mains devant elle comme si elle faisait le catéchisme. Vous n'aurez jamais aussi bien dépensé votre argent. Le programme CVV garantit que si vos vies n'ont pas changé d'ici la fin des cours, alors vous serez remboursés intégralement.

Claire m'a pris des mains mon chèque libellé d'une écriture illisible et m'a tendu un certificat photocopié de « Changer Votre Vie ». Comme j'avais oublié mes lunettes, les mots étaient flous, mais ça ne semblait pas important. C'était le montant de mon loyer mensuel, mais bon, si on me garantissait que... quelle importance ? J'ai ôté mes chaussures et glissé mes pieds sous mes fesses.

Environ une heure plus tard, j'étais complètement captivée. Nous avions écouté Angie, qui mourait d'envie de quitter son mari qui la battait, et Gerald, qui tentait de s'affranchir d'un triste passé, et je commençais à penser que ça valait largement tous les *reality shows* mis ensemble.

— Bien, soupira Claire. Michaela. Pourquoi êtes-vous là ?

Elle pencha la tête avec un intérêt authentique en regardant la grosse femme assise à côté de moi.

— Je veux tellement changer, murmura Michaela en lissant du bout de son faux ongle son épais mascara. Je veux redevenir comme avant.

— Et comment étiez-vous ? demanda Claire.

Les traits épais de Michaela s'affaissèrent.

— Respirez à fond, conseilla Claire en soufflant comme une otarie sur le point d'accoucher. Respirez et laissez l'émotion travailler en vous.

Je me calquai sur sa respiration jusqu'à ce que je frôle l'hyperventilation.

Michaela fixait ses énormes battoirs.

— Avant j'étais un homme, renifla-t-elle. J'ai voulu changer, mais maintenant que je suis une femme... je veux vraiment...

— Prenez votre temps, la rassura Claire.

Je m'aperçus que je regardais Michaela la bouche grande ouverte.

— Pouvez-vous partager votre émotion avec nous ?

— Je suis si triste, balbutia Michaela. Et si seule.

— Pourquoi êtes-vous seule ?

— Je n'ai aucun ami. Personne ne veut sortir avec moi. Il y avait ce garçon, Matt, mais il m'a rejetée quand je lui ai tout dit et depuis j'essaie, mais...

Michaela rajusta son épaulette.

— Vous finirez par trouver quelqu'un, ai-je bafouillé en me jetant sur Michaela et en la prenant dans mes bras. Je vous assure. Ce n'est pas si terrible d'être une femme.

Michaela a eu un mouvement de recul.

— Merci, Susie, intervint Claire. Il est important de s'entraider. Mais nous en aurons l'occasion en fin de session quand nous nous connaîtrons un peu mieux.

— Mais elle est belle. Regardez-la. Si j'étais un mec...

Claire me décocha un regard menaçant.

— J'aimerais qu'on parle du mot « relation ». Cela pourra peut-être vous aider tous.

Je me suis efforcée de me concentrer et j'ai fixé attentivement la bouche de Claire qui prononçait des paroles dont certaines atteignaient mon cerveau telles des fléchettes une cible recouverte de Velcro : « Projetez-vous sur les autres... prenez des responsabilités... communiquez... »

— Susie, faites-nous part de vos pensées, a dit soudain Claire. (Tout le monde s'est tourné vers moi.) Dites-nous ce que vous voulez changer dans votre vie.

Je suis restée silencieuse un moment.

— Tout... eh bien, hum, je ne sais pas... pas tant que ça, en fait. Pas tout. Certaines choses. Oui, certaines choses. Comme euh... comme. (Je me suis mordu la lèvre, j'ai levé les yeux et tenté d'attraper le train de mes pensées qui venait juste de dérailler vers le plafond.) D'autres gens... et... des choses.

J'ai regardé le groupe. Ils paraissaient troublés.

— Je veux... certaines choses. Comme ce que vous disiez.

— Vous voulez communiquer avec les gens de façon différente ? a clarifié Claire.

Je suis restée silencieuse, à hocher la tête, en essayant de formuler mes arguments. Je n'arrivais pas à penser à autre chose qu'aux extraterrestres dans le réfectoire de mon lycée. Qu'est-ce que je voulais changer dans ma vie ?

— Les hommes. J'aimerais un petit ami.

Après, de retour chez moi, une fois mes idées remises en place, j'étais mortifiée. Claire avait dû me prendre pour une dégénérée de première. En outre, je ne crois pas que j'aie envie d'un petit ami.

Le lendemain, quand je me suis réveillée avec un nombre considérable de neurones en moins, je me suis sentie mal en pensant à l'argent. J'ai ressorti la garantie, mais il allait falloir attendre des mois avant que le cours s'achève et que je puisse récupérer ma mise. Pleine d'appréhension, j'ai ouvert le manuel qu'on m'avait donné. Non mais quelle andouille !

Mais quand je me suis mise à lire, curieusement, tout s'est mis à prendre sens. J'ai passé le mardi au lit à lire et, parvenue à la directive numéro 24, je me suis sentie vraiment positive. Je n'avais rien fait, cela dit, mais au moins je m'étais trouvé un objectif, comme le manuel le suggérait. Je l'avais noté sur une feuille de papier :

« Mon objectif : me lier d'amitié avec un homme séduisant et me comporter d'une façon qui n'ait rien de sexuel. »

J'ai répété cette phrase des tonnes de fois, pour qu'elle se gorge d'énergie positive. Je l'ai laissée reposer une nuit avec un cristal dessus et ça a marché. Parce que, le mercredi, j'ai rencontré Stringer.

Et dès que je l'ai vu, j'ai compris que son irruption dans ma vie constituait un véritable défi. Parce qu'en temps normal je l'aurais honteusement dragué – Amy avait raison, il est extra. Mais quand je me suis assise à côté de lui, pour ce déjeuner, j'ai décidé de penser avec ma tête, une fois n'est pas coutume. Et donc, au lieu de le sonder pour savoir s'il serait un coup d'une nuit ou une liaison à long terme, je lui ai parlé en amie. Et je pense m'être assez bien débrouillée.

Je ferme les yeux et me prépare à ma méditation matinale. Je fais ça tous les jours depuis mercredi, et je suis sûre que ça va marcher.

Je me tortille sur le lit et respire profondément. Je fais en sorte que mes yeux et mon visage soient détendus, et je progresse le long du corps jusqu'à ce que toute tension ait disparu. Ça ne prend pas longtemps vu que je viens juste de me réveiller.

Je me rappelle le conseil donné dans le chapitre 1 du manuel CVV ainsi que les quatre étapes pour changer de vie. Première étape : se fixer un objectif. Deuxième étape : s'imaginer parvenir à cet objectif. Troisième étape : envisager la chose dans le moindre détail. Quatrième étape : voir grand.

Je me concentre sur Stringer. Je nous imagine en haut d'une montagne, en train de pique-niquer. Tout baigne dans une lumière douce. Le ciel est bleu, avec quelques nuages cotonneux, les arbres sont d'un vert luxuriant, les oiseaux chantent et Stringer est allongé, relevé sur un coude, et suçote une herbe. Je suis agenouillée à côté de lui, vêtue d'une robe d'été à fleurs, et je sais que nous sommes amis. Et cette amitié me convient très bien. Je suis heureuse de partager mes pensées et mes secrets avec lui. Je regarde le paysage et me sens comblée, mais quand je me tourne vers Stringer pour parler à nouveau, ses yeux sont fiévreux de luxure et, malgré moi, je me sens de plus en plus excitée. Il me regarde droit dans les yeux, je me penche vers lui, glisse une main dans son pantalon, et c'est gros, c'est énorme, c'est...

Non !

Je me redresse brutalement dans mon lit et me frotte les yeux pour chasser cette vision. Ça se reproduit chaque fois et je ne le supporte pas. Je veux connaître Stringer sans que ça passe par le sexe. Comment puis-je avoir une amitié durable avec lui si chaque fois que je pense à lui je le déshabille dans ma tête et lui saute dessus ?

Visiblement, j'ai encore pas mal de chemin à parcourir.

Je sors du lit, enfile mon kimono, donne à manger à Steffi et Graf et me prépare des œufs pochés et des toasts. Tout en prenant le petit déjeuner, je réfléchis et essaie de me fixer d'autres objectifs. Mais ça me prend tellement de temps que je n'ai pas le temps de faire quoi que ce soit d'autre.

Heureusement, Maud téléphone et m'arrache à mes pensées. Rien qu'à sa voix on sent qu'elle est bronzée. Elle n'est que dents blanches, short coupé et peau brillante, et je l'imagine en rollers alors qu'elle me parle.

— C'est étonnant, dit-elle après m'avoir raconté le voyage et décrit la maison de la mère de Zip.

Elle est époustouflée par la cuisine ultra chic depuis laquelle elle appelle et me fait écouter le bruit de la machine à faire des glaçons du réfrigérateur.

— J'aimerais tant que tu sois là.

— Moi aussi, dis-je en souriant et en m'adossant au mur.

— Et si tu venais nous rejoindre ?

— Ne sois pas bête. Je ne peux pas. Qu'est-ce que je ferais ?

— J'étudie la question. C'est l'endroit idéal pour toi, Susie, je te le dis.

— Maud ! Tu es folle. C'est ici, chez moi.

— Mais tu perds un temps précieux. Tu végètes.

— Je ne végète pas !

— Mais le monde entier est là, derrière ta porte. Tu as toujours dit que tu voulais voyager...

— Je sais, mais je ne peux pas tout laisser tomber comme ça.

— Pourquoi pas ? Tu l'as déjà fait. Qu'as-tu à perdre ? Tu ne gagnes pas d'argent. Si tu laisses tomber le marché et vends ton stock, tu auras un peu d'argent...

— Comment ça se fait que tu sois à l'autre bout de la planète et que tu essaies encore d'organiser ma vie à ma place ?

— Parce que tu as besoin d'organisation.

— Non, dis-je avant de lui parler du programme « Changer Votre Vie ».

Elle se marre.

— Alors imagine-toi au soleil, avec tes amies autour de toi, à glander, rigoler, te baigner...

Et c'est bien à l'Océan que je pense alors que je traverse péniblement Londres en bus. Je cède ma place à une femme, ses sacs et son enfant, me cramponne à la barre métallique, regarde par la fenêtre la circulation, les poivrots sur le trottoir, les vitrines humides et sales des boutiques – et pense à l'air pur, aux montagnes et aux vastes étendues de terre à découvrir.

La vue d'Amy me remonte le moral. Elle est assise dans un café de Hammersmith Broadway, ses cheveux coiffés en deux rouleaux sur les oreilles.

— C'est censé être la mode cette saison, dit-elle en faisant une moue déçue. D'après la revue *Votre Mariage*.

— Cette saison ! Quelle ânerie ! Allez, défais-moi ça, dis-je en m'attaquant à ses bretzels. Les gens vont se mettre à chanter « Edelweiss » d'une minute à l'autre.

— Merci, marmonne-t-elle alors que je défais ses nattes. Mais qu'est-ce que je vais en faire ?

— Tout ira très bien, je la rassure. Fais-les couper et laisse-les tels quels. Tu es superbe au naturel.

— Oh merci, dit-elle en me frappant. Pourquoi est-ce que je m'en fais ? A t'écouter, un sac de jute me va à ravir.

— Exact.

— Je me dis parfois qu'on ferait mieux de s'enfuir et d'aller se marier sur une plage en bikini.

— Et Leisure Heaven ?

— T'as raison, soupire-t-elle.

— Tout est prêt pour le week-end prochain ?

Amy acquiesce.

— H a tous les détails pour toi.

— Qui est-ce qui vient ?

— Eh bien, il y a toi, moi, H, Jenny et Sam, Lorna, une vieille copine, et la sœur de Jack, Kate. On a réservé deux chalets pour qu'on ait de la place.

— J'ai hâte d'y être. Je serai dans ton chalet, hein ?

Amy remue sur sa chaise.

— Je ne sais pas, je pense que H va arranger tout ça.

Je n'en doute pas. H est hyper possessive avec Amy, alors que je connais Amy depuis plus longtemps qu'elle.

— C'est à moi de dormir dans ta chambre, dis-je en souriant.

Amy hoche la tête.

— Tiens, quand on parle du loup...

H se dirige vers nous.

— Désolée. Panne d'oreiller, marmonne-t-elle.

— Panne d'oreiller ? s'esclaffe Amy en me donnant un coup de coude. A quelle heure vous êtes partis du pub ?

H ébouriffe ses cheveux courts.

— Peu de temps après vous.

Amy hausse les sourcils.

— Et comment va Matt ?

H me regarde puis se tourne vers Amy. Elle hausse les épaules et retrousse la lèvre inférieure.

— Matt ? fait-elle. Très bien, je suppose.

— On y va, les filles, dit Amy qui dévisage H d'un air soupçonneux en descendant de son tabouret. On est déjà en retard.

Je prends Amy par le bras et nous sortons pour héler un taxi. H nous suit en faisant la tête. J'adore papoter avec Amy de ses plans de mariage, mais ça ne semble pas intéresser H.

Sa mauvaise humeur ne s'améliore pas quand nous arrivons dans la boutique de mariage. Nous sommes obligés de jouer des coudes pour arriver jusqu'aux cabines d'essayage qui sont surchauffées. H se déshabille prudemment, sans doute parce qu'elle porte des sous-vêtements noirs et aguicheurs. Elle tire sur sa robe en tous sens et se tortille devant le miroir.

— C'est horrible, me dit-elle à voix basse. Regarde ça.

Ça bouffe dans le dos et elle pince le tissu, tout en essayant d'empêcher les bretelles de glisser.

— Tu as perdu du poids, non ? dis-je. Tu devrais manger correctement.

— Je n'ai pas le temps.

— Elles sont comment ? demande Amy.

Elle veut que ça soit une surprise, aussi elle

attend de l'autre côté du rideau avec nos sacs et nos vestes.

— Elles sont magnifiques, je lance.

H se regarde en grimaçant dans le miroir, mais bon, le rose n'est pas vraiment sa couleur.

— J'arrangerai la chose, si tu veux, dis-je. N'embête pas Amy avec ça, elle ne fera que s'énerver.

— Amy voudra que la robe soit impeccable, dit H d'un ton hautain. C'est la boutique qui fera la retouche. C'est pour ça qu'on les paie.

— Comme tu voudras, je réponds en ayant envie de la frapper tellement son ton suffisant m'agace. Prête ? dis-je avant de repousser le rideau.

Amy porte une main à sa bouche, ce qui était l'effet escompté. Pour être franche, à côté de H, je me fais l'impression d'être Jessica Rabbit, mais ce n'est pas grave. Je tourne sur moi-même, ravie. Je me demande ce que va en penser Stringer.

— Alors ? demande Amy à H.

— C'est très bien, grogne-t-elle, mais il est évident qu'elle n'en pense pas un mot.

Elle ressemble à une petite fille dans la robe de sa mère. Je suis vache, je sais, mais vive les gros seins.

Nous faisons un peu de lèche-vitrine jusqu'à l'heure du déjeuner.

— Allons manger des sushis, propose H.

Je préfère les sandwiches, mais H est inflexible. Elle prétend que c'est bon pour la gueule de bois et dit qu'elle connaît un resto japonais branché dans le coin.

— Prends des œufs le matin, si tu as trop bu, lui-dis-je, mais elle n'en démord pas.

— Toujours pas de sexe, Susie ? demande Amy une fois que nous sommes assises.

— Non.

— Quoi ? Rien du tout ? demande H.

— J'ignorais qu'il y avait plusieurs genres de sexe.

— On peut baiser pour le plaisir, dit H. Parfois, c'est sympa de coucher avec un mec, juste comme ça. Ça décoince.

— H ! s'exclame Amy.

— Quoi ? Ça t'est déjà arrivé, non ? Tu te rappelles pas ce mec, au Portugal ?

— C'était il y a des années !

— Et alors ? Il n'y a pas de mal à ça, dit H en haussant les épaules.

— C'est ce que je pensais à l'époque, mais aujourd'hui je trouve qu'il n'y a rien de pire, dis-je. C'est comme de fumer. Une fois qu'on l'a fait, impossible de s'arrêter.

Je regarde Amy et souris. S'il y a quelqu'un qui s'y connaît dans ce domaine, c'est bien moi.

— Mais toi tu as toujours préféré les aventures d'une nuit, Susie, dit-elle.

— Exactement. Et j'en ai ma claque. Si tu le fais avec quelqu'un que tu ne connais pas, tu te sens vraiment minable après, et si tu le fais avec quelqu'un que tu connais, c'est nul. Ça devient n'importe quoi et ça fiche tout en l'air. Voilà pourquoi j'ai pris cette décision. A partir de maintenant, je veux être amie avec le sexe opposé.

Amy me regarde comme si je venais de lui annoncer que j'allais subir une opération de chirurgie esthétique.

— Ça doit être possible, dit-elle. Alors comme

ça, tu as l'intention d'avoir des relations normales avec les gens ?

— Ça ne veut rien dire, une « relation », Amy, dis-je, en me rappelant Claire et le manuel de CVV. Là où les gens se trompent, c'est quand ils croient qu'une relation est une chose. Mais il n'en est rien. On ne peut pas contenir ou définir une relation, voilà pourquoi les gens ont des problèmes. Tout serait différent si les gens pensaient « j'ai des difficultés à communiquer avec Machin sur tel sujet », au lieu de dire « nos relations sont merdiques ».

Je suis lancée, convaincue par mon argument, mais H m'interrompt.

— Foutaises, dit-elle. Et l'amitié ? C'est une relation.

— Et c'est concret, intervient Amy. Je serais triste si ça se passait mal avec l'une d'entre vous.

— Oui, mais notre amitié ne va pas se détériorer, dis-je en pensant à elle et moi.

Pour H, je ne sais pas, parce que je serais incapable d'être son amie.

— Eh bien, notre amitié ne se détériorera sans doute pas, mais ça n'a rien d'impossible, dit Amy. Je deviendrais folle si je découvrais que l'une d'entre vous m'a menti, par exemple.

— Nous communiquons entre nous sur une base amicale. Etre sincère est un choix, ce n'est pas une condition de l'amitié, dis-je en m'embrouillant avec tout ce baratin psy.

— Excusez-moi, dit H en se levant pour aller aux toilettes.

— J'ai dit quelque chose qu'il ne fallait pas ? je demande en la regardant s'éloigner.

— Elle a juste la gueule de bois, répond Amy. Et Stringer et toi, alors ? Il t'a bien plu ?

— On s'est bien entendus, mais...

— Faut que je te prévienne, il ne voudra peut-être pas rester ton ami, si c'est ça que tu recherches. Jack l'appelle Etalon. Tu me suis ?

— Etalon ?

Amy pouffe.

— Tout ce que je dis, c'est qu'il n'est peut-être pas ce que tu cherches.

— Pourquoi ça ?

— Il ne s'intéresse qu'au sexe. Autant que je sache, il n'a jamais eu de petite amie. Longtemps, je veux dire.

Quand H revient des toilettes, elle paie l'addition, à mon grand soulagement, vu que ça coûte la peau des fesses ici. C'est sympa de sa part de payer, mais elle le fait pour se faire pardonner d'être désagréable. Enfin bon, si elle veut étaler son fric, ça me va.

Après le départ de H, qui est allée faire ses emplettes en vue de son séjour à Paris, je traîne dans les boutiques avec Amy, mais je suis un peu troublée par ce qu'elle vient de dire sur les qualités chevalines de Stringer. Il ne m'a pas du tout fait cet effet. Je l'ai trouvé mignon. Branché, mais bien élevé. Pas le genre à coucher à droite et à gauche. Et pourquoi est-ce qu'il n'a pas de petite amie ? C'est vraiment quelqu'un dont on a envie d'être proche. Mais peut-être qu'il est comme moi. Peut-être qu'il en a marre des aventures sans lendemain. Peut-être que lui aussi est prêt à changer.

— Tu penses que je devrais l'appeler ? je demande à Amy en la suivant dans Habitat.

— Susie, tu es terrible, dit-elle en riant et en examinant un cadre. Ne sois pas obsédée par Stringer.

— Je ne suis pas obsédée.

— Ecoute. Si tu en as à ce point envie, appelle-le.

— Je lui ai déjà demandé de sortir un soir, mais il était pris. Tu penses que je devrais insister ? Juste pour prendre un verre, un truc comme ça ?

Amy réfléchit un moment.

— Ça me paraît une bonne idée.

J'attends que nous soyons chez Jack et Amy devant une tasse de thé pour avoir le courage de l'appeler.

— Allez, je sais que t'oses pas.

Elle décroche le téléphone et compose le numéro pour moi puis me tend le combiné. Je secoue les mains, change d'avis.

— Ça sonne, dit Amy en souriant.

Je m'empare du combiné.

— Allô ? fait la voix de Stringer.

— Salut, Stringer. C'est moi, Susie.

J'ai tellement pensé à lui que je m'attends presque à ce qu'il ait deviné que c'était moi au bout du fil.

— Ah, d'accord, dit-il. Bonjour.

Je serre le combiné. Mes mains sont toutes moites. Pourquoi n'a-t-il pas l'air plus heureux ? Amy me regarde fixement.

— Je me demandais si tu faisais quelque chose ce soir, je bafouille. On pourrait, euh, aller prendre un verre quelque part.

Il y a un silence.

— Je ne crois pas que ça soit possible ce soir.

Je suis occupé. Vraiment occupé, en fait. Je suis hyper charrette jusqu'au mariage.

— Pas de problème, je l'interromps gaiement. Pas de problème, tout va bien. Vraiment. J'appelais juste au cas où...

— Je suis désolé, Susie, mais je suis en plein dans un truc et...

— Non, non. Désolée. Très bien. Bon, on se verra au mariage...

— Oui. On se verra là-bas. Ciao.

Je raccroche.

— Qu'est-ce qu'il a dit ? demande Amy, soucieuse.

— « Ciao. »

— Il a bien dû dire autre chose.

— Il est pris. C'était expéditif.

Ce n'est pas bon signe. Ce n'est pas bon signe, parce que si je veux simplement être amie avec Stringer, je ne devrais pas être aussi déçue qu'il ne puisse pas me voir.

— Oh, Susie, dit en riant Amy. Pourquoi est-ce que tu tombes toujours amoureuse de salauds ?

— Stringer n'est pas un salaud.

Amy me regarde, l'air de dire : sans blague ?

C'est des foutaises. Pourquoi est-ce que je ressens ça alors que je n'en pince pas pour lui ? Et comment vais-je faire pour passer au stade supérieur (deuxième semaine : devenez une personne non sexuelle) si Stringer m'empêche de l'approcher ?

Matt

Lundi, 14 h 40

Dans ma tête, il n'y a qu'un grand point d'interrogation.

Je finis par lever les yeux du téléphone portable que je serre dans ma main depuis à peu près une demi-heure. C'est une de ces claires journées de septembre. Le ciel est bleu et dégagé, et un vent revigorant souffle par intermittence, levant des tourbillons de feuilles mortes. Je regrette de ne pas m'être habillé plus chaudement, mais j'ai renversé du café sur la manche de mon costume ce matin, et le reste de ma garde-robe est chez le teinturier. Je dois donc me contenter de cette veste en lin.

Je suis assis sur un banc dans St James's Square, pas loin de Haymarket. A part moi-même et la femme à l'air bêta assise à côté de moi, le parc s'est vidé après l'heure du déjeuner. Avec les épais fourrés qui délimitent le périmètre du parc et étouffent les bruits de la circulation, on ne peut pas trouver d'endroit plus calme à Londres. Le pied, en d'autres termes, si vous avez quelqu'un à peloter. Mais la déprime totale si vous n'avez personne.

Ce qui est mon cas.

Et cette situation dure depuis un bon bout de temps, depuis que c'est fini avec Penny Brown, mon unique petite amie sérieuse.

Penny et moi, on s'est rencontrés en faisant des courses à Robards & Lake en 1994. Comme moi, elle sortait tout juste de la fac de droit et jouait les adultes, vêtue d'un joli petit tailleur. Nous nous sommes tout de suite entendus : même sens de l'humour, mêmes ambitions. Penny avait coutume de se moquer des autres couples qu'on connaissait et qui vivaient main dans la main. Elle ne voyait pas l'intérêt d'abandonner son indépendance, de faire passer sa vie intime avant sa carrière. Elle m'a dit un jour qu'elle avait calculé que si on comptabilisait toutes les heures que la plupart des gens consacrent aux autres dans un cadre privé, et qu'on les investissait dans leur carrière, les gens atteindraient leurs objectifs deux fois plus vite. Et une fois ces objectifs atteints, il serait toujours possible de se consacrer à l'autre. Mais pas avant.

Ça me convenait. Je ne prenais pas la peine de me demander si j'étais vraiment d'accord avec elle sur ce point précis. J'étais amoureux d'elle et je supposais qu'elle ressentait la même chose – même si elle ne me le disait jamais, et même si j'avais trop peur de la faire fuir en lui posant la question. Je décidais que ça n'avait pas d'importance. Tout ce qui comptait, c'était ce que nous ressentions. Et je savais ce que je ressentais. J'étais heureux. Heureux d'être avec elle, heureux de passer de temps en temps une nuit ou un week-end avec elle. Si elle préférait attendre, alors moi aussi j'attendrais. Nous suivions des carrières semblables et nous allions réussir en même temps. Attendre paraissait sensé. Je pensais qu'elle valait la peine d'attendre.

Mais il n'en était rien.

Il n'y avait pas d'amour. Pas en elle. Pas pour moi. C'est ce qu'elle me déclara en juin 1995 quand je lui posai la question. A cet endroit même. Sur ce même banc. Face à la même vue, moins les feuilles mortes. Ce jour-là elle m'annonça que c'était fini entre nous, qu'elle avait rencontré quelqu'un d'autre, quelqu'un dont elle était tombée amoureuse, quelqu'un avec qui elle voulait vivre. Ce jour-là, elle me planta là et rentra à pied à son travail, non pas parce qu'elle avait besoin de temps à elle, mais parce que nous avions fait notre temps ensemble.

J'eus l'impression de voir le monde se désagréger sous mes yeux.

Je dus sûrement mon salut au fait que Jack avait rompu avec Zoé Thompson le mois précédent. Il sortait avec Zoé depuis deux ans – six mois de plus que moi – et avait décidé de considérer notre nouvelle situation comme une phase positive. Ne pas regarder derrière soi. Ne pas s'attarder. Il me fit miroiter toutes les bonnes choses qui m'attendaient. On allait sortir et s'éclater tous les soirs. Nous allions nous amuser et vivre notre jeunesse à fond. Pas de relations sérieuses. Pas de compromis. Rien avant le grand amour.

Et jusqu'à très récemment, cette attitude a été la mienne. Je n'ai pas cherché à me trouver une petite amie durable. Comme Jack avant qu'il rencontre

Amy, j'étais un célibataire heureux et tranquille. Je passais d'une liaison à une autre, sans me prendre la tête. Ce n'est qu'aujourd'hui que j'ai compris que cela ne suffisait plus, que ma vie était devenue un désert. J'ai vu Jack et Amy ensemble, et je veux connaître la même chose. Je me suis réveillé et j'ai senti une bonne odeur de café, mais malheureusement je n'avais aucune tasse sous la main.

Il fallait réagir. Voilà pourquoi j'ai fini par faire le premier pas. J'ai demandé à quelqu'un de rester dans ma vie davantage qu'une nuit.

Cela fait deux heures que je suis assis là, à passer en revue les événements qui se sont déroulés au *Blue Rose* et chez moi vendredi soir, entre 23 heures et 2 heures du matin, en compagnie de Helen Marchmont, dite H. Et tout ce que j'ai réussi à trouver pour l'instant, c'est un gros point d'interrogation.

C'est la faute de Jack et d'Amy. Les graines qu'ils ont plantées dans ma tête mardi dernier ont germé. Et maintenant H a pris racine dans mes pensées. Mais la question qui occupe tout entière mon esprit ne se limite pas à un simple pourquoi. Je sais pourquoi elle occupe mes pensées. C'est parce que je l'ai approchée. C'est parce que j'ai décidé qu'elle serait la femme de ma vie. Il s'agit plutôt d'un mélange où-pourquoi. Où est-elle maintenant ? Et pourquoi n'est-elle pas avec moi ? Parce que je ne veux plus en passer par là. Je ne veux plus mariner tout seul dans mon coin sans personne à câliner.

Mercredi dernier, juste après avoir déposé H, j'ai appelé Jack. Après tout, à qui d'autre aurais-je pu m'adresser pour débattre d'une liaison possible sinon à la seule personne de ma connaissance qui, récemment, sans même chercher à le faire, a réussi à se mettre en couple.

— Alors ? a-t-il demandé.

Je ne voyais qu'une chose, les yeux de H. Des yeux magnifiques. Je me demandais bien pourquoi je n'avais pas pensé à eux chaque seconde depuis que je l'avais rencontrée l'an dernier.

— Je la trouve fantastique, bafouillai-je. Terrible.

Jack était aux anges.

— Bien. Qu'est-ce que je t'avais dit ? L'entremetteur royal a encore frappé. Deux en un jour, pas moins. Je devrais commencer à prendre une commission.

— Deux ?

— Ouais. Toi et H, et Stringer et Susie.

— Hein ?

— Allez, mon pote. T'as dû sentir les vibrations... Ils se dévoraient des yeux, on aurait dit deux morceaux de sucre dans une tasse de thé. Mais c'est super pour H et toi. Comment ça se passe maintenant ? Vous allez sortir ensemble ?

Ça me faisait la peine de casser son enthousiasme, mais il était inutile de lui mentir.

— Pas exactement.

— Comment ça, pas exactement ?

— Eh bien, quand j'ai dit que je la trouvais fantastique, je n'ai pas dit que la réciproque était vraie.

— Ne sois pas ridicule. Bien sûr qu'elle te trouve fantastique. Tu es Matt, bon sang de bon sang. Matt Davies. Matt Davies, le meilleur ami de Jack Rossiter, qui est fiancé à Amy Crosbie, qui est la meilleure amie de H. Tous les ingrédients du succès sont là. Vous êtes faits l'un pour l'autre. Ça ne peut que marcher. C'est une certitude mathématique.

La logique de Jack était sans faille, mais j'avais encore des doutes.

— Pas nécessairement.

Il y eut un silence, que Jack interpréta aussitôt.

— T'as tout foiré, hein ?

Je me mordis la lèvre.

— Si on veut, admis-je.

Il siffla d'incrédulité.

— Merde, je te laisse seul cinq minutes... Qu'est-ce qui s'est passé ?

— Je crois que je me suis un peu laissé emporter... J'ai brûlé les étapes...

— Je t'écoute.

— Je l'ai invitée à sortir un soir alors qu'elle venait de m'expliquer clairement qu'elle ne voulait sortir avec personne en ce moment.

— Et elle a dit non...

— Oui.

— Et alors, où est le problème ?

J'aurais aimé qu'on soit face à face. Je n'arrivais pas à savoir s'il se moquait. Il avait l'air sérieux.

— Comment ça, où est le problème ? Qu'est-ce que tu racontes ? Que ce « non » est bon signe ?

— Ouais. Vu les circonstances, ce « non » est une réponse convenable. Pas aussi bien qu'un oui, bien sûr. « Oui » aurait été parfait. Mais « non », c'est très bien. Tu peux te débrouiller avec un « non ». « Non », ça signifie qu'elle est folle de toi et ne le sait pas encore. Ou alors ça veut dire qu'elle te complique les choses pour t'éprouver.

— Ou alors, dis-je parce qu'il fallait bien que

l'un de nous le dise, ça signifie qu'elle n'est pas folle de moi et en a tout à fait conscience.

— C'est une possibilité, admit Jack, mais pas une que tu dois envisager. Trop négatif. Tu ne peux pas te permettre d'abandonner avant d'être sûr.

— Entendu, dis-je, et selon toi que dois-je faire ?

— La première étape consiste à mettre au point une stratégie.

— Une stratégie ?

— Il te faut absolument une stratégie.

— Absolument ?

— Bien sûr. Comment veux-tu sinon que ta campagne soit couronnée de succès ?

— Quelle campagne ?

— L'opération Marchmont.

— Marchmont ?

— C'est le nom de H. Son prénom c'est Helen, au fait.

— Oh ! dis-je. Et quelle stratégie préconises-tu ?

— Je ne sais pas. C'est toi l'avocat. A toi de trouver.

Ah-ah. Il existait donc une stratégie pour gagner les faveurs de la merveilleuse Helen, mais je devais la trouver tout seul. Génial. Je savais que ça paraissait trop beau pour être vrai. Je restai silencieux, à écouter le bruit de la ligne qui grésillait et la respiration de Jack.

— Allez, accouche, m'encouragea-t-il enfin. J'entends d'ici crisser les rouages dans ton cerveau. Pense à tous ces examens que tu as réussis. Tu peux y arriver.

Et tout d'un coup, j'ai compris que Jack était peut-être dans le vrai. Peut-être étais-je capable de mettre au point une stratégie. Après tout, pourquoi laisser le hasard décider en amour ? Ça a marché pour des gens comme Jack et Amy, bien sûr, mais ils ont eu de la chance. Et pour les autres ? Il n'y a pas de mal à vouloir analyser une situation et chercher à résoudre un problème. C'est comme ça que j'ai abordé tous les autres domaines de ma vie, alors pourquoi ne pas le faire pour le plus important ?

— Entendu, dis-je. Voilà comment je vois les choses. Soit je plais à H, soit je ne lui plais pas. Si je ne lui plais pas alors tout est fichu. Si je lui plais, et si elle ne le sait pas encore, ou me met à l'épreuve, alors la meilleure attitude que je doive prendre consiste à l'ignorer complètement.

— Mais si tu fais ça, c'est sûr que...

Trop tard : j'étais sur ma lancée. J'étais Einstein et je ne voulais pas qu'on se mêle de mes équations.

— Au niveau romantique, je parle. L'ignorer au niveau romantique. Mieux, même, je devrais partir de la supposition que, pour être désirable, il ne faut pas paraître disponible. Je vais lui dire qu'elle n'est pas mon genre. Bien en face. Comme ça, si jamais je lui plais, elle sera furieuse que je la repousse.

Jack approuva d'un grognement.

— Et quand elle sera furieuse parce que tu l'auras rejetée, elle voudra avoir le dernier mot en te sautant dessus ?

— Exactement. Je pense que c'est ce qu'il y a de mieux à faire. T'en penses quoi ?

Jack réfléchit. Les secondes s'écoulèrent. Puis il reprit :

— C'est parfait, espèce de vieux grigou. Sois

dur avec elle, ça l'excitera. Cela dit, il y a un petit problème...

— Lequel ? demandai-je, légèrement contrarié qu'une telle chose puisse exister.

— Comment, sans sortir avec elle et du coup sans pouvoir lui montrer que tu n'as pas de vues sur elle, comptes-tu trouver une occasion de lui expliquer que tu n'as pas de vues sur elle, afin qu'elle en ait sur toi ?

Zut.

— Tu marques un point, dis-je.

Mais Jack éclata d'un rire sympa, du genre qui inspire la confiance.

— Attends. J'ai trouvé la solution idéale.

Ça semblait risqué, mais peut-être que...

— Je t'écoute, dis-je.

— Garde ton téléphone allumé et attends mon appel. Je vais vous arranger un rendez-vous fortuit. Comme ça, tu auras l'avantage et tu pourras attaquer.

C'était brillant.

— Ça marche, dis-je.

Et ainsi qu'il apparut, je n'eus pas à attendre longtemps. Le vendredi soir, Jack m'appela sur mon portable au bureau.

— Opération Marchmont déclenchée, murmura-t-il. Nous sommes au *Blue Rose*, alors ramène vite ton cul ici.

Quand je suis arrivé, il était assis avec Amy et H auprès du feu. J'ai dit bonjour à Jack et Amy. J'ai complètement ignoré H, je ne l'ai même pas regardée. Ce n'était aucunement du mépris de ma part. Plutôt de la terreur. A peine l'avais-je repérée que mon cœur était allé se réfugier directement dans ma bouche, et comme j'approchais de sa table, il s'était servi de ma langue comme d'un trampoline. Redoutant que, si je m'attardais, il se propulse directement sur les genoux de H, j'annonçai confusément que j'allais chercher un verre et me dirigeai prestement vers le bar.

— Matt, dit-elle en me rattrapant. Pour l'autre jour...

Je me suis retourné, en prenant soin de ne pas desserrer les lèvres. Ses yeux fixaient les miens, et mon cœur s'en prit de nouveau à ma langue. Sauf que, cette fois-ci, il fit plus grave. Ma gorge se dessécha. Ma langue se changea en un caramel mou. Et mon estomac se retourna. J'étais à deux doigts de craquer. Mes lèvres tremblèrent, s'élargirent... oh, pitié, non... ces yeux... ces yeux... J'allais sourire. J'ai pensé à Nelson. J'ai pensé à Churchill. J'ai pensé à Eisenhower. Sois un homme, mon fils, sois fort.

J'ai affiché mon expression la plus glaciale, directement sortie du tiroir du bas du congélo.

— Laisse tomber, ai-je dit d'une voix tranchante. Si tu n'as pas envie qu'on soit amis, ça me va. Franchement.

J'ai payé ma consommation.

— J'ai vraiment envie qu'on soit amis, a-t-elle dit en regardant le sol avec embarras. J'étais de très mauvaise humeur et je suis vraiment désolée. Je n'aurais pas dû t'accuser de me faire des avances. C'était déplacé et je ne veux pas qu'il y ait la moindre gêne entre nous, surtout avec le mariage qui se profile.

Elle a croisé les bras sur sa poitrine.

Sa poitrine, bon sang, sa poitrine. J'ai senti mes yeux glisser lentement de leurs orbites.

Napoléon.

Wellington.

Patton.

Et l'autre, là, c'est quoi déjà son nom, le vainqueur de la bataille d'Azincourt...

Je me suis éclairci la voix.

— J'étais sincère...

Ma voix ressemblait à du papier de verre frotté sur du gravier. J'ai refait une tentative, et cette fois-ci on aurait dit que j'avais avalé le contenu d'un ballon gonflé à l'hélium.

— ... j'étais sincère quand je parlais de n'être qu'amis.

Puis je me suis souvenu d'un séminaire que j'avais suivi sur la prise de parole en public et je me suis efforcé de parler clairement et lentement :

— Echuikontanklachozsoiréglé, ai-je lâché.

— Pardon ? a-t-elle fait en me regardant bizarrement.

J'ai remarqué une esquisse de sourire sur ses lèvres. Elle trouvait ça marrant. C'était le moment que j'attendais.

— Et je suis content que la chose soit réglée.

— Moi aussi.

J'évitai son regard, hésitai puis inspirai. Le plus dur c'était maintenant.

Le roi Arthur.

Henry VIII.

Tu peux y arriver.

— Pour parler franchement, ai-je dit, c'était également maladroit de ma part, parce que, comme tu seras sans doute soulagée de l'apprendre, je n'ai pas de visées sur toi. Je ne dis pas ça méchamment, H. C'est juste que tu n'es pas mon genre. Désolé.

J'ai pris mon verre et suis passé devant elle. Je me suis dirigé droit vers Jack et Amy, en sachant qu'à quelques mètres derrière moi la première bombe de l'opération Marchmont venait d'exploser, soulagé d'être hors de portée de son rayon d'action, du moins pour le moment.

L'effet de l'impact fut immédiat et, eu égard à mes minables efforts, étonnamment bénéfique. Dès son retour à la table, non seulement H gara son cul juste à côté du mien, mais elle se mit à parler. Et à me sourire. Avec de ces yeux ! Et un sourire... C'était comme si on avait remonté le temps, jusqu'au *Zanzibar* l'an dernier, comme si ce premier patin avorté avait été effacé et qu'on travaillait à nouveau sur une page vierge. Nous étions de nouveau amis. On se marrait bien. On se bourrait la gueule ensemble. Je me suis détendu. Mon cœur avait réintégré sa place naturelle. Mais surtout, nous flirtions.

Dans le taxi qui nous conduisait chez moi, la conversation s'est déroulée ainsi :

H : Je ne suis pas allée chez un mec depuis que j'ai rompu avec Gav.

Moi : Moi non plus.

H : Je suis saoule.

Moi : Moi aussi.

H : Je devrais peut-être rentrer chez moi.

Moi : Comme tu veux.

H : Tu trouves que je suis une fille facile ?

Moi : Non.

H : T'aimerais que je le sois ?

Moi : Non.
H : Je trouve que t'es un mec facile.
Moi : Pourquoi ?
H : Parce que c'est ce que dit Amy.
Moi : Tu ne devrais pas croire tout ce qu'on te dit.
H : Ça t'arrive d'avoir des aventures d'une nuit ?
Moi : Ça m'arrive.
H : T'aimes ça ?
Moi : Ça m'arrive.
H : C'est facile de s'en dépêtrer ?
Moi : En général, oui.
H : Même avec des filles que tu connais ?
Moi : En général, oui.
H : Tu crois qu'il nous voit ?
Moi : Qui ça ?
H : Le chauffeur du taxi.
Moi : Tu cherches quoi ?
H : Devine.

Et la conversation dans la cuisine se poursuivit sur le même registre :

Moi : Tu veux boire quelque chose ?
H : Non.
Moi : Un café ?
H : Non.
Moi : Un truc à manger ?
H : Non.
Moi : Cigarette ?
H : Non.
Moi : Tu veux qu'on se couche ?
H : Oui.

Moi : Tout de suite ?
H : Oui.

Et la conversation dans ma chambre :

Moi : T'es appétissante.
H : Alors mange-moi.
Moi : Mmm...
H : Ah...
Moi : Faut que je mette une capote ?
H : Et le pape, il habite Rome ?
Moi : Je pense pas que le pape serait d'accord.
H : Je pense pas qu'il ait autant couché que toi.

Et la conversation le lendemain matin :

Moi : Je t'ai préparé un petit déj.
H : Il est quelle heure ?
Moi : 9 heures.
H : Merde.
Moi : Quoi ?
H : Je suis censée retrouver Amy et Susie dans une demi-heure.
Moi : Tu peux pas arriver en retard ?
H : Non, je leur ai promis.
Moi : Je t'ai fait des œufs brouillés.
H : Désolée. Impossible.
Moi : Je vais te déposer.
H : Ça sera plus rapide en métro.
Moi : Comme tu voudras.
H : Où est ma petite culotte ?
Moi : Derrière la télé.
H : Qui l'a mise là ?
Moi : C'est moi.

H : Pourquoi ça ?
Moi : Une tactique pour te retarder.
H : Hein ?
Moi : Pour t'empêcher de fuir.
H : Je ne m'enfuis pas.
Moi : Oh que si.
H : Non, c'est faux. J'ai passé une bonne soirée.
Moi : Assez pour recommencer ?
H : Bien sûr.
Moi : Quand ?
H : Je t'appellerai.
Moi : Quand ?
H : T'essaies de me coincer ?
Moi : T'essaies de te défiler ?
H : Je suis pas là la semaine prochaine. Je vais à Paris. Pour le boulot.
Moi : Toute la semaine ?
H : Toute la semaine.
Moi : On se verra au mariage, alors...
H : Oui. On se voit au mariage.
Moi : Salut.
H : Je connais le chemin.

Je regarde ma montre : il est presque 3 heures. Pas étonnant que le parc soit vide. Je ferais mieux de rentrer bosser. Encore une cigarette, et je lève le camp. Je repose mon portable sur mes genoux et j'en allume une. Je regarde les branches d'un arbre. Peut-être que je me fais une parano. C'est ce que pensait Jack quand je lui ai raconté dimanche ce qui s'était passé.

— Elle a couché avec toi, non ? (Telle fut sa réaction.) Qu'est-ce que tu veux d'autre comme preuve qu'elle t'aime bien ?

— Elle était ivre, Jack. On était tous les deux ivres.

— Et alors ?

— Alors, le matin, quand elle était sobre, elle a pris la fuite. Sa réaction sobre en se réveillant au lit avec moi a été de fuir le lieu du crime.

— Elle avait rendez-vous avec Amy. Elle te l'a dit et c'est la vérité. Amy l'a vue hier matin. Des essais d'habillage.

— Très bien, mais le fait qu'elle soit absente toute la semaine prochaine ? Tu ne trouves pas que c'est une ruse pour m'éviter ?

— Son séjour à Paris ? Désolé de te décevoir de nouveau, Matt, mais c'est la pure vérité. Ça fait des semaines qu'elle nous en rebat les oreilles.

— Oh.

— Alors détends-toi.

— Ecoute, Jack. Ça t'embête si tout ça reste entre nous pour l'instant ?

— Quoi, tu veux dire : ne pas en parler à Amy ?

— Ouais.

— Pourquoi ?

— Je préférerais, c'est tout. Tu sais, au cas où ça ne débouche sur rien.

— Mais il y aura des suites...

— Ouais, mais quand même...

— Entendu. Comme tu veux.

— Juré ?

— Juré, a-t-il répondu solennellement.

— Merci. Et Amy ? Elle t'a rien dit ?

— Quoi, sur ta nuit avec H ? Non. Pourquoi ?

— Comme ça.

Sauf que c'était pas « comme ça ». J'avais d'excellentes raisons de vouloir en savoir plus.

Tous les gens sont différents. Je suis d'accord là-dessus. Mais il existe certains traits universels qui s'appliquent à peu près à tout le monde. Et se vanter devant ses potes qu'on a passé une nuit à baiser en fait partie. H ne s'est pas vantée, donc. Elle n'a rien dit à Amy, parce que si elle lui en avait parlé, c'est sûr et certain qu'Amy l'aurait dit à Jack, et que Jack me l'aurait répété – telle est la nature de la confiance dans un cercle social restreint.

J'ai passé la chose en revue plusieurs fois de suite et j'en suis arrivé à la conclusion qu'il existe trois explications vraisemblables au silence de H :

— Un, elle est peut-être gênée par son comportement et ne veut en parler à personne de peur qu'on pense pis que pendre d'elle, en particulier sa meilleure amie.

— Deux, elle ne voit rien de mal dans son comportement, mais elle est complètement dégoûtée d'avoir eu ledit comportement avec moi.

— Trois, son comportement ne lui pose peut-être pas de problème mais elle préfère garder le silence en attendant de voir si c'est juste une autre encoche sur sa crosse ou le début de quelque chose de plus sérieux.

Bon, à moins qu'elle soit en réalité une vierge prude, et à moins qu'une opération de chirurgie esthétique fasse de moi son homme idéal, je doute que les deux premières explications tiennent la route. La troisième, en revanche... la troisième me plaît assez. Ça signifie que j'ai toute latitude pour la convaincre du sérieux de mes intentions. C'est ce que je voulais faire le matin où elle est partie. Je voulais lui préparer son petit déjeuner. Je voulais qu'on reste au lit, qu'on discute toute la journée, qu'on apprenne à mieux se connaître. Parce que je sais que ça peut mener quelque part si on se donne une chance. Jack avait raison à son sujet. Elle est parfaite pour moi. Et je peux le lui prouver. Mais quand ? Le plus tôt sera le mieux, c'est certain. Le mariage est dans deux semaines. Si je ne bouge pas d'ici là, le peu de chemin que nous avons parcouru jusqu'à présent n'aura servi à rien.

Je fixe à nouveau mon téléphone et balance ma cigarette. Puis je sors un bout de papier de ma poche. Il y a un numéro de téléphone écrit dessus. Le papier est pas mal froissé, ce qui n'est guère surprenant vu que c'est sans doute la millième fois que je le regarde depuis que j'ai recopié le numéro à la va-vite samedi matin. Le regarder me met mal à l'aise. Je sais que ce n'est pas bien. Mais quel autre espoir ai-je ?

J'ai trouvé ce numéro sur un autre bout de papier qui était dans le sac de H, le soir où elle est venue chez moi. Je ne fouinais pas vraiment. Il dépassait. Avec d'autres bouts de papier. Que je pouvais lire. Bon, d'accord, les bouts de papier venaient d'une enveloppe cachetée intitulée « Détails du W-E entre filles » – la même enveloppe cachetée que H avait fourrée dans son sac au *Blue Rose* après en avoir donné une copie à Amy. Mais je n'allais pas jouer les aveugles devant une telle opportunité.

J'ai replié les papiers et les ai remis dans le sac de H, à qui j'ai jeté un œil. La lampe de chevet était encore allumée depuis la veille au soir. H était allongée sur le ventre, profondément endormie. Sa tête et son buste étaient nus, et j'ai fait courir doucement un doigt le long de la peau parfaite de son avant-bras. Puis j'ai plié mon bout de papier griffonné et l'ai glissé dans la taie d'oreiller, sous ma tête.

— Il va venir vous chercher ! vocifère soudain la femme assise à côté de moi sur le banc, m'arrachant à ma rêverie.

Tout d'abord, je suis trop surpris pour dire quoi que ce soit, et je me contente de la fixer bêtement. Elle a une vingtaine d'années et a l'air de sortir de boîte de nuit, tout de sombre vêtue et avec des tas de bijoux.

— Qui ça ? je demande en me ressaisissant.

— Le diable, dit-elle en me prenant le poignet. Belzébuth. Satan. Appelez-le comme vous voudrez.

— Je vois, dis-je en essayant de ne pas paraître trop effrayé.

— Je suis sérieuse, insiste-t-elle. Je l'ai vu hier soir dans Hyde Park.

— Excusez-moi, dis-je en dégageant mes doigts. Ça commence à faire mal.

— Il vient vous chercher, lâche-t-elle. Pour vous punir de vos péchés.

Accusez un avocat de quoi que ce soit de douteux, et vous avez une chance qu'il se sente coupable. Surtout si, comme moi, vous avez un passé quelque peu louche. Mon esprit effectue aussitôt un retour en arrière jusqu'à l'année 81 quand, déguisés en Batman et Robin, Jack et moi avons procédé au cambriolage – une affaire qui n'a jamais été résolue – en plein jour de la poste de Calder Road, à Bristol. Mais il est impossible que cette femme sache que Jack a empoché prestement vingt-quatre berlingots à la menthe et moi deux pipes en réglisse, trois fouets à la fraise et un sachet de Spangles, non ? J'étudie son visage quelques secondes, histoire d'être certain, mais elle ne fait que me dévisager à son tour.

— Vous devriez aller dormir un peu, lui dis-je finalement en rangeant mon téléphone dans la poche de mon manteau.

Elle me décoche un regard sournois.

— Vous ne me croyez pas, n'est-ce pas ?

— Que le diable erre dans Hyde Park ? Non, je ne le crois pas.

— Il a pris la forme d'un bouc et marche sur ses pattes arrière.

— Oh, dis-je en me levant pour partir. Je suis sûr que c'est vrai.

— Il s'appelle Gerald ! me crie-t-elle. J'ai vu son nom sur l'étiquette qu'il porte autour du cou. Je...

Mais je ne l'écoute plus. Je traverse le parc jusqu'au portail en fer forgé, le bout de papier encore dans ma main. Puis je m'arrête et sors mon téléphone. L'adrénaline bouillonne dans mes veines.

Je compose rapidement les premiers chiffres. Puis je me fige. Je ne peux pas. Cette femme a raison. Si je fais ça, le diable va s'occuper de moi pour le restant de mes jours. Et H aussi, ce qui est plus terrifiant. Elle ne croira jamais qu'il s'agisse d'une coïncidence. Mais elle ne pourra jamais prouver non plus que c'est une machination. Elle ne pourra que faire des suppositions. Alors sois courageux. C'est ton unique chance. Qu'importe si ce n'est pas très glorieux ? La fin ne justifie-t-elle pas les moyens ? Et si la fin c'est d'avoir H, ne dois-tu pas te préparer à user de tous les moyens à ta disposition ? Les réponses à ces questions me parviennent comme un boomerang. Vous voulez savoir ? Oui. Et oui encore. Aussi, sans réfléchir plus avant, je le fais. Je fais quelque chose de mal à côté duquel *L'Exorciste* paraît trognon. Je finis de composer le numéro.

— Allô, fait une voix de femme. Vous êtes à Leisure Heaven. Lisa à l'appareil. Puis-je vous aider ?

— J'aimerais faire une réservation, s'il vous plaît. Pour ce week-end. Vendredi et samedi soir.

— Pour combien de personnes, monsieur ?

— Sept personnes sûr. Peut-être huit.

— Je vous demande un petit instant. Notre système informatique est en panne actuellement.

J'entends un bruit de papiers qu'on feuillette et de jurons étouffés. Finalement, Lisa me reprend :

— Vous avez de la chance, monsieur. Je peux vous proposer deux chalets. Ce sont les derniers et tous peuvent accueillir quatre à six personnes. Ça vous conviendrait ?

— Ça me conviendra parfaitement, Lisa, dis-je en sortant mon portefeuille et en extirpant ma carte de crédit.

DEUXIÈME PARTIE

Stringer

Vendredi, 16 h 00

— Espèce de porc !

J'empoigne Ken à la gorge et l'oblige à se retourner pour me faire face.

— Alors, tu rigoles moins, maintenant, hein ? Sale petit minus. (Je braque ma torche sur le dos de ma main où il vient de me griffer. C'est ce que je pensais : du sang.) Tu voulais me saigner, hein ? je lui demande en examinant ses petits doigts affûtés. Très bien. A ton tour de payer.

Je le fixe dans les yeux, mais il se contente de me regarder d'un air impassible. Il n'a pas un seul cheveu de travers. C'est un calme, ça oui. Je lui accorde ça. Il est exactement comme quand il traînait avec Barbie et ma sœur. Qu'il aille se faire foutre. Le passé n'a aucune valeur. Ceux qui cherchent Stringerman le trouvent. J'accentue ma prise et lui tords la tête. Plop ! Elle me reste entre les mains.

— Ça va là-dedans ? demande Karen d'une voix assourdie.

Je balance la tête de Ken par-dessus mon épaule et piétine les autres poupées de Xandra.

— Très bien, je réponds, en écartant un album de *Juge Dredd* et une chemise en vichy élimée.

Je balaie une fois de plus l'espace autour de moi avec la torche et continue ma progression parmi les jouets entassés au fond de ma chambre, me cognant le coude à un garage Fisher Price et faisant sonner sa clochette. Je suis stupéfait par la quantité de camelote qui a été entassée là. Il y a des jouets que je n'ai pas vus depuis que Xandra et moi étions bambins. Nos bulletins et nos tenues scolaires sont également là, avec des tas d'autres cochonneries. Je revois encore Maman venir tout fourrer ici environ un mois après que j'eus déménagé. L'endroit est exigu – à peine un mètre de haut – mais profond d'environ deux mètres. Je me cogne la tête au plafond pour ce qui doit être la centième fois en cent secondes. Puis je maudis Matt. Je maudis Matt et je maudis Jack, et je maudis le concept même de week-end entre mecs. Puis, histoire de marquer le coup, je maudis Jimmy et Ug, parce que leur participation à ce week-end est ce qui me démoralise le plus.

La voix assourdie de Karen retentit de nouveau :

— Qu'est-ce que tu fiches ? Tu te construis une tanière ?

— Très drôle, dis-je en écartant une bobine de fil de pêche prise dans une toile d'araignée. Pas du tout.

— Quoi, alors ?

— Un chapeau, en fait. Je cherche un chapeau

rigolo. Il est noir avec des bois de caribou en caoutchouc sur le dessus.

Il y a un silence.

— Pourquoi tu veux retrouver ce truc ?

— C'est pas moi qui veux le retrouver. C'est Matt. Il nous a demandé à tous d'en apporter un. Un chapeau rigolo. Un chapeau hilarant. Pour notre week-end entre mecs.

J'attrape mon gros ours par la gorge et le balance derrière moi. Je vais trouver ce chapeau même si je dois y laisser ma peau.

— C'est dans le fax qu'il m'a envoyé ! je crie. Sur ma table de chevet. T'as qu'à regarder.

Je déboule dans la cuisine environ cinq minutes plus tard avec mon chapeau-caribou. Karen est assise à la table en chêne, une tasse de café entre les mains. La table est jonchée de revues, de papiers et de livres, en vue des recherches qu'elle fait pour un article en cours. Son ordinateur portable est posé au seul endroit où il reste de la place : sur ses genoux. Elle ne lève pas les yeux de l'écran et ses mains sont immobiles. Je regarde par-dessus son épaule et vois qu'elle attend qu'un document des archives en ligne du Guggenheim ait fini d'être téléchargé. Elle paraît en transe.

— Tu vas bien ? je demande.

— Mais oui.

Je la connais trop bien pour prendre ses paroles au pied de la lettre. Il y a un truc qui la chiffonne. Je me penche et la regarde jusqu'à ce qu'elle se tourne vers moi.

— Tu en es sûre ?

— Je ne sais pas, dit-elle en secouant la tête. C'est Chris. Il...

— Il quoi ?
— Bon, tu sais, il devait venir ce soir.
— Oui.
— Eh bien, il n'arrivera que demain. Il a dit qu'il devait rester tard à son boulot et que quand il aurait fini ce serait trop tard pour attraper un train.
— Oh.
— Exactement, dit Karen. Oh.
Ce n'est pas la première fois que Karen et moi avons cette conversation, mais comme chaque fois, je trouve ça délicat. Si c'est un avis définitif qu'elle attend de moi sur ce qu'elle devrait faire concernant Chris, j'en ai un : largue-le. L'ennui, c'est que ce n'est pas quelque chose que je peux lui dire, pas sans risquer de dévoiler mes propres sentiments pour elle. La seule fois où j'ai livré ma pensée sur ce que je pensais de Chris il y a quelques mois, on était ivres et je ne pense pas qu'elle se rappelle notre conversation. En tout cas, elle ne m'en a jamais reparlé.
— Qu'est-ce que tu lui as dit ? je demande, prudent.
Elle repose sa tasse de café.
— J'ai dit « entendu ». Comme d'habitude.
— Mais ce n'est pas ce que tu penses.
— Non, je... je ne sais pas, Greg. C'est toujours comme ça. Lui qui vit là-bas. Et moi ici. (Elle soupire.) Et je ne sais pas ce qu'il fait, et vu qu'il a été infidèle la dernière fois, je... Oh, bon sang, ça me fout en l'air. Pourquoi est-ce que je suis là à flipper toute seule un vendredi soir ?
— La réponse c'est que tu ne devrais pas.
— Je sais. (Elle hésite un moment, avant de

reprendre :) Et c'est peut-être ce que je devrais lui dire.

— Quoi ?

Je sens les battements de mon cœur s'accélérer.

— Tu comptes rompre avec lui ?

— Je ne sais pas.

Je m'assois sur le rebord de la table. Elle a l'air si triste, ça me navre.

— Est-ce que tu l'aimes ? je demande en la suppliant intérieurement de répondre par la négative.

Elle fixe le mur.

— Je ne sais même plus. Je l'aime pour ce qu'il était avant, pour ce que je croyais qu'il était, explique-t-elle. Mais je ne pense pas que nous soyons les mêmes personnes que nous étions quand nous sommes tombés amoureux.

— Si tu ne l'aimes plus, alors peut-être que c'est déjà fini.

— Ouais, dit-elle en hochant lentement la tête, peut-être. (Elle inspire à fond, puis regarde mon chapeau-caribou en prenant une gorgée de café.) Tu l'as retrouvé, dit-elle.

— Oui. (Visiblement, le débat sur Chris est clos. Je passe à autre chose :) Tu as vu le fax de Matt ?

Elle le prend sur la table et le parcourt des yeux.

— Les mecs ne grandissent jamais vraiment, hein ? dit-elle avec lassitude. « Des peines seront appliquées au cours du week-end, cite-t-elle d'un ton sarcastique, pour tout comportement jugé anti-gourmesque. »

Le regard de Karen sur le contenu du fax ne fait que redoubler mes appréhensions concernant le week-end. Mais elle finit par sourire.

— « Des gages appropriés seront donnés chaque

fois que cela s'avérera nécessaire. » N'est-ce pas un peu pathétique ?

— A qui le dis-tu !

— Ça ne ressemble guère à Matt, non ?

— C'est vrai, mais Jack a dit qu'il voulait la totale, alors Matt s'est exécuté. A la lettre.

Elle me dévisage.

— Tu vas bien, toi ? Je suis là à te déballer tous mes problèmes, et toi on dirait que tu n'as pas fermé l'œil depuis un mois.

— Je suis lessivé. Les invités d'hier soir ne sont pas partis avant 3 heures du matin, et j'ai dû revenir sur place à 8 heures pour vérifier que tout avait été rangé.

J'ai le tournis rien que d'y penser ; j'ai dû dormir en moyenne quatre heures par nuit depuis une semaine. Je cligne des yeux.

— Je n'ai qu'une envie, rester au lit pendant vingt-quatre heures d'affilée.

Elle regarde à nouveau le fax de Matt.

— Mais tu dois t'occuper de tout ça...

— Exactement... et ce n'est pas tout...

— C'est quoi le reste ?

— Il y a deux types qui viennent avec nous. Jimmy et Ug. Surtout Jimmy...

— Et ?

— Ils sont à fond dedans. Dans la dope, tu comprends. Refile-leur une merde de chien vieille d'une semaine et ils essaieront de la fumer ou de la sniffer. Je sais très bien qu'ils vont venir avec du matos. Ils vont se trimballer une dose grosse comme le Taj Mahal, et tu sais avec qui ils voudront la partager ? (Je n'attends pas sa réponse.)

Bibi. Je leur ai pourtant dit et redit cent cinquante fois que j'avais laissé tomber.

Karen connaît mon passé de drogué. Je lui ai tout raconté il y a quelques mois.

— Tu as parlé à ce type qui te suit ?

— David ? Oui, dis-je. Il pense que je vais tenir le coup.

— Et tu n'es pas d'accord ?

— Je ne sais pas. Tu sais ce que c'est, Karen. Une ligne et hop ! Je sais que ça suffirait pour que je replonge, si je replonge, eh ben, merde... Je sais pas... Je sais vraiment pas...

Karen me regarde avec compassion.

— Ces deux gars, Jimmy et Ug, ce sont des amis proches, je crois ?

— Des amis ? Oui. (Je réfléchis une seconde, avant de me contredire.) Non. (Je réfléchis encore.) Je ne sais pas. Je traînais pas mal avec eux. En boîte. Mais des amis ? Je ne sais pas. Je les évite depuis que j'ai décroché.

— Si c'est ce que tu ressens, peut-être que tu ferais mieux de ne pas y aller...

— Ça ne serait pas sympa pour Jack. Ce sont ses amis, et ce depuis le bahut. Il les supporte, parce qu'il n'a jamais touché à la drogue. Non, c'est mon problème, pas le sien.

— Alors prends la situation en main, conseille-t-elle. Dis-leur franchement de te ficher la paix. Ils ne peuvent pas te forcer à faire quelque chose que tu ne veux pas faire.

— Tu as raison, dis-je. Je peux faire ça.

— Je sais que tu le peux. (Elle me regarde.) Il y a autre chose qui te chiffonne ?

Je souris faiblement. Elle me connaît si bien.

— Le fric.

Elle jette un œil au fax.

— Ouais, j'ai vu. « Cent livres chacun. » Bon sang, Greg, comment tu vas faire pour trouver cette somme ?

La réponse qui crève les yeux, c'est que je ne sais pas. Même avec les heures sup que j'ai faites pour Chichi cette semaine, je suis dans le rouge à la banque. Et puis il y a l'argent que je dois à Maman pour le loyer – j'ai deux mois de retard. Ça ne pose pas de problème pour des gens comme Matt et Jack. Ils ont de l'argent, eux. Cent livres ne représentent pas grand-chose pour eux. Quelques notes de restaurant, un week-end en boîte. C'est là qu'est mon problème : il ne leur vient pas à l'esprit que quelqu'un puisse ne pas avoir les moyens de se payer ce genre de nouba. Ça ne sert à rien que je me lamente là-dessus. C'est ma faute si je suis fauché. Uniquement ma faute. Mais bon, je ne suis pas non plus à la rue. Il faudra donc que je fasse avec et me coltine quelques heures sup la semaine prochaine.

— Je vais me débrouiller. Il faut bien, non ?

— Comme je disais, tu peux très bien ne pas y aller.

— C'est impossible.

— Mais non. Tu peux faire ce que tu veux. C'est comme pour cette histoire de drogue : le choix t'appartient. (Elle examine le fax.) En plus, j'ai pas l'impression que ce week-end va donner dans la finesse.

— C'est clair, mais je peux pas me débiner. Ça ne serait pas bien, et en plus j'ai filé à Matt un chèque pour couvrir les frais de transport et de logement.

— Sais-tu au moins où vous allez ?

— Tout ce que je sais, c'est le nom du pub où on doit se retrouver.

— Bon, c'est toi qui vois. Tu veux qu'on examine ensemble la liste ?

Je regarde ma montre. 16 h 20. Je vais devoir faire vite si je veux être à 17 heures au pub.

— Merci, dis-je à Karen en prenant le sac à dos où j'ai déjà mis mes fringues et ma trousse de toilette.

— Article numéro un, lit-elle. Un chapeau rigolo.

— C'est fait, dis-je en fourrant le chapeau dans mon sac.

— Article numéro deux : une boîte de préservatifs.

— C'est fait.

— Article numéro trois : une bouteille d'alcool pas banal. Toute bouteille en double entraînera une amende pour les parties concernées.

Je lui montre la bouteille de schnaps à la pomme.

— C'est fait.

— Article numéro quatre : un article de lingerie féminine. (Elle fronce les sourcils.) Tu ne comptes pas en porter ? J'aimerais bien voir ça...

— Non, dis-je, soudain gêné. Enfin, je ne crois pas.

— Dommage, dit-elle. Alors, article de lingerie féminine ? C'est fait ?

— Eh bien, dis-je en commençant à rougir. Je voulais justement te demander...

Susie

Vendredi, 16 h 30

— Tu es sûre que ça va aller ? demande Amy en laissant tomber ses affaires pour le week-end devant la porte de chez elle.

Elle a pris une énorme valise et a l'intention d'embarquer également sa couette pour deux personnes – cette dernière, paraît-il, est imprégnée de l'odeur de Jack. Je pensais qu'un maillot de bain lui suffirait. Mais on ne change pas Amy. Elle se plante devant son chéri odorant, les bras grands ouverts.

— Ne les laisse pas te raser les sourcils ou t'enchaîner nu et s'en aller. Promets-le-moi !

Kate et moi roulons des yeux en nous regardant tandis que Jack se marre et pose un pied sur la chaise de la cuisine. Il s'apprête à partir lui aussi de son côté et s'est vêtu en conséquence. Il m'adresse un clin d'œil tout en nouant les lacets de ses chaussures de sport. Depuis qu'il n'habite plus avec Matt, Jack s'habille de plus en plus mal. Fini les vêtements de marque, mais il y a quelque chose de sexy chez un mec qui ne s'habille pas en coordonnés. Il se redresse et étire les bras en souriant. Il a l'air prêt pour la bataille.

— Et la strip-teaseuse ? Je peux la tripoter ? demande-t-il.

Amy lui assène une claque sur le bras.

— Ce n'est pas drôle, dit-elle en faisant la moue alors qu'il sort un chapeau de paille.

Il y a dessus un horrible logo de vacances.

Kate se couvre les yeux.

— Tu es vraiment gênant, Jack.

— Tu ne comptes pas porter ce truc ? dis-je en riant.

— Je n'y suis pour rien, dit-il avec un haussement d'épaules. Ordre de Matt. J'aurai un gage si je ne le mets pas.

Mais Amy ne trouve pas ça drôle, alors que Kate et moi éclatons de rire. Elle s'empare du sac à dos de Matt et en tripote amoureusement les courroies comme si elle était une mère le jour de la rentrée scolaire.

Jack lui prend le sac des mains et le passe par-dessus son épaule, comme un cow-boy le ferait d'une selle.

— C'est n'importe quoi. Je ne vois pas pourquoi on part pas tous ensemble, dit Amy. Ils vont te faire des choses horribles, je le sais.

Jack pose une main sur son épaule.

— Ecoute. Matt sera là. Il veillera sur moi.

— Ce n'est pas Matt qui m'inquiète...

— Viens ici, dit Jack en la prenant dans ses bras.

Tout va bien se passer. Et puis tu seras avec les filles.

Il nous sourit par-dessus l'épaule d'Amy.

Kate se mord l'intérieur de la joue et secoue la tête.

J'aime bien la sœur de Jack, même si je ne l'ai vue qu'une fois à la fête de fiançailles de Jack et Amy. Elle est assez timide, aussi on s'était assises dans un coin et on ne s'était guère occupées des autres. Je l'ai tout de suite appréciée car elle me rappelait tellement moi-même quand j'avais son âge. Elle venait juste de passer ses examens et, bien que fauchée, elle faisait plein de projets. Je voyais mal comment un seul de ces projets aurait pu marcher, mais je l'ai encouragée à ne pas céder aux sirènes d'un vrai boulot avant d'avoir tenté sa chance.

Je me sentais mûre et courageuse à l'époque, mais pour être honnête je suis la dernière personne à qui il faille demander des tuyaux pour progresser. Après tout, j'ai cinq ans de plus et qu'est-ce que j'ai à mon actif ? Des projets ratés. Rien de solide. Rien qui rapporte de l'argent, ou me confère la moindre crédibilité. Je n'ai été nulle part, en dépit de mes grands projets. Le seul progrès que j'aie fait c'est d'appeler par son prénom la nana de l'agence pour l'emploi.

— Tu vas me manquer, déclare Amy en tripotant la chemise de Jack.

— Allez, ne fais pas l'idiote, dis-je. On va super bien s'amuser.

Elle rit, mais regarde Jack comme si c'était la dernière fois qu'elle le voyait.

Je pince affectueusement la joue de Jack.

— C'est toi qui devrais t'inquiéter. Le programme Tarzan est chargé, d'après ce que je sais.

Jack sourit.

— Elle a mis sa ceinture de chasteté, murmure-t-il comme en aparté. (Il regarde la pendule de la cuisine.) Faut que j'y aille, les filles. Je peux pas les faire attendre.

Je vois bien qu'il est excité, mais je dois reconnaître que je suis d'accord avec Amy. Ça serait plus sympa si on était tous ensemble. Mais bon.

— Allez file, beau gosse. Ne fais rien que je ne ferais pas, dis-je en souriant et en l'embrassant sur la joue.

— Ça laisse de la marge, ricane-t-il. Occupe-toi d'elle, articule-t-il à mon intention.

J'acquiesce avant de me retourner pour qu'ils puissent se faire leurs petits adieux.

— Jack est le pire de la bande, dit Kate en ouvrant un placard.

Son tee-shirt remonte au-dessus de sa ceinture et je remarque qu'elle s'est fait percer le nombril, tout comme moi.

— Je connais mon frère, c'est lui qui va les corrompre.

— Ne dis pas ça à Amy, je murmure.

La bouilloire s'arrête, et Kate ouvre la boîte de sachets de thé.

— Du thé ! je m'exclame. Je crois que nous avons toutes besoin de quelque chose de plus fort.

Je farfouille dans mon sac et en extrais l'énorme bouteille de vodka que j'ai apportée. Le dernier cadeau de ce radin de Simon la Détaxe. Je l'avais mise de côté pour les grandes occasions, et je pense que c'est le moment. En outre, j'ai vidé le peu qui restait de mon plan d'épargne logement pour ce week-end, et je suis bien décidée à ce que ça soit réussi. Non sans mal, je remplis les tasses. J'en mets une bonne dose à Amy.

— Je suis contente que tu aies apporté quelque chose à boire, dit Kate. Je voulais le faire, mais j'ai pas trop de fric en ce moment.

Je pose la main sur son bras.

— Garde ton argent pour l'Australie. Tu en auras besoin pour ce merveilleux voyage.

Kate sourit et, pour une fois, même si je l'envie, j'ai le sentiment d'être la généreuse bienfaitrice.

— Je parie qu'on va la finir ce week-end, dis-je en tapotant la bouteille. Ou même ce soir. Où est H ?

— Elle a appelé tout à l'heure, répond Kate. Elle sera en retard. Elle veut qu'on aille chez elle en taxi, puis qu'on prenne sa voiture.

Ah non, ça c'est typique ! Comment ose-t-elle ? J'ai traversé tout le sud de Londres et mademoiselle ne veut même pas prendre la peine de faire un kilomètre. Je sais que je n'ai pas de boulot, mais quand même. Elle est au courant depuis des lustres. J'ai mieux à faire que claquer mon maigre pécule dans une course en taxi, juste parce qu'elle joue les *prima donna*.

— Tant pis pour elle, dis-je en haussant les épaules.

Amy réapparaît, en se mouchant dans du papier toilette vert.

— Faudrait qu'on se bouge, nous aussi.

— T'inquiète pas pour ça, dis-je en lui tendant une tasse pleine. Il y a plus important. Faut qu'on se mette dans l'ambiance.

Je passe un bras autour d'elle et nous trinquons toutes les trois ensemble.

— Au week-end, dit Kate.

— Santé, dit Amy.

Je lui serre le bras.

— J'ai comme qui dirait l'impression qu'on va s'éclater.

Matt

Vendredi, 17 h 00

— Et voilà !

Le soulagement m'envahit. C'est la cinquième fois en vingt minutes que je passe en voiture autour du pub où on a rendez-vous et je viens enfin de trouver une place où me garer. Je suis furieux contre moi-même. Soho un vendredi après-midi : la Mecque des rades. Je m'attendais à quoi ? Des rues vides ? Je me range sur le côté et passe bruyamment la marche arrière. Quelqu'un derrière moi klaxonne et je peste. Pourquoi est-ce que j'ai cru que c'était un bon endroit pour se retrouver ? Enfer et damnation ! Ce seul juron me donne la chair de poule. J'essaie de ne plus penser à la folle du parc. Ce n'est pas l'enfer qui m'attend. C'est H. Le paradis.

Il va falloir que je fasse attention ce week-end si je veux que tout marche comme prévu. En fait, j'ai deux objectifs. Offrir à Jack un week-end entre mecs dont il se rappellera toute sa vie. Et être aussi proche de H que je l'étais vendredi soir : gagner son cœur comme elle a déjà gagné le mien.

Je me rends bien compte qu'il y a un risque pour que ces deux objectifs se révèlent contradictoires. Par exemple, je sais que H risque de flipper si jamais elle soupçonne que j'ai réservé exprès à Leisure Heaven. Je sais aussi que Jack, en dépit de sa récente conversion à la vie de couple, a très envie d'un week-end de solidarité masculine débridée. Et je sais aussi qu'en dépit de ses conseils pour conquérir H, il sera fou furieux quand il apprendra que j'ai décidé unilatéralement de faire de Leisure Heaven mon échiquier amoureux personnel.

Ma dernière prestation de ce genre remonte à 1988 quand j'ai passé une audition pour le *Vol au-dessus d'un nid de coucou* que montait le lycée. J'avais vu le film, et quand à midi je me suis rendu à l'audition, c'était avec le sourire de barjot et le regard dément de Jack Nicholson, mis au point la veille au soir devant le miroir de la salle de bains. Je n'ai pas eu le rôle de McMurphy. Cet honneur est revenu à Danny Donaldson. Ce n'était pas, comme j'en ai répandu le bruit au pub le soir même, parce qu'il sautait Mrs McKinnery, la prof de théâtre de soixante balais et quelques. C'était parce que je ne savais pas jouer la comédie. Pas en dehors d'une salle de bains. Pas sous la pression. Dès l'instant où j'ai posé le pied sur les planches, je me suis décomposé. Le verdict de Mrs McKinnery concernant mes prétentions théâtrales, suite aux cinq minutes passées à me pavaner en grognant, résumait parfaitement la chose : « Qu'est-ce qu'il y a, mon garçon ? Vous avez envie d'aller aux toilettes ? »

Et c'est ça qui m'inquiète à présent : mon incapacité à agir de façon convaincante sous la pression. Exactement comme quand j'ai dit à H qu'elle ne m'intéressait pas ce soir-là au *Blue Rose*. La seule façon d'éviter que H me castre et que Jack me lynche, c'est d'avoir l'air innocent quand ils découvriront que nous avons réservé le même endroit. *Parfaitement* innocent. Si j'y parviens, ça pourra être le meilleur week-end de ma vie. Si j'échoue, ça risque bien d'être mon dernier.

Mais bon, pour l'instant, le plan Jack marche à ravir. Personne ne soupçonne quoi que ce soit. Depuis que j'ai réservé pour Leisure Heaven lundi, tout se passe comme sur des roulettes. J'ai réglé l'affaire Tia Maria Tel et les derniers détails du week-end. Tout le monde sait où et quand se retrouver. Je leur ai dit ce qu'il fallait apporter. J'ai assez d'alcool à l'arrière du minibus pour faire marcher les turbines du *Titanic*.

La seule ombre au tableau, c'est le véhicule, et c'est plus la faute de Stringer que la mienne. Je secoue le levier de vitesses une fois de plus, mais le seul résultat perceptible est une augmentation de la fumée noire qui monte de l'arrière. Je suis allé prendre le minibus une heure et demie plus tôt, à Clapham, à l'agence de location que m'a conseillée Stringer : Loc-Direct. C'est plutôt Loques en direct. Stringer a dit que Chichi faisait appel à eux de temps en temps quand ils avaient besoin au dernier moment de véhicules supplémentaires, et qu'ils étaient pas chers et fiables. Pas chers et nuls aurait été plus exact.

Le minibus est gris poubelle, avec des rayures vert moisi à mi-carrosserie, un hybride entre corbillard et voiture d'un savant fou. L'intérieur n'est pas mieux, avec des sièges usés et une odeur prononcée de fromage de chèvre qui monte de l'arrière. Et il y a le plat de résistance : à cause d'une cassette coincée, tout ce que l'autoradio est capable de diffuser c'est une compile de musiques à la flûte de Pan. Chic radical, sans blague. Ça serait parfait si on pouvait couper le son. Ou le baisser. Mais on ne peut faire ni l'un ni l'autre. C'est bloqué au volume huit et ça ne bouge pas. C'est comme d'être coincé dans l'ascenseur des enfers. Allez savoir ce que va penser H si elle me voit conduire cette épave. Notez bien, ce qu'elle pensera du minibus sera sans doute le dernier de mes soucis... Je passe à nouveau la marche arrière et cette fois-ci ça s'enclenche. Je vérifie derrière moi, puis recule lentement pour faire mon créneau.

Le plan Jack fonctionne selon l'horaire prévu, mais en revanche le plan H en est toujours aux starting-blocks. Je n'ai aucune nouvelle d'elle. Rien depuis son désinvolte « je connais le chemin » quand elle est sortie de ma chambre samedi matin dernier. Mais bon, il faut dire qu'elle n'en a pas eu l'occasion. Elle a été hyper occupée avec son séjour à Paris et la préparation du week-end à finaliser, bien trop occupée, sans nul doute, pour m'appeler pour bavarder. C'est en tout cas ce que mon cœur me dit. Et si c'est le cas, alors ce week-end sera exactement comme je l'ai rêvé. Elle sera ravie de me voir et nous passerons vingt-quatre heures non-stop de bon temps ensemble.

Mais ma tête pense différemment. Peut-être que

ça n'a rien à voir avec son emploi du temps surchargé. Peut-être qu'elle n'a tout simplement pas envie de me reparler. Et peut-être qu'elle a oublié l' « incident ». Je ne suis pas défaitiste de nature, et ce n'est pas une éventualité sur laquelle j'ai envie de trop m'attarder, parce que ça risquerait de me déprimer incroyablement.

— Oï ! crie quelqu'un par-dessus les derniers accords d'une version particulièrement enlevée de « Like a Virgin » de Madonna.

Je jette un œil par la vitre et découvre le visage joufflu de Damien appuyé contre le carreau. J'appuie sur le bouton d'ouverture des vitres et regarde sa lèvre inférieure s'étirer vers le bas de façon obscène. Damien est un pote de Bristol. Il était dans la même école que Jack et moi et bidouille à présent des séquences-titres de jeux vidéo pour une société de Brixton. Il recule et ses traits se remettent en place. Des cheveux blonds et un front qui se dégarnit. Des yeux gris-bleu protégés par des lunettes à la John Lennon. Un sourire joufflu. Et un teint plus pâle que jamais, dû sans doute au fait qu'il va être papa dans environ huit semaines.

— Belles roues, dit-il en reculant et en jetant un regard admiratif à la carrosserie. Et belle musique, ajoute-t-il en faisant mine de jouer de la flûte de Pan. Se pourrait-il que ce soit du Dire Straits à la flûte de Pan ?

Je m'aperçois que le morceau a changé et salue d'un mouvement de tête son érudition des années 80.

— Bien possible, oui.

— Sympa. Ravi de voir que tes goûts ne se sont

pas améliorés depuis la dernière fois où on s'est vus.

— Va te faire, dis-je en lui serrant la main et en souriant.

C'est la première fois que je le vois depuis que la nouvelle de son imminente paternité a été rendue publique.

— Félicitations, dis-je. Pour l'enfant à venir. Tu as pu savoir qui était le père ?

— Très drôle.

— Comment va Jackie ?

— Bien. Elle vit ça très bien. On a de la chance. Aucune complication. (Il donne un coup de pied à la roue avant, histoire de changer de sujet.) Jusqu'où ce débris va-t-il nous emmener ? Enfin, si tu as l'intention de me révéler notre destination...

— Chaque chose en son temps, dis-je en coupant le moteur. Tu es le premier ?

— Nan. (Il indique le pub.) Jack et son frère... (Il fronce les sourcils.) Billy, c'est ça ? (J'acquiesce.) Ils sont au bar. Et Jimmy et Ug ont appelé il y a environ dix minutes. Ils ont pris un taxi. Ils devraient arriver d'ici cinq minutes.

Jimmy et Ug sont de vieux copains de lycée de Jack. Ils tiennent une boutique de fringues d'occasion des années 50 dans New King's Road. Ils se ressemblent comme deux gouttes de cyanure : même taille, trapus tous deux, avec des cheveux noirs coupés court. Jack et moi les appelons « les jumeaux suicidaires », à cause de leur tendance à faire la fête jusqu'à ce qu'ils s'écroulent. J'aime bien Ug. Ce n'est pas une lumière, mais il est inoffensif dans son genre. Jimmy, en revanche, peut être vraiment grave, surtout quand il a pris de la drogue, ce qui ces derniers temps est le cas. Je me rappelle la promesse que j'ai faite à Amy de veiller à ce que rien n'arrive à Jack.

Je descends du minibus et Damien me dévisage des pieds à la tête.

— T'es chicos, dis donc.

Je me sens rougir.

— Ouais.

Mon pantalon tout neuf Hugo Boss et ma chemise Romeo Gigli peuvent difficilement être qualifiés de tenue pour week-end entre mecs. La dernière fois que j'ai participé à un week-end de ce genre, c'était avant le mariage d'Alex, l'an dernier. J'avais mis mon plus vieux jean et ma plus vieille chemise, tout à fait conscient de la corrélation entre bière consommée et bière renversée. Mais aujourd'hui, s'habiller n'importe comment n'est pas à l'ordre du jour. H sera là-bas ce soir, et il y a une chance pour qu'on se croise. Or pour H, je dois être un paon qui fait la roue. Je n'ai aucune envie de me présenter à ses yeux les plumes toutes défraîchies.

— Qui d'autre vient ? demande Damien.

— Stringer, dis-je en fermant à clef la portière. Carl a téléphoné hier soir. Il peut pas venir. Un rhume. Donc on sera que sept.

— « Les Sept Mercenaires », entonne Damien en sortant de sa poche un chapeau du Bay City Rollers Fan Club qui devait appartenir à son père.

Nous nous tournons pour faire face au pub.

— Bon, dis-je en commençant à traverser. Que la fête commence.

H

Vendredi, 17 h 30

— Allez, magnez-vous, je marmonne en regardant dans la rue pour la cinquième fois.

Cela fait une demi-heure que j'attends Susie, Amy et Kate, et si nous ne partons pas bientôt, nous allons nous retrouver coincées toute la soirée dans les embouteillages.

J'ôte mon portable de sa base et vérifie qu'il fonctionne. Je fais défiler les numéros en mémoire et mon pouce reste en suspens au-dessus du bouton vert d'appel. Si j'appuie dessus maintenant, je l'aurai directement. Mais ça ne sert à rien, j'ai déjà appelé une fois et il n'a pas répondu, et je suis trop nerveuse pour laisser un message. De toute façon, il est sûrement déjà parti.

Je me laisse aller en arrière sur mon lit en fer forgé et sens mon corps rebondir sur le matelas élastique. Je lève les yeux vers mon abat-jour en papier japonais et soupire. Je pourrais rester comme ça toute la soirée à rêvasser. Je suis si fatiguée et si ahurie après mon séjour à Paris que c'est tout juste si j'ai eu le temps de reprendre mon souffle au boulot aujourd'hui. J'ai besoin de faire le point. De me rappeler. De revivre tout dans ma tête.

Mais le fait de savoir que la sonnerie de la porte d'entrée va retentir d'une seconde à l'autre m'empêche de me concentrer. J'aimerais déjà que ce soit le week-end prochain, pour avoir le temps de mettre de l'ordre dans mes idées et savoir ce que je ressens.

Je prends une profonde inspiration, souris et écarte les bras sur le lit. Je n'arrive pas à croire que je n'ai encore rien dit à Amy. Elle va être furax quand elle saura. Comment ma vie a-t-elle pu changer à ce point sans qu'elle en sache rien ?

J'aimerais qu'on soit seules toutes les deux ce week-end et que les autres ne viennent pas. J'ai besoin d'elle pour analyser chaque détail. J'ai besoin de lui parler de sexe, de peser le pour et le contre, savoir si ça vaut la peine d'avoir des relations avec lui.

Tout ce que je veux, c'est en parler à quelqu'un, en fait. Je vais exploser si je n'en parle pas. Et si j'en parle à Amy, ça rendra les choses réelles. Ça ne sera plus seulement un souvenir.

J'ai beau m'y attendre, la sonnerie interrompt brutalement mes pensées. Je râle en m'extirpant du lit.

— J'arrive ! je crie dans l'interphone en empoignant mon sac.

Je me passe une main dans les cheveux en me regardant dans le miroir de l'entrée. Je fais peur à voir. Heureusement, c'est juste les filles.

Susie et Amy sont sur le trottoir, en train de ricaner et d'essayer de trouver de la monnaie pour payer le taxi. Je regarde Amy et, horreur, m'aperçois qu'elle porte un voile de mariée bon marché et moche, qu'elle est horriblement maquillée et arbore à sa veste quatre capotes de couleur maintenues par des épingles à nourrice.

Hmmm... l'influence de Susie, je parie.

— Où étiez-vous passées ? je demande en tendant un billet de dix au chauffeur gêné.

Je lui fais signe de garder la monnaie et fusille Amy du regard. Autant pour mes rêves d'un tête-à-tête. Elle a une mine épouvantable.

— On a pris quelques verres pour se mettre en train, dit-elle avec le hoquet, en brandissant la bouteille de vodka à moitié vide. Mais maintenant on est prêtes.

Kate sort en titubant du taxi avec tous les sacs, y compris ce que je suppose être la valise bourrée à craquer et l'énorme couette d'Amy. Elle se tient en équilibre instable sur le trottoir en souriant maladroitement. Comme d'habitude, je ressens l'envie impérieuse de lui faire « Bouh ! ».

Amy m'embrasse avant de prendre Susie par le bras et de se diriger vers ma voiture. Depuis que j'ai bousillé la Golf, j'utilise une BMW de location du boulot. J'appuie sur le porte-clefs pour déverrouiller les portières, et elles grimpent dedans avant d'éclater d'un fou rire.

Je n'ai aucune envie de prendre le volant.

— J'aurai besoin d'un coup de main, dis-je à Kate avant de me diriger vers mon appartement.

— Comment font les autres pour se rendre là-bas ? demande Kate alors que je lui refile mes énormes sacs.

Il est hors de question que je parte à la campagne sans café, cigarettes et analgésiques.

— Jenny passe prendre Lorna vu qu'elles habitent dans le même coin et Sam vient de son côté, plus tard.

Je fourre un gros sac dans ses bras et ajoute un rouleau de Sopalin par-dessus.

— Ça va là-dedans ?

Cette idée de week-end entre filles me donne envie de leur refiler les clefs de la voiture, d'aller me barricader chez moi et de les planter là. Je sais que c'est ma faute si on va là-bas, mais je dois dire que Leisure Heaven est mon idée ultime de l'enfer.

Je croise mon reflet dans le rétro en refermant la portière et m'aperçois que je suis affreuse à voir. Je respire à fond. Allez, me dis-je. C'est le week-end d'Amy et ça n'arrive qu'une fois. Elle se marie la semaine prochaine et après ça j'aurai tout le temps que je veux pour lui parler. Je suis bien assez grande pour me débrouiller toute seule. Suivons le mouvement. Je ferme les yeux un court instant.

Je vais être forte.

Je ne vais pas craquer.

— Tout est prêt ? je demande en m'efforçant d'être enjouée.

Susie se penche entre les deux sièges avant.

— Splendide voiture, H, dit-elle en tâtant le cuir des sièges.

Elle pue la gnôle.

— Eh bien, j'ai pensé qu'un peu de confort ne ferait pas de mal, dis-je en souriant.

Pas étonnant qu'elle soit aussi exubérante. Je

doute qu'elle soit jamais montée dans un véhicule plus luxueux qu'un bus.

— C'est parti ! lance Amy en se donnant une claque sur le genou, à moitié ivre. Allons-y.

— Tu l'as dit ! je réponds.

Mais au lieu de filer sur la M4 à 160 km/h comme je l'avais prévu, nous lambinons dans les embouteillages, ce qui n'est pas vraiment détendant. Me rappelant ma résolution, je fais fi de mon irritation quand Kate se laisse aller en arrière et pose les pieds sur le tableau de bord en se roulant ses cigarettes. A l'arrière, Amy joue avec les boutons de la stéréo, et je la regarde dans le rétro qui s'enfile de la vodka et planifie le week-end avec Susie. Elles rêvent de glisser sur les toboggans du centre Aqua-Détente.

Le seul endroit où j'ai envie de glisser, c'est mon lit.

Vers 20 h 30, je suis complètement crevée et nous sommes à court d'essence et de cigarettes. Finalement, nous trouvons une sortie sur l'autoroute et nous arrêtons à la première station. Je fais le plein pendant qu'Amy et les autres chahutent dans la voiture qui tangue.

Je sors mon téléphone de ma poche et vérifie les messages, mais, la mort dans l'âme, constate qu'il n'en a pas laissé. Je lui ai bien donné mon numéro, pourtant ? Je suis partie tellement vite que je l'ai peut-être mal noté. Mais il aurait dû appeler. Je ne veux qu'entendre sa voix. Un moment de solidarité. Après tout, je suis sûre qu'il est aussi stressé que moi.

Je regarde s'écouler les dernières gouttes d'essence dans le réservoir. Si je veux appeler, je dois le faire maintenant, parce que s'il appelle, je ne pourrai pas lui parler dans la voiture. Je suis sur le point d'appuyer sur le bouton vert quand je lève les yeux et vois débouler un immonde minibus. Alors qu'il passe près de moi dans un grincement de pneus, un mec se penche par la fenêtre. Du coin de l'œil, je peux voir qu'il a un drôle de chapeau et me crie quelque chose avant de s'éloigner.

Je brandis mon majeur et remets en place la pompe à essence.

— Branleur ! je crie.

Pourquoi est-ce que j'ai un mauvais pressentiment pour ce week-end ?

Matt

Vendredi, 20 h 30

— Sortez vos nichons !

Je jette un œil dans le rétro et vois le torse poilu de Ug dépasser par la vitre, sa tête ornée du faux sein en plastoc que Jimmy et Jack et lui se sont disputé tout à l'heure sur la M4, alors qu'on était coincés dans les embouteillages à la sortie de Slough. Tout espoir que son commentaire beuglé ait été avalé par le sillon du minibus (sillage étant un terme trop ambitieux pour ce véhicule) s'évanouit aussitôt. La fille qui se trouve à présent à quarante mètres derrière nous brandit son majeur en guise de salut. Il y a quelque chose de familier dans sa pose, quelque chose qui me rappelle... Mais je suis distrait par une acclamation venue de l'arrière.

Je regarde dans le rétro et vois Ug qui s'en va rejoindre Jack, Jimmy et Damien sur la banquette arrière. Le frère de Jack, Billy, est dans le cirage juste derrière moi, en train de cuver les bières qu'il a bues à Londres. Il a une petite culotte de fille autour du cou et une bouteille vide à côté de lui. Je jette un œil à mon copilote, Stringer, qui est avachi contre la porte du passager, les yeux fermés, avec des bouts de mouchoir qui dépassent de ses oreilles. Le pauvre gars est déchiré, pas à cause de l'alcool, juste du travail. Je lui ai dit de piquer un roupillon et que je le réveillerais quand on serait arrivés au terme de notre périple. Vu notre rythme de croisière, ça pourrait bien n'arriver qu'au prochain millénaire.

Je reporte mon attention sur la route devant moi et vois que, pour la première fois depuis que nous avons quitté l'autoroute, la circulation commence à se fluidifier. Non que ça change quoi que ce soit à notre allure (la vitesse maximale de notre épave culminant à 80 km/h). Une version flûte de Pan de « Save a Prayer », de Duran Duran, sort des haut-parleurs, et le pot d'échappement émet un bruit de ferraille déconcertant. Des rires gras montent de l'arrière.

— Hé, Matt ! crie Jimmy. C'est quoi cette histoire comme quoi t'as sauté H ?

H

Vendredi, 21 h 15

— Je peux pas y croire !

J'assène ma fiche de réservation sur le comptoir.

— Comme je vous l'ai dit, nous avons bien votre réservation, dit en tremblant Shirley, la réceptionniste de Leisure Heaven. Seulement, il a dû y avoir une erreur. Il y a eu une double réservation. Il n'y a plus qu'un seul chalet de disponible pour votre fête. Je suis désolée.

— Désolée ? dis-je en m'étranglant. Mais nous sommes sept ! Ça fait des semaines que j'ai réservé... des mois ! Vous devez nous en trouver un autre. Et tout de suite !

Shirley tripote son bureau comme si elle cherchait un bouton pouvant déclencher un siège éjectable.

— Il n'y en a pas. Nous sommes complets, madame.

Je serre les dents, me tiens la tête à deux mains

et me détourne avant de la frapper, elle ou quelque chose. Je suis trop fatiguée pour m'occuper de tout ça.

— C'est quoi le problème ?

Susie. J'aurais dû me douter qu'elle interviendrait.

— Il y a eu un pataquès administratif, dis-je en fusillant Shirley du regard. Apparemment, nous n'avons qu'un seul chalet. J'en ai réservé deux exprès. Où allons-nous toutes dormir ? C'est ça que je veux savoir. Bon, allez me chercher le directeur.

Susie m'écarte et adresse un sourire obséquieux à Shirley.

— Je suis certaine que vous n'y êtes pour rien, dit-elle en me faisant la grimace. Nous venons de faire un très long trajet. Un chalet suffira. On va se serrer.

Quel toupet !

— Je vais régler ça ! dis-je en me dirigeant vers le comptoir, mais Susie me barre le chemin.

— Il y a d'autres personnes qui attendent, fait-elle remarquer.

Je regarde derrière moi la longue file de clients qui jouent les lemmings pour entrer dans cet... cet... enfer. Ils me dévisagent tous comme si j'étais folle à lier. Comme si j'étais en trop.

— Si vous voulez bien nous donner les clefs, je suis sûre qu'on va se débrouiller, dit Susie en plissant les yeux d'un air agacé.

Shirley lui adresse un sourire plein de gratitude et lui tend les clefs.

— Vous êtes dans le secteur Côte d'Azur. Appartement 328, marmonne-t-elle.

— Merci, dit Susie en prenant les clefs.

— N'oubliez pas que votre voiture doit être sur le parking avant 8 heures du matin.

— Quoi ?

— C'est une zone piétonnière, dit Susie. Tu ne le savais pas ? Seules les bicyclettes sont autorisées. Nous en louerons demain matin.

Je jette un regard mauvais à Shirley et sors comme une furie.

Super. Brat va me le payer ! Je sors mon portable et compose son numéro perso. Viré un week-end. Ça pourrait être une première. Mais, surprise, ça ne répond pas.

Je fais les cent pas en me mordant la lèvre et en regardant le ciel noir au-dessus des pins alignés au cordeau. Je pensais que Brat aurait vérifié les réservations, mais je dois reconnaître que je ne lui ai pas demandé de le faire. J'aurais dû m'occuper de tout moi-même. Comment ai-je pu confier cette tâche à quelqu'un d'autre ? Maintenant il va falloir que j'explique à Amy que tout est ma faute.

Je vérifie à nouveau mon téléphone, en ressentant un vent de panique. Il n'y a aucune réception, ce qui signifie que je suis coupée de toute civilisation pour le week-end...

Ce qui signifie qu'il ne pourra pas m'appeler.

C'est un désastre.

Je fais un nouvel essai, mais en vain.

— T'as un problème ? demande Susie en me rejoignant.

— Mon téléphone ne marche pas !

— Tu n'en auras pas besoin ici, dit-elle, l'air intrigué. C'est le week-end d'Amy, ne l'oublie pas. Tu peux pas te calmer un peu ?

— Je suis calme !

Elle hausse les sourcils et je comprends que j'en fais un peu trop.

Elle se dirige vers Kate qui se tient près de la file de voitures, et parle à Jenny qui vient juste d'arriver avec Lorna. Amy dort à l'arrière de la BMW.

— ... un horrible minibus. On a joué à chat avec eux pendant des plombes, dit en riant Jenny avec son ridicule accent du Sud. Un groupe de mecs. Ils sont tombés en panne. Un pneu crevé, apparemment.

Il doit s'agir du minibus auquel j'ai fait un doigt d'honneur. Peut-être y a-t-il finalement un Dieu.

— Je l'ai trouvée ! annonce Susie en me poussant en avant, et me voilà embarquée dans ce week-end entre filles.

Stringer

Vendredi, 21 h 30

C'est dément. J'ai l'impression d'être ici depuis une éternité, comme si j'étais chez moi. Mon regard embrasse la végétation luxuriante de la vallée puis se porte sur les contreforts des Andes qui entament leur ascension vers les nuages. C'est si beau. Je ne veux plus remettre les pieds à Londres. Car ici, il n'y a pas de futurs mariés qui jettent leur gourme, pas de vieux minibus dégoûtants. Ici, il n'y a que la simple existence communautaire de la tribu. Je regarde un aigle planer au sommet d'un courant d'air chaud. La femme à mes côtés – elle s'appelle Karoonamigh (ce qui signifie « Celle dont la chevelure brille comme le soleil ») – me serre la main, et je sais que nous ne serons jamais séparés. Je me tourne vers le chaman du village et il me sourit de son vieux sourire édenté.

— As-tu d'autres questions, mon enfant ? demande-t-il.

— Tes paroles me guideront, je réponds en m'asseyant en tailleur devant lui et en faisant le signe de paix. Je suis heureux. Mon âme ne fait qu'un avec la Terre.

Il acquiesce et porte sa flûte de Pan à ses lèvres.

— « Footloose » de Kenny Loggins, dit-il. Un de mes airs préférés.

Matt

Vendredi, 21 h 31

— Hein ?

— J'ai dit « réveille-toi ».

— Hein... ? répète Stringer en s'étirant.

Il entrouvre légèrement ses yeux bouffis par le sommeil et me regarde en grimaçant. Puis il tend la main vers le levier de vitesse et s'empare de ma main.

— Karoonamigh ? demande-t-il d'une voix tremblotante.

Gêné, je regarde ma main un instant, avant de couper le moteur. L'absence de flûte de Pan plonge le minibus dans le silence.

— Karoonaquoi ? je demande.

— Karoona...

Ses yeux s'ouvrent pour de bon cette fois, et il se redresse d'un bond. Il retire sa main comme s'il venait de se faire piquer par un insecte.

— Oh, salut, Matt, c'est toi.

Il jette un regard plein de reproches à sa main, marmonne quelque chose à propos d'un rêve étrange, puis regarde autour de lui, troublé.

— On est arrivés ? finit-il par demander.

— Ça dépend de quoi tu parles. Si tu fais allusion à notre destination finale, alors je crains que tu ne sois extrêmement déçu. Mais si – je lui désigne un bâtiment faiblement éclairé sur notre gauche – tu veux parler de l'*Auberge du Taureau noir*, au milieu de nulle part, dans le Wiltshire, alors tu as gagné. Nous sommes en panne. On a crevé. Pas de roue de secours. Loc-Direct a encore frappé.

Stringer remue, mal à l'aise sur son siège.

— On est assurés ?

Je prends les papiers de l'assurance qui sont sur le tableau de bord.

— Ils devraient être là dans environ une demi-heure.

Il défait sa ceinture de sécurité et se retourne.

— C'est qui ça ? demande-t-il en se retournant vers moi.

— Le cadavre ?

Je ne prends pas la peine de regarder, et suppose que sa question a trait à l'immobile et prostré Billy.

— Avec la flaque de salive sous le menton...

— Ça doit être Billy. Il n'a pas bougé depuis qu'on a quitté l'autoroute.

— Oh. Tu crois qu'il va bien ?

— Ug lui a pris le pouls. Il dit que ça va.

— J'ignorais que Ug savait compter, fait-il en sondant l'obscurité. Où est le reste de l'escouade ?

Je désigne le pub d'un mouvement de tête.

— Là-dedans. Tu veux venir avec nous ? Ça ne sert à rien qu'on reste tous coincés là-dedans.

Sobres – je remets le moteur en marche et le single éponyme de Living in A Box se met en marche – et à se les geler.

— Tu sais, dit Stringer, à propos du minibus, je suis désolé. J'ai merdé.

Je le regarde en secouant la tête. Stringer est une de ces personnes contre lesquelles il est quasiment impossible de s'énerver – surtout quand il a du papier toilette qui dépasse des oreilles.

— Laisse tomber, lui dis-je. C'est ma faute si j'ai pas pu nous trouver autre chose.

Il ouvre la portière et sort.

— Tu veux que j'aille te chercher un jus de fruits ou un truc comme ça ? demande-t-il.

— Merci, ça ira.

Je le regarde se diriger vers le pub, puis examine la brochure que m'a envoyée Leisure Heaven. Je la feuillette à nouveau. C'est génial. Génial pour des parents avec de jeunes enfants qui veulent s'ébattre toute la journée dans un parc de loisirs. Génial pour des gens qui adorent la campagne. Génial pour des fous d'hygiène comme Stringer qui veulent profiter de toutes les aubaines sportives qui sont proposées.

Mais à part ça, c'est nul à chier. Nul à chier pour Jack, qui veut probablement que ce week-end lui laisse des souvenirs qui l'accompagneront pour le restant de sa vie. Et c'est nul pour Jimmy et Ug qui s'imaginent probablement que nous nous rendons à une rave confidentielle tellement clandestine que même eux n'en ont pas entendu parler. Et c'est nul pour Damien, qui a sûrement envie de battre son record de crawl dans un pub. Et c'est nul pour Billy qui, vu son état, a sûrement besoin de consulter un médecin et de subir une transplantation complète du corps, de l'esprit et de l'âme.

J'espère simplement que je réussirai à dénicher H, parce que sinon, j'aurai entraîné mes potes dans une épouvantable galère pour rien.

Susie

Vendredi, 21 h 40

— Ça va aller, je murmure.

Amy regarde la porte de la salle de bains d'un air inquiet.

— Mais ça fait dix minutes qu'elle est là-dedans.

— Elle est juste à cran et stressée, c'est tout. Mais elle va bien, j'ajoute en posant les affaires. Comment on va faire pour tenir toutes là-dedans ? Regarde un peu cet endroit. C'est à peine assez grand pour quatre.

Amy contemple le minuscule chalet. Nous sommes dans la kitchenette et déballons les achats de H, pendant que celle-ci boude dans la salle de bains. Jenny, Kate et Lorna sont dans l'une des chambres, et règlent la question des lits. Heureusement, Lorna, qui est du genre baroudeuse, a emporté un sac de couchage. Elle a également apporté son blaster et vient de mettre une compile de funk.

— Oublie H, lui dis-je en dansant. Comment ça va, toi ?

Amy me regarde. Son mascara a coulé et ses yeux sont injectés de sang. Elle plisse le nez.

— J'ai mal à la tête.

— Tu t'es endormie, grosse vache. T'as la gueule de bois avant même d'avoir commencé. Bois un coup, va, lui dis-je en agitant la bouteille.

Amy gémit.

— Je suis obligée ?

Je souris et rajuste le voile que je lui ai confectionné.

— Oui. C'est toi qui te maries, rappelle-toi.

— Mais je croyais que ce soir ça devait être tranquille, gémit-elle. Je croyais qu'on allait rester peinardes et faire la fête demain soir.

— J'adore la tequila ! Ça me rend gaie, chantonne Jenny en sortant de la chambre en caleçon et chaussures de sport, avec un énorme sac postal.

— Je crois qu'on vient de me répondre, dit Amy en secouant la tête.

Jenny est une collègue d'Amy, et elle a l'air vraiment marrante. Sam, son autre copine de boulot, doit arriver un peu plus tard.

Jenny sort du sel, du citron et une bouteille de tequila de son sac.

— On trinque, les filles ?

Lorna et Kate déboulent.

H ouvre la porte de la salle de bains. C'est sympa à elle de se joindre à nous, *enfin*.

— Tu vas bien ? lui demande Amy.

— Oui, très bien, dit-elle calmement. Je boirais bien un truc.

Je sors les verres du placard et les remplis, mais il n'y en a pas assez.

— Il va falloir boire à tour de rôle.

— C'est pas grave. J'ai envie d'une bière, dit H. Désolée pour tout ça.

Pour une fois, elle a l'air sincère.

Ça ne me gêne pas de dormir ici, mais je préférerais être avec Amy.

— On va tirer à pile ou face pour l'autre lit, ça te dit ? dis-je à H. Face, tu prends la chambre avec Amy. Pile, c'est moi.

— Je vais dormir sur le canapé, lance Amy en évitant nos regards.

— Non ! dis-je en lançant une pièce. (Je l'abats sur ma main.) C'est pile, dis-je. Les Gallois, comme il se doit.

C'est mon papa qui disait toujours ça.

— Ça marche, dis-je en souriant. (Mais H a l'air d'avoir avalé un os de poulet.) Ça vous gêne pas de prendre l'autre chambre ? je demande en tendant les tequilas aux filles, qui acquiescent.

Jenny fait passer les tranches de citron et la salière.

J'ai l'impression qu'on va bien se marrer ce week-end.

— Bon, dis-je quand tout est prêt. Un, deux, trois...

Nous léchons le sel sur nos mains, vidons nos tequilas et engouffrons la tranche de citron, sauf H, qui tripote sa cannette de bière et semble se mordre la langue.

— Et si on allait manger un truc ? demande-t-elle.

— Allons au Centre de restauration du Village

global, dis-je en regardant dans le guide. On peut emporter la tequila.

— C'est à des kilomètres, dit Amy en regardant le plan par-dessus mon épaule.

— On prend la voiture ? demande Jenny.

— Bonne idée. Je suis sûre qu'on va toutes tenir dans celle de H.

H hésite, puis se tourne vers Amy.

— Y a pas de problème, hein ? demande Amy.

— Aucun. Allons-y, c'est parti.

En sortant, Amy me prend le bras.

— Tu crois que Jack va bien ?

— Il te manque ?

Elle acquiesce et je lui souris. Elle est si mignonne.

— Toi aussi tu lui manques sûrement. Viens. Je veillerai sur toi, ma chérie, ne t'inquiète pas.

Stringer

Vendredi, 22 h 30

Jimmy est le premier à rompre le silence qui s'est soudain abattu sur le minibus.

— C'est une plaisanterie ? dit-il en regardant, incrédule, le panneau LEISURE HEAVEN qui se dresse devant nous, horriblement éclairé telle la maison de Frankenstein dans le *Rocky Horror Picture Show*.

Il jette un regard implorant à Ug.

— Dis-moi que tu as corsé mes verres et que rien de tout cela n'est réel.

Ug se contente de hausser les épaules sans rien dire et continue de fixer le panneau, médusé.

Je crois que nous sommes tous en état de choc. Quand Matt nous a dit qu'il avait utilisé notre argent durement gagné pour réserver dans un endroit épouvantable, je doute qu'un seul d'entre nous ait songé à Leisure Heaven. Personnellement, je n'ai rien contre cet endroit. On peut y faire du tennis, du squash, de la natation et une foule d'autres activités. Je peux comprendre pourquoi les autres sont légèrement contrariés. L'exercice et le grand air ne figurent guère au palmarès de leurs occupations favorites. Pour la première fois de la soirée, Ug ôte le sein en plastique qui lui servait de couvre-chef. La situation, apparemment, est grave.

— Alors, Matt, demande-t-il. C'est un gag ?

Matt gare le minibus près de la réception et éteint le moteur. Un silence délicieux règne à la place de la flûte de Pan. Matt se retourne et fixe Ug droit dans les yeux.

— Que les choses soient claires, Ug, dit-il en promenant les yeux sur tous les autres visages. Que les choses soient claires pour tous : Leisure Heaven est un endroit merveilleux. Ici, pas d'embouteillages, pas d'horaires de bureau. En ce lieu reculé, vous ne trouverez rien qui puisse gâcher les saines distractions que j'ai prévues pour vous. (Il se tourne vers Ug.) Tu comprends ce que je dis ?

Ug grimace une seconde.

— Vaguement, dit-il.

— Bien, répond Matt.

Jimmy ne se laisse pas aussi facilement convaincre.

— Mais c'est un dépotoir ! lance-t-il. C'est le dernier endroit où s'amuser. Tout le monde sait ça. On vous traite comme du bétail à peine la grille franchie. On passe tout le week-end à faire la queue, et la boîte la moins loin se trouve à deux heures d'ici, et il n'y a nulle part où acheter de la came... (Jimmy me jette un coup d'œil.) T'as du matos avec toi ?

— Non, lui dis-je.

— Comment ça ?

— Tu sais très bien pourquoi.

— Allez, dit-il en souriant. Je sais ce que c'est, on ne fait jamais une croix là-dessus. Tu veux me faire croire que t'as même pas une petite pilule de rien du tout sur toi ? Pas une ligne en trop ? Rien à mâcher ?

Je fais un zéro avec le pouce et l'index. Je me sens rougir, furieux qu'il me mette dans cette situation et insiste. Je ne veux pas qu'il sente qu'il m'a déstabilisé.

— Que dalle, lui dis-je.

— Vous voulez bien arrêter tous les deux ? dit Ug en se levant. J'ai un gros sac d'herbe. Il y en a assez pour tous.

Jimmy se tourne vers lui.

— Pourquoi tu l'as pas dit plus tôt ?

— Parce que tu m'as rien demandé.

— T'as quoi d'autre ? demande Jimmy.

— C'est tout, répond Ug.

Jimmy marmonne quelque chose et se tourne vers moi.

— Que de la dope, alors. (Sa lèvre supérieure se retrousse.) Et je suppose que ça ne t'intéresse pas non plus.

Je ne prends même pas la peine de répondre.

— Ne te fais pas d'illusions, mon pote, dit-il. Parce que moi je ne marche pas. Pas une seconde. Hé, Ug, qu'est-ce que t'en penses ? Tu crois que Stringer va tenir un week-end entier sans remettre le nez dedans ?

— Arrête ! lance Matt.

Jimmy me regarde, dégoûté, puis reporte son

attention sur Matt et le défie du regard. C'est une réaction idiote. Presque aussi idiote que de me chambrer sur la drogue. Matt, en dehors de moi, est la seule personne sobre ici, alors s'il s'agit de ne pas baisser les yeux, il est en *pole position*. Comparé aux autres, c'est Clint Eastwood. Jimmy fait de son mieux, mais il ne tient que quelques secondes avant de se tourner vers les autres en quête d'appuis. Quel sale con. Pourquoi est-ce qu'il me cherche comme ça ? J'arrive pas à croire que Matt s'entende avec lui. Nous avons tous des vieux wagons comme ça que nous devrions décrocher. L'ennui, c'est que Jimmy fait partie de mon convoi et que je n'arrive pas à m'en séparer.

— Allez les gars, dit Matt. On va bien se marrer. Faites-moi confiance. D'accord ? Je ne vous ai jamais laissés tomber, pas vrai ?

— Ouais, merde alors, dit Jack en filant une bière à Jimmy et en s'en ouvrant une pour lui. (Il enfonce sa casquette « Université de Lanzarote » sur son front.) Il a raison.

— Bien, dit Matt en sortant. Je vais voir à l'accueil.

Je me retourne et m'aperçois que mes poings sont crispés. J'imagine les lettres du nom de Jimmy tatouées sur les jointures. Mais soudain mes doigts se détendent et je ne me sens plus en colère. Pourquoi s'énerver sur quelque chose d'aussi ancien ? Pourquoi perdre son temps avec quelqu'un comme lui ? Je jette un coup d'œil à Jimmy et suis seulement étonné d'avoir jamais été ami avec lui.

Matt

Vendredi, 22 h 32

C'est là que les Athéniens s'atteignirent...

H

Vendredi, 23 h 00

Amy lâche un rot retentissant et se balance sur sa chaise en me montrant du doigt.

— Tu t'en es fait douze. Je le sais.

Je ne dis rien. Je savais qu'elle allait me tomber dessus et j'attendais ce moment avec appréhension. Je suis trop sobre et je ne veux pas jouer à ces jeux de gamine. Surtout avec les autres.

— H a couché avec douze mecs ! annonce-t-elle. Comme moi et Machine.

Elle désigne un point vague à l'autre bout de la table.

J'ai horreur de ça. Et je déteste me sentir loin d'Amy. Je lui souris vaguement, mais au fond de moi je la sens à des millions de kilomètres. Je sais que c'est son week-end, mais je pensais que le fait de partager avec elle tous les secrets de ma vie sexuelle et sentimentale signifiait qu'on était amies. Et qu'une amie sait garder un secret. Et ne le déballe pas en public. Ce sont ses copines, pas les miennes. C'est horrible d'écouter Amy déballer en plein resto toutes ces choses que je croyais confidentielles. Mais je suppose que le secret n'est plus de rigueur en un pareil week-end.

Ce qui explique pourquoi je ne la reprends pas et admets avoir couché avec plus de douze types. Susie glousse d'un rire hystérique et les autres l'imitent tandis qu'Amy entame le récit de sa pire coucherie : son dépucelage. Je ne participe pas. J'ai déjà entendu tout ça des milliers de fois. C'était mieux la première fois.

— Jack est le meilleur, dit-elle d'une voix empâtée. Il est fan-tas-tique.

Je me frotte les yeux. Je suis fatiguée.

— Oh, oh ! fait soudain Amy en se tournant vers moi. H ! H ! Et ce mec, là... comment il s'appelait... celui qui avait un zizi comme une banane ? (Elle hurle et porte une main à sa bouche.) Il était horrible ! H a pas pu marcher pendant une semaine !

Elle se lève et se livre à une imitation de moi marchant comme un cow-boy, ce que les filles semblent trouver hilarant.

Je fais signe à la serveuse. Elle est vêtue avec ce qui ressemble à de la peau de chamois tachée et a des bouchons qui pendent de son chapeau. Ils ne cessent de rebondir sur son menton.

— On peut avoir l'addition, s'il vous plaît ? je demande.

Dix secondes plus tard, elle la balance grossièrement sur la table. Il y a marqué « Merci » dessus.

On dirait que le personnel de haut vol du *Mexican Mecca* commence à manquer de patience. Je me demande pourquoi ? Se pourrait-il que la troisième étoile au Michelin du *Mexican Mecca* soit sur le point de s'éteindre ? Peut-être ont-ils l'impression que nous n'avons pas apprécié leur spécialité maison – tortilla à la salmonelle. Ou peut-être qu'Amy et sa bande les ont gonflés une fois de trop.

Susie me hue.

— Non, H. Non. On veut encore boire. Remportez l'addition.

Je l'ignore et m'efforce d'adresser un sourire sympa à la serveuse.

— Il faut qu'on aille chercher Sam, dis-je.

Amy fait la moue en reposant ma carte Visa.

On va y passer la nuit si chacun veut payer. Je suis prête à les inviter pour sortir d'ici. Je n'ai qu'une envie, aller me coucher.

Sauf que, grâce à Susie, je n'ai pas de lit.

Stringer

Vendredi, 23 h 15

— Alors qu'est-ce qui se cache derrière ces magnifiques culottes d'un rouge épouvantable ? demande Damien en se dirigeant vers moi et en extrayant de ma poche la petite culotte que Karen a eu la gentillesse de me donner.

Même cet exercice plutôt douteux est préférable aux remarques exaspérantes de Jimmy sur Leisure Heaven.

— Eh bien ? insiste Damien.

Cela fait un quart d'heure que Damien est plongé dans une analyse en profondeur du choix des sous-vêtements féminins apportés par les membres de la bande. Il est paf et il ne semble pas y avoir de fin à l'amusement qu'il prend à chercher la provenance de chaque lingerie. Pour un type qui compte le mot « humide » parmi ses mots préférés, cette approche quelque peu brouillonne des habitudes vestimentaires du sexe opposé n'a rien de surprenant.

Je regarde les doigts de Damien qui caressent la petite culotte de Karen et me retrouve soudain transporté dans la cour de mon pensionnat, en train d'écouter Richard Lewis qui me parle de sa conquête d'Emma Roberts. La panique s'empare de moi une seconde alors que j'envisage la possibilité que la petite culotte de Karen porte une étiquette avec son nom marqué dessus. Mais la voix de Damien chasse cette pensée, parce qu'il me demande :

— A qui c'est ?

— Marilyn, je réponds.

C'est le premier nom qui me vient à l'esprit.

— Description.

— Blonde, bien en chair, un côté gamine. Une actrice. Des rôles glamour.

— Comme Monroe, commente nonchalamment Jack.

Hmm. Etrange, ça...

— Bon, raconte comment ça s'est passé, demande Damien.

Je leur sors des bobards avec les ingrédients nécessaires pour qu'ils pensent que je dis la vérité. Les mots clés sont : sexy, salace, soutif et, bien sûr, orgasme à répétition.

— Pas mal, commente Damien quand j'ai fini.

Il contemple rêveusement la petite culotte avant de me la rendre et dit :

— Je me suis toujours demandé comment c'était de coucher avec une actrice.

La culotte de Karen bien au chaud dans mon poing, je ne peux m'empêcher de ressentir un pincement de regret. Je revois Karen se moquer de moi quand je lui ai demandé de me la prêter pour le week-end. Après avoir échoué à me convaincre que je n'avais pas besoin de rejoindre les rangs de post-ados débiles et fétichistes, elle s'est laissé fléchir et s'est rendue dans sa chambre. Elle a ouvert son tiroir à petites culottes et m'a dit que si je voulais jouer les crétins sexistes, autant le faire avec goût.

Ce sont les cinq minutes qui ont suivi – quand elle a étalé son choix sur son lit – qui me restent le plus en mémoire. J'aurais dû être en mesure d'aborder la situation normalement, avec un air amusé – tout comme elle. Mais ce n'était pas normal pour moi. C'était extraordinaire. Ce n'est que plus tard, en allant retrouver Jack et les autres, que la signification réelle de l'événement m'est apparue. Une gêne s'est emparée de moi, non à cause de ma réaction face aux commentaires de Karen sur sa lingerie intime, mais pour des raisons plus profondes. J'ai fait le vœu de me sentir plus à l'aise. J'ai rêvé qu'un jour cette situation me paraisse on ne peut plus normale. Et que ces culottes dans ce tiroir ne soient pas plus remarquables que les vêtements de ma petite amie.

Je me demande à présent comment elle va, et j'espère qu'elle n'a pas trop le cafard. Je pense à Chris qui est peut-être dans un pub de New castle avec une autre femme. Je me demande ce qu'il se passera demain si Karen prend la décision de changer sa vie en mieux.

— Hé, Stringer, lance Ug qui se trouve devant la fenêtre. Mate un peu la nana dehors.

Je regarde Matt en roulant des yeux puis vais rejoindre notre vigie officielle.

— Vas-y, Etalon ! lance Jack qui est par terre en train de boire une bière.

Deux minutes plus tard, je sors de l'appartement 327 et franchis les vingt mètres qui nous séparent de l'appartement 328.

Quel soulagement de respirer l'air frais. Depuis qu'on est arrivés, la situation n'a fait que dégénérer. Jack et Damien se sont lancés dans un concours de picole et Jimmy et Ug ont entamé un haschischathlon dès qu'ils ont mis le pied dans l'appartement. Je l'avoue : il y a une partie de moi qui a envie de fumer. C'est la faute de Jimmy qui m'a perturbé dans le minibus. Et s'il avait raison ? Et si je me leurrais ? Après tout, ce n'est qu'un petit joint de rien du tout. Ce n'est pas quelque chose de fort.

Je respire à fond et m'efforce de repousser l'envie. Je suis épuisé, c'est tout. Mes défenses sont faibles, les deux bières que je viens de boire m'ont brouillé les idées. Toute cette jalousie et cette colère ne riment à rien. Je ne dois pas perdre ça de vue. Je vais le regretter si je craque. Tous mes efforts des derniers mois n'auront servi à rien. Je connais les règles. Non à *toutes* les drogues. Y compris les joints. Je me connais. Si j'enfreins cette règle cardinale, tout le château de cartes s'effondrera. Je me retrouverai dans la zone sombre, dépendant, incapable de concentration, ou de me détendre, ou de m'amuser sans le matériel adéquat. Je serai à nouveau prisonnier de cette chaîne sans fin de trips nocturnes dans Londres à la recherche de came auprès d'un zonard défoncé que je ne connais pas ou dont je me fous pas mal. Je secoue la tête. Je peux m'en sortir même avec eux ici, non ? Je suis assez costaud.

Je m'approche de la fille qui ouvre le coffre de

sa Peugeot 205, baignée dans la lueur de la lampe au-dessus de la porte.

— Salut, dis-je en me fendant d'un grand sourire. Bienvenue à Leisure Heaven.

Elle me détaille de haut en bas, et je fais comme elle. Elle doit avoir trente-cinq ans, plutôt séduisante. Son expression est mi-soupçonneuse, mi-amusée.

— Vous ne travaillez pas ici, n'est-ce pas ? devine-t-elle.

— Non. Je suis toutefois venu avec plusieurs de mes associés. (Je me tourne et lui désigne notre appartement.) Je suis chargé de vous inviter vous et vos amies à prendre un verre soit maintenant soit demain... (Je lui décoche mon plus beau sourire.) Ou quand cela vous...

— C'est très gentil, dit-elle en sortant son sac du coffre.

— Je peux vous donner un coup de main ?

— Non merci, ça ira. Mais merci quand même. (Elle hésite.) C'est quoi votre nom ?

Je réfléchis une seconde.

— Vous pouvez m'appeler le Comité d'accueil.

— Eh bien, monsieur le Comité d'accueil, appelez-moi Sam. Je compte me rendre demain matin au Village aquatique. Je vous y verrai peut-être avec vos amis.

— Vous pouvez compter là-dessus.

Elle sourit et jette un coup d'œil à notre rideau qui bouge légèrement.

— Je n'en doute pas, dit-elle en se dirigeant vers son appartement.

Susie

Vendredi, 23 h 45

— Sam ! crie Amy quand nous revenons dans l'appartement.

Sam est emmitouflée dans des couvertures et allongée sur le canapé, en train de lire une revue. Elle sort de son cocon et nous serre dans ses bras, tandis qu'Amy la présente à Lorna et Kate.

H n'est pas là. Elle s'est fait coincer alors qu'elle nous raccompagnait après le resto par une saleté de vigile de Leisure Heaven qui nous a fait sortir de la voiture. H a dû se rendre jusqu'au parking près de la réception, et elle en a pour des plombes avant de revenir. Je suis ravie. C'est une vraie rabat-joie.

— Désolée, on n'était pas là. On était au...

Amy agite la main vers la porte et ferme un œil.

— Au restaurant, je finis pour elle.

— Quand est-ce que t'es arrivée ? demande Jenny en s'emparant d'une bouteille de vin qu'elle ouvre aussitôt.

Sam se laisse retomber sur le canapé.

— Il y a environ une demi-heure. J'étais trop naze pour bouger, alors j'ai fait comme chez moi, dit-elle en souriant. (Elle a mangé presque toute la bouffe de H et en est à sa troisième bière.) J'ai opté pour le canapé.

— Hoops, dit Amy en perdant l'équilibre et en s'écroulant par terre.

— Tu ne devineras jamais, dit Sam tandis que Jenny distribue les verres de vin.

— Non, quoi ? je demande en relevant Amy.

— Il y a une bande de mecs dans la maison d'à côté, et l'un d'eux est venu me dire bonjour. Sérieux, les filles, c'est un Adonis.

— Allons bon ! dit Jenny.

— Je vous assure. Nous sommes bien tombées, les filles. Il est tout simplement... euh... (Sam roule des yeux.) Etonnant. Il était absolument charmant. Je lui ai dit qu'on se verrait demain au Village aquatique.

— Demain ? Pourquoi attendre ? La nuit commence à peine, bredouille Amy. Allez, Susie. Va chercher ce type.

— Tu veux que j'aille le tester pour toi, c'est ça ?

Elle acquiesce vigoureusement.

— Ouais. Va le chercher. Je veux juger sur pièce. Il fera peut-être un strip-tease pour moi. Je mérite bien ça, non, les filles ? Je vais me marier, hein, et tout ça ?

Un hoquet la secoue.

— Tu le veux ? Je vais le chercher, dis-je en ouvrant effrontément la porte.

J'entends de la musique à fond dans l'autre chalet, mais les rideaux sont tirés. Je m'arrête sur le seuil et me retourne. Amy glousse et regarde par la porte entrouverte. Jenny est au-dessus d'elle et Lorna de l'autre côté avec Sam et Kate. On dirait des personnages de dessin animé et je ne peux m'empêcher de me marrer.

— Vas-y, lance Amy en me faisant un signe.

Je me remonte les seins et fais face à la porte. Un Adonis, hein ? Je suis peut-être une nouvelle femme, mais pour Amy je veux bien redevenir comme avant.

Je frappe énergiquement à la porte.

Matt

Vendredi, 23 h 48

— Laisse tomber ! je crie.

On entend un autre coup à la porte. Jimmy me fusille du regard.

— Pourquoi ? demande-t-il, la main sur la poignée.

— C'est sûrement le gardien. Ouvre-lui et on devra s'expliquer. Ignore-le, et il s'en ira. On a baissé la musique, alors il a aucune raison d'être ici, non ?

— Il a raison, dit Ug en posant une main ferme sur l'épaule de Jimmy. Laisse-le s'exciter tout seul. Il finira par se lasser.

Jimmy me jette un sale regard, mais lâche la poignée. Damien s'extrait du canapé et se dirige d'un pas incertain vers le ghetto-blaster qu'il a apporté. Il baisse encore un peu le volume et les coups à la porte s'arrêtent. A la place, on entend Billy qui vomit dans la salle de bains.

— Bon sang, dit Stringer en faisant la grimace. On dirait un égout. Quand est-ce qu'il va s'arrêter ?

— Ne me regarde pas comme ça, dit Jack en prenant une gorgée de vodka. Je ne suis que son frère.

— C'est de famille, se moque Damien en s'asseyant par terre et en déballant un paquet de cartes. Poids légers génétiques, tous autant que vous êtes... (Il brasse les cartes.) Qui c'est qui joue ?

Stringer secoue la tête. On dirait un gamin, fatigué et obstiné, qui refuse de se coller la honte en allant se coucher avant les adultes. J'aperçois mon reflet dans le miroir et réalise qu'il n'est pas le seul. J'ai les traits tirés. Je vais finir par ressembler au Freddy des *Griffes de la nuit* avant de retrouver H demain. Je jette un coup d'œil à Jack, qui a rejoint Damien. J'aurais préféré qu'il ne parle pas aux autres de ce qui s'est passé entre H et moi, et j'espère que personne ne fera le malin à ce sujet devant elle. Ça serait ma fin.

Stringer

Samedi, 4 h 15

— Très bien, les mecs, dit Damien qui n'arrive plus à garder les yeux ouverts tellement il a bu, mais refuse d'abdiquer. Le moment est venu de monter les mises.

Jusqu'où ? Je me le demande. La cirrhose ? Vu la façon dont Jack et lui éclusent, ça me semble l'issue la plus probable.

— Stadir ? demande Jack.

— A oilpé, déclare Damien. Le perdant se désape, file dehors, fait le tour du chalet voisin, puis revient. En supposant qu'on n'ait pas fermé la porte à clef.

— Ça marche, grommelle Ug.

— Sans moi, dis-je.

A part le fait que je n'ai aucune envie de baisser mon pantalon devant qui que ce soit, je suis trop fatigué pour garder les yeux ouverts.

— Je vais me coucher.

— Allez, Stringer, supplie Damien. La nuit ne fait que commencer...

Je regarde autour de moi les cannettes et les bouteilles vides, les paquets de biscuits apéro froissés, et les visages pâteux. Puis je regarde Damien.

— Non, c'est faux. Elle est plus qu'entamée et a besoin d'une Belle au bois dormant.

Là-dessus, je vais dans la chambre à côté et m'écroule sur le lit. Quelques minutes plus tard, j'entends Matt entrer et s'écrouler lui aussi. Nous sommes tous les deux trop déchirés pour nous souhaiter bonne nuit.

H

Samedi, 4 h 30

Je me lève du tapis qui gratte et m'approche de la fenêtre. Je me demande bien comment Sam fait pour dormir. Et surtout pour ronfler aussi fort avec tout le bruit qu'il y a à côté.

Je repousse le rideau, en regrettant de n'avoir pas d'arme. La porte du chalet voisin est ouverte, et un des types sort en courant, nu comme un ver. On dirait qu'il a une petite culotte sur la tête.

Je me recule et vais dans la salle de bains pour me regarder dans le miroir.

Je ne peux même pas prendre ma voiture et m'enfuir.

Ces fumiers ont confisqué mon véhicule.

Je tripote les cernes sous mes yeux. Faudrait vraiment que je me repose. J'ai passé la pire nuit de ma vie, à peu de chose près. Je n'en peux plus.

La porte derrière moi s'ouvre en grand et je me

retourne. Amy est en soutif et petite culotte, le visage livide.

— Tu vas bien ? je demande.

Elle acquiesce, mais paraît mal en point.

— Désolée pour la bagnole.

Je lui souris. Elle paraît si vulnérable.

— Ce n'est pas grave.

Elle chancelle vers moi.

— Non, je sais que t'es pas contente, bafouille-t-elle. Mais c'est vraiment super et t'es ma meilleure amie et je t'adore...

Mais elle ne finit pas. Parce que ce qui sort ensuite de sa bouche atterrit tout droit sur le devant de mon (nouveau) pyjama Calvin Klein.

Je suppose que c'est l'intention qui compte.

Susie

Samedi, 11 h 30

Ohhhhhh... ma... tête.

Susie

Samedi, 11 h 45

— Meuinnnnnnnnnnnnh ?

Je n'arrive pas à ouvrir les yeux. Je tends un bras et tapote le matelas à côté de moi.

— ... Amy... ?

Pas de réponse. Mon bras retombe comme une branche morte et je gémis.

Je tourne lentement la tête de 180 degrés et décolle douloureusement une paupière. Je suis seule. J'ouvre l'autre œil et regarde vaguement l'espace où devrait se trouver Amy tout en essayant de desceller ma langue de la voûte de mon palais.

Les rideaux sont légèrement écartés et un rai de soleil poussiéreux emplit la petite chambre à coucher. Le radiateur a soufflé de l'air chaud toute la nuit et la fenêtre au-dessus est un mirage flottant.

J'ai chaud. Voilà ce qui ne va pas.

Je crève de chaud.

Je suis un poulet dans un four à 220 degrés.

Je me redresse, pose les pieds par terre et prends ma fragile petite tête entre les mains. Je porte un tee-shirt (à l'envers) et un soutien-gorge (également à l'envers) et la moitié d'un collant. L'autre jambe pendouille près de mon genou, mais je m'en fiche.

Je me lève avec le tournis et longe le mur en direction de la porte.

Je file dans la kitchenette, remplis un verre au robinet de l'évier, le bois d'un trait, le remplis à nouveau.

Sur le canapé, Sam gémit et redresse la tête.

— Fégaf, dit-elle.

H est assise à la table. Elle a un bras autour des épaules d'Amy et porte un verre d'eau aux lèvres de cette dernière.

— Bois lentement, lui conseille-t-elle.

Amy lève les yeux vers moi, ses yeux cernés de violet. Elle est enveloppée dans une couverture jaune et son visage est vert. L'impression générale est celle d'une commotion. Une commotion qui tremble.

— Ben dis donc, dis-je. Y a eu des dégâts, on dirait. Quelqu'un veut une tasse de thé ?

— S'il te plaît, gémit Sam avant de s'effondrer.

Amy fait la grimace comme si elle allait pleurer.

— Allez, Amy. Du cran. Deuxième round, dingding, dis-je en sortant le café du placard. On a encore vingt-quatre heures à tenir.

— Je sais pas comment tu fais pour être aussi gaie, dit H. Après toute cette tequila... Je suis étonnée que tu ne sois pas imbibée.

Je la regarde en haussant les sourcils. Qu'est-ce qu'elle est vieux jeu et cul serré. A force d'être aussi anale-rétentive, elle va finir par décoller de sa chaise.

— Si tu fais allusion à hier soir, dis-je, eh bien moi je me suis bien amusée. C'est un week-end entre filles. Nous sommes ici pour nous éclater.

Je remplis la bouilloire et remarque que la bouteille de vodka géante est presque vide.

— Amy s'est bien amusée, pas vrai ma belle ?

Amy acquiesce, mais H me regarde sévèrement.

— Elle a été très très malade cette nuit.

Et alors, c'est ma faute ou quoi ? N'est-ce pas Amy elle-même qui a voulu qu'on fasse un concours de descente de vodka quand Adonis et ses copains ont refusé d'ouvrir leur porte ? Mais je ne vais pas commencer à me défendre. Il est bien trop tôt pour ça.

— Je suis désolée, Amy. T'as vomi ?

— Partout sur H, dit Amy.

Je sais que c'est vache, mais je ne peux m'empêcher de me marrer.

Sam redresse la tête.

— Je parie que t'étais ravie, dit-elle à H en me regardant d'un air hilare.

H regarde Amy.

— Ce n'est pas grave. Ça sert à ça les amies.

Je pose le café d'Amy devant elle, et elle me sourit.

— Avale ça, ma fille, et tu seras retapée en moins de deux et prête à faire les quatre cents coups.

Amy grogne.

— C'est la dernière chose dont elle a besoin, déclare H avec mépris. Nous allons au Village aquatique. Je nous ai réservé deux massages à midi.

Je pense que c'est la meilleure façon d'aider Amy à se remettre d'aplomb.

— Ouah. Super classe. On s'en réserve un nous aussi ? je demande à Sam.

— Tu ne pourras pas, dit H. Nous avons eu les deux dernières places. Tu peux rejoindre les autres à la piscine. Elles sont allées louer des vélos.

Sam s'assoit et prend son thé.

— J'ai dit au mec d'à côté qu'on se retrouverait tous au Village aquatique. Je pense qu'on devrait y aller et faire notre marché pour ce soir.

— Je n'ai envie de voir personne, se lamente Amy. Allez-y sans moi.

— Je viens avec toi, Sam, dis-je en ouvrant le paquet de pain de mie et en glissant deux tranches dans le grille-pain.

Si H a décidé de monopoliser Amy ce matin, alors autant que je traîne avec Sam et qu'on se marre bien toutes les deux.

— Et si on y allait toutes ensemble, dis-je à H en souriant, ça serait pas plus sympa ?

Matt

Samedi, 12 h 30

On sait très bien qu'un général avisé choisit toujours le terrain sur lequel il va se battre, mettant du coup les forces ennemies en situation d'infériorité et augmentant ainsi ses chances d'être victorieux. Il peut, par exemple, s'il se bat dans un désert, choisir la zone autour d'une oasis, assurant ainsi un point d'eau à ses troupes. Et s'il se bat en pleine campagne, il peut choisir un terrain surélevé qui lui permettra d'abattre ses ennemis quand ceux-ci s'efforceront d'atteindre le sommet. Mais je ne vois aucune circonstance dans laquelle un général, quelle que soit son incompétence, décidera de lancer sa campagne depuis la table 37 d'un *Chick-O-Lix* bondé dans le Village global de Leisure Heaven.

En plus de rendre compte des raisons qui m'ont poussé à ne pas embrasser la carrière militaire, ma présence en ce lieu précis est également révélatrice de mon état d'esprit. Le terrain sur lequel je dois me battre pour conquérir le cœur de H n'est pas un terrain que j'ai choisi, mais plutôt qu'elle a choisi. Et c'est par conséquent moi qui suis en position désavantageuse, non elle. Pour la première fois depuis que j'ai mis au point ma stratégie pour conquérir H, je me sens démoralisé et submergé par une vague de découragement. C'est aujourd'hui que je vais la revoir. Ça peut être à n'importe quelle seconde. Je regarde autour de moi, me sentant ridiculement nerveux.

— Tu ressembles à un zombie en décomposition, me dit Damien en remuant d'un air abattu ses ailes de poulet frit à la sauce épicée des mers du Sud dans son assiette.

— Non, c'est toi le zombie.

— Tu ressembles tellement à un zombie en décomposition que si un autre zombie te croisait, il pousserait un cri d'horreur, rétorque-t-il.

— Ah oui ? Ben toi, si un zombie te croisait, il irait se présenter au premier concours de beauté venu.

— Vous avez tous les deux une gueule de zombie, fait remarquer Stringer, mettant ainsi un terme prématuré à notre échange de haute volée.

Et il a raison : on fait peur à voir. Même mon jean CK et ma chemise Diesel ne peuvent le dissimuler. Je regarde Damien et me rappelle ce matin quand je me suis vu dans le miroir. Hormis Stringer, nous sommes les plus fringants spécimens d'humanité que notre piaule ait réussi à produire ce matin (les autres sont encore dans les vaps). Des momies à tous les égards : gueule de momie, humeur de momie, et même haleine de momie. Je me tourne vers Stringer, me préparant mentalement à lui assener une repartie taillée sur mesure. Mais je sèche. Parce qu'il n'a rien d'une momie. Pas la moindre bandelette. Il a l'air en forme. Pis, il respire la bonne santé. Et on ne peut pas dire pourtant que j'aie picolé beaucoup plus que lui hier soir. La triste vérité, c'est que je me suis couché en même temps que lui, ce qui ne me donne aucune excuse. Et me laisse face à une vérité encore plus triste : je ne peux plus faire comme si mon corps et ma santé étaient des points acquis.

C'est une chose dont j'ai pris conscience depuis quelque temps. Il n'y a pas si longtemps, l'alcool ingurgité la veille au soir n'aurait eu quasiment aucun effet sur moi, ni sur le moment, ni le lendemain matin. Quand j'étais dans la fleur de l'âge, à l'époque paradisiaque de mes vingt ans, je doute que la soirée d'hier m'eût paru un événement. J'aurais même supporté davantage. Dix pintes de brune forte et une double ration de poulet à l'indienne ? Aucun problème. Une légère migraine, peut-être. Et l'estomac un peu chamboulé, aussi. Mais rien d'aussi ravageur.

Et puis il y a les heures de sommeil dont j'avais besoin. S'écrouler à 4 heures du matin et être au boulot à 9 ? Du gâteau. Trois nuits blanches d'affilée ? Quand vous voulez. Et au niveau baise ? J'étais le meilleur dans cette catégorie, non ? Peut-être pas côté technique, mais côté revenez-y au petit déj, c'était le mât *et* la cocagne. Je possédais encore cette miraculeuse caractéristique juvénile : le désir de remettre ça l'emportait sur le désir de récupérer. On remet le couvert, mam'zelle ? Tout le plaisir était pour moi. Et il n'y avait aucune gêne. Je savais que j'étais jeune. Je savais que mon visage du soir et celui du matin étaient relativement ressemblants, et que si une nana me trouvait assez séduisant pour coucher avec moi le soir, elle ne prendrait pas les jambes à son cou au matin en me découvrant à côté d'elle.

Mais c'était autrefois, et nous sommes, malheureusement (j'ai toujours la tête dans un étau et l'estomac sens dessus dessous), aujourd'hui. Une pensée me traverse l'esprit. Est-ce pour ça que H s'est défilée ? Parce que j'étais si moche le lendemain ? Les choses vont-elles se passer ainsi désormais ? Peut-être est-ce cela dont Jack a eu peur. C'est peut-être pour cette raison qu'il épouse Amy : parce que tôt ou tard il sera trop vieux pour trouver qui que ce soit. Et peut-être que ça signifie qu'il est vraiment très important que je mette les choses au point avec H. Je pose ma tête sur mes mains et regarde mon ventre. C'est la prochaine étape, ce truc va me dégouliner par-dessus la ceinture comme de la pâte à cake qui déborde d'un moule. Puis viendra la maladie. Puis...

— Bon sang, dis-je à voix haute. J'en suis là.

— Quoi ? fait Stringer.

— Hypocondrie, obésité, et mort. C'est tout ce qu'il me reste à guetter.

Un serveur déguisé en coq s'approche de notre table et nous adresse un grand sourire fabriqué.

— Vous avez bien mangé, les potes potes-podek ? demande-t-il en battant des ailes en rythme.

— Non, c'était dég-dég-dégueu à souhait, je réponds.

— Je disais juste ça pour...

— Ouais, ouais, c'est votre job. Et vous le faites

très bien. Je suis désolé. J'ai la gueule de bois, vous pigez ?

Il hoche du bec et débarrasse notre table.

— Ça va, mon pote ? demande Stringer une fois le serveur parti.

— Ouais. C'est juste que...

Je regarde Stringer et m'apprête à dire quelque chose, mais à quoi bon débattre des effets négatifs du processus de vieillissement avec quelqu'un qui, parce qu'il prend soin de lui, paraît plus jeune que moi de dix ans, alors qu'il n'en a que trois de moins ?

— Laisse tomber, dis-je. Comme je l'ai dit au serveur, c'est la gueule de bois.

Je regarde la salle, y cherchant H...

Stringer

Samedi, 12 h 35

Je me fais l'effet d'être un personnage de films de SF des années 50 qui vient de piger que ses compagnons jusqu'alors vaillants ont changé de façon subtile mais significative, se demandant du coup s'ils sont réellement eux-mêmes. J'entends mes pensées s'égrener comme une voix off : *En temps normal, Matt ne rentre pas dans le lard des serveurs de* Chick-O-Lix...

Ce Matt-ci – celui qui est assis en face de moi, l'air abattu et fatigué – n'est pas le Matt que j'ai appris à connaître et à apprécier. Ce Matt-là – le Matt d'avant l'incident pré-Roswell – n'insultait personne, et surtout pas quelqu'un obligé de gagner sa vie en s'habillant en poulet géant. Il aurait pu se moquer, certainement, mais pas méchamment, non, jamais. Je l'observe qui regarde autour de lui nerveusement pour au moins la cinquantième fois depuis qu'on s'est installés. Je me dis que si j'étais un douanier, je lui demanderais d'ouvrir ses bagages.

Une fois de plus, je lui pose la question :

— T'es sûr que ça va ?

Mais cette fois il ne prend même pas la peine de formuler une réponse. Il se contente de prendre une gorgée de son milk-shake à la fraise d'un air absent.

Je me tourne vers Damien.

— Alors, ça fait quel effet ?

Il me regarde interdit et se lisse les cheveux.

— Encore huit semaines, je dis, et on devra t'appeler papa.

— Ah oui. Ça fout les jetons, tu sais...

Je secoue la tête, parce que non, je ne sais pas.

— C'est comme... Je sais pas... comme quand tu quittes la maison pour la première fois et que tu emménages quelque part.

Matt continue de fixer son milk-shake.

— Oui, dis-je.

— Et t'as peur, parce que tu sais que les choses vont devoir changer, continue Damien, mais dans le même temps tu es vraiment excité, parce que tu sais que ce qui se passe se passe parce que tu as voulu que ça se passe...

— Du genre, tu deviens responsable.

— Ouais. Ben, y a un peu de ça. Je veux dire, quand il sera né – je dis « il », mais on n'en sait rien, vu la position dans laquelle il était quand on a passé l'écho –, quand il sera né, il va tout changer, non ? Moi et Jackie on sera les mêmes personnes, sauf qu'en même temps on aura changé, parce qu'on s'occupera plus seulement de nous, mais aussi de lui. (Il prend une gorgée de Coca.) Je veux dire, on pourra plus sortir faire la fête ou des trucs comme ça, parce qu'il faudra qu'on soit tout le temps chez nous. Comme ce week-end. Si ça devait avoir lieu dans deux mois, alors je doute que je pourrais venir. (Il soupire, puis sourit.) Je sais pas. Y a du bon, mais ça fait peur aussi. On verra bien. Les choses se mettront en place d'elles-mêmes.

— Je trouve que t'as de la chance, dit Matt en sortant de son mutisme.

— Vraiment ? fait Damien.

— Vraiment. Je pense que le côté sympa l'emporte sur la peur. (Il redresse la tête et il y a une lueur de regret dans son regard.) Tu vas avoir un enfant avec la femme que tu aimes. Je ne pense pas qu'il y ait rien de comparable. Et sûrement pas – il allume une cigarette et agite la main – tout ça... Tout le monde peut se torcher avec ses potes. C'est la chose la plus facile au monde. Ce que tu as, en revanche... c'est différent. La plupart des gens seraient prêts à tuer pour l'avoir. Tu es allé de l'avant et c'est ce que nous voulons tous faire : aller de l'avant et voir ce qui se passe ensuite.

— Même toi ? demande Damien.

— Ouais, confirme Matt. Même moi.

Damien regarde autour de lui quelques secondes avant de demander :

— Et toi, alors ? Quoi de neuf ?

— Rien, dit Matt.

— H ?

— C'est quoi cette histoire ? je demande en voyant la gêne soudaine de Matt.

Matt se tourne vers moi.

— T'es pas au courant ? demande-t-il. Je croyais que tout le monde savait. Je croyais que les Services de renseignements Jack Rossiter y avaient veillé dans le minibus hier soir. Oh, oui, c'est vrai, tu dormais.

Damien me fournit les derniers détails.

— Ils l'ont fait.

Je repense au fameux déjeuner. Je les vois partir ensemble, dans la voiture de Matt, sous la pluie.

— Pas étonnant alors, dis-je.

— Quoi ? demande Matt.

— Eh bien, vous vous entendez plutôt bien tous les deux, non ?

Il hausse les épaules.

— Pas plus que Susie et toi...

— Qui est Susie ? demande Damien en me dévisageant.

— Une autre copine d'Amy, lui dis-je. Mais ne va pas t'imaginer que Jack et Amy dirigent une agence matrimoniale. Susie est une amie.

— C'est toi qui le dis, lâche Matt en souriant.

Je lui rends son sourire. Ça fait du bien de le voir de nouveau en selle.

— C'est la vérité.

— Je crois qu'on en revient à ton histoire, Matt, dit Damien. Bon, hormis le fait que H et toi vous baisez ensemble, est-ce qu'il y a du nouveau dans ta vie ?

Je m'attends à une réponse standard à la Matt Davies, quelque chose du genre : *Non, rien de sérieux. On l'a fait, c'est tout, et maintenant on est passés à autre chose.* Mais rien de tel. A la place, il dit :

— Je veux qu'il se passe quelque chose, cette fois. Sérieusement. Je veux du solide.

Il est sincère. Ça se voit rien qu'en le regardant.

Je leur annonce que je dois aller pisser et que je les retrouverai au Village aquatique quand ils auront fini leurs verres. Je file un peu de liquide à Matt pour mon plat, mais il le refuse.

— Laisse tomber, dit-il. C'est moi qui régale.

Une fois dehors, je récupère mon vélo. Leisure Heaven est déjà en pleine effervescence : des gens marchent, courent, font du vélo. Mis à part mes réserves concernant le jugement de Jimmy, je dois admettre qu'il n'a pas tort sur cet endroit : ça craint un peu. Depuis l'instant où je me suis levé ce matin pour aller garer le minibus sur le parking et louer une bicyclette, je n'ai vu que des files d'attente. Ce n'est pas pour ça que je suis pressé d'aller au Village aquatique. C'est simplement que je n'ai pas envie de faire mon cirque habituel, à savoir me changer derrière une serviette devant les autres, lesquels trouveraient ça bizarre, et du coup me trouveraient bizarre aussi.

Après y être allé en vélo et m'être changé, je plonge directement dans la piscine histoire de me fouetter les sangs. Puis, en quête de ce que Susie appelle du « temps à soi », et peu désireux de tomber sur la fille du chalet voisin sans que les autres soient là, je vais me réfugier dans le sanctuaire du sauna.

Une fois là-dedans, je m'assois sur le gradin le plus bas, une serviette sur la tête afin de limiter les effets des vapeurs à la menthe. Je mets la main devant mon visage puis l'enlève. Il y a tellement de vapeur que même en tendant le bras je ne peux pas voir ma main. Je suis la seule personne ici, et je reste immobile, me concentrant pour garder une respiration profonde, régulière, un truc que j'ai appris au cours de yoga de la salle de gym. J'écoute le tss-tss de la machine à vapeur, et me sens me détendre.

H

Samedi, 13 h 05

— Ça va mieux ?

Amy hoche la tête et ajuste les bretelles de son maillot de bain.

— Merci. C'était merveilleux. Je me sens à nouveau vaguement un être humain.

Merveilleux : ce n'est pas ainsi que je décrirais notre pétrissage conjoint sur les anciens lits d'hôpital du Centre de remise en forme de Leisure Heaven. Ni humain. Le baratin incessant de Tracy, qui chante les vertus de son lieu de travail, était aussi détendant qu'un accouchement.

Je franchis avec Amy les portes en plastique de l'abattoir, et nous pénétrons dans la partie sauna. Ça sent la transpiration et l'eucalyptus, et je peux presque sentir les croûtes verruqueuses crisser sous la plante de mes pieds. Une version à la flûte de Pan des tubes de Richard Clayderman sature l'atmosphère détrempée et, passé la fontaine en faux plâtre, des marches mènent à un bassin qui bouillonne de chlore. Partout, ce ne sont que femmes obèses et hommes tatoués, ainsi qu'un assortiment d'enfants qui hurlent et font des glissades. A travers les vitres embuées et dégoulinantes, j'aperçois Sam et Susie qui sortent en courant du sauna extérieur et se jettent des seaux d'eau glacée. Amy a une main sur mon épaule et lève un pied pour ôter un bout de mouchoir en papier trempé, aussi ne les voit-elle pas.

— On va retrouver les autres ? demande-t-elle en se redressant.

— Pas tout de suite, dis-je en détournant son attention, de peur qu'elle ne les voie. Allons papoter un peu, rien que toi et moi. Je ne t'ai pas vue de la semaine.

Dans le bain de vapeur, je ne vois qu'un mec, assis et penché en avant, avec une serviette sur la tête. Il souffle comme une otarie et a l'air sur le point de faire un infarctus. Mais ne nous plaignons pas, j'aurais du mal à trouver plus d'intimité à Leisure Heaven.

Amy s'installe sur un banc en plastique et respire à fond.

— Ça fait du bien, soupire-t-elle en s'allongeant et en s'étirant.

Si c'est ma seule occasion d'être en tête à tête avec Amy, je dois lui parler maintenant, avant que les autres nous trouvent.

— Amy ?

— Hmmm ?

— J'ai quelque chose à te dire.

Elle me connaît suffisamment pour s'inquiéter de mon ton.

— Quoi ? demande-t-elle.

Malgré la vapeur, je sais qu'elle vient d'ouvrir grand les yeux.

— C'est au sujet de la semaine dernière.

Je me mords la lèvre. Je ne sais pas pourquoi je suis si nerveuse à l'idée de lui en parler, mais il faut que j'avoue tout.

— J'ai essayé de t'en parler...

Amy se redresse.

— Quoi ?

— J'ai rencontré quelqu'un.

— Matt ? dit-elle en me prenant le bras. J'ai senti un truc l'autre soir...

— Non ! dis-je exaspérée en me dégageant et en me prenant les genoux entre les bras. Laisse tomber Matt, tu veux ? Non, je parle de quelqu'un de sérieux. De quelqu'un de vraiment spécial.

— Qui ? Où ?

Je lui souris.

— La semaine dernière. A Paris. Tu te rappelles le type dont je t'ai parlé... Laurent ?

— Le vieux ?

— Il n'est pas vieux. Il n'a que trente-neuf ans. On s'est... euh, comme qui dirait bien entendus. On a passé des super moments.

Stringer

Samedi, 13 h 07

Mais qu'est-ce qui se passe, bon sang ?

Qu'est-ce qu'Amy et H fichent ici ?

Et qui donc est ce Laurent ?

Il faut que je trouve Matt.

Immédiatement !

H

Samedi, 13 h 07

Nous sommes interrompues par l'otarie avec la serviette sur la tête. Il émet un grognement étranglé et s'enfuit comme s'il était sur le point de vomir sur le carrelage.

— Bon débarras, dis-je alors qu'il pousse la porte et déguerpit.

— Beau mec, dit Amy rêveusement.

— Rien à voir avec Laurent, je réplique. (Je suis contente qu'on soit enfin seules. Je peux lui donner tous les détails croustillants.) Oh Amy, crois-moi, c'est le type le plus sexy que j'aie jamais rencontré. Je veux dire, le meilleur...

— Atterris, ma cocotte. Sans vouloir te vexer, H, tu devais être sacrément en manque. Ça fait des lustres que t'as pas pris ton pied. C'était forcément épatant.

— Amy, dis-je en regrettant qu'elle ne me prenne pas au sérieux. C'est différent.

Je soupire et essuie la sueur sur ma jambe.

— Depuis le moment où j'ai mis le pied à Paris et où je l'ai vu, j'ai su qu'il allait se passer quelque chose. J'ai beaucoup pensé à lui et je m'étais persuadée que c'était stupide, vu qu'on doit travailler ensemble. Mais le premier soir il m'a emmenée dîner pour qu'on parle de ses idées et on n'a pas arrêté de se regarder. C'était si romantique.

Et voilà que je revois le petit restaurant enfumé avec le pianiste de jazz, les carafes de vin rouge qui se succédaient à la lueur des bougies, tandis que la pluie bruissait doucement contre la vitre de notre alcôve privée...

— Alors comme ça il t'a payé un dîner bien arrosé. Qu'est-ce que ça a de si spécial ?

Amy ne semble pas convaincue.

— Il... Je ne sais pas... c'est un vrai homme. Il a une situation, il réussit, il aime des trucs merveilleux. Et il est intéressant, aussi. Il voyage partout et il est vraiment passionné. Nous sommes restés dans ma chambre d'hôtel à nous faire monter des sandwiches et parler jusqu'au petit matin. C'était... je ne sais pas... magique.

— Il m'a tout l'air d'un sacré séducteur.

Je reste silencieuse un moment, puis me tourne vers Amy et déclare :

— Je crois que je suis amoureuse.

Amy respire profondément et retient sa respiration en me regardant dans les yeux.

— Mais je ne sais pas quoi faire. Je ne peux m'empêcher de penser à lui et j'ai cru qu'il allait m'appeler, mais les portables ne marchent pas dans ce... (Je suis sur le point de critiquer Leisure Heaven, mais me retiens à temps.)... lieu. J'ai juste envie d'entendre sa voix. De savoir que tout va bien.

Amy expire soudain.

— Oh, H. Tu es sûre de ce que tu fais ? Je veux dire... comment ça pourrait marcher ? Ta vie est ici.

— Mais on doit pouvoir trouver une solution. Si ça doit arriver, ça doit arriver, non ? C'est ce que tu dis toujours.

— Je sais, mais as-tu vraiment envie d'une relation aussi compliquée ?

— Rien n'est parfait.

— Mais comment sais-tu qu'il veut s'engager ? S'il a trente-neuf ans et voyage en permanence... Je te connais. Tu deviendras dingue.

— Ce n'est pas vrai.

J'aimerais qu'elle se montre un peu positive. Mais je ne sais pas ce qu'il en est vraiment. C'est ça le problème.

— Je saurai quoi faire quand je lui parlerai, dis-je.

Amy soupire de nouveau.

— Fais attention, alors. C'est tout. (Elle ne dit rien pendant un moment.) Mais je suis contente que tu aies fait une croix sur Gav.

— Ouais. Qu'il aille se faire foutre.

— Mais quel dommage pour Matt.

— Pourquoi est-ce que tu reparles de lui ? Je te l'ai dit. Il ne s'est rien passé. Il ne se passera jamais rien entre nous. Ce n'est pas mon genre.

— D'accord, d'accord, dit-elle. C'est seulement que ç'aurait été sympa.

Je pensais que ça me soulagerait d'en parler à Amy, mais je me sens à présent encore plus sur les nerfs, surtout vu que j'ai menti au sujet de Matt.

Mais si elle apprenait pour Matt et moi, elle ne comprendrait plus pour Laurent.

Mais de toute façon elle ne comprend pas pour Laurent et moi.

Pourquoi a-t-elle besoin que les choses soient raisonnables ? Juste parce que Laurent n'est pas comme Jack, elle ne voit pas son potentiel. Mais moi, si. J'aurais pu rester éternellement à Paris. Je serre mes jambes encore plus fort et hausse les épaules. Je crois qu'Amy sent ma déception, parce qu'elle me donne une claque dans le dos.

— Hé, tant mieux pour toi, ma fille ! Au moins t'as eu ton quota de sexe. A en juger d'après tous les mecs que j'ai vus ici, ça serait le massacre si tu t'étais réservée pour ce week-end.

Stringer

Samedi, 13 h 12

Mais où sont-ils ?

Les vestiaires hommes sont vides à l'exception de deux types d'âge moyen et tatoués qui se rhabillent. Pas de Matt ou de Damien. Je consulte ma montre. Ils doivent être dans le coin... mais où ça ?

— Tu te prends pour qui, mec ? me demande d'une voix rauque le plus costaud des deux tatoués. Lawrence d'Arabchmoulle ?

Je le regarde bêtement quelques secondes puis percute : j'ai toujours la serviette enroulée autour de la tête. Je l'enlève.

— Deux types.

— Quoi ?

— Deux types. De votre taille environ. Je cherche deux hommes. C'est urgent.

L'homme s'avance.

— Non mais dis donc, espèce de pervers...

Je n'écoute pas la suite, parce que je file vers les

douches. Elles sont vides. J'essaie de reprendre mon souffle. De me calmer. Ne pas paniquer. Paniquer ne fera qu'aggraver les choses. Examinons la situation et tout deviendra clair. Une solution sensée et logique va se présenter.

J'essaie de suivre mon conseil. Amy et H ne peuvent pas être ici, parce que Amy et H sont censées être ailleurs. Pourtant, Amy et H sont ici, ce qui signifie qu'elles ont décidé de passer leur week-end entre filles ici. Ce qui ne peut signifier qu'une chose : il y a eu un pataquès. Il y a eu un monumental et infect pataquès. Puis je me souviens de quoi parlaient les filles dans l'étuve, et je comprends que le pataquès ne s'arrête pas là. Oh, non, ce n'est que le début. En plus du fait que Matt et H ont défié les lois des probabilités en réservant le même endroit, H est tombée amoureuse d'un Français et se moque éperdument de Matt, or Matt en pince pour elle, et s'ils se croisent, tous deux vont penser qu'ils hallucinent, et vu que H sort avec ce Français, quand elle aura compris que ce n'est pas une hallucination mais la réalité, alors la dernière personne qu'elle aura envie de voir ce sera Matt, mais comme Matt la trouve vraiment géniale, il sera tout excité quand il la verra, et si ça se produit, alors...

Stop. Paniquer est moins confus.

Je traverse à nouveau les vestiaires au pas de charge et dépasse les deux types qui me lancent une obscénité. Et je déboule dans le Village aquatique.

A ce stade, je ne peux être certain que de deux choses. Je dois trouver Matt, et me faire aider par un psychiatre.

Matt

Samedi, 13 h 15

— Tu veux les pages sport ? me demande Damien.

Nous sommes devant le stand de journaux et revues gratuits du Village aquatique. Question forme physique, on ne peut pas dire que nous ayons vraiment progressé. Depuis notre arrivée il y a cinq minutes, tout ce que nous avons réussi à faire c'est nous trouver deux chaises-longues où nous vautrer pour lire le journal – ainsi qu'une troisième pour Stringer, en supposant qu'il ne passe pas sa matinée à faire des pompes ou je ne sais quoi de ce genre. Je dois reconnaître que, exception faite des ventres suants et des cuisses grasses de la majorité des clients, ce n'est pas un endroit désagréable pour passer la matinée en glandant. C'est chaud et relativement calme. Et mille fois préférable, c'est sûr, au chantier dévasté qu'est notre appartement. Je me demande si les autres ont fini par émerger. Ça semble peu probable – à moins, bien sûr, qu'une équipe de médecins munis d'un matériel complet de réanimation ne soit passée depuis notre départ.

Glander, toutefois, n'est pas nécessairement une activité qui me convienne pour l'instant. Flipper, ça oui, c'est dans mes cordes, et ce depuis que je me suis réveillé. Flipper, c'est mon fort. En venant jusqu'ici à vélo, j'ai essayé de faire le point, mais ça n'a pas marché. A part corrompre le personnel d'accueil pour savoir où H et les filles sont descendues, je vais devoir me contenter de garder l'œil ouvert et d'attendre une occasion d'aller frapper à leur porte. Elles sont là, quelque part, c'est sûr. Et ce n'est qu'une question de temps avant que je sache où.

— Eh, tu les veux..., répète Damien en agitant les pages sport devant mon nez.

— Ouais, ouais, dis-je. J'ai entendu.

Je plante un doigt dans mon ventre et, prenant les pages cuisine, marmonne :

— Vu comment je me sens, c'est plutôt ces pages-là qu'il me faut.

Je retourne vers les chaises-longues quand j'entends soudain :

— Essonla.

Je regarde Stringer. Il est tout rouge et en nage comme s'il venait de sortir la tête d'un four.

— Pardon ? dis-je.

Il me prend par les épaules et approche son visage du mien.

— Essonla, répète-t-il en pulvérisant ma joue de ses postillons.

Je le repousse et jette un coup d'œil à Damien. Il semble aussi déconcerté que moi.

— C'est charmant, dis-je à Stringer, mais ça te gênerait de m'expliquer ce que ça signifie ?

Il roule des yeux, acquiesce, et halète comme une femme en plein travail.

— Elles sont là, dit-il enfin. Les filles.

— Bon sang, Stringer, dit Damien. Décompresse un peu. (Il regarde une femme d'une soixantaine d'années qui feuillette une revue près de nous et hausse les épaules comme pour s'excuser.) Veuillez l'excuser, lui dit-il. Il ne voit pas souvent de corps dénudés.

La femme grimace, contrariée, puis s'éloigne. Je me tourne vers Stringer et demande :

— Allons, que se passe-t-il ?

Mais alors même que je lui pose la question, une petite alarme se met en branle quelque part dans ma tête.

— Quelles filles ? je demande.

Mais il n'a pas besoin d'en dire davantage, parce que, au même moment, quelqu'un pousse un glapissement derrière nous.

Susie

Samedi, 13 h 16

— Hé ! C'est lui. C'est mon Adonis. Salut ! Hou-hou !

Sam agite furieusement la main et je suis son regard vers un groupe de types qui se retournent tous en même temps.

J'en reste bouche bée.

Parce que ce n'est pas son Adonis – celui dont elle a chanté les louanges au sauna. C'est mon Adonis.

Stringer.

J'écarte Sam, m'extrais du jacuzzi, m'empare de ma serviette et fonce vers le jardin d'hiver. Le visage de Stringer est écarlate. Il se tient près de Matt et d'un autre type, l'air complètement ahuri, mais je suis si surprise et heureuse de le voir que sans réfléchir je le prends dans mes bras et le serre contre moi. Son corps est musclé et je le serre si fort que ma serviette tombe par terre.

— C'est Stringer ! je lance à Sam qui nous rejoint. (Elle a l'air vraiment larguée. Je ramasse ma toilette prestement. J'arrive pas à y croire.) Qu'est-ce que vous fichez ici ?

J'entends H qui s'étrangle avant de me retourner et de l'apercevoir en compagnie d'Amy.

— Regardez qui est là ? je leur lance. N'est-ce pas une incroyable coïncidence ?

H

Samedi, 13 h 17

Je suis incapable de bouger. J'ai l'impression d'être en apnée. Je regarde Amy, mais elle fait un bond de dix mètres. Devant moi se trouvent Matt, Stringer et Damien, ainsi que Sam et Susie.

— Regarde qui est là ! lance cette dernière à Amy. Ils doivent tous être ici. Toute la bande. Et on est là nous aussi. C'est pas étonnant ? C'est pas ce que tu voulais depuis le début... ?

Stringer ressemble à un poisson échoué sur le rivage, sa bouche s'ouvre et se ferme. Matt secoue la tête en regardant Damien qui rugit de rire.

— C'est une blague ! s'exclame-t-il.

Je pose les mains sur mes hanches et fixe Matt, mais il évite mon regard.

Et c'est alors que je pige. Je comprends que quelque chose cloche vraiment.

Ce n'est pas une coïncidence. Impossible.

— Amy ? fait Matt, éberlué. Tu peux me dire un peu ce qui se passe ?

— Je pourrais te poser la même question ! je lui dis en me dirigeant vers lui d'un air menaçant. Comment as-tu osé !

— Comment j'ai osé quoi ? rétorque-t-il, immédiatement sur la défensive.

— Ne joue pas les innocents. Tu sais exactement de quoi je veux parler.

Matt lève une main et regarde les autres.

— Eh bien, non. Et vu que je ne sais absolument pas de quoi tu veux parler, pourquoi ne m'expliques-tu pas les choses ?

— Très bien, dis-je en commençant à compter sur mes doigts. Un : il est impossible que ce soit une coïncidence. Deux : ce qui veut dire que tu as délibérément voulu saboter ce week-end. Trois...

— Un instant, m'interrompt Matt. Ça fait des lustres qu'on a réservé.

— Mon cul, oui !

— Du calme, dit Amy. Ce n'est pas grave.

— Pas grave ? Pas grave ? C'est un week-end entre filles. Je ne veux pas qu'il soit gâché par ces types.

— C'est vous qui ne devriez pas être là, dit Matt. On était là les premiers.

— Je ne crois pas, dis-je. Et surtout, je ne te crois pas, toi.

— Inutile de te mettre dans tous tes états, me dit Susie. Je trouve ça plutôt marrant. On va bien se marrer, ensemble.

— Jack va bien ? demande Amy.

Je me tourne vers elle.

— C'est toi, hein ? Tu as dit à Jack où on allait ?

Amy paraît mortifiée.

— Non, bafouille-t-elle. Je ne lui ai rien dit, H, je t'assure.

Matt s'avance et me touche le bras, mais je me dégage.

— Ecoute, dit-il, extrêmement calme. Il y a manifestement eu une erreur.

— Une erreur ? Mon cul, oui, qu'il y a eu une erreur.

— Calmons-nous et essayons d'y voir clair, continue-t-il en matant mon maillot de bain.

— Il n'y a rien à clarifier, je siffle en reculant. Tu es un menteur.

— C'est vraiment déplacé, H. Ce n'est pas juste.

— Où est Jack ? demande Amy.

— Oh, et puis merde, dis-je en tournant les talons et en partant comme une furie.

Matt

Samedi, 13 h 20

En voyant H se diriger vers les vestiaires, la même pensée me traverse l'esprit que quand je l'ai regardée s'éloigner sous la pluie après le repas-test organisé par Stringer : tout chez elle est magnifique, depuis la façon dont elle secoue les cheveux jusqu'à la façon dont ses fesses se contractent dans son maillot, en passant par la forme de ses jambes. Et je la veux. Je la veux encore plus maintenant (si c'est possible) que je la voulais après son départ de chez moi. C'est la pure perfection. Même sa colère. C'est tellement là. Rien de faible. Rien de mitigé. Magnifique... le rêve à l'état pur...

Mais voilà que je percute. Dur. C'est comme un uppercut.

Ce n'est pas un rêve. Ce n'est même pas un cauchemar, parce que si c'était un cauchemar, alors ce serait le moment précis où mon cerveau déclencherait un mécanisme de défense pour me ramener à la réalité, bien au chaud dans mon lit. Je me relèverais, en nage et paniqué, mais à part ça indemne. Et, progressivement, je me détendrais, et comprendrais que je n'ai couru aucun danger réel, mais ai simplement été la victime de ma propre imagination, et que j'ai dû trop manger avant de me coucher. Mais il n'y a aucune issue possible. Parce que c'est infiniment pire qu'un cauchemar. C'est la réalité.

Et Amy m'y ramène brutalement.

— H ! crie-t-elle. Ne...

Susie retient Amy par le poignet, l'empêchant de courir après H.

— Laisse-la, dit doucement Susie. Laisse-la seule quelques minutes.

Amy paraît horrifiée.

— Mais...

— Juste quelques minutes, précise Susie. Elle va se calmer. Crois-moi.

Je me sens nauséeux. J'ai la tête qui tourne. Ça ne devait pas se passer comme ça. Qu'est-ce qui a foiré ? Bien sûr, je m'attendais à de la surprise. Je comptais dessus. Je voulais que H sente son cœur battre, comme moi quand je l'ai revue. Je voulais qu'elle ressente cet afflux de sang. Et de colère. Oui, même un peu de colère. Mais pas longtemps. Juste le temps qu'elle réalise que, parce que c'était moi, ce n'était pas grave, parce que je n'ai jamais voulu lui nuire. Et puis... et puis j'ai pensé qu'elle rirait et se jetterait dans mes bras, tout comme je l'aurais fait si les rôles avaient été inversés.

Je sens le regard des autres se poser lentement sur moi – comme un jury se tournant pour délivrer un verdict de culpabilité. Susie essaie toujours de calmer Amy. Réfléchis, Davies ! Réfléchis ! Trouve une stratégie. Il n'est pas encore trop tard. Bon, H est furieuse contre toi. Elle est furieuse contre toi parce qu'elle pense que tes raisons d'avoir agi ainsi font partie d'une combine entre nous pour mettre en l'air ce week-end entre filles qu'elle a soigneusement organisé. Cela te laisse deux manœuvres possibles. D'abord, tu peux tout avouer et lui expliquer pourquoi tu as agi ainsi. Si tu fais ça, alors, ouais, peut-être qu'elle te pardonnera, mais d'un autre côté, elle risque d'être tellement hors d'elle qu'elle ne voudra plus jamais te parler. Ajoute à ça la possibilité qu'elle explique aux garçons qu'ils ont eux aussi été menés en bateau. Alors choisis la seconde solution : tu t'en tiens à ton mensonge : il s'agit d'une coïncidence. Tu n'en démords pas. Et peut-être y a-t-il une chance qu'elle te croie et laisse le week-end se dérouler comme je l'avais prévu – une réunion, et non un divorce. Mais aie l'air d'y croire. Crois-y de toutes tes forces, ou personne ne te croira. C'est ta seule chance. Pense Actor's Studio. Voici Matt « Brando » Davies, le plus grand acteur de sa génération. Je me concentre sur cette métamorphose et regarde une fois de plus les autres. Et cette fois, leurs visages n'expriment plus la condamnation. Ils me regardent dans l'attente que je dise quelque chose. Et c'est ce que je vais faire : m'expliquer.

— Matt, dit Amy. Matt. Dis-moi. Mais qu'est-ce qui se passe ?

— Va savoir, je mens. Je suis aussi largué que vous.

Une rapide série de questions-réponses s'ensuit :

Amy : Où est Jack ?

Moi : Au chalet. Encore au lit.

Amy : Pourquoi est-il couché ? Il ne va pas bien ?

Moi : Il va très bien. La gueule de bois, c'est tout.

Sam : Je te l'ai dit, Susie. Hein que je te l'ai dit ?

Susie : Mais oui tu me l'as dit.

Amy : Il t'a dit quoi ?

Sam : Le mec de l'autre soir qui nous avait donné rendez-vous ici. L'Adon... le Comité de réception. C'est lui.

Amy : Eh ?

Susie : Stringer. C'est Stringer que Sam a rencontré hier soir.

Amy : Tu veux dire que vous êtes... A quel numéro êtes-vous ?

Stringer : 327. Le chalet à côté du vôtre, apparemment...

Susie : A quelle heure êtes-vous arrivés ?

Stringer : Tard hier soir. On est tombés en panne.

Damien : Vous êtes qui ?

Stringer : Voici Susie.

Damien : Celle dont Matt a parlé au *Chick-O-Lix* ?

Stringer : Je ne sais pas de quoi tu parles.

Sam : Vous êtes qui ?

Amy : Je veux voir Jack.

Moi : Tu veux que je vienne avec toi ?

Amy : Oui.

Moi : Maintenant ?

Amy : Oui. Mais...

Stringer : Matt ?

Moi : Un instant.

Amy : ... il faut que j'aille parler à H. Tu peux attendre quelques minutes ?

Moi : Bien sûr. Je vous retrouve dehors dans cinq minutes.

Amy : Ça va aller vous deux ?

Susie : Bien sûr que oui. On a Stringer et Damien pour nous distraire.

Moi : Tu voulais quelque chose, Stringer ?

Stringer : Ouais, faut que je te parle.

Moi : A quel sujet ?

Stringer : En privé. Faut que je te parle en privé.

Moi : Ça peut pas attendre ?

Stringer : Non. J'ai un truc à te dire, à propos de H...

Amy : Allez Matt. Faut que tu te rhabilles.

Moi : Ouais, ça vient.

Je fonce vers les vestiaires. Ce que Stringer a à me dire au sujet de H peut attendre.

Susie

Samedi, 13 h 30

Mais pourquoi n'ai-je pas acheté de nouveau bikini ? C'est ce que j'aimerais savoir. Je me sens tellement immonde, tout d'un coup. Mes cheveux sont collés sur mon crâne comme des queues de rat, dévoilant complètement mes racines. Et pis, je suis assise sur ma plus vieille serviette, la plus moche, une vraie serpillière. Damien verse une fois de plus de l'eau sur les pierres, mais je cuis déjà. Stringer me fait face et j'essaie de ne pas remarquer les gouttes de transpiration entre les muscles de son torse. Je vais m'évanouir si je continue à rentrer le ventre.

Sam se passe les doigts dans les cheveux et continue de rire. Elle est insupportable depuis qu'on est ici.

— Alors Stringer, est-ce que tous tes muscles sont aussi gros ? lui demande-t-elle.

Elle est lourde, c'est pas croyable. Elle pourrait pas la fermer un peu et le laisser tranquille.

Quelle pouffe.

— Allez, dit-elle en tendant la main pour tâter son biceps. Plie-le.

Stringer ôte sa main et secoue la tête.

— Non, je n'ai pas envie, dit-il poliment mais fermement.

Sam recule, visiblement vexée qu'il ne joue pas son jeu.

— Comme tu veux, dit-elle en haussant les épaules.

Stringer lève les yeux et je souris. C'est censé être de la connivence, mais en fait je jubile intérieurement. Je m'assois sur les mains et balance les pieds.

— T'avais pas réservé une séance de bronzage, Sam ? je demande.

— Merde, t'as raison, dit-elle, et elle se lève.

Elle rajuste son bikini et nous jette, à Stringer et à moi, un regard exaspéré, avant de dire :

— On se voit tout à l'heure.

— J'ai été grossier ? demande Stringer une fois qu'elle a refermé la porte derrière elle.

— Elle l'a bien cherché, dis-je en riant. Ne fais pas attention à elle.

— C'est pas ton genre ? demande Damien.

— Non. Je n'ai pas vraiment de genre, en fait.

— Et toi ? dis-je en me tournant vers Damien et en conservant un ton amical.

Je n'ai pas le courage d'interroger Stringer sur ses goûts en matière de filles. Surtout quand je suis en bikini.

— Elle est enceinte.

— Ah, je fais en souriant.
— C'est pour dans deux mois, dit-il d'un air las.
— Et vous êtes prêts ?
— Non. Bien sûr que non. Je vais devoir arrêter de traîner dans des saunas avec des femmes magnifiques le samedi après-midi. C'est un désastre absolu.

Stringer et moi, nous nous marrons.

— Faudrait que je l'appelle, d'ailleurs, dit-il en se levant. J'ai hâte de lui raconter tout ça. Ça va la rendre hyper jalouse.
— Jalouse de nous ? Elle devrait nous plaindre, oui ! dis-je.

Damien frotte ses cuisses poilues, se lève, et Stringer et moi nous nous retrouvons seuls. Il y a un silence.

— Bien, dis-je bêtement.
— Bien ?
— Ça a été ?
— Oh, tu sais... pas mal de boulot.
— Hmm. Moi aussi.
— Désolé pour le verre qu'on devait prendre, dit-il.

J'agite la main.

— Oh, oublie ça. Ce n'est pas grave.

La porte s'ouvre et trois ados entrent.

Stringer grimace.

— On y va ? me dit-il en désignant la porte.

Quand nous sommes dehors, la piscine est noire de monde.

— Faut que je sorte d'ici, dit-il.
— Bonne idée. On va quelque part ? Je n'ai pas envie de retourner au chalet.
— Moi non plus.

— Alors, on fait quoi ? On est censés ne pas se mélanger ou quoi ? On pourrait aller faire un tour. La jouer discrète jusqu'à ce que tout se soit calmé. On pourrait aller faire un tour en vélo...

Stringer éclate de rire pour me faire taire.

— Ça me semble une bonne idée.

Une bonne idée pour qui ? Je me le demande.

H

Samedi, 13 h 40

Réponds. S'il te plaît, réponds, je prie en décrochant le téléphone pour la troisième fois. Je compose le numéro de Laurent, des pièces de monnaie prêtes, mais ça ne répond toujours pas.

Je sors de la cabine téléphonique et m'adosse au mur. Je n'arrive pas à croire qu'il n'est pas là. Je veux simplement entendre sa voix. C'est la seule chose qui me fera du bien. Je regrette d'avoir parlé de lui à Amy. Du coup, Paris me semble très loin. Je ne veux pas salir ces souvenirs en les mêlant à cet épouvantable cauchemar.

Je me recroqueville en boule et pose la tête sur mes bras. Je veux que tout disparaisse. Ce week-end. Tout le monde. Cet endroit. Je ne supporte plus. Je veux qu'on me rende ma réalité. Je veux Laurent. Je veux retourner à Paris. Je veux qu'on soit à nouveau la semaine dernière.

Sauf que je ne veux pas avoir couché avec Matt.

Pourquoi ? Pourquoi est-ce que j'ai couché avec lui ?

A quoi je pensais ?

Je sors une cigarette du paquet et mes mains tremblent. Tout est fichu. Amy va rester avec Jack et je vais devoir passer le reste du week-end avec Matt.

Qu'est-ce qu'il croit ? Que je vais sauter à nouveau dans son lit ? Si je n'avais pas rencontré Laurent, alors je suppose que ça ne serait pas si désagréable, juste vaguement gênant. Mais en l'état actuel des choses, je ne peux même pas le regarder en face.

— Désolé, il est interdit de fumer ici.

Je lève les yeux et vois un vigile en uniforme vert.

Encore un.

— Quoi ?

— Vous êtes dans une zone non fumeur.

Je respire à fond et serre les dents.

— Vous devez aller là-bas, dit-il en désignant le lac.

Et voilà.

Matt

Samedi, 14 h 00

— Oh la vache...

Amy porte les mains à son visage. Je lui donne une petite tape sur le dos et elle me regarde. Je lui prends la main et la serre et, ensemble, nous contemplons avec effroi le salon de l'appartement 327.

On dirait qu'une bombe a explosé. Quelques vestiges au hasard : parts de pizza entamées, cendriers renversés, Jimmy, cannettes de bière renversées, cadavres de bouteilles, os de poulet frit rongés, Ug. Mais le pire, c'est l'odeur qui assaille mes narines. Si une bombe a explosé ici, alors elle devait contenir, plutôt que du TNT, un mélange d'abats et d'excréments.

— Tu es sûre que tu veux quand même entrer ? dis-je à Amy. Ça ne va pas être joli-joli, et je comprendrais parfaitement si...

Mais Amy est John Wayne à la puissance dix.

— Conduis-moi jusqu'à lui, se contente-t-elle de dire.

J'obtempère.

En chemin, nous croisons une créature vaguement humaine affalée contre le mur du couloir. La chose bafouille, roule des yeux, une tasse de café à la main. Un examen plus approfondi révèle qu'il s'agit de Billy, feu le frangin de Jack. En nous voyant, ses mains tremblent, et du café se répand sur le tapis. Outre le fait que cette résurrection tient du miracle, je remarque que Billy a recouvré l'usage de la parole, une faculté à laquelle il avait dû très vite renoncer hier au soir.

— Amy, grogne-t-il. Kèssss...

Mais Amy est désormais au-delà de ce niveau sophistiqué d'interrogation. Elle l'enjambe et pénètre dans la chambre de Jack.

— Bébé ! crie-t-elle.

Cette exclamation se révèle on ne peut plus adéquate vu l'état dans lequel se trouve Jack. Il est incapable de se tenir droit tout seul et ses efforts pour s'asseoir échouent lamentablement. Il est gravement endommagé au niveau psychomoteur, à en juger d'après sa tentative pour caresser la joue d'Amy qui se solde par un doigt dans l'œil. A la différence de son frère, son usage de la parole se limite à des marmonnements. Je saisis les termes « mort » et « lavement » – mais je préfère m'éclipser pour aller préparer du café.

— Comment as-tu osé ? me lance Amy à mon retour. Tu m'avais promis de veiller sur lui.

Un peu dur, non. Enfin quoi, je n'ai pas obligé Jack à absorber de l'alcool hier soir. Mais le fait est que je suis responsable de ce qui est arrivé.

Responsable de tout. C'est moi et moi seul qui suis à l'origine des événements qui nous ont conduits ici. Et c'est donc – oui, elle a raison – moi et moi seul qui dois porter le chapeau.

— Ce n'est pas aussi grave que ça en a l'air, dis-je. (Je m'agenouille près d'Amy.) Crois-moi, ajouté-je en posant une main sur son épaule. Je l'ai déjà vu plus mal en point. Il a des capacités de récupération incroyables. Il va s'en tirer.

— Arrête, me dit-elle.

— Comment ça ?

— De prendre cet air pathétique. Ce n'est pas juste. Comment puis-je être en colère contre toi si tu prends cet air ?

Je ne me rendais même pas compte que j'avais un air pathétique, mais maintenant que j'y pense, ce n'est guère surprenant : c'est comme ça que je me sens. Je suis devenu désagréablement conscient qu'à chaque minute qui passe mes chances d'arranger les choses avec H diminuent à vue d'œil. Je m'aperçois qu'Amy me regarde toujours et, même si la dernière chose que je suis d'humeur à faire c'est le clown, je me fends d'une de mes pires grimaces pour la faire sourire.

— C'est mieux comme ça ? je demande.

— Beaucoup mieux, dit-elle en souriant enfin.

La première phrase cohérente de Jack est :

— Question stupide, mais l'un de vous peut-il me dire comment ça se fait que tu sois là, Amy ? (Il grimace et l'embrasse doucement sur la joue.) Non que je ne sois pas content de te voir, comprends bien...

Ils parlent. J'écoute. Les événements du matin sont passés en revue. Il y a un grand point d'interrogation sur le visage de Jack après qu'Amy a exposé la remarquable coïncidence qui a conduit les deux groupes à se retrouver ici en même temps. Dans des chalets voisins. Jack se fait très vite une opinion sur la question.

— Je n'ai jamais entendu de telles salades, dit-il en se penchant et en pointant sur moi un doigt accusateur. Ce sale petit enfoiré... ou H – ou plus vraisemblablement les deux, vu ce qu'ils ont fabriqué – ont mis au point ce truc entre eux. Si c'est une coïncidence, conclut-il, alors je suis la reine d'Angleterre.

— Non, je t'assure..., commence Amy.

Mais soudain elle se fige, l'air ébahi.

— Qu'est-ce que ça veut dire, « vu ce qu'ils ont fabriqué » ?

Jack ne répond pas, et baisse les yeux.

Amy m'interroge du regard.

— Eh bien ?

Je respire profondément.

— Euh... nous... je ne sais pas... Ce n'est pas vraiment à moi de... je veux dire, si H ne t'a pas encore...

— Non, elle ne m'a pas encore, fulmine Amy.

— C'est comme ça, je continue. On a pris un taxi ensemble en quittant le *Blue Rose* et on est allés chez moi et...

— Ils ont couché ensemble, termine Jack à ma place. Ils sont allés chez Matt et ils ont couché ensemble. Ça s'est super bien passé, apparemment.

Amy contemple ses pieds. Elle cligne des yeux.

— J'arrive pas à croire que H m'ait rien dit. Elle me raconte toujours...

Je m'éclaircis la gorge.

— Elle ne t'a sans doute rien dit parce que... laisse tomber. Tu as bien vu comment elle a réagi en me voyant. Elle n'est pas exactement...

Amy m'ignore.

— Et toi, Jack ? Quelle est ton excuse ? La franchise, tu te rappelles ? Pas de secrets.

— Eh, un instant, dit Jack, soudain en proie au genre de récupération miraculeuse dont j'ai dit à Amy qu'il était capable. Je ne suis pour rien dans tout ça.

J'interviens :

— Je lui ai dit de ne pas en parler. Je ne savais pas si ça allait mener quelque part. Ne lui en veux pas. Si c'est la faute de quelqu'un, c'est la mienne. J'aurais dû la boucler.

— Et où donc est H ? demande Jack.

— Je n'en sais rien, dit Amy d'une petite voix bouleversée. Elle est partie comme une furie. Je n'ai pas pu la retrouver.

— Et toi ? me demande-t-il. Tu crois encore que je vais prendre tout ça pour une coïncidence ?

— C'est pourtant le cas, dis-je.

Il sonde mon regard quelques secondes, mais je ne bronche pas. Finalement, il hoche la tête, pas dupe un instant, agissant ainsi pour le bien d'Amy, pas pour le mien. Je ne sais pas trop. Je lui suis juste reconnaissant.

— Bon, on a déjà vu plus bizarre, conclut-il. (Il serre Amy dans ses bras et lui dit :) Je crois que tu ferais mieux d'aller à sa recherche, puis... de débrouiller tout ça...

Amy acquiesce et passe devant moi sans me regarder.

J'entends claquer la porte d'entrée.

— Désolé, dis-je à Jack. J'ai foiré. J'ai foiré grave.

Une lueur malicieuse brille dans ses yeux.

— Grave ? fait-il en prenant une gorgée de café. Tu parles d'un euphémisme !

Susie

Samedi, 14 h 00

Stringer s'arrête enfin au sommet de la colline. Je suis essoufflée quand je le rejoins.

— Ça fera l'affaire ? demande-t-il.

Pour être franche, j'en ai rien à battre. Je n'ai qu'une envie, m'asseoir.

J'acquiesce, à bout de souffle, et descends de vélo pour suivre Stringer qui s'avance dans les herbes. Peut-être qu'il fait le Tour de France chaque année, il ne semble même pas transpirer.

Je m'écroule et reprends mon souffle, allongée sur le dos, bras écartés. Stringer se marre quand je me redresse.

— C'est agréable d'être enfin seuls.

Je soupire en étendant mes jambes et en regardant le ciel.

J'entends les oiseaux chanter au-dessus de moi. On a vue sur la vallée, et au-delà des arbres la vapeur monte du complexe aquatique, mais à part ça on n'a pas l'impression d'être à Leisure Heaven. Je ferme un œil à cause du soleil et regarde Stringer.

Il arrache une herbe et la suçote, le front plissé.

Et puis il se passe quelque chose. Comme une pièce qu'on met dans un juke-box, un souvenir passe de ma tête à mon ventre et se rejoue.

C'est l'endroit dont j'ai rêvé.

C'est ici. Je vis mon fantasme.

Je déglutis et me redresse. C'était l'endroit où je le voyais, lui et sa grosse...

Je respire et essaie de me calmer.

Je peux y arriver. Je peux avoir des rapports purement amicaux avec Stringer. Nous sommes amis. Et ça me convient parfaitement. Nous sommes allés pique-niquer entre amis. Je lui lance un des énormes sandwiches qu'on a achetés avant de prendre les vélos.

— Bizarre, tu ne trouves pas..., je commence, sur le ton de la conversation.

— Hmm ?

— J'ai réfléchi en venant jusqu'ici. Tu ne trouves pas que H a vraiment débloqué tout à l'heure ?

Stringer hausse les épaules.

— J'en sais rien.

Je croise les bras pour me protéger. Je suis capable de faire la conversation.

— Elle a vraiment été dure avec Matt, il ne le méritait pas. Je veux dire, je ne sais pas comment tout ça a commencé, mais ce n'est pas très grave. On est tous ensemble et c'est sympa.

— C'est peut-être une histoire de cul, dit-il.

Je secoue la tête, paniquée au simple fait que Stringer ait prononcé le mot « cul ».

— Tu veux dire quoi ? je demande en glissant une mèche de cheveux derrière mon oreille et en essayant de cacher mon trouble.

Stringer soupire et frotte sa main sur l'herbe.

— Je ne suis pas censé le savoir, mais ils ont couché ensemble. Je crois que c'est ça le fond de l'affaire.

— H et Matt ?

Stringer acquiesce et se gratte la tête.

— C'est Jack qui a lâché le morceau. Ça s'est passé la semaine dernière, apparemment.

— Pas possible ! Tu crois que Matt a tout combiné ?

— J'en doute. Il paraissait aussi ahuri que H.

— Ben ça alors.

Je suis sincèrement choquée. J'arrive pas à croire qu'elle ait rien dit. Je repense aux essayages pour le mariage, et tout se met en place. Stringer ricane.

— Tu me fais rire, dit-il. Tu ressembles à une vieille commère, là, avec tes bras croisés. Ça te cloue le bec, hein ? Toi qui d'habitude ne la fermes jamais.

Je me sens rougir. Je décroise mes bras et recentre la conversation sur un territoire neutre.

— Je comprends que ça lui ait fait bizarre de voir Matt, dans ce cas, dis-je.

Stringer arrache des brins d'herbe et ne dit rien. Je lui jette un coup d'œil, mais il regarde sa main et je me mets moi aussi à la regarder. Il a de si longs doigts.

— Les histoires de cul gâchent toujours tout, je suppose, dit-il.

— Comment ça ?

— Entre amis, je veux dire.

— Je suis tout à fait d'accord, dis-je en essayant d'ignorer le pincement que je ressens au ventre.

— Ah bon ? dit-il en me regardant.

Je le regarde sans rien dire.

Bien sûr que je suis d'accord. Je veux que Stringer soit mon ami, pas vrai ? Je dois donc être franche. Sauf que... pourquoi est-ce que je n'en ai pas trouvé un qui soit moche ?

— Oui, dis-je. Le cul entre amis est un désastre, ça gâche tout. J'ai déjà fait cette erreur, j'admets sur le ton d'une matrone de l'ère victorienne.

Je tripote mon sandwich emballé, mais Stringer ne dit rien.

— Avant, je me disais que ça n'engageait à rien de coucher comme ça. Mais c'est trop facile.

— Ah bon ?

— J'aspire à autre chose. Ça te semble bizarre ?

Ça me semble bizarre.

Je respire profondément et me lance :

— En fait, je suis des cours sur les relations humaines, la plupart du temps c'est des âneries, mais une partie m'aide vraiment...

Stringer fouille dans son sac et ouvre une bouteille de soda. Il me la tend. Ça me fait bizarre de parler du cours, mais il ne bronche pas. Alors je lui en dis plus. Je lui parle des visions que me procurent les joints. Je lui parle de ma vraie vision. Avoir une relation platonique avec un homme et arrêter de draguer.

— Ce n'est pas que je n'aime pas le sexe. J'adore ça, dis-je en rougissant. Je ne connais personne qui n'aime pas ça. Mais j'ai lu pas mal de trucs et je crois que je n'ai plus envie de sauter tout ce qui bouge... Je veux être capable d'avoir des rapports autres que sexuels.

Je me demande ce que Stringer pense, et je me sens un peu ridicule de lui parler de ça. Quoi de plus étrange que de dire au plus beau type au monde que vous en avez marre de baiser ?

Stringer se contente de sourire.

Et ce n'est pas un sourire méfiant, ni un sourire entendu, ni un « ouais, t'as raison ». C'est juste... magnifique.

Je souris à mon tour et tapote l'herbe.

— Et donc j'ai dit adieu à mon passé. Mon passé nul et sordide. Bon, on verra bien. Toi aussi tu as fait une croix sur un certain passé ? En tout cas c'est ce que j'ai cru comprendre...

Stringer

Samedi, 15 h 05

— Ne va pas te faire trop d'idées sur mon passé. Toutes ces histoires sont... eh bien... ce n'est pas la stricte vérité.

Susie ne répond pas. Je pense que c'est parce qu'elle attend que j'en dise plus. J'essaie de soutenir son regard mais me plante dans les grandes largeurs. L'obturateur de la vieille honte se referme, et je regarde mes mains.

C'est délicat. Ce n'est pas parce que c'est à Susie que je parle. Au contraire. Elle a été franche avec moi. Elle m'a dit les choses simplement, comme elles étaient. Quand elle a commencé, j'ai été surpris. On ne se connaît pas tant que ça, mais c'est peut-être aussi ce qui facilite les choses, le fait que je sois un inconnu. Ça me rappelle mes relations avec David, au centre de désinto. Susie n'était pas obligée de me dire tout ce qu'elle m'a dit. Je ne l'ai pas accusée d'avoir une vie déréglée, je ne lui ai pas dit qu'il fallait qu'elle prenne un nouveau départ. Cette pensée ne m'est pas venue à l'esprit (et le fait est que je trouve qu'elle s'analyse trop).

La difficulté ne vient pas de ce qu'elle a dit, mais de tout ce que je n'ai pas dit – tout ce que je ne peux pas dire. Je ne suis pas comme David. Ce n'est pas comme si j'étais là à l'écouter en professionnel. Un sage hochement de tête et un « Et qu'est-ce que ça te fait ? » ne suffiront pas. Ce ne serait pas juste, parce qu'il y a eu échange, non ? C'est comme quand on se refile des images quand on est gosses. C'est donnant donnant. Sinon on vous traite de radin.

Le problème, c'est que je n'ai rien à donner en échange. Il n'y a pas de sales petits secrets sexuels dans ma tête. A la place se trouve une feuille vierge d'un blanc immaculé, et l'habitude de mentir. J'aimerais admettre que je suis le contraire de Susie. Mais si je lui disais la vérité, elle tomberait de haut, or je veux devenir son ami.

— Il s'agit de jouer un rôle, non ? dis-je. Il en va ainsi pour Matt, Jack et les autres. On a toutes sortes de rôles à jouer. C'est comme ça que ça marche. Jack est le gentil garçon, Matt c'est le cerveau, et moi je suis le tombeur. C'est comme ça et c'est dur, tu comprends ? C'est hyper difficile de vouloir changer de rôle.

— Mais tu es qui tu es, Stringer. Ça ne compte pas vraiment l'opinion des autres. C'est ta propre opinion qui compte.

— Ce n'est pas aussi simple.

— Pourquoi ?

— Les gens vous jugent sur ce que disent les autres. Tu n'es pas différente. Tu m'as jugé d'après ce que tu as entendu dire sur moi.

— Je ne t'ai pas du tout jugé.

— Tu as évoqué mon passé sordide.

— OK, concède-t-elle, mais maintenant tu m'as parlé autrement. Tu m'as dit que tu n'étais pas une sex-machine, et je te crois. Et donc ça annule ce que j'ai entendu avant. Comme pour moi.

— Comment ça, comme pour toi ?

— Quoi ? Tu veux dire que Jack ne m'a pas décrite comme une vraie Marie-couche-toi-là ?

— Non, ce n'est pas son genre de parler comme...

— Non, bien sûr, mais je parierais ma chemise qu'il t'a dit un truc dans ce genre-là...

— Oui, je reconnais. C'est le cas.

— Et tu l'as cru ?

— Je m'en fichais.

— Oh.

— Ce n'est pas ce que je voulais dire.

— Et tu voulais dire quoi ?

— Quand je disais que je m'en fichais, je ne voulais pas dire ça au sens strict. Simplement que ce n'était pas quelque chose qui m'intéressait. Mon Dieu, ça paraît encore pire. (Je remarque une ombre de sourire et fais une nouvelle tentative.) Je veux dire que je m'en fichais de savoir si tu étais nympho ou pas parce que ça ne me regardait pas.

Susie me regarde d'un air sournois.

— Alors pourquoi il t'a dit tout ça ? C'est toi qui lui as posé des questions ?

— Non. Non. Bon d'accord, oui, je l'ai interrogé sur toi, mais...

— Mais quoi ? demande-t-elle innocemment.

— Mais pas à cause de ça. Je ne me suis pas pointé comme ça pour dire : « Hé Jack. Et Susie ? Elle est chaude ? »

— Contente de te l'entendre dire. (Elle repousse les cheveux de devant son visage et demande :) Alors tu as dit quoi ?

— Je ne me rappelle pas.

— Fais un effort.

Je fronce les sourcils et plisse le front en rajoutant :

— Non, je ne me rappelle toujours pas. C'est venu comme ça, c'est tout. D'accord, dis-je devant ses sourcils levés, on a parlé de toi. Jack m'a parlé de toi.

— Exactement comme on a parlé de toi quand je discutais avec Amy...

— Exactement.

Elle baisse la tête et me regarde.

— Et ça nous mène où, tout ça ?

Je regarde autour de moi, ne sachant quoi dire.

— Sur cette colline, au milieu des arbres.

Elle réfléchit quelques instants, puis dit :

— Peut-être qu'on devrait aller retrouver les autres... Avec un peu de chance, la situation s'est arrangée.

Je me rappelle la conversation que j'ai surprise dans le sauna. Pauvre Matt.

— Allons-y, dis-je, me sentant soudain coupable de ne pas l'avoir rencardée sur ce qui se passait. (Je me lève.) Tu es toujours d'accord pour qu'on aille tous à la piscine un peu plus tard ?

— Ouais. Allons-y.

Elle tend la main et je me penche et la prends. Elle est froide. Je l'aide à se relever. Quand elle lâche ma main, ce contact me manque déjà un peu.

H

Samedi, 15 h 10

Je suis en train de finir une autre cigarette et je contemple distraitement les canards trop bien nourris et trop sages, quand je prends conscience d'une présence derrière moi. Me mordant les lèvres, je regarde par-dessus mon épaule. Amy se tient derrière moi, les bras croisés. Elle me toise d'un regard noir et hautain.

— D'accord, dis-je en me retournant vers le lac.

Génial. Juste ce qu'il me fallait.

Amy s'accroupit à côté de moi puis s'assoit sur l'herbe. Je suis sur le point d'écraser ma cigarette, quand elle me la prend et la finit. Elle me tend le mégot incandescent, mais je secoue la tête. Je serre les genoux contre ma poitrine pendant qu'elle souffle lentement sa fumée vers les canards. Puis elle écrase la clope sous sa nouvelle basket.

C'est parti.

— Pourquoi tu ne m'as rien dit ? demande-t-elle en regardant le lac.

Je ne dis rien. Donc, elle pense que tout est de ma faute. Je vois un énorme oiseau plonger dans l'eau et attraper un détritus quelconque dans son bec. Les poissons sont morts depuis longtemps.

Je n'ai pas envie de parler à Amy. Je veux qu'elle me laisse tranquille.

— H ? insiste-t-elle.

— Quoi ?

— Pour Matt. Pourquoi tu ne m'as pas dit que tu avais couché avec Matt ?

J'aurais dû me douter que Matt lâcherait le morceau.

— Alors comme ça il t'en a parlé ?

— Non, je le sais par Jack. Il vient juste de me le dire.

— Tu crois que d'autres sont au courant ?

— Je l'ignore. C'est possible.

— Génial.

Je la regarde. Elle aussi serre les genoux et fronce les sourcils. Pour la première fois depuis que je la connais, je remarque qu'elle commence à avoir des rides. Je sais qu'elle n'est pas contente que je ne lui aie pas parlé de Matt et je me prépare aux inévitables remontrances, mais à ma grande surprise elle change de sujet.

— Je sais que ce n'est pas facile pour toi, dit-elle. Je suis vraiment désolée.

Je dois reconnaître que ça me surprend.

— Pourquoi tu serais désolée ? S'il y a quelqu'un à qui il faut s'en prendre, c'est Matt. Il n'aurait pas dû en parler à Jack, et il ne devrait certainement pas être ici.

— Non, je suis désolée.

Elle pose une main sur sa poitrine. Elle n'a pas encore de bague de fiançailles.

— Je suis navrée que tu n'aies pas pu m'en parler. Ce que je veux dire, c'est que je suis navrée que nous ne soyons plus aussi proches.

Elle dit cela comme une évidence, et je sens de la tristesse dans sa voix. Mais le résultat de cet aveu est que je me braque encore plus.

— Nous sommes proches, dis-je.

— Ne prends pas ce ton condescendant avec moi. Je suis sincère.

Je détourne le regard, mais Amy continue.

— Je sais que Jack joue un grand rôle dans ma vie à présent. Et c'est un choix que j'ai fait.

— C'est la vie.

— Oui. La vie continue, H. Et je suis désolée de ne plus être là autant pour toi, mais le fait que tu sois furieuse me met dans une situation délicate. Je suis avec Jack, mais je veux également être proche de toi. Tes pensées, tes sentiments... Parce que nous sommes amies. Et c'est pourquoi je suis désolée que tu m'aies tenue à l'écart de tout ça. Si tu voulais bien arrêter de m'en vouloir comme ça, alors peut-être que je pourrais t'aider. Tu t'es mise dans un sale pétrin, mais tu n'es pas obligée d'essayer d'en sortir toute seule. Tu ne dois pas te sentir seule.

J'ai envie de lui dire qu'elle ne peut pas savoir ce que je ressens. J'ai envie de lui dire que ça ne la regarde pas. Que je n'ai pas besoin qu'elle me dise que je suis seule. Mais le fait est que je me sens seule et ma gorge se serre. Amy pose sa main sur la mienne.

— Alors, qu'est-ce qui s'est passé avec Matt ? demande-t-elle.

Je lui parle du pub.

— C'était juste comme ça. Et c'était agréable. Mais je n'ai pas réfléchi aux conséquences. Ça m'a paru une bonne idée sur le moment.

— Puis tu es allée à Paris et tu as rencontré Laurent. C'est la merde, hein ?

— Ouais. Et maintenant Matt ne me lâche plus. J'arrive pas à croire qu'il est là, Amy. Franchement. Ça m'a fichu un tel choc.

— Je pense que tu as été très claire sur tes sentiments.

— Je ne peux pas croire qu'il ait réservé ici par hasard. Il l'a fait exprès. Il a monté tout ça... à cause de moi.

Amy me masse le dos pour dissiper ma panique.

— Ecoute. Tu n'en es pas sûre, n'est-ce pas ?

— C'est pourtant évident.

— Matt paraît aussi halluciné que toi, et je le connais, comme je connais Jack. Il est incapable de mentir. Et si Jack savait quelque chose, il me l'aurait dit. Je crois que c'est juste une coïncidence.

— Ce n'en est pas une.

— Ça peut en être une. Tu ne crois pas ?

Je secoue la tête.

— Non ? Matt a très bien pu avoir la même idée que toi ? Je veux dire, je n'ai pas dit à Jack qu'on venait ici et toi tu n'as rien dit à Matt.

Je soupire et réfléchis un instant. Je ne vois pas comment Matt a pu savoir.

— D'accord, d'accord, dis-je enfin. C'est possible.

— Et si c'est le cas ?

— Eh bien, si c'est le cas, j'ai vraiment été désagréable avec Matt sans raison.

— Exactement.

Nous restons sans rien dire quelques instants. Je me sens toute chamboulée. Je ne sais pas trop si Amy est de mon côté.

— Qu'est-ce que je dois faire, alors ?

— Tu n'as qu'une chose à faire. Etre honnête. Lui dire que tu n'as pas envie d'avoir de relation avec lui. Matt est un grand garçon. Il peut comprendre.

J'enfouis la tête dans mes mains. La dernière chose dont j'ai envie, c'est de voir Matt et de lui parler.

— Dieu merci il n'est pas au courant pour Laurent. Ça compliquerait vraiment les choses.

— Ne te dégonfle pas. C'est la seule chose qui puisse sauver la situation. Sinon, ce week-end sera épouvantable.

— Il l'est déjà, dis-je. L'idée, c'était de passer un week-end entre filles, et maintenant qu'ils sont là c'est fichu.

— Ce n'est pas fichu. Arrête de jouer les rabat-joie.

— Ah bon, parce que tu ne vas pas passer toutes tes soirées avec Jack pendant que Sam va bouffer Stringer tout cru ?

— On ne peut pas savoir ce qui va se passer.

— J'ai ma petite idée.

— Bon, j'en ai ma claque. Ecoute. Si tu vas voir Matt et si tu lui parles, je promets qu'on sortira ensemble. Sans les garçons. Une fois que tu auras parlé à Matt, tu n'auras pas besoin de le voir le reste du week-end. Ça marche comme ça ?

Oui, parce qu'elle a raison. Et je n'ai pas besoin de lui dire oui, elle me connaît trop bien.

Matt

Samedi, 15 h 35

— Ouais, c'est super.

C'est tout ce que je trouve à dire quand Stringer me raconte son pique-nique avec Susie. On dirait un truc du *Club des Cinq*, et je sens que je devrais me montrer plus enthousiaste. Au moins, Susie et lui se comportent en adultes et acceptent très bien le fait qu'on soit tous là. Je devrais être heureux pour eux. Je devrais être soulagé. Mais ce n'est pas le cas. Je me sens hyper mal. Je suis là, à me creuser les méninges pour savoir ce que je vais bien pouvoir dire à H quand on se reverra, comment je vais arranger les choses entre nous. Mais à part lui répéter ce que je lui ai déjà dit, je suis à sec. Pis, je suis paralysé. En attendant, je ne peux rien faire d'autre qu'attendre.

— Tu vas bien ? demande Stringer qui prépare ses affaires de piscine avant d'aller rejoindre les autres.

— Non, Stringer. Je ne vais pas bien. J'ai passé toute la semaine dernière à partager mon temps entre organiser ce week-end et penser à H. Et maintenant le week-end est pourri et H trouve que je suis une merde. On ne peut pas franchement dire que le bonheur et moi on est les meilleurs amis du monde.

— Les choses vont se tasser, dit-il en s'asseyant sur le canapé à côté de moi. Ça va nous faire du bien à tous de nous dépenser dans l'eau. Ce n'est pas ta faute, de toute façon. Jack le sait et il veillera à ce que les autres en conviennent.

— Et H ? Ce n'est pas de piquer une tête dans le grand bain qui va la calmer. Faudrait trois tonnes de glace.

— Oui, admet-il. Je crois que là-dessus t'as raison. Ecoute, Matt. J'ai essayé de te dire quelque chose quand on était au Village aquatique...

— Ouais. Je suis désolé. Ça criait de partout et... Alors, c'était quoi ?

Stringer paraît mal à l'aise. Je le regarde. Il détourne les yeux.

— Je ne sais pas comment te le dire. Je ne sais pas si c'est à moi de...

— Quoi ?

Ça ne peut pas être pire que tout ce qui s'est déjà passé aujourd'hui.

— Allez, dis-je. Accouche.

— C'est à propos de H. J'ai surpris une conversation entre elle et Amy dans le sauna. Elles ne savaient pas que j'étais là. Elles parlaient d'un type. H parlait d'un type.

Je n'aime pas le tour que ça prend.

— Et ?

Il ne dit rien.

— Et ?

— Il ne s'agissait pas de toi, Matt, me dit-il. Le type en question. Le type dont elle parlait, ce n'était pas toi.

Il y a une nuance très subtile entre la déprime et l'abattement. C'est comme une corde raide, et suivant comment le vent souffle vous pouvez tomber d'un côté ou de l'autre. Je commence à vaciller.

— Je t'écoute, dis-je.

Parce que je dois savoir, même si je sais déjà que la réponse ne va pas me plaire.

— C'est un Français. Laurent, quelque chose comme ça. Elle a passé toute la semaine dernière à Paris avec lui. Elle est folle de lui. Vraiment. Je suis désolé.

Je coule. Il ne sert à rien d'essayer de se raccrocher, et le gouffre qui m'appelle est le bienvenu. Parce que c'est tout ce que je mérite pour avoir été aussi stupide et m'être mis dans cette situation.

Je me mords les lèvres avec l'impression d'avoir été poignardé. C'est donc ça le revers de la médaille. Mais merde, le moment est mal choisi. Je sens des larmes me monter aux yeux. Ma gorge se serre. Je pense à H et j'ai envie de la toucher, de lui prendre la main. Elle m'a repoussé. C'est comme si elle avait effacé le mot « espoir » de mon vocabulaire. Je ne vais pas pleurer. Je ne vais pas rester là à attendre qu'elle revienne. Parce que si je fais ça, ça risque de durer longtemps.

— Rends-moi un service, Stringer...

— Je t'écoute.

— N'en parle pas aux autres. Surtout pas à Jack.

Je ne veux pas que ce week-end soit plus gâché qu'il ne l'est déjà.

Il me regarde, l'air peiné.

— Entendu.

— Etrange, non ? dis-je en prenant la bouteille de vodka sur la table et en avalant une gorgée.

— Quoi ? demande Stringer.

— Parfois quand la pire chose au monde vous arrive, on ne flippe pas, on décroche simplement.

H

Samedi, 15 h 50

— Ils sont tous allés à la piscine, dit Amy en lisant le mot que Susie a laissé à l'appartement.

J'ouvre la fenêtre pour aérer un peu.

— Vas-y, dis-je. Je vais rester ici pour mettre les choses au clair avec Matt. Alors prends ton maillot et va t'amuser. Tu as perdu assez de temps comme ça avec moi.

— Tu es sûre que ça va aller ? Je peux rester et attendre avec toi si tu veux.

— Non, dis-je. J'ai besoin d'être seule.

— Rejoins-nous après, alors.

— Promis, je mens. Si je le trouve.

Une fois Amy partie, je feuillette la revue de Sam, mais je sais que je ne fais que repousser le moment crucial.

Je ne m'attends pas que Matt soit là, mais je vais quand même frapper à côté, et j'attends en regardant les nuages. Le courage m'abandonne. Je suis sur le point de partir quand Matt ouvre.

Il a l'air d'avoir la gueule de bois et d'être en rogne. Il se tient sur le seuil, une main sur la poignée. Il est en short et les poils de ses jambes bronzées sont blonds.

Il y a un long silence. Je m'éclaircis la gorge.

— Je peux entrer ? dis-je enfin.

— Qu'est-ce que tu veux ?

Il me toise d'un regard impatient, en se balançant d'un pied sur l'autre. Je devine à son haleine qu'il a bu. Ses yeux sont injectés de sang. Les poils se hérissent sur ma nuque.

Ça ne va pas être facile.

— Je suis venue te présenter des excuses. Hum... Je crois que j'ai un peu perdu les pédales, dis-je d'un air penaud. Tu as raison. C'est sans doute une coïncidence...

Le visage de Matt demeure indéchiffrable.

— Mais si tu as manigancé tout ça à cause de ce qui s'est passé le week-end dernier... eh bien, c'était super et tout ça, mais je ne voulais pas que tu te méprennes...

Matt m'interrompt en secouant la tête.

— Tu crois vraiment que j'aurais arrangé tout ça pour que... quoi, H ? Qu'on soit ensemble ? Qu'on baise ? C'est ce à quoi tu pensais ?

— Ça m'a traversé l'esprit, dis-je, agacée. Oui, c'est comme ça que j'ai vu les choses.

— Ecoute. A propos de ce qui s'est passé entre nous... on était tous les deux saouls, tu m'as fait des avances et j'ai profité de l'occasion. Ça ne va pas plus loin que ça.

— Je t'ai fait des avances !

— Oublions tout ça.

Je suis choquée.

— Si c'est ce que tu veux.

— Ce que je veux, c'est être seul avec mes potes et profiter de ce week-end que j'ai mis sur pied il y a des lustres. On s'amusait bien. Alors ça me ferait très plaisir si vous alliez jouer ailleurs, toi et tes copines.

Il me fait un petit signe d'adieu condescendant avant de me claquer la porte au nez.

— Parfait ! je crie en tournant les talons et en regagnant notre appart.

Je claque notre porte en signe de représailles, puis m'adosse au battant intérieur. J'ai l'impression de m'être pris un coup. Je secoue la tête comme pour chasser ce qui s'est passé, mais ça ne marche pas.

— Comment ose-t-il ?

Je vais dans la cuisine, allume une cigarette, et fais les cent pas. Je sens sa présence non loin et ça me donne la chair de poule.

Je fume cinq cigarettes d'affilée avant d'avoir les idées claires.

Mais finalement ça marche.

Je prends mon maillot de bain et une serviette. Je ne resterai pas ici. Je vais aller à la piscine et je compte bien m'amuser avec les filles. Et si Matt Davies ose se pointer là-bas, je jure que je le noie.

Susie

Samedi, 17 h 30

Je me frotte le dos contre le jet de bulles dans le bain chaud. Amy enjambe la barrière et s'assoit à côté de moi. Ses joues sont rouges et elle me sourit, le souffle court.

— Susie dans un jacuzzi ! Qu'est-ce qu'on se marre. On se refait le toboggan ?

Je dois reconnaître que depuis qu'on est là on a sacrément régressé. On a couru dans tous les sens tout l'après-midi, en piaillant comme des gamines hystériques.

Je me masse le pied.

— Dans une minute.

— Moi j'y retourne, dit-elle en se laissant tomber par-dessus la barrière.

Je l'aide à remonter à la surface. Elle crache de l'eau et éclate de rire.

— Je te laisse, c'est trop chaud pour moi. Si

j'étais toi, j'irais essayer les jets. Orgasme au jacuzzi : y a pas mieux !

Elle se lève et percute Stringer. Il semble gêné et lui sourit.

— Oh, ça sera peut-être pas la peine, dit-elle avec effronterie en grimaçant.

— Elle m'a l'air en pleine forme, dit Stringer en s'asseyant en face de moi.

— Comme tout le monde, dis-je, en me demandant s'il a entendu le commentaire d'Amy sur l'orgasme.

— Même H s'éclate. Elle s'est enfin décoincée. Elle a été tellement insupportable.

— Je ne l'avais jamais vue aussi enjouée, pourtant, dit-il.

Il a l'air guindé. Il n'a pas l'air à sa place ici, comme si le fait d'être à moitié à poil le mettait mal à l'aise.

Il n'est pas le seul.

Stringer sourit et regarde l'eau. Son maillot est gonflé par l'air. Il y a un silence. Je sens des jets d'eau puissants ricocher contre mes cuisses.

— Alors, vous êtes prêtes pour ce soir ? demande-t-il enfin.

— On va aller en boîte. Et vous, vous faites quoi ?

Stringer hausse les épaules.

— C'est Matt qui décide. Je pense qu'on va pas bouger. Encore des trucs de mec, dit-il d'un ton sarcastique.

— Et si vous veniez en boîte avec nous ? On va bien se marrer.

— Avec Matt et H ? Je ne crois pas que ça soit une bonne idée.

— Dommage, hein ? On pourrait essayer de se retrouver plus tard ?

— On pourrait, oui. Et si je te retrouvais vers 11 heures ?

— Ça marche.

— Susie, viens !

C'est Amy qui m'appelle. Je l'aperçois derrière les faux rochers qui me fait signe depuis le sommet de la cascade.

— Je ferais mieux d'y aller, dis-je, mais en me levant je m'aperçois que mon haut est de travers et que j'ai la moitié d'un sein à l'air.

Et Stringer a remarqué.

Je me rajuste à la hâte sans le regarder et essaie de passer devant lui, mais je glisse et lui tombe dessus au milieu des bulles. Et pendant un moment électrisant nous sommes une masse de membres glissants.

— Désolée, dis-je en me recoiffant bêtement. On se voit tout à l'heure, alors.

Je suis toute congestionnée. Ça doit être la chaleur.

Matt

Samedi, 19 h 00

Je me rends bien compte que ce n'est pas de boire qui va résoudre les choses, mais pour le moment ça a le mérite d'atténuer la douleur. Ça fait plus de trois heures que H est passée me voir et que j'ai repoussé violemment sa proposition de paix, et depuis je n'ai cessé de picoler. Malgré ça, j'ai un goût amer dans la bouche, et même si j'aimerais que H soit la responsable de tout, je sais que ça ne vient pas d'elle mais de moi. Heureusement, je ne me rappelle même pas ce que je lui ai dit, mais je sais que c'était très désagréable. Mon orgueil blessé a parlé sans réfléchir. Je ne lui ai pas dit que je savais pour Laurent. Je ne lui ai rien dit hormis le fait que je ne voulais rien avoir à faire avec elle.

Je lève les yeux et me concentre sur l'interrupteur jusqu'à ce que le reste de la pièce se stabilise. L'appartement sent le chlore. Des empreintes de pied humides décorent le tapis devant la salle de bains, où Jack est en train de se récurer consciencieusement. On entend en fond un CD de A Tribe Called Quest. Les autres sont soit en train de s'habiller soit en train de piquer un roupillon avant les festivités de ce soir. Sauf Ug, qui est assis par terre comme un savant fou et construit un bong à partir de divers éléments en plastique qu'il a trouvés dans une poubelle derrière le Village global (« La récup, mec, a-t-il marmonné en revenant dans l'appart, c'est ma spécialité. »)

— Passe-moi ce bout de tuyau, d'ac ? demande Ug.

Je ramasse un morceau de tuyau par terre et le lui tends.

— Merci, marmonne-t-il en s'enfilant une gorgée de bière avant de se concentrer de nouveau sur son invention. T'en veux ? dit-il au bout de quelques minutes.

Et pourquoi pas ? Moins je serai en état de penser, mieux ça vaudra. Je n'ai pas envie de penser. Je n'ai pas envie de me rappeler ma bêtise et mon comportement égoïste jusqu'à ce week-end. Je ne me suis occupé que de ma petite personne, de ce que je voulais, et comment j'allais m'y prendre pour l'obtenir. Et maintenant que j'ai échoué, je comprends que c'était vain, une perte de temps. Je prends une taf et la garde longtemps dans mes poumons.

H

Samedi, 19 h 05

Je débouche la bouteille, porte le goulot à mes lèvres et rejette la tête en arrière.

Puis je recommence.

Puis je prends un verre et le remplis à ras bord, avant d'entrer dans la salle de bains.

C'est plein de vapeur et le carrelage est sale. Amy est penchée en avant et essaie de voir son reflet dans un rond qu'elle a essuyé sur la glace. Susie est sous la douche et Lorna se masse la nuque avec une serviette.

— Allez, dépêchez-vous, on y va dans moins d'une heure.

Amy me regarde, épouvantée.

— Mais il faut que je me sèche les cheveux correctement.

— On est à Leisure Heaven, bon sang. Personne ne va remarquer ta coiffure. De toute façon, on ne discute pas. C'est moi qui commande et j'ai décidé qu'on faisait les bars, puis on va en boîte.

Je reprends une gorgée.

— Quelqu'un en veut avant que je finisse tout ?

— Moi, dit Amy en tendant son verre.

— Il est à qui ce shampooing ? demande Susie depuis la douche.

— A moi, je réponds.

— Il est bien, non ?

— On essaie pas de savoir ce que font les mecs ? demande Lorna.

— Amy ? dis-je en attendant qu'elle rappelle aux autres les termes de notre accord.

— Je pense qu'on devrait rester entre filles ce soir, dit-elle en me regardant nerveusement.

Je souris et reprends une gorgée de vin qui me brûle l'œsophage.

— Exactement, dis-je. Ce soir, c'est notre soirée entre filles, et on va faire en sorte de s'éclater.

Je trinque avec Amy.

— Magnez-vous. Vous perdez un temps précieux à ne pas boire.

— Tu vas bien ? demande Amy.

Je ne réponds pas et sors de la salle de bains.

Susie

Samedi, 22 h 00

— Tu pourrais pas passer du Abba ? je crie au DJ. « Dancing Queen », un truc dans ce genre ?

Il m'ignore, le casque sur les oreilles, en scandant la musique avec la tête. Enfin, j'appelle ça de la musique faute d'un terme plus adéquat. Ça allait quand on est arrivées, mais depuis une bonne heure il ne passe que de la merde techno, qui n'a jamais été mon truc. Je préférerais de bons vieux tubes, mais ce qu'on entend c'est rien que du bruit. Je regarde la piste de danse, pleine d'ados en nage et crasseux. On doit avoir au moins dix ans de plus que tout le monde ici.

— Oï ! je crie.

— Quoi ? fait-il en levant un doigt pour me faire attendre pendant qu'il change de disque.

Finalement il se penche vers moi.

— Quoi ? répète-t-il en mâchant un chewing-gum.

— Tu peux pas mettre un truc sur lequel on peut danser ? On est venues faire la fête avant le mariage de ma copine et on a envie de s'éclater ? (Je bouge des hanches pour qu'il comprenne.) Tu piges ? Des chansons ! Tu te rappelles ce que c'est ?

Il me regarde un moment comme s'il allait me cracher dessus.

— Vous avez qu'à aller danser ailleurs ! proteste-t-il.

Je me détourne en me sentant insupportablement vieille. Il ne sait pas à qui il s'adresse. Je suis la reine des boums, moi. Sale con.

— Ça n'a pas marché ? demande Lorna quand je me fraie un chemin parmi les gamins jusqu'à notre table.

— A Rome, fais comme les Romains, dis-je en haussant les épaules et en désignant Amy sur la piste de danse.

Malgré la musique épouvantable, elle se démène comme une diablesse en agitant son voile au-dessus de la tête et en nous faisant signe de la rejoindre.

Derrière elle, un groupe de mecs matent ses jambes. L'un d'eux, attifé d'un ersatz de moustache, s'avance et se colle à elle. Il fait des gestes obscènes avant de défaire son pantalon derrière elle.

Je me dirige vers lui et le bouscule.

— Elle demande que ça, dit-il, furieux d'être humilié devant ses potes.

Il fait mine de vouloir se battre.

— Pas à toi. Maintenant dégage !

Jenny éclate de rire.

— Je pourrais être sa mère.

Amy se retourne et s'aperçoit de ce qui se passe.

— On les prend au berceau, Soose ?

— C'est mon boulot, dis-je.

— Allez viens, allons boire un verre, lance Amy.

H attend depuis déjà dix minutes au bar quand nous la rejoignons.

Je prends le relais et nous nous frayons un chemin à coups de coude jusqu'au comptoir. H est visiblement déchaînée. Elle commande des Drambuies pour commencer puis deux tequilas.

— Stop ! ricane Amy. J'en peux plus.

— Chiffe molle, la taquine H. Commandes-en d'autres, Susie, dit-elle avant de s'éloigner avec Amy.

La serveuse est manifestement dépassée.

— Vous payez pour elles ou quoi ? demande-t-elle.

Je me tourne vers la table.

Elle a pas payé ?

— Vous pouvez pas les rajouter sur la note ?

— Non. Pas ici.

Je suis tellement partie à la tequila que je ne discute pas et tends ce qui me reste d'argent, malgré le fait que j'aie payé la plupart des tournées jusqu'ici. Je réussis à trouver de quoi payer quelques bières de plus et les glisse sous mes bras.

— Montre-nous tes nichons ! me crie un des ados quand je passe devant lui.

— Va te faire, je réponds.

— Houaaa ! Perds pas ta perruque, mémé !

— Mais d'où viennent ces gamins ? je demande en distribuant les bières.

On nous a piqué notre table et nous devons nous tenir contre un mur.

— La musique est nulle, dit Amy. J'ai fait ce que j'ai pu, mais je suis incapable de danser.

— Alors, buvons plutôt, dit H.

Kate me rejoint et me dit :

— C'est épouvantable. Viens, allons prendre un peu l'air.

Nous sortons, laissant derrière nous le vacarme de la techno.

— Bon, dis-je en m'asseyant sur un banc. C'est un fait établi. Je suis vieille.

— Mais non, dit Kate.

— Mais si. Avant je savais m'amuser n'importe où, mais ce coup-là je sèche.

— Amy a l'air de bien s'amuser.

— Tu parles. Elle fait juste semblant.

— On ne va pas baisser les bras si tôt, dit Kate.

— Je sais. J'aime pas faire semblant de m'amuser, alors que j'ai qu'une envie c'est aller retrouver les mecs.

Je regarde le néon clignotant de la boîte, et pense à Stringer.

— Ah bon ? fait Kate.

— Tu sais... j'ai vraiment essayé de changer, j'ai voulu avoir une relation platonique avec ce type, mais en fait j'ai compris qu'il me plaisait. Me plaisait vraiment.

— Qui ça ?

— Stringer.

Elle secoue la tête et paraît larguée.

— On a fait du vélo et on a pique-niqué ensemble aujourd'hui et c'était vraiment super. Mais je ne lui plais pas.

— Je suis sûre que si.

— Je ne sais vraiment pas quoi faire. Je m'enfonce de plus en plus. Tout ce que je vois, c'est qu'Amy a envie d'être avec Jack, que je suis célibataire et que j'ai envie d'être avec Stringer, et cette décision de rester entre nanas, ben franchement c'est nul.

Elle se marre.

— Et le pire c'est que je suis en train de gâcher ma seule chance avec Stringer juste pour faire plaisir à Amy. Je suis contente pour elle, mais ça paraît stupide.

— C'est toi qui dis toujours que quand on veut que quelque chose se passe, il faut le provoquer. Pourquoi tu ne vas pas parler aux filles ?

Mais une demi-heure plus tard, quand je parle à H de se barrer, elle refuse d'en entendre parler.

— Pas question. C'est la soirée d'Amy et je ne trouve pas que ça soit une bonne idée de partir. Demande à Amy, elle te dira la même chose.

— Mais...

— Non. C'est définitif. Personne ne part.

— Pourquoi est-ce que tu veux toujours tout contrôler ? je lui demande.

— Moi ? Contrôler ? Elle est forte celle-là.

Et voilà. J'en ai marre d'elle.

— Oh la ferme ! Tu nous a dirigées tout le week-end.

— Dirigées ! Il faut bien que l'une d'entre nous s'occupe d'Amy.

— Et c'est toi qui es responsable d'elle, à présent ? Tu n'as rien fait d'autre que de jouer les rabat-joie et te comporter comme une sale môme gâtée depuis qu'on est là.

— Tiens donc, dit H. Ce n'est pas moi qui m'éclipse pour aller bouder. Ce n'est pas moi qui refuse de m'amuser.

— C'est moi qui veille à ce qu'Amy s'amuse bien, je rétorque.

Amy s'interpose entre nous.

— Qu'est-ce qui se passe ? demande-t-elle.

H me fusille du regard puis tend de l'argent à Amy.

— Rien. Va chercher d'autres verres.

— Tu vois. Faut que tu contrôles toujours tout.

— Susie ? fait Amy, inquiète, la main tremblante.

— Je suis désolée, mais je n'ai pas besoin que tu agites ton fric devant moi, Marchmont.

Je reprends l'argent des mains d'Amy et le lui redonne.

— Stop ! crie Amy. Ça suffit toutes les deux.

— Tu fais peine à voir, me dit H. T'es tellement en chaleur que tu peux pas supporter d'être loin des mecs plus de deux secondes.

— Au moins, moi, j'ai pas couché avec l'un d'eux, comme toi. Tout ce que je dis, c'est que cet endroit craint. Personne ne s'amuse et on ferait mieux d'y aller. T'as envie de partir, Amy ?

Elle me regarde, puis regarde H. Elle paraît déchirée, mais cette fois je ne vais pas baisser les bras.

— Amy ? demande H.

— Eh bien, je... C'est notre soirée entre filles.

— Exactement, dit H, venimeuse. Mais si tu veux partir, Susie, personne ne te retient.

— Soose, supplie Amy en me prenant par le bras. Ne pars pas. Reste et prends un verre. Ça ne sert à rien de se disputer. Surtout à cause de moi. Je m'amuse bien. Sincèrement.

Mais H me fusille du regard et pendant un instant

je la hais. Je la hais de toutes mes forces. Amy est peut-être trop faible pour lui tenir tête, mais pas moi.

— Je suis désolée, Amy. On se verra plus tard.

Mais comme je me faufile jusqu'au vestiaire et passe devant les ados qui vomissent, je sais que j'ai perdu. H a manigancé pour décider qui remporterait le rôle de meilleure amie. C'est pathétique et stupide, et je n'ai pas ressenti ça depuis l'école primaire.

Comme avec Stringer.

Matt

Samedi, 22 h 45

J'ai du mal à y voir clair. C'est la faute au truc que m'a refilé Ug. Plus fort qu'un anesthésiant pour éléphant. Ça m'a déboulonné sérieux.

Mais tout n'est pas noir. Jack a réussi à rassurer les autres sur la présence des filles ici, et même Jimmy s'est détendu. Dommage que je sois trop cassé pour me joindre à eux. Ils semblent s'amuser comme des petits fous. Jack préside à table et règle un point technique dans leur jeu de picole. Damien lui murmure quelque chose à l'oreille et il se marre. Un instant, je me rappelle comment c'est de se sentir heureux. Mais ce sentiment est passager. H occupe mes pensées et la perspective douloureuse de la perdre me submerge. Et c'est bien ce qui s'est passé, non ? Je l'ai perdue. Ou plutôt, non, je ne l'ai pas perdue, car je ne l'ai jamais possédée. Même notre nuit ensemble ressemble déjà à un rêve. Je comprends maintenant que, comme toutes mes stratégies, c'était une illusion. J'étais donné perdant dès le début, parce que, comme avec Penny Brown, je n'étais pas l'homme que H voulait.

Je fixe la moquette et y cherche une quelconque issue de secours. Même menant en enfer. Je m'en moque. Vu comment je me sens, ça ne peut pas être pire là-bas.

Susie

Samedi, 23 h 10

Je saute de mon vélo au bout de l'allée. L'air frais m'a un peu dessoûlée et maintenant je m'en veux. C'est un vrai gâchis. Je regarde en direction de l'appartement des garçons et je les entends qui font la fête. J'ai envie de voir Stringer, mais il est hors de question d'entrer là-dedans. Pas maintenant. Je devrais rentrer.

Je suis en train de sortir la clef de ma poche quand j'entends sa voix.

— Susie ?

Je lève les yeux et vois Stringer assis sur le perron de notre chalet, les mains dans les poches. Je suis tellement soulagée de le voir que je me jette dans ses bras.

Il me serre un moment avant de me repousser gentiment.

— Hé là, qu'est-ce qui se passe ?

Je secoue la tête et lui tends la clef. Il ouvre la porte et allume.

— Je suis tellement contente que tu sois là, dis-je en pénétrant avec lui dans le salon.

— Qu'est-ce qui s'est passé ?

— Un vrai désastre. Je me suis accrochée avec H.

Je veux continuer, mais maintenant qu'il est là ça me paraît sans intérêt.

— Assieds-toi. Calme-toi.

Je m'affale sur le canapé, et j'aimerais qu'il vienne à côté de moi, mais il s'assoit sur une chaise, avec la table entre nous.

— Qu'est-ce qui s'est passé ?

— Ça n'a pas d'importance. Elle est bourrée et agressive.

— Tu veux boire quelque chose ? demande-t-il en regardant autour de lui.

J'acquiesce et lui désigne le bar.

— Il y a de la tequila.

Il se lève, lave un verre et me sert.

— Prends-en un toi aussi, dis-je.

Stringer hésite, puis se sert un fond de verre. Avec le silence qui règne, on entend très bien les mecs s'amuser.

— Ils font quoi ? je demande.

Il secoue la tête et soupire.

— Pas grand-chose. C'est plus ou moins un remake d'hier soir.

— C'est pour ça que t'es ici ?

— L'air frais et la compagnie...

— Je n'ai plus d'amies. Je veux rentrer chez moi.

— Je suis là, maintenant, dit-il, réconfortant.

Et c'est vrai. J'ai envie de le prendre dans mes bras.

— Si ça peut te consoler, je suis ton ami, dit-il en souriant.

Je lui souris et m'empare de la bouteille.

— Un autre ?

Stringer

Samedi, 23 h 15

— Très bien, dis-je en poussant mon verre vers Susie. A Rome, fais comme les Romains...

Susie acquiesce et remplit mon verre à ras bord de tequila. Nous trinquons et buvons. Elle vide le sien d'un trait.

— Allez, beau gosse, dit-elle en remarquant que je n'ai bu mon verre qu'à moitié.

J'obéis et réprime un haut-le-cœur.

— Désolé, dis-je, le visage déformé par une grimace. Je n'ai pas bu ce truc depuis des lustres.

— Quoi, tu n'es pas un gros buveur ? (Elle paraît surprise.) Je croyais que c'était une habitude, à force de fréquenter cette bande. T'as pas envie de t'abîmer la santé, c'est ça ?

— Il n'y a pas que ça, dis-je.

Elle nous ressert néanmoins.

— Alors raconte, propose-t-elle. Enfin, si tu as envie.

— L'accoutumance.

— Pardon ?

Je me sens rougir. Je ne suis pas sûr de vouloir déballer tout ça. Mais pourquoi pas ? Je lui fais confiance. Elle ne va pas me juger. J'en suis certain.

— L'accoutumance. La cocaïne. J'avais un problème. Avant. J'ai dû décrocher.

— Je suis désolée, dit-elle. J'ignorais. Je veux dire, on entend parler de ça, de gens qui se détruisent, mais...

— Mais tu en as pris, et des amis à toi en ont pris, et certains de tes potes en prennent tous les jours et ils ont l'air d'aller bien... Mais moi je n'ai pas supporté. Je me suis laissé prendre. Dans les grandes largeurs. Ça arrive...

— Je suis désolée, répète-t-elle. Je...

— Non, y a pas de problème. Je m'en suis sorti. Mais l'alcool... Au début, quand j'ai décroché, j'ai évité de boire. C'était trop lié à tout ça. J'aime bien prendre un verre de temps en temps, mais pas au point de délirer.

Je prends mon verre et le regarde. J'ai envie de me bourrer la gueule. J'ai envie de me bourrer la gueule avec elle. Je continue de fixer le verre. J'ai évolué. Je n'ai plus peur de ça. Il n'y a plus de rapport. Je suis libre.

Je m'éclaircis la voix.

— Mais ça fait plus d'un an, et puisque j'ai survécu à Jimmy et Ug... A la tienne. A la nôtre. A l'ivresse et à l'amusement.

Nos yeux se croisent et mon estomac joue les ascenseurs. C'est comme si j'avais retenu trop longtemps mon souffle. Je respire à nouveau. Je vis un instant parfait, de même que la journée a été parfaite. Les yeux de Susie se plissent quand elle sourit. J'ai envie de l'embrasser. J'ai envie que ça soit comme dans les films, quand les gens sourient, s'embrassent et finissent au lit. Puis je veux un fondu au noir, avec l'assurance que tout ira bien. J'ai envie de me sentir normal et de ne plus avoir peur.

— Souris, me dit-elle.

J'obéis, parce que je sens qu'avec elle tout va bien se passer. Nous allons sourire, nous allons rire, nous allons être amis.

Et il faudra qu'on en reste là.

A ce stade, nous regardons tous les deux la fenêtre. Dehors, on entend distinctement le raffut d'un groupe de filles qui chantent « Wonderwall » d'Oasis. Il n'est pas difficile de savoir de qui il s'agit.

Susie me jette un regard.

— Je ne pourrai pas les supporter, dit-elle en se levant et en s'emparant de la bouteille de tequila. Surtout pas H. Je partage une chambre avec Amy. Allons-y. Elles nous laisseront peut-être tranquilles.

Susie

Samedi, 23 h 35

Je me tortille sur le lit et aplatis la couette entre nous, avant d'enlever mes bottes. Je les balance contre le mur et plie les jambes sous mes fesses.

— Désolée, mes pieds sentent un peu.

Stringer est assis au bord du lit et me regarde.

— Je doute qu'ils sentent autant que les miens, dit-il en souriant.

— Je parie que si. Enlève tes chaussures.

Il les ôte. Je tapote le lit à côté de moi et il vient s'asseoir près de moi, les jambes allongées.

— Regarde, dis-je en désignant ses doigts de pied. Ton deuxième orteil est plus long que le pouce.

— Et alors ?

— Tu sais ce qu'on dit des hommes qui ont le deuxième orteil long ?

— C'est du baratin. J'ai les pieds de mon père.

— Et ton père ne trouve pas ça gênant ?

— Il s'en fiche. Il est mort.
— Désolée.
— Laisse tomber.
— Ça s'est passé comment ?
On parle, et Stringer me raconte pour son père, et moi je l'écoute, je bois ses paroles, et je vois sa vie dans ma tête.
Finalement il s'interrompt.
— Je t'ennuie ? demande-t-il.
J'étire mes jambes.
— Pas du tout, c'est passionnant.
Stringer éclate de rire.
— Je viens juste de me rappeler. Il faisait ça, avant, avec mes pieds.
Il se penche en avant et me prend le pied. Immédiatement je me mets à ricaner.
— Il me chatouillait, comme ça, dit-il en passant un ongle le long de la plante de mon pied.
Je hurle de rire.
— Arrête !
Je lui tombe dessus, mais Stringer se marre et continue. Finalement quelqu'un ouvre la porte.
— Susie, j'ai besoin...
Stringer bondit et je vois Amy sur le seuil. Elle nous regarde et nous rougissons.
— Désolée, dit-elle en refermant la porte.
Je tousse.
— Oh la la, dis-je.
— On est démasqués.
Je prends la bouteille de vodka. Stringer ne dit rien et on entend les filles s'entretenir à voix basse de l'autre côté de la cloison.
— Un petit remontant ? dis-je en lui passant la bouteille.

— Ça fera pas de mal. On va en avoir besoin.
— T'inquiète pas, va, dis-je en riant.
— Je me demande ce qu'elles se racontent.
— Quelle importance ? C'est pas un crime d'être seul avec moi ici ?

Stringer s'enfile une rasade et s'essuie la bouche avec le dos de la main.

— Elles pensent qu'on est en train de s'envoyer en l'air, hein ?
— Et ça serait si grave si elles pensaient ça ?

Je le regarde réfléchir, et je prends une décision.

— Tu veux que je te dise un secret ? je murmure.
— Je t'écoute.

Je respire à fond, regarde son profil et la façon dont ses cheveux tombent sur son front. J'ai envie de lui. Très fort.

— J'ai envie de...
— Envie de quoi ? demande-t-il.
— J'ai envie de... avec toi... maintenant.

Il secoue la tête et détourne le regard.

— Tu ne le penses pas vraiment.
— Si, Stringer, dis-je en me rapprochant de lui. Pas toi ?

Stringer

Dimanche, 0 h 21

— On est bourrés, dis-je.

Mais je doute que cette information change quoi que ce soit à la situation délicate dans laquelle je me suis fourré. Mon cœur bat comme s'il allait décoller. Je sens la tequila me remonter dans la gorge. Ses lèvres sont à quelques centimètres des miennes.

— Et alors ? demande-t-elle. T'aimes pas baiser quand t'es bourré ?

— Là n'est pas la question, Susie.

Mais je suis trop bourré pour savoir où est la question. Largué, j'opte pour le silence.

— J'ai compris, soupire-t-elle en se laissant aller en arrière et en fixant le plafond. Tu n'as pas envie de coucher avec moi. C'est toujours la même chose. On se prend d'affection pour quelqu'un et il veut pas. C'est la vie.

— Ce n'est pas ça.

Je sens sa main me serrer le bras pour me rassurer.

— Ne t'inquiète pas, dit-elle. Je suis solide. Je m'en remettrai.

Elle me sourit et soudain ça ne suffit pas. J'ai envie que tout redevienne comme il y a quelques minutes. Je veux qu'on soit à nouveau proches. Je ne veux pas que ça me passe sous le nez. Pas cette fois.

— Comme tu l'as dit quand on se promenait, reprend-elle, les yeux fermés, une expression lasse sur le visage, le sexe entre amis gâche tout. Mais tu ne peux pas m'en vouloir d'avoir tenté ma chance.

— Non. Ce n'est pas ça. Ça n'a rien à voir avec l'attirance. Tu me plais. Je te désire... Je... Oh, bon sang, je peux pas faire ça... Je... J'ai envie...

J'avale ma salive mais en vain. Les larmes envahissent mes yeux. L'alcool joue contre moi.

— J'ai très envie de toi...

— C'est quoi, alors ?

Elle me caresse la joue et je lis quelque chose dans son regard. De la peur ? Peur de moi ?

— Non, c'est...

— Dis-moi tout. Crache le morceau, Stringer. Faut que ça sorte. Si tu ne déballes pas tout, ça ne fera que grandir.

Malgré moi, malgré la honte et le désespoir, je ne peux m'empêcher de sourire.

— Quoi ?

— Ce que tu viens de dire. A l'instant. (Je ricane nerveusement.) Saleté de tequila, dis-je. Ce que tu viens de dire. A propos de tout déballer. A propos...

Elle secoue la tête.

— Je ne comprends pas.

Je respire de nouveau à fond et fais un nouvel essai.

— A propos de tout déballer. C'est justement ça. Je ne peux pas. Je ne le fais jamais.

Elle ouvre la bouche mais je ne peux plus m'arrêter.

— C'est ma bite. Ma putain de bite. Elle veut pas qu'on la déballe.

— Mais de quoi tu parles ?

J'essaie de maîtriser le rictus qui me barre le visage, mais l'hystérie a mis le grappin sur moi.

— Je n'ai jamais couché avec une fille. Je suis puceau, Susie. Je suis un puceau doté d'une bite minuscule. Je suis puceau, parce que j'ai une bite minuscule.

Elle recule soudain et s'appuie sur les mains. Elle reste bouche bée. Pendant quelques secondes, elle se contente de me regarder et tente de déchiffrer mon visage. Finalement, elle dit :

— Tu es sérieux, hein ?

Mon rictus disparaît aussitôt. Je me sens vide, à nu.

— Absolument.

Elle fronce les sourcils.

— Vas-y, alors.

— Comment ça, vas-y ?

— Vas-y. Déballe-la. Voyons un peu si cette bite est si minuscule que ça.

— Tu plaisantes ?

— Pas plus que toi.

— Je ne plaisante pas.

— Alors fais-le.

Elle sort ses lunettes de leur étui sur la table de

chevet, les met et fixe attentivement mon entrejambe.

Et je le fais. Je ne réfléchis pas. Je laisse mon esprit ivre diriger mon corps ivre, je me lève et, me tenant au milieu du lit, je défais ma ceinture et laisse mon pantalon glisser sur mes genoux.

Susie

Dimanche, 0 h 30

Il s'agit donc de ça.

Il n'a pas tort.

Elle est petite.

— Courte et épaisse, tu la baises, longue et fine, tu te débines, dis-je sans réfléchir.

Stringer regarde son membre comme s'il n'y croyait pas lui-même. Soudain je m'en veux d'être aussi désinvolte. Je prends sa main et l'attire vers moi pour qu'il se retrouve à genoux devant moi. Je lui lève le menton et le regarde dans les yeux.

— C'est donc ça qui te mine depuis tout ce temps ? dis-je doucement.

Il acquiesce et mon cœur chavire.

— Quel bêta. Elle est tout à fait normale.

Il semble si vulnérable.

— Elle n'est pas normale, dit-il.

— Mais si. Et je sais de quoi je parle. J'en ai vu suffisamment.

Je touche sa joue.

— Je ne te crois pas. Tu dis ça par gentillesse.

Tout est tellement intime entre nous. Tellement naturel. Mais j'aimerais que Stringer vive ce moment comme ça aussi.

— Si ça peut te faire du bien, dis-je, j'ai un téton plus gros que l'autre. Regarde.

J'enlève mon haut, et soulève mon soutien-gorge.

— Là, dis-je. T'en as vu un. Regarde, l'autre est beaucoup plus petit.

— Pas du tout, proteste-t-il.

— Regarde !

Je le vois qui bande et nous regardons tous les deux son membre. Une seconde plus tard, nos regards se croisent et nous ricanons.

Lentement je glisse une main vers son sexe et la referme dessus. Nous nous regardons toujours en souriant.

— Tu es superbe, je murmure. Parce que ça fait partie de toi.

Je sens sa main remonter avec hésitation vers mon sein et je ne peux m'empêcher de frissonner.

Il se penche en avant et je ferme les yeux quand nos lèvres se touchent. Je le sens se durcir dans ma main.

— Je suis désolé... Je ne peux pas... Je ne sais pas..., murmure-t-il en reculant.

— Chhh. N'aie pas peur. Je te montrerai.

Et je vais lui montrer. Après tout, j'ai beau vouloir changer de vie et tout et tout, mais ça, c'est quand même mon domaine de prédilection.

TROISIÈME PARTIE

Stringer

Dimanche, 16 h 15

Je gare le minibus devant chez moi, coupe le moteur et contemple l'autoradio désormais hors service. Un tournevis à manche jaune en sort, enfoncé à un angle de 45 degrés – Ug a fini par craquer sur la M4 et a mis un terme au règne démoniaque des flûtes de Pan. (La violence et l'acharnement de son assaut ont été tels que personne n'a eu le courage de lui demander pourquoi il avait sur lui un tournevis.) Nul doute que je serai tenu pour responsable des dégâts par Loc-Direct quand je laisserai le minibus à Matt demain matin, mais là, en le regardant avachi sur le siège du passager, je n'ai pas le cœur d'aborder la question maintenant.

Matt n'est pas beau à voir. Ses cheveux noirs sont gras et emmêlés, et me font penser aux plumes d'un de ces oiseaux mazoutés qu'on voit à la télévision. Si je ne le connaissais pas et que je devais mettre un âge sur ce visage, je taperais plutôt dans les soixante que les vingt-huit. Les commissures de sa bouche semblent sur le point de glisser sous les limites imposées par son menton, et son air de chien battu est digne de Droopy.

J'ai une vague idée de ce qu'il traverse. Il a à peine parlé pendant le trajet du retour, se contentant de grommeler des au revoir aux membres de la bande, que j'ai tous déposés. Si l'on doit en croire les rumeurs à l'arrière du bus, son foie est actuellement en train de retraiter la majeure partie d'une bouteille de vodka, plusieurs gorgées de whisky, une chope pleine de Bailey, et une quantité non spécifiée de bière. En d'autres termes, ou pour reprendre les mots de Ug, « une légende est née ». Ou vient de se suicider, selon le point de vue qu'on adopte.

Matt se tourne et regarde par la vitre, remarquant, je suppose pour la première fois, que le minibus est à l'arrêt.

— Tu es sûr de vouloir rentrer chez toi à pied ? je lui demande.

— Ça me fera du bien, marmonne-t-il en détachant sa ceinture de sécurité et en récupérant son sac derrière le siège. J'ai besoin de m'éclaircir les idées. (Il me regarde d'un air penaud.) Et toi ? ça t'embête pas de me déposer le minibus demain ?

— Pas de problème, je le rassure en remarquant une goutte de sueur qui dégouline le long de sa joue. Te couche pas trop tard...

— Ouais, soupire-t-il en me serrant la main. Comme si ça allait tout résoudre. On se voit au mariage.

Je récupère mon sac et ferme à clef le minibus, avant de descendre les marches jusqu'à ma porte.

Je comprends ce que ressent Matt. J'avais presque oublié à quel point une nuit passée à picoler peut vous abattre. J'ai vécu la journée comme au ralenti. Même maintenant, mes réactions et mes mouvements sont mous, et une montée de bile ne cesse de faire irruption dans ma gorge. J'ai l'impression d'avoir un rhume carabiné. Et puis il y a la culpabilité, causée par le fait de m'empoisonner volontairement le système. D'accord, ce n'est pas aussi grave qu'il y paraît. J'ai un peu forcé sur le liquide, mais ce n'est pas la fin du monde. J'ai l'impression d'avoir enfreint une règle et qu'il ne s'agit que d'une question de temps avant que je fasse d'autres compromis. C'est comme ça que ça marche avec les limites, non ? Une fois que vous en avez dépassé une et que vous avez survécu, vous êtes tenté d'en franchir d'autres.

L'odeur de tabac froid me submerge à l'instant où je pousse la porte et ne fait qu'empirer quand je m'avance dans le salon. Je ne sais pas ce qui me frappe le plus, le fait que quelque chose cloche, ou de m'apercevoir que, avec tout ce qui s'est passé ce week-end, j'ai à peine pensé à Karen. Je songe à la conversation que j'ai eue avec elle au sujet de Chris avant de partir, et je commence à envisager la possibilité qu'elle ait pu effectivement rompre avec lui pendant mon absence.

Cette possibilité est accrue par l'état du salon. C'est une catastrophe. Les journaux du dimanche jonchent le tapis. La petite corbeille en rotin près de la télévision est bourrée de cannettes de bière et de barquettes vides du traiteur chinois, dont l'une a servi de cendrier. Sur l'écran de la télévision, Lara Croft attend impatiemment la prochaine instruction. Je tire les rideaux et ouvre la fenêtre. L'air frais s'engouffre et je reste un moment à respirer. Poussant mon enquête plus loin, je découvre que la cuisine est dans un état similaire. Sur la table, un bol de nouilles froides avec une cuillère qu'on aperçoit fichée dedans, et au pied de la gazinière un toast brûlé à moitié grignoté.

Je frappe doucement à la porte de la chambre de Karen, mais il n'y a pas de réponse. J'entre et jette un œil à l'intérieur. Les rideaux sont tirés et les lumières éteintes. Karen, toutefois, est bien là. Je reste sans rien dire une seconde ou deux, me contentant de la regarder. Elle est nue, allongée sur le ventre. Le mince rectangle de lumière qui pénètre par la porte entrouverte illumine sa peau des chevilles à la nuque, la baignant d'une lueur dorée. Elle s'étire légèrement dans son sommeil. Je referme doucement la porte.

Une pluie fine commence à tomber alors que je parcours les derniers cent mètres me séparant de Battersea Bridge. Je commence à me sentir mieux dans ma tête. C'est comme si chaque pas que je faisais expulsait du poison de mon corps. Je me mets à courir, en levant les bras et en regardant ma montre. Je suis presque à cinq minutes au-dessus de mon temps normal pour ce circuit, ce qui ne me surprend pas le moins du monde. Mes poumons me font l'effet d'être perforés et un point de côté menace de me scier le torse. A mi-chemin du pont, je m'arrête, en nage. J'essuie la sueur qui m'embue les yeux avec le dos de la main et contemple les eaux troubles de la Tamise. Elles le sont moins que mon esprit.

Aujourd'hui, j'ai presque réussi à éviter de penser à ce qui s'était passé avec Susie pendant la nuit. Je dis « presque », parce que quand je me suis réveillé ce matin et que j'ai senti la chaleur de son corps à côté du mien, c'était difficile de ne pas y penser. Je suis resté quelques instants immobile, sans trop savoir quelle attitude adopter. Faire du trampoline sur le lit pour célébrer l'événement ? Ou ne pas bouger et rester aussi décontracté que possible ? J'ai fini par ne faire ni l'un ni l'autre. Je me suis simplement concentré sur son souffle contre ma poitrine en marinant dans un profond bien-être. Ce n'était pas le moment de penser. C'était le moment d'être.

Un peu plus tard, sentant peut-être que j'étais éveillé, elle s'est étirée.

— Stringer ? a-t-elle demandé, la voix rauque, l'air perdu.

— Oui ? ai-je répondu après deux tentatives infructueuses, plus proches du miaulement.

— Est-ce qu'on a... ? a-t-elle commencé avant de s'interrompre pour soulever la couette et regarder en dessous.

La tentation de se retourner et de se cacher était là, mais je savais que ça ne servait à rien. Le peu qu'il y avait à voir, Susie l'avait déjà vu. Je sentis mes fesses se contracter en attendant son verdict. Quand son visage réapparut, ce fut pour m'adresser un clin d'œil.

— Apparemment, oui... Grand garçon, va.

— Tu as promis...

— Je sais, dit-elle en bâillant, mais maintenant que nous avons prouvé que ton bidule fonctionne parfaitement, je pense que tu devrais peut-être commencer par te débarrasser de tes complexes. Et donc commencer par développer un certain sens de l'humour à ce sujet. (Elle me tira gentiment mon appendice.) Et ce tout de suite.

— D'accord, dis-je en l'attirant sur moi. Et après ?

Elle pencha la tête et renifla son aisselle.

— Le mieux serait sans doute de se doucher. Ça ne me ferait pas de mal.

— Et ensuite ?

— Rejoindre nos clans respectifs, pour qu'ils arrêtent de se répandre en ragots sur notre compte.

— Tu as sans doute raison, dis-je, même si nous savions parfaitement tous les deux que ma question ne portait pas là-dessus.

Elle me dévisagea avec gravité.

— Après ça, ma foi...

— Oui ?

— Eh bien ça serait sympa de se revoir avant le mariage... si ça te dit...

— Ça me dit.

— Plutôt mardi, non ? On devrait avoir récupéré d'ici là.

— D'accord. Mardi.

J'étais sincère quand je lui ai dit que je voulais la revoir. Et quand je l'ai regardée dans les yeux, je le pensais complètement. Je me rappelais ce que j'avais ressenti juste après qu'elle se fut endormie la veille. J'étais incapable de fermer les yeux, craignant, au cas où je m'endorme, de me réveiller pour découvrir que rien de tout cela n'avait été réel. Je ne voulais pas perdre le sentiment d'exaltation qui m'envahissait alors.

Je continue à regarder passer l'eau. L'exaltation n'a pas duré. J'ai toujours pensé que perdre ma virginité me changerait d'une façon monumentale, que ça affecterait ma vision de la vie, mais ça n'a pas du tout été le cas. Comme un orgasme, ça s'est estompé, et tout ce qu'il me reste c'est le souvenir des événements qui y ont conduit. Je suis la même personne qu'avant. Rien n'a changé. Les choses que je désirais alors font toujours défaut dans ma vie : sensualité, romantisme, amour. Le sexe n'est pas donné en prime avec ces choses. Je m'en aperçois aujourd'hui. Peut-être est-ce la même chose pour tout le monde. Tout cela serait sans doute plus facile à supporter si j'avais quelqu'un à qui parler, comme Richard Lewis au temps de la communale. Peut-être me dirait-il aujourd'hui qu'en fait il s'était senti déçu lui aussi, et que je ne devrais pas me laisser abattre. Je n'ai personne à qui me confier, et c'est ça qui m'abat.

La triste vérité, c'est que nos ébats ont été maladroits, ou au mieux comiques. Inutile de se le cacher. Ça n'avait rien à voir avec le récit fantasmé que j'avais fait à KC dans la cuisine. Aucune stéréo ne diffusait de la musique douce, il n'y avait ni chandelles ni baisers passionnés. A la place, il y avait le bruit que faisaient Amy et les autres en dansant ivres mortes dans le salon, la lumière crue d'une ampoule nue, et les instructions ricanées de Susie. Nous étions saouls. Ce n'était pas romantique et ce n'était pas sensuel. C'était une opération, une thérapie. Elle était le psychiatre et moi le patient. Elle savait ce qu'elle faisait – elle l'avait sans doute fait un millier de fois – et moi je n'y connaissais rien. J'étais nul, et je le savais, même si elle avait la gentillesse de ne pas me le faire remarquer.

Je n'en veux pas à Susie. Il n'aurait pas pu en être autrement. Je n'en veux qu'à moi-même. J'aurais dû me débarrasser de cet épisode quand j'étais adolescent, comme tout le monde. Cela m'aurait épargné la gêne que j'endure à présent.

Je penserais différemment, je crois, si j'étais amoureux de Susie. Si c'était le cas, j'aurais envie de l'appeler et de lui donner un rendez-vous. Je ne suis pas amoureux d'elle, et coucher avec elle n'a pas changé cette situation. Nous étions amis hier soir, et ce matin, quand on s'habillait, la seule nuance que j'ai ressentie entre nous était que nous avions passé un pacte. Emotionnellement, rien n'avait changé.

Je lève les yeux et contemple le fleuve au niveau de Battersea Park. J'imagine Karen allongée nue sur le lit à la maison. L'image est nette, à la différence de celle que je garde de Susie hier soir. Je repense à l'odeur de cigarette qui flottait dans l'appart, associée au fait que Karen ne fume pas. Je retourne en courant vers l'appartement.

— Salut, dit Karen. (Elle est saoule et s'exprime d'une voix pâteuse.) C'était comment le week-end ? (Sa tête dodeline comme si elle était en mer.) Il s'est passé des choses intéressantes ?

Je suis sur le seuil de la salle de bains, une serviette autour des reins. Le nuage de vapeur qui m'enveloppe ne fait qu'ajouter un autre élément irréel à une situation déjà irréelle. Karen est avachie sur le canapé du salon, enveloppée dans sa chemise de nuit défraîchie d'un blanc passé. Elle fume une cigarette et a un verre de whisky à la main. Ses traits sont tirés, ses yeux injectés de sang.

— C'était super, dis-je. Comme prévu.

Mais je n'ajoute pas : *Oh oui, et je me suis fait dépuceler par une fille du nom de Susie et maintenant je ne sais pas si c'était une bonne chose ou pas.*

— Chris m'a larguée, lâche soudain Karen.

— Lui, il t'a larguée ?

Ce n'est pas du tout ce à quoi je m'attendais.

— Ouais, dit-elle, la fumée sortant de ses narines en direction de la fenêtre ouverte. (Elle remarque que mes yeux suivent la fumée.) Désolée pour la fumée et tout le bordel, dit-elle en grimaçant. J'ai un peu fait la noce depuis que c'est arrivé.

— Et c'était quand ?

— A l'heure du déjeuner. Aujourd'hui. (Elle fait claquer sa langue et paraît résignée.) C'est ça qui est moche. Il m'a baisée ce matin quand je dormais à moitié, puis il s'est levé pour se préparer un café, il est revenu et m'a annoncé la nouvelle tout en s'habillant. Un petit coup d'adieu. Après tout ce temps. Je te le demande : c'est pas grossier ?

Je repousse mes cheveux mouillés de mes yeux.

— Mais je croyais que tu voulais rompre avec lui. Je pensais que t'avais décidé...

— Je ne l'avais pas décidé, me reprend-elle. J'y pensais juste. Je n'étais pas certaine. Je croyais toujours qu'on arriverait à s'en sortir. Stupide, hein ?

— Non, dis-je platement. Pas vraiment. C'était une grande décision à prendre. Tu devais en être certaine.

— Agir, c'est autre chose, continue-t-elle. Pour faire quelque chose comme ça, il faut se désolidariser de la situation. Il faut être impitoyable et n'en avoir rien à fiche.

— Comme Chris.

— Exactement, acquiesce-t-elle en sirotant son whisky et en écrasant sa cigarette dans une soucoupe sur les genoux. Comme Chris.

Je me dirige vers le canapé. Elle ramasse ses genoux sous son menton pour me faire de la place à côté d'elle. La soucoupe glisse de ses genoux et tombe par terre, répandant de la cendre et des mégots sur le coussin gris et le tapis. Je repère une cannette de Pepsi au pied du canapé, me baisse et, l'époussetant, l'ouvre et boit.

— Comment a-t-il rompu ?

Elle éclate d'un rire désabusé.

— C'est ça le meilleur. Comme un homme d'affaires. Il m'a juste exposé les faits, comme si je venais de rater un contrat. Il m'a dit qu'on savait tous deux que les choses entre nous n'allaient plus depuis un moment et qu'il ne voyait aucun moyen de sortir de l'impasse. L'impasse ! Qu'est-ce que c'est censé vouloir dire ? Il nous prenait pour qui, deux généraux dans une impasse ?

— Et comment as-tu réagi ?

— Qu'est-ce que tu crois ? J'ai piqué une crise. Et je me suis complètement donnée en spectacle. Je l'ai accusé de sortir avec quelqu'un d'autre. Je l'ai accusé de faire exactement ce que nous savons tous qu'il fait.

— Et est-ce qu'il a admis la chose ?

— Oui, à la fin. Au bout d'environ dix minutes de simagrées, il a avoué. Elle s'appelle Emma. (Elle frissonne et resserre sa chemise de nuit contre elle.) Mince, j'arrive à peine à prononcer son nom. (Je me lève et vais fermer la fenêtre.) Il bosse avec elle et – tiens-toi bien – il ne voulait pas que ça arrive.

Comment est-ce possible, Greg ? T'es un mec. Comment une telle chose peut-elle arriver ?

— Ça ne m'est jamais arrivé.

J'examine son visage. La tristesse et la confusion se succèdent comme des nuages dans ses yeux. Elle me fait penser à Xandra à l'enterrement de notre père. Il y a la réalité, et il y a l'acceptation, et ni l'une ni l'autre ne se sont encore imposées.

— Il a commencé à passer du temps avec Emma, puis il a éprouvé quelque chose pour elle, puis il a couché avec elle. (Elle prend la bouteille de whisky sur la table à côté d'elle et remplit son verre.) Non mais quel connard. Ça me fait me poser des questions, franchement...

— Quelles questions ?

— Genre, ce que j'ai pu voir en lui. Je parle pas du début. Je sais quels étaient mes sentiments, quand on était étudiants. Mais ces derniers temps... (Elle soupire et boit.) Quelle perte de temps. Je suis lâche, c'est ça mon problème. Je n'aurais pas dû attendre que ce soit lui qui prenne la décision... J'aurais dû avoir le courage de le faire moi-même il y a longtemps, au lieu de m'accrocher. J'aurais dû prendre ma vie en main.

— Tu n'as pas à te le reprocher.

— Et pourquoi ça ? Regarde où ça m'a menée. Nulle part. Si j'avais réglé tout ça plus tôt, je ne serais pas assise là, ivre et déprimée, à me demander où va ma vie, à gaspiller mon énergie à détester Chris et à prendre sur moi tout ce malheur.

— Je suis content, dis-je.

Je ne voulais pas dire ça, mais c'est fait. Et une fois que c'est fait, c'est fait.

Elle examine mon visage avec perplexité.

— Tu es content que je me sois fait larguer ?

— Non, je suis content que ça soit fini entre vous deux.

— Je m'en doutais.

— Comment ça ?

— Eh bien, tu n'as jamais été son plus grand fan, hein ? Tu m'as dit que je méritais mieux. Et tu avais raison. Et tu avais également raison sur un autre point. Il a mauvaise haleine.

Je me mords la joue, me rappelant notre conversation il y a quelques mois.

— Tu te souviens que j'ai dit ça ?

— Je n'étais pas ivre à ce point. Sûrement pas autant que maintenant. Je me souviens de ça et de plein d'autres choses...

Elle me regarde en attendant ma réaction.

— Je trouvais que tu perdais ton temps, j'admets.

Il paraît inutile de dissimuler ma vraie pensée plus longtemps.

— Lui non plus ne pouvait pas te sacquer, de toute façon...

— Pourquoi ? Je ne lui ai jamais rien fait.

— Ça n'a rien à voir avec quelque chose que tu lui aurais fait, explique-t-elle en haussant les épaules. Mais avec ce qu'il pensait que tu me faisais.

Mon cœur commence à s'emballer.

— Mais c'est ridicule...

— Je ne sais pas, dit-elle en penchant la tête et en me détaillant du regard. Tu es joli garçon. Et tu es célibataire. Et nous sommes amis et habitons ensemble. Pas besoin d'avoir beaucoup d'imagination pour se demander s'il y a quelque chose entre nous.

Mon cœur ne s'emballe plus, il franchit le mur du son.

— Il ne t'a jamais accusée de quoi que ce soit, quand même ? Rien de concret ?

— Pas de façon aussi claire, non. Mais il n'était pas vraiment en position de force.

— C'est vrai. Effectivement.

— Il te regardait attentivement quand il venait ici. Il nous regardait tous les deux et cherchait une complicité.

— Mais il n'y avait rien.

— Quoi ? Jamais ? Même pas quand j'ai commencé à habiter ici ?

— Je ne sais pas.

Elle sourit tristement.

— Moi non plus je ne savais pas trop. Je me disais juste... au début... je voyais bien que tu me regardais parfois bizarrement...

— J'étais juste intrigué.

— Par quoi ?

— Par toi... quel genre de personne tu étais...

Elle se penche en avant et me regarde droit dans les yeux.

— Alors comme ça je ne t'ai jamais attiré ? Pas même un peu ?

Ma bouche s'ouvre. Je ne sais pas ce que je vais dire. Je me sens partagé. J'ai envie de dire ce que je pense, mais je me sens comme paralysé. J'ai peur. Elle est ivre et ça ne prête pas forcément à conséquence. Ce ne sont peut-être que des mots, rien de plus. Elle a peut-être envie de se faire masser l'ego par un ami dont elle n'a rien à craindre. Avant que je puisse répondre quoi que ce soit, elle efface les doutes que je pouvais avoir.

— Je te posais juste la question, dit-elle, parce que toi tu m'attirais. Et tu m'attires toujours. Voilà, c'est dit.

Elle finit son verre et hoquette.

Je ne fais rien. J'ai l'impression d'avoir reçu une décharge électrique.

— J'ai passé une drôle de journée, dit-elle. Déballer comme ça toutes mes émotions... très années 80, non ? Tu peux dire quelque chose, tu sais. Et tant pis si tu ne ressens pas la même chose. Je suis dans le rejet jusqu'au cou. Je doute qu'une nouvelle dose me tue.

Lentement, je prends sa main. Je la serre, en la regardant, et elle répond à ma pression.

— Ce n'est pas comme ça que ça se passe, dis-je d'une voix quasi inaudible.

Elle me prend le menton dans sa main. Je sens son doigt caresser ma joue.

— Dis-le.

— Que tu m'attires ?

Elle acquiesce.

— Tu me plais, dis-je.

Je sens son souffle sur mon visage puis ça se produit : nos lèvres se touchent.

— Tu es entré dans ma chambre tout à l'heure, hein ? Tu m'as vue allongée sur le lit.

Je ferme les yeux.

— Oui.

— Je ne dormais pas. Je savais que tu étais là.

Elle m'embrasse à nouveau et, cette fois, nos lèvres s'entrouvrent. Ses mains s'avancent sur ma cuisse. Je sais où tout cela va nous mener et j'en ai envie. J'en ai désespérément envie. Comme nous prolongeons le baiser, je repense à Susie, quand on s'est embrassés hier soir, et je me retrouve en pleine confusion. Ce n'était pas du tout pareil. Il n'y avait pas cette intensité, rien de ce mélange de terreur pure et de plaisir, mais c'était quand même quelque chose, et ce serait une erreur que de l'ignorer. Je ne sais même pas où nous en sommes, Susie et moi. On doit se revoir mardi, mais est-ce que ça veut dire qu'on sort ensemble ? Est-ce que ça veut dire qu'en cet instant précis je lui suis infidèle et que je ne vaux pas mieux que Chris ? Je ne sais pas. Je n'ai aucun cadre de référence pour ça, aucun historique à parcourir pour savoir ce que je devrais faire. Je n'ai que ma conscience, et c'est ce qui me fait m'arrêter.

— Qu'est-ce qu'il y a ? demande Karen comme je me dégage.

— Je ne peux pas.

— Pourquoi ?

— J'ai rencontré quelqu'un ce week-end, dis-je lentement en évitant de croiser son regard. Susie. Elle n'est pas imp... Non. Ce n'est pas vrai. Elle est importante. C'est une amie.

Karen se recule.

— C'est bon, dit-elle d'un ton neutre. Tu n'as pas besoin de m'en dire plus. Si tu sors avec quelqu'un... (Elle frissonne.) Je suis saoule. (Elle secoue la tête et ferme les yeux.) J'ai été stupide de te dire tout ça.

Je lui prends aussitôt la main.

— Non, dis-je avec assurance. Ce n'est pas ça. C'est avec toi que je veux être, Karen. Crois-le ou pas, c'est la vérité.

Karen entend mes paroles, mais pas leur sens.

— Et elle ? Susie.

— On a couché ensemble, dis-je. Je ne sais pas trop où on en est. Je ne peux pas... avec toi, tant que je n'ai pas mis les choses au point. Je suis censé la voir mardi. Je...

Mais je ne me suis pas fait comprendre. Karen se lève, chancelle et me fixe. Son expression ne reflète aucune émotion.

— Je m'en vais demain, dit-elle. Chez mes parents. C'est déjà arrangé. Pour une semaine. Je pars une semaine.

— Je t'en prie, Karen, dis-je en essayant de lui prendre à nouveau la main. Reste et écoute-moi.

Elle met les mains dans son dos et secoue lentement la tête en fixant ses pieds nus.

— Pas maintenant, murmure-t-elle. C'est trop. Il s'est passé trop de choses aujourd'hui. Je dois y aller. Me coucher. Je suis désolée. J'aurais mieux fait de la fermer.

Là-dessus, sans que je parvienne à articuler quoi que ce soit, elle s'éloigne. Je l'entends refermer la porte de sa chambre et me retrouve complètement seul.

Susie

Lundi, 20 h 00

Il est clair que je suis allée trop loin : mes reins ressemblent au punching-bag de Jackie Chan.

Où est passée toute mon énergie, voilà ce que j'aimerais savoir. Je suis d'habitude une noceuse de première, le genre à brûler la chandelle par les deux bouts et même par le milieu – au lance-flammes, si possible. Mais regardez-moi un peu. Un week-end de beuverie et je suis lessivée. Peut-être que je ne peux plus suivre le rythme. Peut-être que je n'ai plus l'âge ? C'est donc ça, hein ? Bientôt les poils au menton et la gaine de maintien.

Je laisse tomber mes sacs en plastique sur la chaise de la cuisine et me calme, les mains dans le dos comme une femme enceinte.

La journée a été épouvantable. J'ai fait des rêves horribles toute la nuit : les problèmes de fric classiques, si vous voulez tout savoir. J'étais trop effrayée pour me rendormir, et je me suis fait couler un bain brûlant avec ce qu'il me restait d'huiles essentielles. Mais mon inconscient a dû faire des heures sup, parce que, quand j'ai voulu me glisser dans mon bain, je me suis soudain rappelé mon vieux compte en banque à la poste. Je suis presque sûre que mamie en a ouvert un pour moi avec ses obligations à prime il y a des années. J'étais tellement excitée à l'idée de ce magot oublié – vingt et quelques années d'intérêts accumulés ! – que j'ai aussitôt retiré la bonde, enfilé des fringues et me suis rendue en voiture à la poste. Je suppose que je prenais mes rêves pour des réalités en pensant qu'ils me fileraient le fric sans le moindre livret d'épargne et avec pour seule pièce d'identité ma carte d'adhérent du club vidéo, mais après une heure de queue et plusieurs minutes passées à supplier, le type au guichet m'a dit que j'étais cinglée et je suis repartie les mains vides.

Bien sûr, quand je suis retournée à ma voiture, une contractuelle rédigeait déjà ma contravention.

— Ne me faites pas ça, lui ai-je dit. Vous ne comprenez pas, je suis vraiment pauvre.

— Moi aussi, a-t-elle répondu en arrachant l'amende de son carnet et en la plaquant sur mon pare-brise.

— Mais je ne peux pas payer. Je n'ai pas de travail.

— Vous devriez aller voir la direction du stationnement. Ils embauchent. Devenez gardienne, dit-elle en continuant sa tournée comme un flic à l'ancienne mode.

— Je suis peut-être aux abois, mais pas à ce point.

J'ai ouvert brutalement ma portière et gémi de frustration.

Les choses ne se sont pas arrangées. Une impression de mauvais karma flottait autour de moi comme un spray corporel bon marché. J'ai ravalé ma hargne et filé à la banque. J'ai jeté un petit sort à ma carte bancaire, mais tout au fond de moi, avant même de l'insérer entre les cruelles mâchoires de la machine, j'ai su qu'elle serait dévorée. Et quand ça s'est produit, ça a fait quand même mal. C'était l'ultime humiliation, se faire reprendre sa carte par la banque. Quelle honte d'être aussi fauchée à mon âge. Sincèrement, je m'en sortais mieux quand j'étais étudiante et que je me croyais indigente.

Je suis restée dans ma voiture comme un flic en planque, bouillant d'indignation. J'ai siroté une tasse de thé qui avait le goût de pisse de chat en mangeant un hamburger – proche de la merde de chien – et en feuilletant les journaux gratuits que j'avais pris dans le métro. Deux minutes plus tard, je me suis sentie vaguement empoisonnée et horriblement déprimée. Les seules offres d'emploi dans le journal étaient de la vente par téléphone, et je suis nulle au bout du fil.

Abattue, j'ai cherché des chewing-gums au fond de mon sac, trouvé un paquet de cigarettes abîmé, quelques tampons et mon vieil agenda Simpson. J'ai passé en revue les adresses griffonnées sur ce dernier, en me demandant si une des personnes figurant sur ma liste pourrait me trouver du travail, ou du moins envisager un prêt. Mais j'en doutais, vu que j'avais couché avec la plupart d'entre elles. J'étais sur le point de fourrer l'agenda dans mon sac et de poursuivre ma quête désespérée de chewing-gum quand j'ai aperçu l'adresse de Top Temps, une agence d'intérim qu'Amy m'avait recommandée il y a des lustres. Et je ne sais pas pourquoi, mais je me suis dit que ça valait le coup d'essayer.

Les bureaux de Top Temps, près d'Oxford Street, étaient bourrés de filles toutes plus jeunes et plus belles (et sans doute aucun plus qualifiées) que moi. J'ai attendu des plombes avant qu'on me fasse entrer dans une pièce sinistre, meublée en tout et pour tout d'une table et d'une plante en caoutchouc avec des mégots tachés de rouge à lèvres qui saillaient de son terreau artificiel. J'ai examiné le formulaire qu'on m'avait passé. Amy m'avait expliqué que le travail de réceptionniste était du gâteau, mais j'ai dû baratiner dans les grandes largeurs. Quand j'ai finalement pu voir une consultante, celle-ci m'a détaillée puis, survolant à peine mes réponses, m'a dit qu'il était hautement improbable qu'elle réussisse à me caser. Elle m'a suggéré d'aller plutôt à l'agence pour l'emploi de mon quartier.

Puis il y a eu l'épisode du Quikshop. Le coup de grâce. Toute la journée, mon corps m'a réclamé des fruits, des légumes, des pilules vitaminées, de l'eau minérale, n'importe quoi pour me remettre d'aplomb, mais le seul endroit assez louche pour accepter la carte de crédit qui me reste est le Quikshop au coin de la rue. Je déteste cet endroit. Les gens du quartier disent que c'est la façade d'un cartel de la drogue et je pense que cette rumeur n'est pas tout à fait sans fondement. Le type qui tient le magasin a bel et bien une tête d'égorgeur. L'odeur qui règne est épouvantable – un mélange de bière renversée et de quiche faisandée, et le rayon produits frais comporte des choses ridées et en décomposition qui sont certainement là depuis que j'ai emménagé. Je parcours les étagères à moitié vides, en sentant dans mon dos un regard, et je déniche non sans mal une soupe à la tomate en conserve, du pain rassis en tranches, du fromage au Semtex (peut-être mortel) et une bouteille de Coca géante. Pourquoi est-ce qu'on ne peut pas manger sainement dans cette ville à moins d'avoir plein de fric ? Ça ne suffit pas de devoir bientôt faire la manche dans la rue, il faut en plus que je risque l'empoisonnement.

J'ouvre ma fenêtre à guillotine et verse la soupe dans une casserole. Mon antique gazinière est très capricieuse, aussi dois-je monter la garde en bâillant. La dernière chose dont j'aie besoin, c'est de me retrouver au cœur d'un incendie.

Mon appartement donne sur un escalier de secours condamné où s'entassent toutes les ordures des autres apparts sur les poubelles puantes. La musique d'un feuilleton débile, accompagnée des braillements d'un enfant, monte du palier voisin, tandis que deux étages plus bas Mike et Tyson, deux dogues effrayants, se bouffent entre eux les oreilles. La vieille du rez-de-chaussée a laissé sa porte ouverte et tousse de nouveau, les vestiges de cinquante années de cigarettes accumulés dans ses poumons. La pauvre. Elle me donne envie de lui assener une bonne claque dans le dos.

Entendre d'autres êtres humains vivre leur vie est réconfortant, je suppose, mais je ne peux m'empêcher de penser que tous ces gens qui habitent l'un sur l'autre dans ces énormes immeubles puent l'isolement. Je ne connais même pas les noms des personnes qui se font sans doute un thé de l'autre côté de ce mur, à moins d'un mètre. Quelqu'un pourrait même être mort pour ce que j'en sais, et vu l'odeur ça n'aurait rien d'étonnant.

Inutile d'aller me chercher un bol, vu que je suis seule. Je m'assois avec la casserole devant moi et rapproche ma vieille radio, mais il n'y a rien d'intéressant. Ce ne sont que pub condescendantes et débats sur le système agricole des pays du tiers monde. Je tripote les boutons jusqu'à ce que je trouve de la musique et hoche la tête en rythme, mais le cœur n'y est pas.

Alors que je trempe mon pain dans la soupe et contemple le morceau qui s'imbibe de liquide orange, je m'aperçois que j'ai envie de pleurer. A force de faire la fête, j'ai dû user toutes mes ressources. Mais en moi, il y a encore l'enfant qui se demande s'il vaut mieux ne pas expérimenter quelque chose et du coup ne pas en sentir la perte. Par exemple, ma soupe à la tomate en conserve aurait-elle meilleur goût si je n'avais jamais eu droit au délicieux potage maison de maman ? C'est une question sans intérêt, parce que j'aime la soupe à la tomate en conserve. C'est juste que le confort familial me manque. Et que je suis triste que ce week-end soit fini.

C'est passé si vite. J'aime tellement être entourée. Ça me donne le sentiment d'être un des personnages de *Friends*. En moins sain et plus décoiffé.

Même avec cette chieuse de H, on s'est bien amusées. Et ça ne se reproduira plus jamais. Tout le monde va se revoir pour le mariage, mais après ça Amy sera avec Jack et moi, où est-ce que je serai ?

Je sauce la casserole avec une tranche de pain et la balance dans l'évier. D'habitude, quand je suis dans ce genre d'état d'esprit, je sors. Mais je suis trop fatiguée et je suis également trop fauchée. Rien que de respirer dans cette ville vous fait saigner du fric. Il n'y a rien d'autre à faire que de se coucher. Mon lit est le seul endroit qui soit dans mes moyens.

J'enfile ma plus vieille nuisette et m'allonge sur la couette, avec l'impression d'avoir dix ans. Les rideaux sont tirés, mais il ne fait aucun doute qu'il fait encore jour dehors et je peux entendre les pigeons gratter le toit. Je roule sur le ventre et prends le livre sur la table de chevet. Je vais peut-être pouvoir progresser un peu dans ma lecture, vu que ça fait des semaines que je l'ai commencé et ne cesse de m'assoupir à la même page. Je soupire, glisse un oreiller sous moi, en imaginant que c'est le corps chaud de Stringer. Non que je me sente d'humeur sexuelle, j'ai juste besoin d'un câlin. J'y aurai peut-être droit quand je le verrai demain. Au moins j'ai cette perspective devant moi.

J'ai dû m'endormir parce qu'il est minuit passé quand je suis réveillée par la sonnerie du téléphone. Je sors du lit en titubant et décroche le combiné dans le couloir.

C'est Maud.

— On dirait que je te réveille, lance-t-elle.

— Je somnolais, dis-je en bâillant et en ôtant mes lunettes.

Je me suis endormie avec et j'ai de grosses marques sur mon nez que je masse.

— Eh bien, réveille-toi, idiote.

— D'accord, d'accord, je suis réveillée.

— Bon, écoute. J'ai fait pas mal de recherches pour toi, et je pense que tu serais stupide de ne pas venir ici.

Elle m'expose ses raisons. Là-bas, je pourrai trouver un travail temporaire rapidement. On louera une voiture et on sillonnera les Etats-Unis, ça sera la vraie aventure. Je l'écoute et mon moral revient. Parce que j'ai toujours voulu ce genre d'aventure et parce que je ne suis pas prête à m'encroûter ici.

— Tu te souviens de la liste qu'on avait établie, la liste des choses à faire quand on aurait trente ans ? demande Maud.

— Oui.

— Bon, quelle était la chose en première position sur ta liste ?

— Voir du pays, j'admets en me rappelant l'exubérance de ma jeunesse.

— Alors saisis ta chance. Radine-toi ici. Allez, Soose, tu as toujours su saisir les occasions. Je te promets que celle-ci vaut le coup.

Une fois qu'elle a raccroché, je reste sans bouger, une main sur le combiné. J'entends le bourdonnement du réfrigérateur, et le couloir est brièvement éclairé par les phares orange d'une voiture qui passe. Tout est normal, sauf que tout a changé, parce que je sais que Maud a prononcé les paroles magiques.

Je fonce dans la salle de bains et m'assois sur les toilettes, me sentant terriblement perplexe et en même temps excitée. Le téléphone sonne immédiatement. Je lâche un juron et me précipite pour décrocher, en me disant que ce doit être encore Maud, mais c'est Stringer.

Je suis tellement abasourdie par l'appel de Maud, et à deux doigts de me pisser dessus, que je dois avoir une drôle de voix. Stringer paraît emprunté et formel.

— Je tombe mal ? demande-t-il. Je peux rappeler. Il est tard...

— Non, non. Désolée, ça va bien.

Je me frotte le front. J'avais tellement eu envie de lui parler, mais maintenant je suis prise au dépourvu. J'ai envie de tout lui dire, de lui parler de la Californie, mais quelque chose m'en empêche.

— Comment tu vas ? je demande, sur le ton d'une secrétaire coincée.

— Oh, tu sais...

En l'entendant dire ces mots, je revois son visage. La façon dont ses sourcils se froncent et se rapprochent en créant une fossette entre eux.

— Du boulot comme un dingue. Je suis vidé. A propos de demain...

— Demain ? dis-je en m'efforçant de prendre un ton désinvolte, comme si j'avais oublié qu'on s'était donné rendez-vous. Demain ? Ah oui. Il y a un problème ?

— C'est... euh... un peu compliqué. Je suis hyper en retard dans mon travail et je pense pas que ça soit possible.

— Oh.

— Mais j'essaierai de me libérer pour ce week-end, c'est promis.

— Pas de problème, dis-je.

— Désolé. J'ai vraiment envie de te voir.

— Moi aussi j'ai envie de te voir.

— Bon, on se rappelle plus tard dans la semaine.

Et il raccroche. C'est tout. Comme si on avait échangé nos cartes de visite plutôt que des fluides corporels la dernière fois qu'on s'est vus.

— Merde, je lâche. Merde, merde, merde.

H

Mardi, 9 h 30

J'ouvre mon miroir de poche, examine mon visage et remets un peu de poudre sur mon nez. C'est la deuxième fois que je le fais ce matin, mais une dernière touche ne fera pas de mal. Je farfouille dans ma trousse à maquillage et en sors mon plus beau rouge à lèvres de chez Lancôme, enlève le capuchon et entreprends de me souligner à nouveau les lèvres.

— Il est là, dit Brat en ouvrant soudain la porte de mon bureau et en s'appuyant sur la poignée de la porte.

— Ne fais jamais ça ! je m'écrie alors que le tube me remonte dans la narine.

— Quelle flippée, dit-il en claquant la porte, me faisant de nouveau sursauter.

Je peste contre lui, sors un mouchoir de la boîte sur mon bureau et vérifie dans le miroir l'étendue des dégâts. Ce n'est pas la cata, vu que j'ai à peine dormi et que j'ai entre les sourcils un énorme bouton dissimulé par une tonne de fond de teint. Je le touche du bout du doigt et grimace.

Allez. Inutile de tergiverser.

Je vaporise un peu de parfum sur mon cou et mes poignets, puis les frotte l'un contre l'autre, avant de prendre plusieurs inspirations en lissant ma jupe de mes paumes moites.

Laurent est là.

A Londres.

Dans ce bureau.

Maintenant.

Je m'empare de la pile de documents sur mon bureau et les classe. Dehors, Brat murmure au téléphone, la main en coupe autour du micro du combiné. J'attends impatiemment qu'il raccroche, et quand il le fait c'est pour me fusiller du regard.

— J'ai besoin que tu me fasses des copies, lui dis-je en ignorant son air froissé. Et les révisions du scénar ?

— Si tu veux bien me laisser une minute, je vais les faire, marmonne-t-il.

Je soupire avec impatience. Depuis que je suis rentrée hier matin, Brat a un vrai problème. Il est sûrement ronchon parce que, maintenant que je suis revenue, il ne peut plus glander.

— Peut-être que si tu passais moins de coups de fil perso, tu aurais davantage de temps, je lui fais remarquer. Je les veux sur mon bureau cet après-midi. Pas d'excuses.

Je pivote sur les talons et, mon dossier serré contre la poitrine, me dirige vers l'ascenseur, en me demandant si ça se voit que j'ai les jambes qui flageollent.

C'est tellement injuste. Je voulais revoir Laurent seul. Je nous imaginais nous retrouver dans une gare parisienne, ou nous lancer dans les bras l'un de l'autre à l'aéroport. Je ne m'attendais pas à ce qu'il soit ici, à Londres. Je ne l'avais pas imaginé dans mon univers. Dans mon bureau. Avec Eddie, bon sang.

Ça va être tellement humiliant. Je n'ai pas parlé à Laurent depuis que j'ai quitté Paris, et depuis il doit penser que je suis une vraie folle. J'ai laissé un message déchirant et larmoyant quand j'étais à Leisure Heaven, plus trois messages sur son portable dimanche soir, et toute la journée d'hier j'ai essayé de le joindre à son bureau, mais il était « en réunion ».

A 5 heures, hier soir, j'étais dans les affres du désespoir et j'ai appelé Amy.

— Il me déteste, ai-je annoncé.

— Il ne te déteste pas, a-t-elle dit. (Visiblement, elle ne m'a pas prise au sérieux.) Peut-être qu'il est vraiment en réunion.

— Non. Il m'ignore. Tout est fini.

— Calme-toi. Tout va bien se passer.

Elle n'était pas très convaincante. Elle se demandait surtout si elle devait emmener Jack aux urgences, vu qu'il n'avait pas bougé depuis vingt-quatre heures.

J'avais décidé de laisser tomber et venais d'éteindre mon ordinateur quand Eddie a fait irruption dans mon bureau.

— Tout va bien ? a-t-il demandé sur un ton désinvolte.

J'ai hoché la tête, sachant qu'il voulait en venir quelque part.

— J'ai eu un week-end chargé, et il vaut mieux que je rentre, ai-je dit d'un ton menaçant en ouvrant mon sac.

— Tu peux être là tôt demain matin ?

— J'arrive toujours tôt, ai-je fait remarquer en fourrant un scénario dans mon sac, agacée qu'il ait le toupet de penser que j'étais une tire-au-flanc.

— C'est que nous avons de la visite, a-t-il dit.

— Qui ça ?

— Laurent. Il vient de Paris, et apparemment il aimerait étudier notre stratégie.

Je n'aurais pas été davantage surprise s'il m'avait annoncé que le président des Etats-Unis venait en visite, mais j'ai réussi à soutenir le regard d'Eddie, en prenant un air indifférent alors que mon estomac faisait un double saut périlleux.

— J'ai rendez-vous avec Laurent et les autres huiles à 9 h 30, mais j'ai pensé que tu aimerais venir le saluer d'abord, vu que tu as fait sa connaissance la semaine dernière.

— Bien sûr, dis-je. Merci.

J'ai remballé le reste de mes affaires dans mon sac, le cœur tellement palpitant que je n'ai pas remarqué qu'Eddie restait là, à attendre quelque chose.

— Oh... et... euh... pourrais-tu imprimer la grille d'horaires que tu as mise au point pour moi, sur du papier à en-tête. Et l'apporter avec toi ?

Là-dessus, il s'est éclipsé sans me laisser une chance de protester. Je suis restée sonnée un moment, avant de prendre ma veste et de sortir du bureau quasiment en courant pour retourner chez moi et passer la soirée à me bichonner frénétiquement.

Bien sûr, la partie frivole de ma personne est très excitée, parce qu'il y a une chance, même infime, pour que Laurent ait planifié ce voyage à la seule fin de me voir. Peut-être a-t-il été dans l'incapacité de me rappeler, mais avait tellement envie de me voir qu'il a décidé de venir en personne pour se rattraper. Peut-être qu'il a de grands projets, comme de s'installer avec moi à Londres. Ou alors il veut que je vienne travailler avec lui à Paris.

Ou alors je délire.

J'ai mis mon plus bel ensemble avec un petit haut que j'ai dû laver à la main et qui est encore légèrement humide, malgré mes efforts désespérés pour le sécher au fer à repasser ce matin. Du coup, je ne me sens pas à l'aise dedans quand je sors de l'ascenseur. Je vérifie une fois de plus que les documents sont en ordre.

Eddie est dans la salle de réunion avec Laurent, en train de lui montrer la bande-annonce du feuilleton de la journée sur le magnétoscope. Laurent est debout, un bras en travers de la poitrine, un poing sous le menton, les sourcils froncés. Il paraît bronzé et vaguement emprunté dans son costume sombre, mais il faut dire que je ne l'ai encore jamais vu en costard. J'ai l'habitude de le voir en jeans et tee-shirt avec ses cheveux poivre et sel. On dirait une vedette de foot invitée à une émission et, malgré ma promesse de me montrer professionnelle, je sens une douleur sourde grimper le long de mes collants achetés exprès.

— Te voilà ! lance Eddie en me remarquant et en appuyant sur un bouton de la télécommande.

— Rebonjour, dis-je en souriant, la main tendue.

A son tour, il me tend la main, cette même main

que j'ai vue la dernière fois, dans le miroir de l'hôtel, se refermer sur ma fesse.

— Salut, dit simplement Laurent, son regard bleu foncé rencontrant le mien.

— Bien. J'ai des affaires à récupérer dans mon bureau et je dois aller chercher Will, dit Eddie en se dirigeant vers la porte. Ça ne t'embête pas de t'occuper de Laurent un moment, n'est-ce pas ?

— Euh, non, pas du tout, dis-je en souriant.

Nous regardons tous deux Eddie alors qu'il referme la porte. Puis s'ensuit un silence.

— Alors... ? dis-je, les mains jointes devant moi.

Dans le genre question anodine, on doit pouvoir faire pire, mais il faudra s'en contenter, parce qu'on n'a pas beaucoup de temps.

Laurent me regarde, et je me dis que j'y suis peut-être allée un peu fort côté rouge à lèvres, mais il sourit alors lentement et le soulagement s'empare de moi.

Il est content de me voir.

— Alors ? répète-t-il pour me taquiner.

J'étudie les contours de son visage – la façon dont son sourcil est arqué et l'effronterie des fossettes enfantines de ses joues, et, sans réfléchir, je franchis maladroitement l'espace qui nous sépare.

— Tu m'as manqué, je murmure en passant un doigt sur son costume, en me rappelant comme je vais bien sous son bras.

— Oh, Helen, soupire Laurent.

Son accent est comme une caresse et je ferme les yeux, puis je me penche vers lui pour qu'il me prenne dans ses bras. Mais au lieu de me serrer contre lui comme je m'y attendais, il me prend par les avant-bras.

— Je ne crois pas que tu comprennes, dit-il, le regard doux.

— Que je comprenne quoi ?

Laurent se raidit et me lâche.

— A propos de ton séjour. C'était... comment dire... (On dirait qu'il cherche à qualifier un vin compliqué, mais il finit par trouver ses mots :) Très spécial.

Je ne bouge pas. Même avec son accent français prononcé, je peux encore détecter le « mais » dans sa phrase.

— Qu'est-ce que tu veux dire ?

— Eh zut.

Il paraît amusé en remarquant mon expression.

— J'espère que tu ne t'es pas fait de fausse idée.

— De fausse idée ?

— Nous ne pouvons pas continuer... tout ça.

— Tout ça ?

Laurent s'approche de nouveau, mais je recule, hochant la tête, alors que l'étendue de ma bêtise me tombe dessus.

— Tu es très belle, dit-il.

Mais je ne peux en entendre davantage.

— Tu t'es servi de moi, je l'interromps en tremblant.

— Je pense que c'était réciproque, et ce pour notre plus grand plaisir.

Je fixe la moquette. Je sens mes yeux se remplir de colère et d'amertume.

— Ne pouvons-nous être amis ? demande-t-il en posant un doigt sous mon menton, mais je détourne violemment le visage et il laisse sa main retomber alors que Will, notre directeur, fait irruption, suivi par Eddie.

— Laurent, mon vieux ! dit-il, les bras chargés de dossiers et de cassettes. Tu connais Helen. Bien, bien, dit-il.

Eddie se passe une main dans les cheveux et me regarde nerveusement alors que Will embrasse Laurent. Il est toujours nerveux quand Will est là et je ferais mieux de m'éclipser. Je reprends mon dossier et y fourre les papiers, sentant mes yeux me picoter.

— Bien. Génial, dit Will en mettant les mains sur les hanches et en hochant la tête. Comment ça va chez toi ? Ton épouse ?

Epouse ?

— Et tes enfants ?

Je ferme les yeux. Mes genoux sont paralysés, et chaque muscle de mon corps est tendu.

— Tout le monde va bien, merci, dit Laurent.

— Super. Génial, répète Will en se frottant les mains. On s'y met, alors ?

Je regarde Laurent, mais mes jambes ont pris racine dans la moquette.

— Helen ? dit Eddie avec insistance. Merci d'être venue accueillir Laurent. On peut avoir cette grille d'horaires, s'il te plaît ?

— Oh... bien sûr.

Je me redresse et balance le dossier à Eddie avant de me diriger d'un pas chancelant vers la porte.

Susie

Mardi, 19 h 30

— Allez, Susie, dit Amy en me regardant par-dessus son épaule. Il me faut de la terre, s'il te plaît.

Elle est devant l'évier de la cuisine, en train de rempoter une plante, et de la terre, elle en a jusqu'aux coudes et autour des pieds.

— Tu sais déjà tout. Il n'y a rien d'autre à ajouter.

Je hausse les épaules, mets la table, en admiration devant les sets couleur lilas. Je me suis invitée à dîner, vu que Jack est de sortie et que Stringer m'a posé un lapin. En outre, si je passe une minute de plus à faire les cent pas dans mon appartement avec pour seule nourriture un bol de nouilles réchauffées, je vais devenir folle.

Amy tasse la terre autour de la plante, et sa nouvelle coupe de cheveux se balance au-dessus de ses épaules.

— C'est déjà mieux, dit-elle en reposant la fougère sur le rebord de la fenêtre.

— Qu'est-ce qui s'est passé ? je demande en m'asseyant et en regardant autour de moi. C'est impeccable.

— Jack, dit-elle en riant. Quand il s'est finalement remis de sa gueule de bois, il a flippé sur l'état de l'appartement. Il déteste mon côté souillon, alors il a décidé de jouer les Monsieur Propre.

Je ris en imaginant Jack avec une paire de gants en plastique rose.

— La culpabilité, sûrement, ricane Amy. Je l'ai laissé faire. De toute façon, cette débauche domestique ne durera pas. Il va récupérer ce qu'il lui reste d'affaires chez Matt, et nous serons bientôt envahis par ses vieilleries de célibataire.

— Beuark ! Revues pornos, culottes de filles, lettres d'amour mièvres, compiles nulles, je connais tout ça, dis-je. Dégueu.

Amy me détaille.

— Jack ? Non. Je m'attends plutôt à de vieux ours en peluche et des photos d'enfance, dit-elle, attendrie.

— Tu parles.

Elle me décoche un regard de geôlier.

— Nous exterminerons toute trace du passé, dit-elle d'un ton menaçant.

— Aïe ! Tu vas pas être une épouse facile, hein ?

— Tu l'as dit. Bon, arrête de changer de sujet maintenant, dit-elle. Je veux que tu me racontes tout sur Stringer.

— Quoi ?

Amy pose les pieds sur la chaise, prend une fourchette et commence à déloger la terre de sous ses ongles.

— Eh bien, pour commencer, est-ce qu'il mérite son surnom d'Etalon ? demande-t-elle en souriant d'un air vicieux.

Pour la première fois, je lui mens :

— Absolument. Quoique Mulet me semble plus approprié.

Amy glousse de joie.

— Je le savais ! Je ne me trompe jamais avec les gars dans son genre. Je me doutais qu'il en avait une grosse.

Je souris, mal à l'aise, et prends une gorgée de vin.

— Bien, reprend-elle. C'était comment au lit ?

Et au lieu de lui dire que j'ai l'impression d'être la patronne d'un bordel du Far West, en train de décerner la palme au plus beau cow-boy de la ville ; au lieu d'admettre qu'on était ivres et maladroits, et que ça n'avait rien du marathon sexuel auquel je m'attendais, sans marquer la moindre pause je croise les bras et déclare :

— Magnifique, dis-je simplement. C'était magnifique.

— Magnifique ? fait Amy, visiblement déçue. (Elle repose sa fourchette.) C'est tout ?

Elle se lève et va jeter un œil à la poêle sur le feu. Elle a installé une batterie de cuisine rutilante au-dessus de sa gazinière et décroche une cuillère à dents pour remuer les spaghettis. Qu'est-ce qui lui est arrivé ? La seule chose qu'elle savait préparer avant, c'était des toasts, et maintenant on dirait qu'elle sort tout droit du supplément Cuisine d'un magazine féminin.

— Je ne vois pas en quoi « magnifique » ne convient pas, dis-je, avec sans doute un peu trop d'emphase, parce que Amy se retourne et m'étudie.

— Non. Bien sûr que non, dit-elle.

Et je sais qu'elle vient de m'accepter dans son club. Le club des gens qui ne veulent pas parler de leur partenaire, parce que c'est intime, spécial. Parce qu'ils sont amoureux. Et il n'y a rien d'autre à dire.

Or ça fait des lustres que je rêve d'appartenir au club d'Amy. Depuis qu'elle a emménagé avec Jack et bâti son paradis domestique. Mais je ne suis pas encore prête à y adhérer. Et si l'expression de son visage dit assez qu'elle est excitée à l'idée que je sois avec Stringer, moi je ne le suis pas.

Elle sort deux assiettes et nous sert les pâtes.

— Qu'est-ce qu'il y a ? demande-t-elle en s'asseyant.

— Stringer et moi, ce n'est pas du sérieux.

Je regarde l'assiette fumante, hume l'arôme de la carbonara, mais pour une fois mon appétit m'a quittée.

— Soose ? demande-t-elle.

— Je vais partir, dis-je.

— Quoi ?

— En Californie. Je vais aller rejoindre Maud et Zip.

— Ben ça alors ! Et t'as décidé tout ça quand ?

— Maud m'a rappelée hier soir.

— Oh, dit-elle, abasourdie. Et qu'est-ce que tu en penses ?

C'est une question à six millions de dollars et la raison de ma présence ici. Car j'ai beau être excitée, j'ai également peur, et Amy saura ce qu'il faut faire.

C'est la seule personne que je connaisse qui est capable de me piloter à travers les pour et les contre d'une décision aussi importante, et de me dire que je fais le bon choix. Mais alors que je m'apprête à lui demander conseil, le téléphone sonne. Elle tend la main et décroche le sans-fil.

— Allô ? dit-elle.

Elle me fait signe qu'elle va faire vite, mais c'est H à l'autre bout du fil et Amy m'adresse une grimace.

— Qu'est-ce qui s'est passé ? demande-t-elle en prenant sa fourchette et en me faisant signe de commencer à manger.

Typique. C'est la décision la plus importante de ma vie, et il faut que H vienne tout interrompre.

Je plante ma fourchette dans les spaghettis, en me sentant bêtement fâchée. C'est le moment crucial et H n'a pas le droit de nous déranger, mais j'entends alors Amy qui pousse un profond soupir et je me mets à mastiquer mes pâtes en silence.

H est la reine du psychodrame. Si elle avait une once de clairvoyance, elle pourrait résoudre ses problèmes sans s'en remettre à Amy toutes les deux secondes. Enfin quoi, Amy a aussi ses petits soucis.

Mais tandis que j'envoie de mauvaises vibrations vers H, je m'aperçois que je ne vaux pas mieux. Je suis simplement jalouse parce que je veux Amy pour moi toute seule. La différence, c'est que je n'ai pas besoin qu'elle me dise ce que je dois faire. Je le sais déjà. Je le sais depuis que Maud a appelé.

Toute la journée j'ai été en proie à la peur, je me suis inquiétée pour Stringer, mais maintenant, en entendant Amy dire à H d'être honnête avec la personne qui la fait flipper, je décide d'être moi aussi honnête avec moi-même.

La vérité, c'est que même si Stringer pense qu'on s'entend bien, ça s'arrête là. Je ne suis pas amoureuse de lui. J'ai eu envie de coucher avec lui, mais comme pas mal d'autres filles, et maintenant que j'ai écouté sa confession sexuelle, à quoi ça sert de continuer ?

Et si je veux vraiment être honnête, son innocence me désarçonne. J'ai un passif lourd comme un sac de plomb et lui a une ardoise blanche comme la craie, et je sais que, même si je m'efforçais d'être une petite amie fidèle, je trouverais le moyen de tout saboter. Parce que c'est ce que je fais toujours, et Stringer n'est en rien différent des autres. Je ne veux pas d'un type sur lequel je doive veiller. Je veux être aimée et protégée, comme Amy avec Jack.

Mais là aussi je fais erreur. Jack ne protège pas Amy. Nous ne sommes pas dans les années 40. Je regarde leur appartement, avec cet éclairage chaleureux qu'ils ont installé : c'est si confortable. Et je me dis alors que c'est ça l'amour. Quand vous trouvez la bonne personne, vous faites des compromis pour pouvoir vivre avec.

Et je suis loin d'en être là. Ni avec Stringer, ni avec quiconque d'autre. Aussi, en attendant, je crois qu'il vaut mieux que je ne compte que sur moi-même.

— Désolée, dit Amy quand elle raccroche.

— Tout va bien ? je demande en suçant un spaghetti, mais je m'en fiche pas mal et Amy le sait.

— Elle est prise entre trois tonnes de boulot et une crise sentimentale, explique-t-elle.

Je ne dis rien. Il y a un silence pendant que nous mangeons.

— Désolée, dit à nouveau Amy en posant une main sur mon bras. Je ne voulais pas qu'on soit interrompues. Mais elle était dans tous ses états et je ne pouvais pas lui dire de rappeler plus tard.

— Ça va, dis-je en souriant. Mauvais timing. Ce n'est pas de ta faute si tout le monde te demande conseil. Je me demande ce que nous ferons toutes quand tu seras mariée.

— Ne dis pas ça ! Je ne vais pas mourir. Je serai toujours là.

— Je sais, je sais. C'est juste que tout semble changer si brutalement.

— Mais le changement est une bonne chose.

— Parfois ça fait peur.

— A qui le dis-tu ! Je me marie la semaine prochaine. C'est pas effrayant, ça ?

— C'est du tout cuit. C'est forcé.

— Et ce fameux voyage, alors ?

— Je me sens toute nerveuse et excitée, mais au moins je ne me sens pas blasée. Ça va pas être de la tarte de trouver l'argent.

— Tu en as déjà parlé à Stringer ? demande-t-elle.

Je secoue la tête.

— Tu as peur de sa réaction ?

Une fois de plus, elle a mis dans le mille. Parce que c'est ce qui m'inquiète. Je ne veux pas entamer la confiance de Stringer, ni qu'il pense que je le fuis. Je sais à quel point il peut être parano, et la dernière chose que je veux c'est le renforcer là-dedans. Je ne veux pas qu'il pense que je le rejette. Mais je ne peux pas dire ça à Amy.

— J'ai peur qu'il croie qu'entre nous il y a quelque chose.

— Ce n'est pas le cas ?

— Pas vraiment. Peut-être qu'avec le temps ça viendra. Mais je n'en ai pas envie. J'ai envie de voyager et de voir du pays. Je veux ça pour moi. Ça te semble horriblement égoïste ?

Amy sourit.

— Oui, mais je suis ravie de te l'entendre dire enfin. Tu fais toujours passer les autres avant.

— Alors, qu'est-ce que je dois faire pour Stringer ?

— Il faut juste prendre ton courage à deux mains et lui dire ce qu'il en est, avant qu'il se fasse de fausses idées. Sans vouloir te vexer, Stringer a connu plein d'autres filles. Je suis sûr qu'il se remettra.

— Exact, dis-je en riant, même si je sais que c'est faux.

— Je crois que ça lui fera du bien de se prendre un petit coup dans l'ego.

— Peut-être, dis-je.

Amy remplit mon verre de vin.

— Bon, ben à ta santé, ma belle Soose. Tu ne me manqueras pas qu'un peu.

Et je souris, à la fois triste et heureuse, parce qu'elle ignore à quel point elle me manque déjà.

H

Mercredi, 11 h 00

Je tends le cou pour lire le nom de la rue à travers le pare-brise, ouvre mon plan sur le tableau de bord et entends le déclic de l'allume-cigares qui vient de jaillir. Je passe lentement devant la rangée de voitures en stationnement, négocie les ralentisseurs tout en allumant ma cigarette et en regardant par la vitre, et essaie de lire les numéros sur les grilles cassées et les portes délabrées de Barlby Road. C'est une rue de Londres typique, avec les éboueurs habituels, éboueurs que je n'avais d'ailleurs pas remarqués jusqu'à ce que l'un d'eux tape sur mon capot, me faisant sursauter.

— Oï, la bourge ! lance-t-il.

L'énorme camion vert se dresse derrière lui alors qu'il me fait signe de sa main gantée.

En rougissant, je passe la marche arrière et recule rapidement, jusqu'à ce que je trouve une place derrière une vieille fourgonnette blanche toute cabossée et me gare. Je suppose que ma voiture en jette dans ce quartier, mais j'ai quand même envie de lui dire que la BMW n'est pas à moi et que je ne suis pas vraiment une richarde. Je suis quelconque.

En tout cas, je me sens très quelconque aujourd'hui.

Je coupe le moteur et la soufflerie s'arrête. Du coup, j'entends mieux les bips du camion-poubelle, ainsi que la sirène d'une voiture de police au loin et les cris envahissants des enfants dans la cour d'école au bout de la rue. Les bruits d'un mercredi matin dans le monde réel.

Réel pour moi, au moins.

Avec hésitation, je me penche et récupère la lettre de Brat sur le siège du passager et relis l'adresse. Je l'ai trouvée sur mon bureau ce matin, juste après avoir traversé son bureau vide et être passée devant une Olive au visage de marbre qui a refusé de me parler.

La lettre était formelle et polie, vu ce qui s'était passé. Dans un style anormalement impeccable, Brat expliquait qu'il m'écrivait pour m'informer de sa démission, eu égard à la rupture irrémédiable de nos relations de travail.

La rupture de nos relations de travail. C'est une façon de parler.

C'est le « irrémédiable » qui me pose un problème. Voilà pourquoi je suis ici. Mais je préfère ne pas trop réfléchir, sinon je vais changer d'avis.

Je fourre la lettre dans ma poche, sors de la voiture, branche l'alarme et regarde autour de moi. J'aperçois le panorama urbain se dresser dans la brume londonienne et je me dis que Brat a dû vivre un véritable cauchemar chaque jour en faisant le trajet jusqu'au bureau. Pas étonnant qu'il ait été en retard une fois sur deux.

L'immeuble de Brat se trouve au bout de la rue, à côté d'une laverie condamnée. Je pousse la grille rouillée. Une longue tige de troène me cingle le visage alors que je monte les quelques marches menant à la porte pour examiner les trois sonnettes. J'appuie sur la deuxième, en supposant qu'il s'agit du premier étage, et attends en regardant un filet d'eau chaude et savonneuse s'écouler d'un tuyau fêlé.

Je trépigne, l'estomac noué, en essayant de scruter par la vitre de la porte l'entrée plongée dans le noir.

J'étais dans un tel état après avoir vu Laurent hier que je ne savais plus où me mettre. Je suis allée dans les toilettes des femmes au deuxième étage et j'ai tourné en rond comme un lion en cage. J'étais incapable de pleurer, je me sentais tellement bête, et je ne pouvais pas m'en prendre à Laurent, parce qu'il était en réunion avec mon patron.

J'ignore à qui j'en veux le plus, Laurent ou moi. Il aurait dû me dire qu'il était marié, mais bon, j'aurais dû lui poser la question. J'avais envie de frapper quelque chose ou quelqu'un, tellement je me sentais stupide. Malheureusement, mes ruminations silencieuses ont été interrompues par quelqu'un qui entrait dans les toilettes, et je n'ai eu d'autre choix que de retourner dans mon bureau avec tant d'émotion refoulée que je vivais un peu comme une bombe à retardement.

Et j'ai fini par exploser.

A la gueule de Brat.

Ça lui avait pris des plombes pour faire les corrections de script que je lui avais demandées. Et tout en pestant intérieurement et en concoctant un e-mail venimeux à l'intention de Laurent, je regardais Brat derrière la vitre, de plus en plus furieuse chaque fois qu'il allumait une cigarette ou passait un coup de fil. A 16 heures, j'étais devenue une vraie tornade.

— Viens ici, ai-je dit en ouvrant brutalement la porte et en le fusillant du regard.

— S'il te plaît, a-t-il murmuré.

— Tout de suite !

Une minute plus tard, Brat est entré et je me suis déchaînée contre lui.

— C'est une honte, ai-je dit en lui balançant les corrections au visage et en sentant que je perdais pied, alors que les papiers se répandaient par terre.

Brat les a regardés, mais il n'a pas bougé.

— Bon sang. Calme-toi, a-t-il dit.

— Me calmer ! Me calmer ! Non, je ne vais pas me calmer. Tu n'as rien foutu depuis mon retour. Rien. Et j'en ai plus que marre de tes excuses. Je t'ai demandé ces papiers ce matin et tu viens juste de t'en occuper et c'est tellement nul que je vais devoir tout recommencer. Ce qui signifie qu'il va me falloir rester ici jusqu'à minuit. Une fois de plus. Grâce à toi.

— Pas la peine de crier.

— Si, je vais crier. Parce que tu le mérites. Tu es désespérant. Tu m'entends ? Tout ce que tu sais faire, c'est fumer et papoter avec tes potes...

— Et tu ne t'es jamais demandé pourquoi ? m'a-t-il lancé sèchement.

— Vas-y. Eclaire ma lanterne, ai-je répondu avec sarcasme, les mains sur les hanches.

— Parce que c'est l'horreur de bosser avec toi, voilà pourquoi je ne fais aucun effort. Parce que j'ai baissé les bras. Parce que tu veux que je fasse tout le sale boulot, et tout ce que je fais, tu le critiques, ce qui est un peu fort, vu que tu ne supportes pas la critique toi-même.

— Comment oses-tu ?

— La ferme. Je n'ai pas fini.

— Je m'en fiche, ai-je dit en lui désignant la porte, tout mon corps tremblant de rage.

— Tu n'as pas compris, hein ? a-t-il dit d'un air menaçant en se tapotant la tempe. Ce n'est pas toi qui te débarrasses de moi. C'est moi qui pars. Je refuse de supporter tes simagrées. J'en ai ma claque. Je ne te supporte plus. Tout comme Gav ou n'importe quel type sensé ne peut pas te supporter.

— Tu n'as pas le droit de me parler ainsi !

— Oh que si. Tu n'es qu'une pauvre célibataire stéréotypée, et le plus triste c'est que tu ne te rends même pas compte de ce que tu es devenue.

— Brat !

— Encore une chose. Je m'appelle Ben. Pas Brat.

Et là-dessus il est sorti du bureau en claquant la porte.

Dix sur dix pour la gestion du personnel.

Une silhouette se détache derrière la vitre alors que la lumière du couloir s'allume. Un instant plus tard, la porte s'entrouvre et j'aperçois Ben. Ses cheveux sont mouillés et il a une serviette usée autour des reins. Il grogne et disparaît, aussi je pousse un peu la porte. Il se tient dos au mur, les yeux fermés.

— Ben ? dis-je d'un ton qui se veut amical.

— Qu'est-ce que tu veux ? demande-t-il d'un ton faussement patient.

Il a rouvert les yeux, et ces derniers sont injectés de sang.

Je sors sa lettre de ma poche.

— Je suis venue pour qu'on parle de ça.

— Je n'ai pas envie de discuter, dit-il en tendant la main vers la poignée.

Je pose ma main sur le battant pour l'empêcher de le fermer.

— S'il te plaît, dis-je. On peut parler une minute ?

— C'est quoi ton problème ? T'oses pas dire à Eddie que je me suis cassé ?

Je réprime une repartie cinglante.

— Non, ce n'est pas ça. Il est déjà au courant.

Ben me regarde, silencieux. J'insiste :

— Je peux entrer ?

Il croise les bras comme un videur : visiblement, la réponse est non.

— Ecoute. Je sais que tu es très en colère.

— T'as pas idée.

Je m'y prends mal, c'est évident, autant aller droit au but.

— Je suis venue m'excuser, dis-je en regardant le bout de mes pieds.

— En ce cas, tu ferais mieux d'entrer. J'ai hâte de t'entendre.

L'appartement de Ben est petit et en désordre. Les rideaux sont tirés et la pièce sent la vieille chaussette et la cigarette. Je me perche sur l'accoudoir d'un canapé en velours marron, pendant qu'il disparaît dans sa chambre pour s'habiller.

Je suis tentée de m'éclipser, mais je me force à

rester. Je regarde autour de moi. Sur le mur en face de moi, il y a deux rectangles blancs entourés par une ligne foncée et, près de la fenêtre, des étagères de livres avec tout au plus six bouquins posés n'importe comment dessus. Par terre, juste en dessous, il y a une tache ronde sur la moquette, entourée par de la terre. Soit Ben vient d'emménager, soit il s'apprête à déménager.

Je m'aperçois alors qu'au cours des derniers mois j'ai passé plus de temps avec Ben qu'avec quiconque. Et pendant tout ce temps, je n'ai quasiment rien appris sur sa vie. J'aurais eu du mal à l'imaginer en dehors du bureau. Je ne le voyais pas évoluer dans une maison, prendre le métro, ou dormir, lire, regarder des films ou toutes ces choses que fait un être humain normal – tout comme moi. Je crois que c'est pour ça que je me retrouve ici.

— Alors ? dit-il en réapparaissant en jeans et tee-shirt.

Je sursaute, comme prise sur le vif.

Il repousse les longs rideaux marron, révélant une autre série de traces de pots, de feuilles et de terreau. Puis il se tourne vers moi et je sais que c'est maintenant ou jamais.

— Je suis désolée de débarquer comme ça, dis-je. Mais il fallait que je te parle.

Ben pose les mains sur les hanches et me regarde sans ciller. Son visage est figé et je baisse les yeux, nerveuse.

— Je m'en veux énormément pour ce qui s'est passé hier. Et je ne t'en veux pas d'avoir donné ta démission. J'aurais fait exactement la même chose si j'avais été à ta place. Mais il se trouve que...

J'étais complètement déboussolée et je ne pensais pas la moitié de ce que j'ai dit.

Il y a un long silence.

— Je ne t'ai pas franchement couverte de compliments non plus, répond calmement Ben.

— En fait, tu fais très bien ton boulot, et c'est pour ça que je suis venue ici. Je n'ai pas envie que tu me laisses tomber. Tu as une belle carrière devant toi et j'ai parlé à Eddie ce matin, il va t'augmenter...

Ben prend une cigarette et l'allume.

— Alors comme ça tu essaies de racheter mon retour ? demande-t-il, cynique.

Je me passe les mains dans les cheveux et lève les yeux au ciel.

— Eh merde, Ben, je m'y prends n'importe comment, hein ?

Il ne dit rien.

— Ecoute. Si tu reviens, tu auras d'autres fonctions, tu seras plus assistant que simple secrétaire. J'aimerais que tu sois plus impliqué et que tu connaisses mieux mon travail. C'est ce que je faisais quand j'étais à ton poste ; là je ne resterai pas à ce poste toute la vie, et ils auront besoin de quelqu'un pour prendre la relève...

Mais Ben fume en fixant la moquette et je ne sais pas ce qu'il en pense. Il ne réagit absolument pas. Je le regarde, sens ma gorge se serrer et suis contente de ne pas être à sa place.

— Tout ce que je dis, c'est que tu n'as pas besoin de fiche en l'air ta vie parce que j'ai mal agi. (Je me racle la gorge.) C'est tout ce que je voulais te dire. Je suis vraiment désolée.

Je me tourne pour partir, mais quand je suis devant la porte il m'arrête.

— H ?

Je me retourne aussitôt, en m'essuyant le nez.

— Merci pour tes excuses.

Je hoche la tête et tente de réprimer le tremblement de mon menton.

— Tu veux bien revenir ? dis-je. S'il te plaît ?

Ben inspire et pose une main sur ses hanches.

— Je ne pense pas que ça soit possible. Ce n'est pas... une question d'argent.

— C'est quoi, alors ?

— Je ne peux pas faire ce travail.

— Mais si tu le peux.

— Ça ne marchera jamais... entre toi et moi. Je ne peux pas travailler pour quelqu'un comme toi, H.

— Qu'est-ce que tu veux dire ?

— Ton travail est ce qui compte le plus pour toi. C'est toute ta vie et c'est comme ça que tu vois les choses et c'est très bien. Mais ce n'est pas ma vie. Bien sûr, c'est important, mais ce n'est pas le plus important. Tu prends tout si... sérieusement. A tes yeux, si d'autres personnes ne pensent pas la même chose, elles ne valent rien.

— Je ne... Je...

— Mais si, H. Tu critiques tout ce que je fais. Je pensais ce que j'ai dit hier. Je ne voulais pas me montrer aussi grossier, mais j'ai perdu mon sang-froid. Il se trouve que tu ne m'as pas laissé une seule fois une chance ou du temps pour faire mes preuves. C'est comme si tu voulais que je me plante.

— Je ne... Je...

— Tu voudrais que j'aille toujours au même rythme que toi, mais je ne suis pas toi. Je ne peux plus supporter que chaque jour tu penses que je ne vaux rien. Je suis désolé, mais c'est comme ça.

— Je suis si dure que ça ?

Je m'aperçois que je n'ai pas cessé de retenir mon souffle. Je ne sais pas trop où on va.

— Toute cette histoire à propos de Gav... finit-il par dire.

J'agite la main et essaie de sourire.

— Ne t'en fais pas pour ça. Je le mérite sûrement.

— Non. C'était complètement déplacé. (Il montre la pièce.) Ma copine m'a quitté, comme tu peux le voir. C'est pour ça que je passais tous ces coups de fil. Je ne suis pas loin d'être moi-même dans un sale état.

Je me sens très mal. Je n'avais pas compris qu'il avait une copine. Et encore moins qu'il vivait avec elle.

— Mon pauvre.

— Chacun sa merde, dit-il en haussant les épaules.

— Ça doit être dans l'air du temps, dis-je. Si ça peut te consoler, je me suis fait larguer moi aussi, hier.

— Larguer ? Par qui ? demande-t-il, troublé.

— Laurent. Tu sais... Laurent de Paris.

Il écarquille les yeux.

— Pas possible !

J'acquiesce.

— Mais il est marié ! Il a des gosses !

— Oui. C'est ce que j'ai découvert hier, par Will.

— Je le savais depuis longtemps.

— Eh bien tu aurais pu me le dire, je le taquine.

— Et tu aurais pu me dire quoi faire pour Liz, rétorque-t-il.

Nous sourions tous les deux.

— On repart à zéro ? je demande.

— Je ne sais pas. Il faut que j'y réfléchisse.

— Je comprends.

— Mais tu peux peut-être m'inviter à déjeuner ? propose-t-il.

— Ça marche, dis-je en souriant.

Matt

Jeudi, 13 h 50

— Je vais juste faire un saut en bas, dit Philip en se levant. T'as besoin de quelque chose ?

— Ouais, je réponds en repliant l'annonce publicitaire que je viens juste d'ébaucher pour un nouveau client. (Je ferme l'enveloppe et la lui tends.) Tu peux poster ça pour moi en chemin ?

— Bien sûr, dit Philip en prenant l'enveloppe et en la fourrant dans sa poche avant de quitter la pièce.

Il n'y a rien de tel qu'un renvoi pour se concentrer. L'avocat de la partie adverse vient de s'en voir accorder un il y a deux heures et il reste encore une heure. Je suis assis à une table du Bear Garden, lequel, ce qui n'a rien d'étonnant pour quelqu'un de rompu aux bizarreries des tribunaux, n'est absolument pas un jardin. C'est une salle au tapis rouge, aux plafonds hauts, avec une galerie circulaire à l'étage. Des conseillers juridiques, des avocats et leurs clients sont assis aux tables, ils examinent divers papiers et dossiers, lisent le journal ou se contentent de fumer et de regarder autour d'eux. Je jette un œil au dossier Tia Maria Tel posé sur la table devant moi. Il est épais comme ma cuisse. Je me laisse aller contre le dossier et, évitant les regards des juges peints sur les murs, je bâille.

Je suppose que le simple fait d'être ici devrait m'éclater. Après tout, dans mon métier, le Bear Garden est presque aussi coté que la Haute Cour. C'est le genre d'endroit dont je rêvais quand j'étais étudiant, une des raisons pour lesquelles j'ai potassé tous ces livres et passé tous ces examens. Et j'apprécie ce moment, vraiment. Ce matin, le spectacle de la bataille qui a eu lieu au tribunal m'a excité. J'ai fait mon boulot et Philip, notre avocat, a reçu toutes les infos nécessaires depuis le début. Du travail bien fait, je pense, et je suis quasi certain que Tia Maria Tel va obtenir des dommages et intérêts. Je devrais me sentir sur un petit nuage. Pourtant, curieusement je me sens déconnecté de tout.

Mais ce n'est pas à cause de ma gueule de bois. Lundi et mardi, d'accord. Ma peau puait encore l'alcool, et ce n'était donc pas difficile de mettre mon état d'esprit sur le compte d'une parano due à l'audience. Hier et aujourd'hui, toutefois, mon sang s'étant enfin régénéré, je n'avais d'autre choix que de repenser à mon attitude pendant le week-end et de trouver le moyen d'en affronter les conséquences. Car conséquences il va y avoir. Bientôt. Dans neuf jours, pour être précis. Dans neuf jours, je vais me retrouver aux côtés de Jack devant l'autel de la Barking Parish Church. Et avec lui, il y aura Amy, et près d'Amy, son père. Et juste derrière, H.

Bien sûr, j'ai essayé de la détester. J'ai essayé de me dire, en revenant de chez Stringer dimanche après-midi, que c'était une salope. Elle s'est fait sauter avant de se jeter dans les bras du premier mec qui s'est présenté, sans réfléchir une seconde à ce que je pouvais ressentir pour elle et sur ce qui s'était passé entre nous. Cette réflexion m'a occupé jusqu'à au moins 4 heures du matin, au moment où je me suis réveillé en repoussant les draps et en fixant le plafond de la chambre. Un gémissement sortait lentement de ma gorge. Fermer les yeux n'a servi à rien. Quand je les ai rouverts, rien n'avait changé.

Avec le recul, je regrette de ne pas m'y être pris autrement. J'aurais dû encaisser la nouvelle concernant Laurent et classer ma nuit avec H au registre des expériences profitables. J'aurais dû me montrer courtois et digne quand elle est venue me voir au lieu de l'envoyer paître et de mentir quant à ce que j'éprouvais pour elle. Mais non, je me suis comporté comme un gamin de dix ans, et, qui plus est, un gamin de dix ans extrêmement immature. Si je ne devais pas revoir H, peut-être alors que ça ne serait pas si grave. Et peut-être aussi que ça ne serait pas si grave si je me fichais d'elle. Mais ce n'est pas le cas.

Alors où est-ce que j'en suis ? Je suis rongé par un doute : si j'avais dit la vérité à H – à savoir que ce qui s'est passé entre nous ne se résumait pas pour moi à un petit coup d'une nuit –, alors peut-être qu'elle m'aurait regardé différemment (un scénario peu probable, je le reconnais).

Quel parti prendre ? A part ne pas se pointer au mariage, je ne vois pas. Je ne peux qu'espérer. Je ne peux qu'espérer que H mettra mon comportement sur le compte de l'ivresse. Et je ne peux qu'espérer que dans un avenir proche je l'oublierai comme elle m'a déjà oublié.

Ce que je ne devrais pas espérer, mais que j'espère quand même, c'est qu'elle oubliera de m'oublier et voudra me revoir.

Stringer

Samedi, 15 h 25

— Merci beaucoup pour ton aide, Gregory, me dit Sandy, la mère d'Amy.

— Pas de problème, je réponds en essayant de cacher le fait que je saute intérieurement de joie. Ils ont juste essayé de voir jusqu'où ils pouvaient aller. C'est souvent le cas.

Je ne peux m'empêcher de sourire. Je sais que ce que j'ai fait n'est pas grand-chose, mais c'était dans mes cordes et je me suis débrouillé comme un pro. Je me suis prouvé quelque chose aujourd'hui – que j'en suis capable –, et je me sens super content.

— Quand même, dit Hugh, le père d'Amy, tu as été excellent, et tu nous as fait économiser pas mal d'argent. Nous te sommes extrêmement reconnaissants.

C'est un homme calme et pondéré, et autant que

je m'en souvienne, c'est la première opinion arrêtée qu'il émet aujourd'hui. Il doit penser ce qu'il dit.

— Ouais, bien joué, Etalon, ajoute Jack en me donnant une tape sur l'épaule avant de reprendre la main d'Amy. Tu les as battus à plate couture.

Nous sommes devant le Manoir, près de Barking. C'est un bâtiment dans le style Tudor, conçu tout exprès pour les réceptions de mariage et les conférences. Nous venons juste de sortir d'une réunion avec Christine Wilcox, la femme chargée d'organiser les réceptions. Je suis venu suite à un coup de fil paniqué de Sandy hier. Hugh et elle sont allés le week-end dernier à Calais pour prendre livraison d'un lot de bouteilles de champagne et de vin pas cher pour la réception, et ils ont découvert en revenant que le Manoir avait l'intention de leur compter des frais exorbitants de droit de débouchage pour chaque bouteille ouverte sur les lieux.

Nous rentrons à Londres, Jack et Amy sont à l'avant, et moi à l'arrière. Je regarde le paysage par la fenêtre et repasse dans ma tête notre conversation avec Christine Wilcox.

Nous étions assis à une table dans une des petites salles de réunion du premier étage et, une fois réglés les derniers détails du repas de noce (les horaires et l'organisation de mon personnel), Jack a abordé le sujet du débouchage, la vraie raison de notre présence.

— Il se trouve que les droits de débouchage que vous comptez prélever rendent complètement inutile le voyage qu'a fait le père d'Amy en France pour acheter de l'alcool moins cher.

Christine Wilcox, la quarantaine, le nez en lame de couteau, se fendit d'un mince sourire.

— Je m'en rends bien compte, M. Rossiter, mais vous devez également comprendre notre position. Dans la mesure où vous avez décidé de faire appel à – elle m'adresse un signe de la tête et jette un œil à sa liste – Chichi, un traiteur, nous avons automatiquement perdu notre marge bénéficiaire. Nous devons donc équilibrer cette perte d'une autre façon.

— Mais enfin, dit Amy en tapotant de l'ongle sur la table, et tout cet argent que nous avons versé pour la location du lieu ? Ce n'était pas franchement donné. Vous n'allez pas me soutenir que vous ne faites pas de bons bénéfices là-dessus.

Christine a contre-attaqué immédiatement :

— Je suis désolée, Mlle Crosbie, mais la politique de débouchage du Manoir est stipulée très clairement dans les termes du contrat que vous avez signé. Comme je vous l'ai expliqué à l'époque, vous avez la possibilité d'acheter le vin directement au Manoir, et par conséquent de ne pas payer le droit de débouchage. Je ne pense pas que vous puissiez nous tenir rigueur du fait que vous avez décidé de fournir vous-même le vin.

— Mais les prix des bouteilles sur votre liste sont astronomiques, a protesté Amy.

Sandy a posé une main sur le bras d'Amy pour la calmer.

— Je crois qu'elle veut nous dire que sa décision est irrévocable, chérie, a-t-elle murmuré en adressant un sourire maladroit à Christine.

— Alors c'est comme ça ? a demandé Jack en

se croisant les doigts derrière la nuque. Vous ne voulez pas en démordre ?

— Comme je l'ai dit, expliqua Christine en croisant les bras, les termes du contrat stipulent très clairement que...

Jack s'adressa alors à moi :

— Stringer ? fit-il.

Je me suis éclairci la voix et j'ai décoché à Christine mon plus beau sourire. Puis, comme cela n'avait pas le moindre effet sur elle, je me suis de nouveau éclairci la voix et j'ai fait mine de relire la carte des vins du Manoir en claquant la langue d'incrédulité. J'ai souri à Jack et dit :

— Etonnant. Ces prix sont les mêmes que ceux pratiqués dans les plus grands hôtels. (C'était de la pure conjecture, mais bon...) Vous le saviez ? lui ai-je demandé.

— Non, a-t-elle répondu avec, pour la première fois depuis le début de la réunion, une légère hésitation dans la voix. Non, je ne le savais pas.

— Vraiment étonnant, ai-je répété en souriant avec lassitude et en repoussant la carte devant moi. Bien, ai-je commencé en regardant les personnes présentes les unes après les autres, avant de reporter finalement mon regard sur Christine. Puisque vous n'êtes pas disposée à baisser les droits de débouchage, je suppose que vous ne nous laissez pas d'autre choix.

Christine s'est détendue.

— Et ce sera ? a-t-elle demandé à Jack. Comptez-vous payer les frais de débouchage ou puiser dans notre cave ?

— Non, non, l'ai-je interrompue, nous allons devoir nous passer complètement du vin.

Il y a eu un silence pendant quelques secondes alors que Christine et moi nous regardions. Du coin de l'œil, j'ai remarqué qu'Amy donnait un coup de coude à sa mère pour qu'elle se taise.

— J'ai peur de ne pas comprendre, a dit finalement Christine.

— C'est la seule façon que nous ayons de résoudre ce problème de droit de débouchage. Si nous n'avons pas de vin, vous ne nous prendrez pas de frais de débouchage, exact ?

— Certes, a-t-elle dit lentement, mais...

— Eh bien, c'est très simple, en ce cas. Il existe quantité d'autres boissons que je peux fournir. Des cocktails, par exemple. Chichi propose une large gamme de cocktails. Et vous ne pouvez prélever de frais de débouchage sur les alcools forts, n'est-ce pas ?

— Euh, non.

— Parfait. (Je me suis tourné vers Jack et Amy.) Ce que je propose donc, c'est que nous laissions complètement tomber cette histoire de vin. Je suis sûr que Hugh ne verra aucun inconvénient à garder pour lui le stock qu'il a acheté. On ne peut pas dire que ça sera perdu, non ? (Amy jeta un œil à son père qui acquiesça.) Nous nous limiterons au champagne pour les toasts, et nous prendrons des magnums, afin que les droits de débouchage ne reviennent pas trop cher.

— Ça me semble parfait, dit Jack.

— Bien sûr, ai-je ajouté à l'intention de Christine, vous perdrez complètement votre marge bénéficiaire sur le vin, mais – et là j'ai jeté un œil au contrat – ce ne semble pas être un problème contractuel...

J'ai vu le tiroir-caisse se refermer dans son regard. Pas de vin, ça signifiait pas de bénéfice. Vas-y, gamberge, ma vieille.

Christine s'est gratté le nez, puis a dit :

— Hum, dans certaines circonstances, je puis proposer une sorte d'arrangement.

— Un forfait de débouchage, par exemple, ai-je aussitôt suggéré. M. et Mme Crosbie vous paieraient une somme fixée à l'avance puis pourraient ouvrir autant de bouteilles de vin et de champagne qu'ils le souhaitent.

— Hum, oui, a fini par concéder Christine. Une somme forfaitaire pourrait être justifiée dans ce cas précis.

J'ai haussé les sourcils et l'ai invitée à poursuivre.

— Que diriez-vous de mille livres ? a-t-elle proposé.

J'ai émis un sifflement étouffé.

— C'est assez élevé, et je ne sais pas si cela vaut la peine que nous revenions sur notre décision concernant les cocktails. Cinq cents livres me sembleraient nettement plus raisonnables, tu ne trouves pas, Jack ?

— Parfait, a-t-il répondu en essayant de ne pas sourire.

Christine a réfléchi en silence pendant un temps qui a paru très long.

— Je suis toujours préoccupée par notre marge bénéficiaire. Pourriez-vous aller jusqu'à sept cent cinquante ?

— Six cents, ai-je dit.

— Très bien, a-t-elle finalement accepté. Six cents livres, c'est entendu.

Dans la voiture, je continue de regarder le paysage défiler derrière la vitre. C'est sans doute la première fois que j'ai accompli quelque chose de vraiment important dans le cadre de mon travail, et je suis ravi que les bénéficiaires en soient mes amis. Mais je soupire, car malheureusement le reste de ma vie n'est pas aussi simple...

Depuis que j'ai découvert le message de Karen, lundi soir, je suis sans nouvelle d'elle. J'ai laissé deux messages chez ses parents, et elle n'a répondu à aucun des deux. Je ne peux pas dire que ça me surprenne. Le message qu'a laissé Karen était sans ambiguïté. Il était bref et concis.

« Cher Greg,

« Désolée. Désolée. Mille fois désolée. Pouvons-nous oublier ce qui s'est passé hier soir ? Je l'espère. J'ai été bouleversée et contrariée par tes sentiments. J'espère que quand je reviendrai tout pourra être à nouveau normal entre nous. Pardonne-moi je t'en prie de m'être comportée aussi bêtement.

« Ton amie,
« Karen. »

Le salon était impeccable alors que je lisais son message ; toutes les traces de sa beuverie avaient été effacées. Je suis allé dans ma chambre et je me suis allongé sur le lit, pour lire et relire ce qu'elle avait écrit. En vain. Aucun message secret entre les lignes. Elle était bel et bien contrariée. Ça s'arrêtait là. Elle regrettait notre prise de bec et voulait que nos relations redeviennent ce qu'elles étaient avant. Ce qu'elle n'avait pas accepté, c'est que mes sentiments normaux à son égard n'avaient jamais été, et ne seraient jamais, normaux. Je voulais le lui rappeler. Je voulais le lui répéter jusqu'à ce qu'elle l'accepte comme une vérité. Pourquoi n'avait-elle pas attendu que je finisse ce que j'avais à dire concernant Susie ? Pourquoi ne m'avait-elle pas laissé lui expliquer que j'étais disposé à rompre avec Susie pour être avec elle ? Pourquoi était-elle partie avant d'entendre toutes ces choses ?

— J'ai vu Matt hier soir, lance Jack.

— Comment va-t-il ? je demande. Il s'est remis de notre week-end entre mecs ?

— H lui en veut toujours, dit Amy. Apparemment, il s'est montré un peu mufle avec elle quand elle l'a rappelé pour mettre les choses au clair.

— Pas très surprenant, je commente, puis, remarquant l'expression d'Amy, j'explique : Il était vraiment bouleversé. Il en pince pour elle.

— Oui, dit Amy. Bon, c'est son choix à elle et, si tu veux mon avis, elle commet une erreur. Je trouve qu'ils feraient un super couple. Tout de même, il aurait pu se comporter de façon un peu plus mûre.

— Il avait ses raisons...

— Comment ça ?

— Il est au courant pour Laurent, Amy. (Je hausse les épaules, gêné.) Je lui ai dit.

Le visage d'Amy exprime l'incompréhension.

— Mais comment ?

— J'étais dans le sauna. Avec une serviette autour de la tête. Vous parliez et c'était trop tard pour vous interrompre, je ne savais pas ce que vous faisiez là, j'étais paumé...

— Oh, Stringer, grogne Amy.

— Qui est Laurent ? demande Jack.
— Un Français avec qui H a couché quand elle était à Paris.
— Quoi ? s'exclame Jack. Juste après Matt ?
— Oui.
— Oh bon sang, Stringer ! s'écrie Amy. Matt doit être malade.
Mon portable sonne alors. Je lève une main à l'intention d'Amy et le sors de ma poche.
— Une seconde. Ce doit être le boulot. Je dois m'occuper d'une soirée ce soir au London Aquarium. (Je porte le téléphone à mon oreille.) Allô ?
— Stringer ?
— Oui ? (Je reconnais alors la voix.) Oh, Susie, dis-je en me tournant vers la vitre. Salut.
— Attaque, Etalon, lance Jack.
Je l'ignore.
— Comment tu vas ? je demande à Susie, me sentant coupable rien qu'en entendant le son de sa voix.
J'ai été trop accaparé par le boulot pour la voir, et je n'ai pas eu l'occasion de lui parler de Karen. Je ne lui ai même pas parlé depuis jeudi, quand je... oh zut... quand je lui ai donné rendez-vous pour ce soir.
— Très bien, dit-elle d'un ton joyeux. Ça marche toujours pour ce...
— Non. Merde. Désolé. Tiff est malade et je dois la remplacer ce soir au pied levé.
— Oh.
— Ecoute, on peut reporter ?
Il y a un silence, puis :
— J'aurais préféré ce soir. A quelle heure tu termines ?

— Pas avant minuit.

— Je passerai, alors. Ça te va ?

— Oui, je réponds, en me disant qu'il faut que je règle tout ça avant que Karen revienne la semaine prochaine, sans quoi je vais me retrouver à la case départ. Je laisserai un mot à l'entrée.

— A ce soir, alors, dit-elle avant de raccrocher.

Je repose le téléphone et me tourne vers Amy. Je m'aperçois que je transpire.

— Bon, dis-je, on en était où ?

Susie

Samedi, 23 h 30

Je me sens ridicule.

Absolument ridicule.

Je dois ressembler à une prostituée, plantée là, à attendre le dernier métro, tout ça pour un rendez-vous avec Stringer. En tout cas c'est l'impression que je me fais.

Je ne sais pas trop pourquoi je suis si préoccupée par mon apparence, ni pourquoi j'ai pris la peine de mettre ma robe à motifs floraux. Stringer m'a pourtant vue dans mon pire attirail : j'avais mis mon plus vieux bikini à Leisure Heaven. Et dimanche matin, alors ? Je n'avais pas franchement remporté le premier prix dans un concours de sosies de Marylin Monroe quand on s'est réveillés ensemble dans le lit, avec la gueule de bois et l'odeur qui va avec. Alors pourquoi est-ce que je me suis attifée comme une dinde de Noël si je dois aller le trouver pour lui annoncer que je prends le large ? Je doute que ça change quoi que ce soit. Peut-être y a-t-il une petite part de moi qui pense que, si j'ai l'air féminine et jolie, le choc sera moins dur pour lui. Mais en fait, maintenant que j'y pense, si j'étais habillée n'importe comment, ça faciliterait sûrement les choses pour Stringer. On ne sait jamais, peut-être même qu'il me remercierait de le laisser tranquille.

Le métro arrive et je me tiens à l'écart d'un groupe de jeunes qui me dépassent et se précipitent au fond du wagon en braillant des hymnes footballistiques.

Je serre mon sac sur mes genoux et regarde les publicités par la vitre, vu que je suis trop nerveuse pour lire mon livre. Il y a une pub contre le rhume des foins, une pour la Tour de Londres et une pour une agence matrimoniale, un témoignage de première main, qui serait émouvant s'il n'était pas bidon.

Un jour, pour rire, j'ai passé une petite annonce dans *Time Out*. J'ai reçu un nombre étonnant de réponses salées et je suis sortie avec un type, je crois qu'il s'appelait Jimmy. Tout en mangeant sa calzone au *Pizza Hut*, il m'a dit qu'il avait apporté le collier clouté pour chien et la laisse que son ex-femme lui avait offerts. J'ai foncé aux toilettes.

C'est une des façons de prendre ses distances par rapport à quelqu'un. Se contenter de disparaître et ne jamais le revoir. Ou, si la personne en question se montre très insistante, faire preuve d'une franchise assez brutale, ce qui est tout aussi efficace. « Je ne suis plus amoureuse de toi », telle est ma réplique préférée, et en général les mecs y réagissent assez bien.

Maintenant que j'y pense, neuf fois sur dix, c'est moi qui ai rompu. J'irais même jusqu'à dire que larguer les mecs est un de mes talents particuliers, avec le roulage de joints, le bourrage de bongs et le taillage de pipes. Dommage que je ne puisse rien faire figurer de tout ça sur mon CV.

Mais Stringer est différent. Parce que je n'ai pas envie de m'enfuir. Il compte pour moi et je n'ai pas envie de le blesser. Ce n'est pas le fait qu'on ait couché ensemble qui me gêne dans le fait de le revoir, c'est parce que nous avons partagé nos sentiments et nos secrets. Je ne veux pas qu'il pense que je trahis sa confiance et que ce qu'il m'a dit ne signifiait rien.

Tu ne sais pas, me dis-je. Tu ne peux pas savoir tant que tu ne l'auras pas vu.

Sauf que je me sens encore plus nerveuse quand je le vois. Il se tient au milieu du hall d'accueil du London Aquarium et donne des ordres à une dizaine d'employés qui roulent des sets de table dans un coin de la pièce et empilent des chaises galonnées recouvertes de velours rouge contre le mur.

Stringer semble fatigué et préoccupé, et je l'observe un moment, en regrettant d'avoir insisté pour qu'on maintienne ce rendez-vous. Je suis tentée de partir avant qu'il me voie.

Mais il me voit.

Je serre mon sac d'une main et agite bêtement l'autre.

— J'en ai pour dix minutes, annonce Stringer à son équipe sans me quitter des yeux, mais son expression me demeure fermée.

— Salut, dis-je timidement en m'avançant vers lui.

— Tu es venue, dit-il en se penchant pour m'embrasser sur la joue.

Pas vraiment l'accueil extasié que je redoutais, mais bon, Stringer est au boulot et il n'a rien du don juan de service.

— Ouais, dis-je en souriant.

— Et, euh ? tu veux un café ? Je crois qu'il en reste.

— Volontiers.

Les aquariums sont éclairés. Des poissons aux couleurs vives filent dans tous les sens. Je m'approche d'eux.

— Tiens, dit Stringer en me rejoignant avec une tasse de café.

— Merci, dis-je. C'est un endroit étonnant, hein ?

Il hoche la tête et me regarde un moment.

— Tu es très belle, dit-il.

— Ouais, dis-je, très gênée.

Stringer rit nerveusement et détourne les yeux. Il se frotte la joue.

— Tu viens ? dit-il en montrant un endroit à l'écart.

Nous faisons quelques pas en silence et je regarde les poissons tout en sirotant mon café, mais quand nous sommes hors de vue de son équipe, Stringer s'arrête.

— Susie ? dit-il en me prenant par le bras pour que je le regarde.

Je crois qu'il veut me rouler un patin.

Oh-oh.

Je pose ma tasse de café sur un rebord, appuie une main contre sa poitrine.

— Stringer, dis-je doucement. J'ai quelque chose à te dire.

— Moi aussi j'ai quelque chose à te dire, dit-il en se dégageant.

Ce n'est pas la réaction à laquelle je m'attendais et je suis désarçonnée un moment.

— D'accord, dis-je. Je t'écoute.

— Non, non. Toi d'abord, dit-il.

— On y sera encore demain matin, à ce rythme-là. Vas-y, dis-moi ce qu'il y a.

Stringer se tripote les mains, comme s'il était en train de faire des nœuds, et je me prépare à une sorte de déclaration. On va peut-être à la catastrophe, mais au moins si je sais ce qu'il éprouve pour moi je saurai comment lui annoncer la chose.

— Je ne sais pas comment te dire ça, dit-il finalement en levant les yeux vers moi.

Je tends une main et touche sa tunique de serveur. Je sens son bras ferme sous le tissu.

— Stringer ? dis-je en cherchant son regard. Tu veux un petit conseil ?

— D'accord.

— Ne complique pas les choses. Fais comme moi, sois franc. Ça marche à tous les coups.

Je recule et croise les bras.

— Bien, dis-je. Je suis prête. Balance.

Stringer inspire à fond.

— Rien que les faits, hein ?

Il sourit.

— Entendu, dit-il en dégageant une mèche de cheveux de ses yeux mais en continuant de fixer la moquette. Voici les faits : je suis amoureux de ma colocataire, Karen. Depuis des lustres. Et je n'ai jamais pensé qu'il pourrait se passer quelque chose, parce que j'étais... eh bien... tu sais, et qu'elle avait un petit ami.

— Et... ?

— Mais son petit ami l'a quittée la semaine dernière et elle m'a fait des avances dimanche quand je suis rentré de Leisure Heaven. Mais je lui ai parlé de toi et...

Je hoche la tête avec sérieux et lui fais signe de continuer. Mon cœur bat très vite, en proie à une étrange émotion, malgré ma décision de jouer les grandes filles responsables. Je ne sais pas si c'est de la jalousie ou du soulagement, mais je sens une bulle de rire grimper dans ma poitrine et tirailler ma bouche.

— J'ai super les boules, reprend Stringer. Et je ne sais pas quoi faire, mais il fallait que je t'en parle avant qu'il se passe quoi que ce soit d'autre avec Karen. S'il se passe quelque chose. Elle était saoule et je ne me suis pas expliqué très clairement, et après que je lui ai parlé de toi elle est partie. Et donc, je ne pense pas qu'on puisse avoir de relation toi et moi, vu ce que je ressens.

Il soupire.

— Voilà, c'est dit.

Mais je glousse, une main sur la bouche.

— Quoi ? s'exclame-t-il. Qu'est-ce qu'il y a de si drôle ?

— Rien, dis-je en me marrant.

Stringer pose les mains sur ses hanches.

— Entendu. A toi, maintenant, dit-il, le front plissé.

Et il est si mignon que je ne sais si je dois l'embrasser ou l'envelopper dans une grosse couette et l'emporter au loin, pour qu'il soit à l'abri de nous autres les femmes.

Je m'approche de lui, en me mordant les lèvres pour étouffer mes ricanements.

— Oh, Stringer, dis-je en ayant envie de toucher ses cheveux. J'étais dans tous mes états à cause de toi cette semaine. Une de mes meilleures amies est partie vivre en Californie et j'ai décidé d'aller la rejoindre, mais je n'osais pas t'en parler. Je me disais que tu serais vexé, et toi tout ce temps tu pensais à une autre femme.

— Alors tu n'es pas fâchée ? demande-t-il en souriant timidement. Mais comme on a...

— Oui, on a, dis-je. Et c'était super. Mais c'était juste du sexe. Et le sexe peut être des tas de choses, mais il ne faut jamais trop le prendre au sérieux. C'est censé être rigolo. N'oublie pas ça.

Stringer met les mains dans ses poches et nous restons sans rien dire un moment.

— Tu t'en vas, alors ? demande-t-il. Quand ?

— Bientôt. Après le mariage.

— Et tu te sens comment ?

— J'ai super les boules, je réponds, si tu veux tout savoir. Mais peu importe ce que je ressens. Tu ferais mieux de me parler de Karen et de comment nous allons faire pour te sortir de ce merdier, dis-je en lui prenant le bras.

Et alors que nous marchons et devisons, je me sens bien. Je ne suis ni jalouse ni soulagée. Je me sens simplement proche de lui comme le week-end dernier et heureuse qu'il puisse me parler.

— Je ne m'inquiéterais pas trop si j'étais toi, dis-je quand il me parle du mot qu'a laissé Karen. Elle a sûrement envie de se tirer une balle dans la tête. Il n'y a rien de pire que de se réveiller et de s'apercevoir qu'on a fait des avances à son meilleur ami alors qu'on était bourrée. Crois-moi, ça m'est arrivé des centaines de fois.

— Mais si elle était vraiment sincère ? Si elle veut juste qu'on soit amis quand elle reviendra ? Hein ?

— Eh bien, tu sais ce qu'on dit. Une de perdue, dix de retrouvées. (Je lui donne un coup de coude dans les côtes, mais il ne bronche pas.) Stringer, j'ajoute sérieusement. Bien sûr que tu lui plais. Tu es un dieu.

— Tu ne m'aides pas beaucoup.

— Aie un peu confiance, à la fin.

— Tu penses sincèrement qu'elle m'écoutera ?

— Je prends les paris. Ce qui est risqué, vu que j'ai pas un centime.

Un des employés de Stringer l'appelle.

— Faut que j'y retourne, dit-il.

— T'inquiète pas. Je dois filer moi aussi.

— Tu es sûre que ça va aller ? demande-t-il. Je pourrais te raccompagner, mais avec tout ça qui...

— Ne t'inquiète pas pour moi. Je suis une grande fille.

Stringer me prend par le bras.

— Susie. A propos de ce qui s'est passé la semaine dernière...

Je souris et contemple sa braguette.

— Quoi, ça, tu veux dire ? Je n'ai rien dit à personne. J'ai peut-être une grande gueule, mais je ne suis pas indiscrète à ce point.

— Non, je ne pensais pas à ça.

— A quoi, alors ?

— Je voulais juste te dire merci, c'est tout, dit-il doucement en posant sa main sur ma joue.

— Ce n'est rien, dis-je, mais je me sens toute sentimentale.

— Non, merci, vraiment, dit Stringer en me serrant contre lui. Amis ? dit-il en embrassant mes cheveux.

— Amis, dis-je en me dégageant. Maintenant, occupe-toi de cette fille. Quand est-ce qu'elle revient ?

— Début de la semaine prochaine.

— Bon, ben j'ai hâte d'avoir de tes nouvelles.

— Je ne sais pas comment te remercier, dit-il.

Plus tard, assise à l'étage du bus de nuit, je regarde les lumières de la ville et me dis que c'est moi qui ai envie de remercier Stringer. Parce que c'est en pensant à lui que j'ai aspiré à des relations platoniques et su que je pouvais donner autre chose qu'un réconfort sexuel.

Stringer

Mardi, 22 h 40

— Susie ?

— Stringer ?

Sa voix semble lointaine, noyée dans de la musique.

— Oui. Salut. Comment ça va ?

— Une seconde, crie-t-elle. Je t'entends mal. La radio...

Je l'entends qui pose le combiné et traverse une pièce. Je m'aperçois que je ne suis jamais allé chez elle, et maintenant qu'elle part, que je n'irai jamais. Je soupire et regarde autour de moi. Le salon est aussi bien rangé que quand Karen est partie. Je me force à m'asseoir dans le fauteuil. Ça fait une heure que je fais les cent pas, en récitant des répliques de comédien au chômage qui attend en coulisses une audition. Et je n'ai pas réussi à en mettre une seule au point.

— Bon sang, je suis crevée, dit Susie en reprenant le combiné.

— Dure journée ?

— Dure vie, oui, dit-elle. Crois-moi, changer de pays, de nos jours, c'est pas de la tarte.

— Tu n'envisages pas de changer d'avis, par hasard ?

— Absolument pas. C'est juste à cause de mes affaires. C'est hallucinant le nombre de saletés que j'ai réussi à accumuler depuis que je suis ici. J'ai rempli suffisamment de sacs pour rendre toutes les clochardes de New York vertes de jalousie. Et je n'en suis qu'aux fringues. Je ne supporte même pas la pensée de balancer le moindre truc. Et puis il y a Steffi et Graf... Je suppose que ça ne te dit rien de t'en occuper, hein ? Je n'ai vraiment pas envie de les jeter dans la cuvette des W-C comme me l'a suggéré maman.

— Steffi et Graf... Rien à voir avec des vendeurs de raquettes, je suppose ?

— Rien à voir, sinon ils auraient du mal à filer par le siphon des W-C. Non, ce sont mes poissons rouges. Ils sont très gentils et très bien élevés. Complètement domestiqués. Ils ne te donneront aucun souci, promis.

— Tout ça paraît fabuleux, mais j'ai peur de devoir décliner ton offre. Le dernier poisson rouge que j'ai eu est mort avant même que je sois revenu de la fête foraine.

— Dommage.

— Et Jack et Amy ? Ça pourrait leur faire un beau cadeau de mariage.

— Ça c'est une idée. (Elle se tait un instant,

mais je ne dis rien.) Est-ce que tout va bien, Stringer ? Tu m'as l'air d'avoir le cafard.

Je soupire.

— Oui, un peu.

— Karen n'est pas revenue, hein ? demande-t-elle, devinant la véritable raison de mon appel.

— Non. Pas la moindre nouvelle. J'ai essayé de la joindre chez ses parents il y a quelques minutes, mais je suis tombé sur le répondeur.

— Tu n'as pas le choix, tu dois rester là à attendre. Elle finira bien par revenir. Après tout, ses affaires sont ici, et je sais d'expérience qu'une fille ne se sépare pas facilement de tout son barda.

— Tu as sans doute raison.

— Bien sûr que j'ai raison. Bon, passons aux choses sérieuses : as-tu mis au point une stratégie ?

— Je ne sais pas trop. J'ai essayé de trouver quelque chose, mais ça ne colle pas vraiment. (Je réfléchis à mon échec et conclus :) Je pense que je vais lui dire la vérité.

— Bon sang, non, se récrie Susie. Ne fais pas ça. Pas le coup de toute la vérité et rien que la vérité. C'est de la folie. Dis-lui que t'es raide fou d'elle et elle prendra ses jambes à son cou.

— Mais pourquoi ?

— C'est pas marrant, tu piges ? Y a pas d'enjeu si tu lui apportes tout sur un plateau. La vérité doit venir plus tard. Fais-moi confiance là-dessus, Stringer. Tu débutes seulement, alors crois-en une vieille briscarde.

J'éclate de rire malgré moi.

— Si je ne peux pas lui dire toute la vérité, alors qu'est-ce que je lui dis ?

— Tu ne lui dis rien. Tu sais déjà que vous vous plaisez, alors arrête de tergiverser et va droit au but. Roule-lui une pelle. C'est tout ce qu'elle a besoin de savoir. Elle ne sera pas gênée par ce qu'elle a dit ni inquiète à notre sujet si elle se retrouve avec une langue au fond de sa gorge, non ?

J'entends le bruit d'une clef dans la serrure de la porte d'entrée.

— Faut que je te laisse, dis-je.

— C'est elle ? demande Susie.

— Oui.

— Bon, ben bonne chance. Et comme disent les mecs, ajoute-t-elle en ricanant diaboliquement, dis-lui bien des choses de ma part.

J'entends presque Susie sourire en raccrochant.

Karen pénètre dans le salon, un sac de gym sur l'épaule et une liasse de courrier à la main. Elle s'est fait couper les cheveux, très court, au-dessus des oreilles. Ça brille comme de la soie. Elle porte un pantalon noir et un haut en cachemire gris.

— Salut, étranger, dit-elle en posant son sac par terre et en me regardant de haut en bas avec appréhension.

— Je m'appelle Stringer, mais tu peux m'appeler Greg.

Elle se fend d'un pâle sourire, mais son regard reste empreint de timidité. Elle va poser les lettres sur le buffet et reste penchée un moment avant de se retourner vers moi.

— Je crois que je te dois des excuses, dit-elle. Tu as lu la lettre que je t'ai laissée ?

Je suis sur le point de parler, de lui dire qu'elle

n'a pas besoin de présenter des excuses et de lui expliquer pourquoi, quand je m'arrête. Je repense au conseil de Susie et dis simplement :

— Ferme les yeux.

Karen paraît hésiter, les commissures de sa bouche tremblent légèrement, comme tiraillées entre la joie et la douleur.

— Pourquoi ? demande-t-elle.

— S'il te plaît. Ferme les yeux.

Elle ferme les yeux. Elle ferme les yeux et se redresse, les bras croisés sur la poitrine. Je reste où je suis, et la regarde. Elle est si proche, mais soudain elle semble à une distance infranchissable.

— Eh bien ? demande-t-elle en tapant du pied avec impatience.

Puis je passe à l'action. Je franchis l'espace qui nous sépare en ce qui ressemble à une unique foulée. Doucement, j'abaisse ses bras et prends ses mains dans les miennes. Elle ouvre les yeux et je la laisse sonder mon regard une nanoseconde avant de fermer à mon tour les yeux, de me pencher et de l'embrasser. Je ne sais pas combien de temps dure ce baiser, mais quand je reprends mon souffle, nous sommes encore l'un contre l'autre et une lumière démente danse dans ses yeux. A son sourire, je devine qu'il y a la même lueur dans mes yeux. Je ne sais pas qui prend l'initiative, mais voilà que nous nous dirigeons vers sa chambre à coucher. Sur le seuil, je m'arrête et la laisse entrer en premier. Je la regarde s'avancer vers le lit et allumer la lampe de chevet. Elle s'assoit et, sans cesser de me regarder une seconde, commence à défaire sa ceinture.

— Karen, dis-je, soudain nerveux. J'ai quelque chose à te dire.

— Quoi ?

Je secoue la tête et chasse les démons de ma tête.

— Rien, dis-je en la rejoignant. Ce n'est pas grave. Plus maintenant.

Matt

Jeudi, 21 h 50

Sky est assise dans le fauteuil en face de moi. Elle a vingt-trois ans et elle est incroyablement séduisante : de longs cheveux noir de jais ornés de perles, des yeux gris envoûtants. Nous sommes dans le salon de ma maison. Je suis sur le canapé, et Chloé est à côté de moi et m'aide à interroger de futurs colocataires pour remplacer Jack. Je viens juste de finir d'exposer à Sky les caractéristiques principales de la maison : la table de billard, les éléments d'origine datant de l'époque où cet endroit était encore un pub.

— C'est vraiment super ! s'exclame Sky.

— Je pense qu'on a tout passé en revue, dit Chloé en consultant sa montre. D'autres questions, Matt ?

— Tu as parlé du yoga qu'on peut faire dans le jardin si le temps le permet, dis-je.

Sky nous sourit.

— Oh oui. J'adore sentir le soleil sur ma peau, dit-elle. Voilà pourquoi avoir un jardin protégé sera si agréable.

— Je vois, dis-je, et effectivement je l'y vois parfaitement. J'ai toujours voulu me mettre au yoga, j'ajoute en passant outre le grognement de Chloé. Etre un avocat brillant est bien beau, mais je me demande parfois si je ne néglige pas mon côté spirituel.

— Oh je t'en prie, marmonne Chloé. Ta tentative la plus convaincante à ce jour pour atteindre un niveau de spiritualité supérieur a consisté à communier avec une bouteille de whisky.

— Tu dois avoir raison, Chloé, dis-je en fronçant les sourcils. Je ne suis peut-être pas capable d'atteindre un niveau supérieur.

— Oh non, dit Sky. Tu as tout à fait le droit de penser ce que tu penses, Chloé, mais je crois que chacun a la possibilité en soi de s'engager sur la voie de l'illumination spirituelle.

— Peut-être... (Je m'interromps délibérément.) Non, ça serait trop demander...

— Quoi ? demande Sky en se penchant en avant.

— Je me demandais simplement, si tu emménageais ici, pourrais-tu m'apprendre les trucs de base, tu sais, juste pour que je me lance...

— Bien sûr que oui, dit-elle, de nouveau ravie. Rien ne me ferait plus plaisir que de t'aider à te trouver toi-même.

— Bien, intervient Chloé en se levant et en regardant ostensiblement sa montre. Nous allons devoir mettre fin à ce rendez-vous, n'est-ce pas, Matt ? Nous attendons quelqu'un d'autre d'une minute à l'autre.

Je prends la liste et la parcours des yeux.

— Non, non, dis-je. Je pense que Sky est la dernière.

— Non, me contredit Chloé. (Elle lisse son pantalon et décoche à Sky un sourire affûté comme une lame de rasoir.) Je te raccompagne, lui dit-elle.

— Oh ? D'accord.

Sky récupère son sac en tissu indien et se lève. Je me lève aussi et serre chaleureusement la main de Sky.

— Je te ferai signe, lui dis-je.

— Super.

Elle chancelle, consciente du regard furieux de Chloé.

— Je dois filer. Contente d'avoir fait votre connaissance à tous les deux.

Chloé raccompagne Sky jusqu'à la porte et je lui fais un petit signe de la main alors qu'elle traverse la rue.

— Atteindre un niveau supérieur ! se moque Chloé en revenant dans le salon et en me lançant un regard cinglant. Atteindre le niveau supérieur de ses seins, oui.

— Tu es trop cynique, dis-je en jouant les offusqués.

Elle se laisse tomber sur la canapé à mes côtés.

— C'était une tarée.

— Ce n'est pas parce qu'elle a une vision de la vie différente de la tienne qu'elle est nécessairement tarée.

— Elle était gravement atteinte, oui. Tu as vu ses cheveux ? Ça devrait te suffire.

— Dois-je te rappeler que l'habit ne fait pas le moine ?

— Parfois tu m'étonnes. Dois-je te rappeler que tu es censé être fou de H ?

— C'est le cas.

— Mais tu envisages quand même de laisser cette Sky emménager ici et se livrer à son yoga à poil dans ton jardin ?

— Je peux imaginer des qualités pires pour une coloc.

— Du style ?

— Eh bien, regarde les autres personnes qu'on a reçues, dis-je. Elles ne faisaient pas trop l'affaire, non ?

— Keith était très bien...

— Non, Chloé. Keith n'était pas très bien. Je pense que nous pouvons dire sans trop nous avancer que Keith vient juste de sortir de l'asile de fous du quartier. En dehors de son intérêt malsain pour la vue sur le cimetière depuis le grenier, son principal intérêt était – je consulte les notes que j'ai prises –, je cite : « Tu as une cave ? J'ai des trucs, des trucs très intimes, que j'aimerais entreposer là si c'est le cas. » Genre les crânes polis de ses anciens propriétaires...

— D'accord, concède-t-elle. Keith était un peu bizarre. Mais Alice ?

Je la regarde sans rien dire. Je ne prends même pas la peine de hausser les sourcils. La première question d'Alice en voyant le salon a été de savoir quel soir de la semaine elle pourrait y tenir les réunions pour ses séminaires de l'Eglise des Apôtres.

Chloé examine à nouveau ses notes.

— William, alors ? Il était plutôt sympa. Un bon sens de l'humour, j'ai trouvé.

— Tu serais bien obligée d'en avoir si tu avais sa tête.

— Ian ?

— Il sentait.

— Il sentait quoi ?

— Je n'ose l'imaginer.

Elle examine à nouveau ses notes.

— Bob ?

— Je ne fais pas confiance aux gens qui ont un nom qui se lit dans les deux sens.

— Betty ?

— Bêta.

— Jane ?

— Moi pas Tarzan.

— Frank ?

— Einstein.

Chloé balance ses notes par terre de frustration.

— Parfait, dit-elle. Va pour Sky. Mais ne viens pas te plaindre d'ici un mois quand ça ne marchera pas.

— Et pourquoi ça ne marcherait pas ?

— Pour la simple raison que les raisons pour lesquelles tu veux qu'elle emménage ici ne sont pas honorables, Matt. Tu veux qu'elle s'installe ici pour pouvoir la sauter.

— Et apprendre le yoga.

— Exact. Et quand tu l'auras sautée – en supposant que ça l'intéresse – et que tu auras appris le yoga, tu feras quoi, ensuite ?

— Je la sauterai une nouvelle fois ?

— Et ensuite ?

— Où veux-tu en venir ?

— Où je veux en venir, Matt ? C'est que tu ne peux pas continuer à te comporter comme tu l'as fait cet après-midi, à gémir comme un chiot blessé qu'on a laissé tout seul, puis à vouloir t'accoupler avec une hippie foncièrement arriérée avec qui tu ne pourras jamais avoir de relations profondes. Elle va te rendre folle et tu le sais ; sans même parler du fait qu'elle t'empêchera de faire d'autres rencontres.

— Parfait, dis-je, plutôt déprimé. Donc, si ce n'est pas Sky, qui alors ? Nous avons vu huit personnes aujourd'hui. Et c'était notre liste n° 1. Les autres personnes qui ont appelé étaient soit incapables de faire une phrase correcte soit essayaient de rabioter sur le loyer.

Chloé se penche en avant et reprend ses notes.

— Très bien, dit-elle en sortant un stylo. Procédons de manière scientifique. Il nous faut une approche différente. Soyons le plus précis possible, et espérons qu'ainsi nous te trouverons le genre de coloc que tu recherches. (Elle me tapote la main.) Allez, ça va marcher. Décris-moi ton coloc idéal et je rédigerai l'annonce.

— Très bien, dis-je. Je veux quelqu'un qui ne soit pas branché, qui ne soit pas ennuyeux, et qui devienne un super ami. Il – il faut absolument que ce soit un homme pour les raisons que tu as déjà soulignées avec Sky – il sera capable de bavarder avec moi le matin et de me faire hurler de rire. De préférence, il ne devra pas être avocat parce que j'ai ma dose de ce côté. Il devra être créatif, mais pas prétentieux. Peut-être un musicien, ou un artiste, ou...

— Ou Jack, dit Chloé.

— Pardon ?

— Jack. Enfin quoi, c'est bien lui que tu viens de me décrire, non ?

— Non, dis-je. Enfin, oui, peut-être, mais pas vraiment... quoique, *grosso modo*, oui... quelqu'un comme Jack serait idéal.

— Tu ne peux pas faire apparaître un autre Jack, Matt. Ça ne marchera pas. Il est parti.

— Je ne parle pas d'un clone de Jack. Je veux juste parler de quelqu'un avec qui ce sera aussi agréable de vivre.

Elle secoue la tête.

— Tu ne peux pas planifier la vie comme ça, Matt. Ça ne marche pas. C'est comme avec H, Sky et n'importe quelle personne que tu veux incruster dans ta vie. Les gens ont leurs propres pensées. Tu dois respecter ça et comprendre qu'ils ne vont pas faire l'affaire juste parce que tu l'as décidé.

— Je ne pense pas qu'elles soient comparables.

— Qui ça ? demande Chloé. H et Sky ? Elles se ressemblent plus que tu ne le crois. (Elle prend la bouteille de Coca light et s'enfile une gorgée.) Tout dépend de comment tu les vois, Matt.

— Ah oui, dis-je en me raidissant, et comment est-ce que je les vois exactement, Chloé ?

— Tu veux la vérité ?

— Rien que la vérité.

— Tu vois en elles des pions.

— Des pions ?

Elle allume une cigarette et recrache la fumée. Quand elle parle, c'est avec emphase.

— Oui. Regarde les faits. Tu veux manipuler Sky pour qu'elle s'insère dans une situation où tu pourras abuser d'elle tantriquement, et, bien sûr, apprendre les points délicats du yoga tout en soulageant tes frais de location. Et avec H, tu as tenté de monter un dispositif semblable, en arrangeant les deux week-ends au même endroit pour pouvoir passer à l'action. Ce n'est pas parce que tes motivations concernant H étaient d'ordre émotionnel que ça te rend moins cynique. Tu as joué avec la vie d'autres personnes pour améliorer la tienne.

Je reste sonné.

— Tu... tu es censée être mon amie, je bafouille. Je t'ai parlé de cette histoire de double réservation parce que je voulais te montrer ce que H signifiait pour moi. Pas pour que... pour que tu t'en serves contre moi.

Guère impressionnée, Chloé reprend la bouteille de Coca et avale une nouvelle gorgée.

— Et je ne cherche pas à tout contrôler, non plus, dis-je en lui prenant la bouteille des mains et en me servant un verre.

— D'après ce que tu m'as dit sur H, tu ne connais rien de rien d'elle. Et tu ne t'en soucies guère...

— Comment ça ? j'éructe en répandant du Coca sur ma chemise. Comment peux-tu dire ça ? Je suis amoureux d'elle. Ou je l'étais. Ou je m'apprêtais à l'être, en tout cas...

— Non, Matt. Tu pensais qu'être amoureux devait figurer à ton programme des semaines à venir. C'était comme de t'acheter un appart, ou obtenir une promotion au boulot. Je ne dis pas que tu ne ressentes rien pour H. C'est visiblement le cas. Mais de l'amour ? Allez, tu n'es pas sérieux. Tu la connais à peine.

— Bon Dieu, dis-je en lui faisant face. C'est vraiment fortiche venant de toi. Qui c'est qui a insisté pour que j'aille chez elle afin de rendre jaloux son nouveau petit ami ? Si ça ce n'est pas de la manipulation, je ne sais pas ce que c'est. Manipuler, dis-je en m'échauffant, est une pratique à laquelle s'adonne tout le monde sur cette planète, tous les jours. C'est un élément essentiel de la condition humaine.

— Je te l'accorde, dit-elle. Mais donner à Andy de quoi réfléchir et foutre en l'air le week-end d'une douzaine de personnes sont deux choses très différentes. Je suggère simplement que tu devrais être un peu moins ambitieux, et peut-être cogiter davantage sur les raisons pour lesquelles tu manipules les gens. Prends Andy. Il avait le potentiel. D'entrée de jeu.

— Tout comme H, je proteste.

— Oui, mais je connaissais déjà bien Andy. Ce n'est pas comme si on venait juste de faire connaissance. Tout ce que tu avais comme point de départ pour H, c'était une nuit avec elle, et qui plus est bourré. Enfin quoi, reprends-moi si je me trompe, Matt, mais il aurait été peut-être plus avisé d'apprendre à mieux la connaître avant de jeter ton dévolu sur elle.

Je la regarde, estomaqué. Je reste bouche bée, et pour une fois je ne trouve rien à répliquer.

H

Samedi, 15 h 35

J'espère qu'Amy a plus le sens des réalités que moi.

— Prête ? demande-t-elle en se retournant vers Susie et moi.

Je dois dire qu'en dépit de mon allergie à tout ce qui touche au mariage, elle est stupéfiante. Je ne sais pas comment elle fait pour paraître si différente vu que sa robe de mariée n'est rien que ça : une robe de mariée. Mais elle y arrive. Elle a comme une aura autour d'elle, et j'ai envie de la pincer pour vérifier qu'elle est bien réelle et non un imposteur sorti d'une revue pour mariées.

Elle secoue la traîne de sa robe.

— Ne marchez pas dessus, vous deux, nous met-elle en garde en haussant les sourcils avant de se tourner vers le prêtre.

C'est parti. Les portes de l'église sont ouvertes et nous nous dirigeons vers l'autel. J'ai évité de penser à l'avance à la cérémonie, mais maintenant qu'on est là, je me sens toute chose. Comme si je passais à la télé.

Autour de nous, c'est une espèce de brouillard de visages et de chapeaux. Soudain Chloé se détache au ralenti de la masse floue et braque sur moi un appareil photo. Le flash m'aveugle un instant et je lève un bras, le bouquet devant mon visage. Je ne l'ai pas vue depuis qu'elle a cérémonieusement largué le meilleur ami de mon frère. Et bien qu'elle soit copain comme cochon avec Jack et Matt, je ne l'inviterai jamais chez moi et elle le sait. Ce qui explique sûrement pourquoi elle essaie de me faire trébucher. Je la fusille du regard.

Puis je regarde devant moi et vois Jack qui se retourne. Il paraît gris et moite, comme s'il allait vomir. Il fait une sorte de grimace puis se retourne pour faire face à l'autel, le dos raide comme une planche.

Mais ce n'est pas Jack qui m'intéresse. C'est la silhouette immobile derrière lui.

Tourne-toi.

Tourne-toi et regarde-moi.

Parce que j'ai besoin de voir ton visage.

Je n'avais pas remarqué que les orgues s'étaient mises à jouer, mais je prends conscience du silence quand nous nous arrêtons tous et que le prêtre élève la voix. Amy a les yeux brillants, elle prend la main de Jack, leurs doigts s'entrelacent, mais c'est Matt que je regarde.

Il a reculé et contemple le plafond en respirant à fond.

Peut-être qu'il est nerveux lui aussi.

C'est bizarre, mais dès que vous avez couché

avec quelqu'un, ce quelqu'un ne vous paraît plus le même. Je suppose que c'est parce que vous avez vu à quoi ressemble son visage quand il jouit ou quand il dort.

Mais c'est au Matt que j'ai vu pour la première fois au *Zanzibar* que je pense, et je me rappelle l'avoir trouvé alors très à mon goût.

Cela semble si loin.

Les premières notes de l'hymne résonnent, Matt prend sa place et, alors que je pourrais presque le toucher, j'ai l'impression de le voir par le mauvais bout d'une longue-vue.

Je repense à ce que m'a dit Amy hier soir.

Hier soir, on était dans sa chambre, chez sa mère, et elle avait ramené un genou sous son menton et finissait de se mettre du vernis à ongles sur les orteils.

— Alors, ça te fait quoi de revoir Matt ? m'a-t-elle demandé.

— Rien de spécial, ai-je menti.

Parce que je ne me sentais pas bien. Pas bien du tout.

— Merde ! a-t-elle soudain lâché.

— Quoi ?

Je me suis figée, la pince à épiler à un centimètre de mes sourcils, et je l'ai observée dans le miroir ovale.

— Matt. J'ai oublié de te dire. Il est au courant pour Laurent.

Je me suis tournée vers elle, l'estomac noué.

— Comment ça ?

— Stringer nous a surprises dans le sauna.

Je revois le type avec la serviette autour de la tête, et l'horreur s'empare de moi.

— C'était Stringer ?

Amy devine mon sentiment et sort deux cigarettes du tiroir de sa table de nuit. Elle les allume toutes les deux et m'en tend une en me faisant signe d'aller à la fenêtre.

— Oui. Il t'a entendue parler de Laurent et a tout raconté à Matt...

Je vois notre reflet dans la fenêtre ouverte, la robe de mariée d'Amy suspendue dans la penderie derrière nous, comme un spectre.

— Je suppose que c'est pour ça qu'il a été odieux avec toi, dit Amy. J'arrive pas à croire que je me marie demain et que ma mère ne sait toujours pas que je fume. Tu vas bien ?

— Oui, dis-je, vaguement.

— Désolée de te le dire comme ça, mais j'ai pensé qu'il valait mieux que tu saches.

Mais à présent, alors que Susie et moi prenons place sur le banc, je me sens mal à l'aise et vaguement écœurée.

Matt sait que j'ai couché avec Laurent. Juste après avoir couché avec lui. Tu m'étonnes qu'il était furieux ! S'il m'avait fait le même coup, je serais devenue dingue.

Mais peut-être qu'il était sincère quand il m'a dit que notre nuit ensemble n'avait pas d'importance pour lui. Peut-être que ça ne lui a pas plu.

Alors pourquoi est-ce que je me sens aussi vaine ? Pourquoi mon ego crie-t-il : allez, Matt, regarde-moi, reluque-moi dans ma petite robe, avec des fleurs dans les cheveux ?

J'ai tout gâché parce que j'ai perdu Matt et Laurent.

Et pour quelle raison ? J'en ai honte rien que d'y penser. J'ai commis une énorme erreur en pensant que Laurent était exotique. Il n'avait rien d'exotique. La seule chose qui était différente avec lui c'était qu'il n'était ni un copain d'Amy ni un des types que je connais à Londres, comme Gav.

Je regarde Jack et Amy. On dirait des gamins, ils ont les yeux grands ouverts devant le pasteur, sont nerveux, mais même si tout le monde les regarde, ils semblent complètement l'un avec l'autre.

Et je sens des larmes me picoter les yeux. Parce que, malgré mon cynisme, il est clair qu'ils s'aiment. Et moi je n'ai eu tout ce temps qu'une angoisse : perdre Amy et me retrouver seule. La belle affaire ! Amy aime Jack, et ce n'est pas de me lamenter qui y changera quoi que ce soit.

Ils échangent leurs vœux et mes yeux s'emplissent de larmes. Je suis heureuse pour eux, mais si triste pour moi.

C'est moi qui devrais être là avec Gav, pas Amy et Jack. Mais Gav va se marier avec une autre. Je l'ai perdu. A tout jamais. Et je comprends alors que c'était ça mon problème. Coucher avec Matt et Laurent, en vouloir à tous les types assez malchanceux pour croiser mon chemin. Ben avait raison : j'ai fait passer ma vie professionnelle en premier, et ma vie intime en a pâti.

Je n'ai pas accepté que Gav me quitte, et ça m'a mise dans tous mes états.

La lumière du soleil filtre par les vitraux en traînées lumineuses et poussiéreuses. Je regarde Jack et Amy s'embrasser comme des époux, et quelque chose en moi leur dit au revoir.

Susie

Samedi, 20 h 00

Amy retrousse sa robe, recule et atterrit en riant sur le siège des toilettes.

Je la taquine :

— Débauchée !

— Madame Débauchée, corrige-t-elle.

— Amy ?

C'est H qui l'appelle.

— On est là, dit-elle en tirant la chasse.

Je la suis dehors et la regarde dans le miroir. Sa tiare est de travers, elle a des traces de rouge à lèvres sur les joues et du mascara étalé sous les yeux à cause des larmes qu'elle a versées quand Jack a fait son discours, mais elle est restée magnifique.

Elle nous serre contre elle, H et moi, et on se regarde toutes les trois dans le miroir.

— Vous avez été fabuleuses aujourd'hui, dit-elle.

— Arrête ! je m'écrie. Je vais rougir.

— Moi aussi, dit H.

Amy nous rapproche toutes les deux.

— Vous êtes mes chéries, dit-elle en nous embrassant sur la joue, mais Jack nous interrompt.

— Ma femme ! crie-t-il en faisant irruption. Où est ma femme ?

Il se fige en nous voyant.

— Bien le bonjour, gentes dames, dit-il en haussant les sourcils.

Il a un air béat et je ne peux m'empêcher d'éclater de rire en le voyant tendre une main à Amy.

— Excusez-moi, les filles, dit-elle sans quitter Jack des yeux. Il semblerait qu'on vienne juste de m'inviter à danser.

Jack la prend dans ses bras, et je m'apprête à les suivre quand H m'arrête.

— Susie ? dit-elle.

Je me tourne vers elle et la regarde.

— Hum, hésite-t-elle. Je voulais juste te dire, au cas où l'occasion ne se présenterait plus, que je te souhaite bonne chance pour les Etats-Unis.

— Merci, dis-je, surprise par sa sincérité.

— Je me disais qu'on pourrait peut-être prendre un pot ensemble, quand tu reviendras.

Je lui souris, parce que je doute que ça arrive jamais, mais je la reçois cinq sur cinq.

— Entendu, dis-je. Ça serait super.

Nous nous regardons un moment et un ange passe.

— Allons faire la noce, dis-je.

— J'arrive tout de suite, dit-elle.

La sono grésille dans la grande salle et le micro couine quand le DJ se présente.

Je m'approche de la table des cadeaux pour jeter un œil à Steffi et Graf. J'ai enveloppé leur bocal avec un gros ruban rose. Je suis sûre qu'ils seront entre de bonnes mains avec Jack et Amy.

— Te voilà.

Je me retourne et vois Stringer qui me sourit.

— Salut, dis-je en l'embrassant. Comment tu vas ?

— Rétamé, dit-il en me prenant les deux mains. Susie, tu es magnifique.

Je fais une révérence, ravie du compliment, parce que je me sens vraiment comme une princesse.

— Tu n'es pas mal toi non plus, dis-je en tripotant sa cravate. (Il a revêtu un costume, après avoir couru dans tous les sens avec les traiteurs.) Tu t'es vraiment bien débrouillé avec le repas.

— J'ai encore quelques détails à régler.

— Pas question, dis-je en entendant les premières notes de « Tainted Love ». Viens, c'est un de mes morceaux préférés. Tu danses avec moi.

— On ne peut pas danser là-dessus, proteste-t-il alors que je le tire par la cravate.

Mais Stringer a manifestement suivi des cours et semble capable de danser sur n'importe quoi.

— Alors ? je demande. Comment ça s'est passé avec Karen ?

Il sourit tandis que je passe sous son bras.

— Ça va, dit-il.

Je le taquine avec un discret mouvement pelvien et il rit en regardant le plafond.

— Oui, même de ce côté-là ça va, dit-il. Grâce à toi.

— Tout le plaisir était pour moi, dis-je. Et Karen ?

— Elle est merveilleuse. J'espère que vous ferez connaissance un de ces quatre.

— Pourquoi pas ? Tu peux m'écrire en Californie et me parler d'elle. Tu sais écrire, n'est-ce pas ?

Il me soulève et me fait tourner si fort que j'en ai la tête qui tourne.

Matt

Samedi, 23 h 55

Je regarde Jack et Amy danser avec quelques autres couples sur la piste. C'est le dernier morceau, et le spectacle est d'une sérénité idéale. Jack et Amy sont magnifiques, les parents d'Amy ne les quittent pas des yeux, et même les parents divorcés de Jack échangent des regards émus. Les lumières sont douces et, pour la première fois de la soirée, le DJ local a réussi à se retenir de beugler des encouragements par-dessus la musique.

Je me tiens au bord de la piste de danse et essaie d'ouvrir la bouteille de champagne qu'un des employés de Stringer vient de m'apporter il y a deux minutes. Je me sens étrangement en retrait. Comme un des poissons rouges que Susie a offerts à Jack et Amy en cadeau de mariage, je sens qu'une barrière invisible m'empêche de faire autre chose que regarder. Je n'arrive pas à savoir ce que c'est. Enfin quoi, je devrais être content de moi. J'ai évité que Jack picole trop au pub hier soir et je l'ai déposé à l'église à temps. J'ai pensé à la bague et je ne l'ai pas fait tomber. Même mon discours s'est bien passé – ce qui est remarquable, vu que je ne me suis mis à l'écrire qu'après le départ de Chloé jeudi soir. Peut-être est-ce ce qu'elle m'a dit et ce que j'en ai pensé qui m'a laissé cette étrange impression.

Elle avait raison. Sur tous les points : mon attitude envers Sky et H et ma manie de vouloir planifier ma vie sans tenir compte des circonstances. J'ai appelé Sky hier, mais c'était par simple courtoisie, pour l'informer que je n'allais pas lui demander d'emménager. J'ai justifié ma décision en lui expliquant que, finalement, je n'allais pas prendre de colocataire.

J'ai jeté un œil à mes finances après les résultats favorables que nous avons obtenus dans l'affaire Tia Maria Tel. Avec l'augmentation que je suis presque sûr d'obtenir, je serai en mesure de payer seul les traites. Mais ce n'est pas une question d'argent. C'est à cause de ce qu'a dit Chloé. Comme quoi j'étais trop dépendant des autres pour mon bonheur. J'en suis venu à la conclusion que la meilleure façon de mener ma vie était de vivre seul.

Je lève les yeux et vois Jack qui me fait un signe, puis passe un bras autour d'Amy. Je lui rends son sourire. Je ressens une bouffée d'espoir. Un jour, je serai comme lui. Un jour, comme Jack, je rencontrerai quelqu'un, quelqu'un que j'apprendrai à connaître et dont je tomberai amoureux. Mais dans cet ordre. J'en ai marre d'essayer de tout avoir en même temps. Ça ne marche pas. Et en attendant que ce moment arrive, j'essaierai d'être vigilant et attentif. Je rencontre des gens tous les jours. Je finirai bien par tomber sur la perle rare.

Chloé s'arrache aux avances primitives de Ug et vient s'asseoir près de moi.

— Tu ne danses pas ? demande-t-elle.

Je fais sauter le bouchon de la bouteille de champagne et remplis mon verre.

— Non.

Elle passe un bras autour de mon épaule et me serre contre elle.

— Tu penses à H ? demande-t-elle.

J'acquiesce, et cherche cette dernière sur la piste de danse. Elle n'est pas là.

— Un peu. (Je me tourne vers Chloé.) Mais ne t'inquiète pas, ce n'est pas ce que tu penses. Je me disais juste que je devrais peut-être lui parler, m'excuser de m'être comporté aussi grossièrement, tout ça.

Avant que Chloé puisse dire quoi que ce soit, un tonnerre d'applaudissements et de hourras retentit. Jack et Amy suivent Stringer vers la sortie.

— Viens, dit Chloé en m'aidant à me lever. Ils s'en vont.

Je pose mon verre et la suis dans la foule qui se presse pour leur dire au revoir.

— Matt ! s'écrie Jack en bousculant plusieurs personnes pour me rejoindre. Te voilà.

Il regarde les visages souriants autour de lui. Amy le rejoint. Elle est magnifique. Jack secoue la tête, comme s'il n'arrivait pas à croire à sa chance.

— Fantastique, dit-il. Fanta-super-stique.

— T'as été parfait de bout en bout, lui dis-je.

— T'as vu ça, hein ? Et toi, tu as été brillant. Super week-end. Super discours. Super pote.

— Tâchez de passer une belle lune de miel, dis-je.

— T'as raison. J'espère qu'un jour c'est moi qui te dirai ça ?

— Ouais.

— Matt, me dit Amy en se glissant entre nous et en nous embrassant. Merci pour tout. Tu as été royal. Et merci pour tout ce que tu as dit dans ton discours, comme quoi on était faits l'un pour l'autre. Ça veut dire beaucoup pour moi.

— Je pensais chaque mot, dis-je.

Mais ils s'éloignent déjà, car Amy doit jeter son bouquet.

— A trois ! crie Amy en tournant le dos aux filles assemblées. Un...

— Deux ! rugit la foule.

— Trois !

Et le bouquet décrit une spirale vers le haut, ne retombant que quelques secondes plus tard dans les mains de... Stringer.

— Oh merde, dit-il.

Il est rouge comme une pivoine. Il se tourne vers Susie, qui se tient à côté de lui, et lui tend le bouquet.

— Pour l'Amérique, lui dit-il. Qui sait quelle rencontre tu feras ?

Puis je regarde Jack et Amy monter à l'arrière du taxi et nous faire des signes. Le taxi démarre quelques secondes plus tard, et progressivement les cris diminuent, ne laissant que le bruit des boîtes de conserve attachées à l'arrière du véhicule qui rebondissent sur le gravier. Ce n'est qu'alors que je réalise que je tiens toujours à la main la bouteille de champagne ouverte. Je la lève en direction du taxi qui disparaît puis la porte à mes lèvres et bois.

— On peut en avoir ? demande quelqu'un sur ma gauche.

— Bien sûr, dis-je en me tournant vers H.

Elle tend son verre et, après une très légère hésitation, je pose le goulot sur le rebord et verse.

H

Dimanche, 0 h 05

Je regarde Matt, et ma main tremble alors qu'il remplit mon verre.

— Tu veux retourner à l'intérieur ? demande-t-il.

J'ai attendu ce moment toute la journée, et maintenant qu'il est enfin arrivé, mon esprit est vide.

— Allons faire un tour, je réussis à dire.

Nos pieds se déplacent en rythme sur l'allée de gravier et je frissonne. Sans rien dire, Matt ôte sa veste et la pose sur mes épaules.

— Merci, je murmure en serrant mon verre.

— On s'assoit ? fait-il en désignant de la tête un banc entre deux ifs.

J'enlève mes chaussures et étreins mes genoux. Nous restons tous deux silencieux et regardons les arbres dans le clair de lune. Quelques lumières jaunes filent sur la route au bout de la vallée, mais sinon c'est le silence. Juste le vent dans les arbres.

— Beau mariage, dis-je en me tournant vers Matt. Ton discours était super.

— Merci, dit-il.

Suit un autre silence insupportable.

— Matt ?

— Alors ? dit-il en même temps, et nous éclatons de rire.

Je secoue la tête.

— C'est dingue. Je t'ai évité toute la journée.

— Je sais, dit-il. C'est dommage, parce que je voulais te dire que tu es superbe.

Je lui jette un coup d'œil.

— Merci. Tu n'es pas mal non plus, dis-je en déglutissant avec difficulté. Je suis vraiment désolée, Matt.

— J'allais te dire la même chose.

— Je voulais te dire pour Laurent. Je sais que tu es au courant. Amy m'a dit hier soir que Stringer avait surpris notre conversation dans le sauna.

— Oui, eh bien, je n'ai pas été très délicat. Tous ces trucs que je t'ai dits...

— Je pense que nous sommes à égalité.

— Je crois que oui.

Je prends une gorgée de champagne et soupire, puis contemple le ciel sombre. J'entends les roues des voitures qui crissent sur le gravier.

— Je me sens vidée, j'avoue.

— Impossible après le repas qu'a concocté Stringer.

Je souris.

— J'ai réfléchi quand j'étais dans l'église, et je me suis dit que tout ce que j'avais fait, je l'avais fait parce que j'étais triste à cause de Gav. Ça m'a pris tout ce temps pour m'en apercevoir.

— Et maintenant, tu ressens quoi ?
— Ça va mieux, je crois.
Matt prend une gorgée de champagne.
— Mais je suis désolée. Pour nous, je veux dire. Tu sais quoi ? J'ai l'impression de passer mon temps à présenter des excuses aux gens. Pourquoi est-ce que je fais toujours tout de travers ?
Matt se penche en avant et pose les coudes sur ses genoux.
— Tu n'es pas la seule. J'ai quelque chose à t'avouer moi aussi.
— Oh ?
— A propos de Leisure Heaven. Ce n'était pas une coïncidence. J'ai regardé dans l'enveloppe qui se trouvait dans ton sac, la nuit où tu as dormi chez moi.
— Non !
— Je voulais te faire une surprise.
— Eh bien, c'était réussi.
Je secoue la tête, honteuse et triste en même temps. Parce que cela aurait pu être une bonne idée. Dans un univers parallèle, les choses auraient pu marcher entre nous, mais maintenant tout est fichu. Nous sommes passés du statut de simples connaissances à celui d'amants puis d'ennemis en un temps si court. Et maintenant nous nous retrouvons devant ce gâchis d'émotions. Matt s'éclaircit la voix.
— Bien, et toi ? Comment va ton Français ?
Je suis choquée qu'il ne soit pas au courant.
— Oh, Matt. Ce n'est pas ce que tu crois. Une vraie catastrophe.
— Tu ne le vois plus ?
— Moi, non, mais sa femme, si. Et ses enfants.
Soudain, je me sens perdue, je ressens une émo-

tion que je ne peux nommer, mais je crois que c'est de la peine. Pour Gav, Laurent, Amy, ma jeunesse, Matt, mais surtout pour moi. Je respire profondément.

— Tous des salauds, plaisante Matt.

— Oui, tous des salauds, je répète.

Et au lieu de pleurer, je ris.

Matt me ressert un peu de champagne.

— A l'avenir, dit-il.

— A l'avenir.

— Je me demande ce que font Jack et Amy.

Je me posais exactement la même question.

— Ils consomment, sûrement, dis-je.

Matt rit.

— Ou ils dorment. Tu n'es pas fatiguée ?

Et tout d'un coup je m'aperçois que je suis épuisée. Je frissonne et bâille en même temps.

— Viens, dit Matt en m'aidant à me relever.

Tout le monde est parti quand nous rentrons dans le Manoir, et le gardien est en train de fermer. Il reste un taxi dans l'allée et Matt va parler au chauffeur.

— Autant prendre le même, dit-il en ouvrant la portière.

Je regarde derrière moi par le pare-brise arrière, heureuse d'être au chaud alors que le taxi démarre. Le régisseur éteint la lanterne extérieure au-dessus de la porte d'entrée. L'allée vire au bleu dans le clair de lune et l'herbe est engloutie dans les ombres.

Et je ne sais pas où nous allons, mais ce que je sais, alors que je pose ma tête dans le creux du bras de Matt, c'est que tout va bien se passer.

Imprimé en France par

BRODARD & TAUPIN

à La Flèche (Sarthe)
en février 2012

POCKET – 12, avenue d'Italie – 75627 Paris cedex 13

N° d'impression : 67465
Dépôt légal : juin 2011
suite du premier tirage : février 2012
S21420/02